여명의 눈동자

2

여명의 눈동자

김성종 장편대하소설

2

여명의 눈동자 2

구사일생 ·············· 7
희 망 ·············· 27
음 모 ·············· 91
탄 생 ·············· 147
제2전선 ·············· 205
암살1호 ·············· 279
적색공포단 ·············· 351
남의사 ·············· 399

구사일생

한나절이 지났을 때 그는 사람이 다닌 듯한 조그만 오솔길에 이르렀다. 그 길은 불모지가 끝나고 울창한 정글이 다시 시작되는 곳을 통과하고 있었다.

그가 제정신이었다면 그런 곳에 길이 나 있는 것을 이상하게 여겼을 것이다. 그러나 그는 이상상태에 놓여 있었던 만큼 아무런 의식 없이 그 길을 따라 내려갔다.

비와 함께 밑으로부터 안개가 피어오르고 있었다. 안개는 순식간에 앞을 분간할 수 없을 정도로 짙게 퍼지고 있었다.

그 안개를 헤치고 사람이 하나 나타났다. 곧이어 두 사람, 세 사람이 나타났다. 그들 뒤로 이번에는 당나귀들이 나타났다. 당나귀의 등에는 짐들이 잔뜩 실려 있었다. 그 뒤로 또 사람들이 보였다. 행렬의 끝은 안개에 가려 보이지가 않았지만 매우 긴 것 같았다.

사람들은 모두가 밀짚모자를 쓰고 있었고 옷은 검은 색으로 통일되어 있었다. 그리고 하나같이 완전무장을 하고 있었다. 몸은 온통 비에 젖어 빗물이 줄줄 흘러내리고 있었다.

이들은 인팔로부터 버마 북부 국경지대를 통과하여 중국으로 가고 있는 중국군 수송부대였다. 연합군으로부터 넘겨받은 군수물자를 수송하는 부대인 만큼 매우 막중한 임무를 띠고 있었다.

대치를 보는 순간 중국군들은 놀란 듯 멈춰 섰다. 그리고 금방이라도 집중사격을 가할 듯이 그들은 대치를 향하여 총을 겨누었다.

"손을 들어라!"

앞에 선 중국군이 중국말로 소리쳤다. 그러나 대치는 멍청히 서 있기만 했다. 아무런 경계심도 두려움도 없이 쓰러질 듯 흔들거리면서 한쪽 눈으로 눈앞의 중국군들을 멀거니 바라보고 있었다.

중국군들도 한동안 이 괴물처럼 생긴 사내를 바라보기만 했다. 몰골이 하도 흉측해서 사람인지 짐승인지 얼른 분간이 안 가는 모양이었다.

"손을 들어라!"

다시 중국군이 소리쳤지만 대치는 팔을 늘어뜨린 채 그대로 서 있기만 했다. 발치에 벌레가 기어가자 그는 엎드려 그것을 잡아먹었다.

"쏘지 마라! 미친 모양이다!"

지휘자로 보이는 중국군이 앞으로 나서며 손을 저었다.

그들은 곧 달려들어 대치의 몸을 수색했다. 몸에서는 무기 하나 나오지 않았고, 죽은 벌레와 이상한 나무뿌리 같은 것만 나왔다. 대치의 몸이 무섭게 마른 것을 본 그들은 몹시 놀라는 것 같았다.

그의 몸은 살이 모두 빠져 버려 가죽만이 흐물흐물 늘어져 있었다. 특히 가슴뼈는 나뭇가지처럼 앙상하게 드러나 있어, 숨을 쉴 때마다 금방 부서져 버릴 것만 같았다.

지휘관이 어깨를 툭 치면서 빵조각을 주자 대치는 한번에 그것을 입 속에 틀어넣었다. 그리고 이내 도로 토해 버렸다.

"안 됩니다. 너무 굶은 사람한테 처음부터 그런 걸 먹이면 위험합니다. 죽을 쒀서 주어야 할 겁니다."

중국군 병사가 지휘관에게 말했다. 지휘관은 알겠다는 듯 고개를 끄덕거렸다.

"일본군인가?"

지휘관이 물었지만 대치는 여전히 대답할 줄을 몰랐다. 물어 보나마나 몰골로 보아 일본군 패잔병이라는 것은 쉽게 알 수가 있었다.

"내 말 들리나?"

"……."

"이쪽 눈은 안 떠지나?"

"……."

"걸을 수 있는가?"

"……."

지휘관은 서른 댓쯤 된 사내로 교양이 있어 보였다. 그는 대치를 어떻게 처리할까 하고 생각하는 눈치였다. 그러나 얼른 단안이 안 내려져 망설이고 있었다.

길은 아직도 수백 리 남아 있었다. 잘 걷지도 못 하는 적군 패잔병을 포로로 데려가는 것은 매우 어려운 일이었다. 더구나 정신이 돌아버린 자를 데려간들 별로 쓸모도 없었다. 그렇다고 내버려두고 지나칠 수도 없었다. 적군에게 위치가 알려질 우려가 있기 때문이었다.

아무리 생각해도 이 패잔병을 죽이고 가는 것이 좋은 방법일 것 같았다.

지휘관은 권총을 들어 올렸다가 무슨 생각이 들었는지 도로 내렸다. 아무리 전쟁중이라고는 하지만 사람을 죽인다는 것은 내키지 않는 일이었다. 상대는 무기도 없고 게다가 아사(餓死) 직전에 놓여 있는 사람이다. 이런 자를 사살한다는 것은 분명 꺼림칙한 일이었다.

지휘관이 주저하고 있을 때 병사가 구겨진 종이 조각 하나를 그에게 건네 주었다.

"호주머니에 이런 게 들어 있었습니다. 버리려다가 가져왔습니다."

지휘관은 그 종이를 펴 보았다. 거기에는 다음과 같은 글이 쓰여져 있었다.

「이 전쟁터에 와서까지 일본놈들의 조선인에 대한 학대는 막심하다. 인생 60이라는데, 나는 서른도 못 되어 죽는단 말인가. 원수를 갚지 못 하고 죽는다는 게 원통하기 짝이 없다. 어떻게든 살아서 이 원수를 갚고 조국의 독립을 볼 수 있다면 얼마나 좋을까.」

지휘관이 그 글을 읽을 수 있었던 것은 그것이 중국어로 적혀 있었기 때문이다.

그것이 중국어로 쓰여져 있다는 사실에 그는 적이 놀랐다. 그것도 달필(達筆)인 것으로 보아 상당한 교육을 받은 사람이라는 것을 쉬이 알 수 있었다.

"이 자는 조선인 아닌가?"

"그런 것 같습니다."

"중국어를 잘하는 것 같은데……혹시 중국에서 교육을 받은 게 아닐까?"

"그럴지도 모르겠습니다."

지휘관은 대치에 대해 갑자기 동정하는 마음이 일었다. 중국과 조선은 일본의 침략을 받은 같은 피해 민족이다. 따라서 서로 돕지 않으면 안 된다. 보아하니 이 청년은 일본군에게 끌려온 조선인 학도병인 것 같다. 일본인에게 짓밟힌 가장 전형적인 조선 청년이 아닐까. 일본을 증오하는 그 마음에 충분히 이해가 간다. 이런 곳에 혼자 살아남아 있다는 것은 정말 기적 같은 일이다. 그러나 혼자 내버려두면 얼마 못 가 죽고 말 것이다. 버려두고 떠난다는 것은 비겁한 짓이 아닐까. 중국어를 잘하는 것 같으니까 후에 쓸모가 있을지도 모른다. 데리고 가 보자.

대치에게 호감을 느낀 지휘관은 이렇게 마음을 정한 다음 위생병을 불러 대치의 눈을 치료하게 했다. 대치의 눈을 들여다본 위생병은 고개를 설레설레 흔들었다.

"치료할 필요도 없을 것 같습니다. 동공이 완전히 찢어졌습니다. 벌써 썩어가고 있습니다."

위생병의 말에 지휘관은 혀를 찼다.

"다른 눈에 번지지 않도록 소독이나 철저히 해둬."

위생병은 솜에 알코올을 묻혀 대치의 상처난 눈을 마구 후볐다. 대치가 고통에 못 이겨 몸부림치는 바람에 다른 중국 병사들이 그를 꼼짝 못 하게 붙들어야 했다.

수송대는 다시 움직이기 시작했다.

대치는 중국 병사들의 부축을 받으며 걸어갔다. 굶주린 그의 배를 채워 주기 위해 물에 적신 빵이 조금씩 주어졌다. 그 양은 시간이 지남에 따라 약간씩 많아졌다.

굶주림에 뒤틀려 버린 그의 위를 바로잡아 주는데는 세심한 배려와 오랜 시간이 필요했다. 인정이 많은 수송대 지휘관은 주의를 기울여 대치를 보살폈다.

대치의 운명은 이렇게 해서 새로운 방향으로 전개되어 나가게 되었다. 죽음 직전에 목숨을 건지게 된 그는 기막힐 정도로 운이 좋았다고 할 수 있었다. 버마 서북부의 죽음의 땅에서 살아났다는 것은 확실히 기적과도 같은 일이었다.

휘청거리던 그의 다리는 입 속에 음식이 들어감에 따라 차차 곧게 앞을 향해 걸어갔다. 그러나 그의 의식만은 아직 깨어나지 않고 있었다. 그는 여전히 기괴한 웃음을 흘리면서 함부로 아무

데나 가려고 했고 그 바람에 그를 부축하고 가는 병사들이 애를 먹었다. 마음이 안 놓인 병사들은 나중에는 그의 몸을 밧줄로 묶고 그 끝을 당나귀에 달아매었다.

험준한 산악지대와 울창한 정글, 허리까지 푹푹 빠지는 습지대를 지나야 하는 만큼 수송대열의 고생은 이루 말할 수 없이 극심했다. 그러나 항일(抗日)이라는 대업을 위해 목숨을 걸고 나선 젊은이들인 만큼 어떠한 고난도 극복할 수 있는 투지로 뭉쳐 있었다. 그것은 일본군들이 지니고 있는 침략을 위한 독기(毒氣)와는 근본적으로 다른 것이었다. 두 개의 정신적 지주는 하나는 정의 위에 뿌리를 박고 있었고 다른 하나는 불의와 악 위에 서 있었던 것이다.

당시 장개석 휘하의 중국군은 매우 군기가 엄하면서도 한편 서로 격려하고 도울 줄을 알았다. 장교는 여유 있게 부하들을 포용했고 부하들은 그러한 지휘관을 믿고 따랐다. 일본군 같으면 버리고 갈 낙오병들을 그들은 결코 저버리지 않고 끝까지 데리고 갔다.

수송대가 버마 국경을 넘어 일본군의 손이 미치지 않는 중국 대륙으로 들어선 것은 그로부터 1주일이 지나서였다. 그때까지 대치는 쓰러지지 않고 행렬의 뒤를 따라갔다. 제정신이 아닌 그가 수백 리에 이르는 험준한 길을 끝까지 따라갈 수 있었던 것은 물론 전적으로 중국군의 도움 덕분이었다. 이 며칠 동안에 그는 전처럼 정상적으로 먹고 마실 수 있게 되었고, 아무것이나 닥치는 대로 게걸스럽게 먹어치우는 바람에 급속도로 건강을 회복해 나갔다.

최초의 도착지에서 그는 트럭에 실려 군병원으로 호송되었다. 병원이라고 해야 학교 건물을 빌어 임시로 차린 곳이었지만 거기서 그는 며칠 동안 충분히 휴식을 취할 수 있었고 정신착란 상태로부터도 차차 깨어나게 되었다.

그가 조선인이라는 것을 알고 있는 병원의 중국인들은 그를 적군 포로로 생각하지 않고 조선인 동지처럼 따뜻이 보살펴 주었다. 그것이 그의 정신적 안정에 도움이 된 것은 물론이다. 중국인들은 그에게 아무것도 묻지 않은 채 그가 건강을 회복하기만을 기다렸다.

그러나 내색은 하지 않았지만 그는 아주 심한 충격으로 깊은 시름에 잠겨 있었다. 그것은 무엇보다 자신의 한쪽 눈을 잃게 되었다는 사실 때문이었다. 그의 눈은 재생할 수 없을 정도로 완전히 파괴되어 버렸던 것이다. 그의 왼쪽 눈에는 안대(眼帶)가 매어졌고 결국 그는 애꾸눈으로 행세하지 않을 수 없게 되었다.

그러던 어느 날 낯선 중국인 두 명이 그를 찾아왔다. 두 사람 모두 사복을 입고 있어서 신분을 알 수 없었지만 첫눈에도 군인임을 알 수가 있었다.

그들은 잠자코 대치를 트럭에 태우고 한나절을 달려갔다. 산악지대였기 때문에 길은 꼬불꼬불하고 위태로웠다.

어느 마을에 닿았을 때는 점심때가 훨씬 지나 있었다. 거기서 그는 큰 토담집으로 안내되었다.

토담집 안에는 사복차림의 젊은 중국인들이 분주히 움직이고 있었다. 그가 안내되어 들어간 방에는 중앙에 책상이 하나 놓여 있었고 맞은편 벽 위에는 중국 장개석 주석의 사진이 걸려 있었다.

첫눈에도 그는 이곳이 특수공작 임무를 맡고 있는 일종의 정보기관이라는 것을 알 수 있었다.

기다리는 동안 그는 날라다 준 점심을 혼자 먹었다. 식사는 쌀밥과 기름에 볶은 닭고기가 전부였는데 너무 오랜만에 흰 쌀밥을 맛보게 되자 목이 메어 잘 넘어가지가 않았다. 한쪽 눈에서 흘러내리는 눈물을 그는 손등으로 거칠게 닦았다.

비로소 여옥의 얼굴이 떠올랐고, 동진과 부모님의 모습이 눈앞에 어른거리기 시작했다. 헤어지던 날 몸부림치며 빗속을 뛰어오던 여옥의 애처로운 모습에 생각이 미치자 그는 가슴이 터져 버릴 것 같았다.

그가 겨우 식사를 끝냈을 때 상당히 나이가 들어 보이는 중국인 하나가 들어왔다. 사십이 넘어 보이는 그는 얼굴이 검고 매우 깡마른 모습이었는데 눈길이 깊어 강렬한 인상을 풍기고 있었다.

그는 책상 앞에 다가앉더니 대치에게도 맞은편 자리에 앉기를 권했다. 그리고 책상 위에 백지와 만년필을 꺼내놓고는 다짜고짜 심문을 하기 시작했다.

대치는 자신이 비록 조선인이라 하더라도 일본군 포로라는 것을 깊이 인식하고 있었으므로 상대방이 묻는 대로 정직하게 대답했다. 이름 나이 본적 등 기본적인 사항을 묻고 난 중국인은 조금 억양을 높여서 다시 집중적으로 질문을 던져왔다.

"당신은 중국말을 잘하는데 어떻게 그걸 배웠지?"

"중국에서 대학을 다녔습니다."

"그래? 어느 대학을 다녔나?"

상대는 매우 호기심 어린 눈으로 대치를 응시했다.

"북경대학에 다녔습니다."

"아아, 그래. 그렇군. 무얼 전공했지?"

"경제학을 공부했습니다."

"졸업했나?"

"못했습니다. 4학년 재학 중에 일본군에 끌려왔습니다."

"그 정도라면 중국어에는 능통하겠군."

"별로 그렇지는 못합니다."

"북경대학에서 가깝게 지낸 교수는 누구였나?"

"주명학(周明學)이라는 교수님으로 도움을 많이 받았습니다."

"몇 살쯤 된 분인가?"

"젊은 분입니다. 사십이 채 못 된 교수로 모스크바 대학에서 공부를 했습니다."

"모스크바?"

"네, 모스크바 대학입니다."

"그렇다면……."

중국인은 팔짱을 끼더니 턱을 밑으로 내리고 잠깐 무엇인가 생각하는 눈치였다. 조금 후에 다시 그가 입을 열었다.

"그렇다면 보나마나 마르크스 레닌에 심취했겠군."

"네? 제가 말입니까?"

대치는 손을 들더니 안대를 벗기려고 했다. 아직 한쪽 눈에 익숙하지 못한 그는 답답하고 안타까운 나머지 자기도 모르게 자꾸만 손이 위로 올라가곤 했다.

"자네를 말하는 게 아니야. 주교수 말이야."

그의 어조는 조금 날카로워져 있었다.

"심취했다기보다는 어차피 경제학을 연구하려면 마르크스 레닌을 빼놓을 수는 없습니다. 학문상의 문제니까요."

"학문, 학문, 학문상의 문제라. 그거야 그렇지. 나도 그건 알고 있어. 내 말은 그가 마르크스 경제학에 매력을 느끼고 있었을 거라 이 말이야."

대치는 맞은편 벽 위에 걸려 있는 장개석의 사진을 힐끗 올려다보았다. 동시에 그는 이 중국인이 무엇을 알려고 하는가를 곧 알아차렸다. 여기는 장개석의 지배 지역이다. 말을 조심해야 한다. 이들에게 반갑지 않은 손님이 되어서는 안 된다.

그는 그런 내색을 하지 않으려고 일부러 애꾸눈을 자꾸 껌벅거렸다.

창문을 통해 바람이 들어오고 있었지만 방안은 몹시 무더웠다. 얼굴에 번진 땀이 목으로 흘러내리고 있었다.

중국인의 말은 상당히 정확한 것이어서 대치는 그 판단력에 적이 놀라지 않을 수 없었다. 사실 주명학 교수는 마르크스 경제학에 매력을 느낀 정도라 아니라 이론면에서 일급의 코뮤니스트라고 할 수 있었다. 그로부터 대치 자신이 많은 영향을 받았음은 물론이다. 그러나 그때까지만 해도 그에게 있어서 그것은 어디까지나 환상적이었다.

중국인이 대답을 기다리고 있다는 것을 알자 그는 마지못해 입을 열었다.

"주교수님이 그것에 매력을 느끼고 있었는지는 잘 모르겠습니다."

"잘 모를 리가 있나. 아주 가까이 지냈다면서……특히 내가 알기로는 북경대학 내에는 강력한 마르크스 레닌주의자 서클이 있었어. 그런 서클은 으레 그 뒤에 사상적 후원자가 있기 마련이지. 그 후원자가 누굴까? 당신은 모르나? 잘 알고 있을 텐데……."

"서클 활동에 대해서는 잘 모릅니다."

대치는 딱 잘라 말했다.

"그런 서클이 있다는 말은 들었겠지?"

"저는 아무것도 듣지 못했습니다. 그런 서클에 대해서는 전혀 모릅니다."

"모를 리가 있나. 그렇게 부정할 필요는 없어. 북경대학 출신 중에 상당수가 중국 공산당원으로 활약하고 있어. 학생 중에는 모택동(毛澤東)을 흠모하는 자들도 많아. 난 자네도 예외는 아니라고 보는데, 어떤가?"

"그럼 제가 공산주의자라는 말입니까?"

대치는 가슴이 뜨끔했지만 정색을 하고 되물었다.

"그럴지도 모르지."

중국인은 조금 미소를 띠어 보였다. 그리고 호주머니에서 담배를 꺼내더니 대치에게도 한 대 권했다. 대치는 사양하지 않고 그것을 받아 피웠다. 아직 몸이 쇠약했기 때문에 머리가 핑 돌았다. 그는 손등으로 땀을 닦으며 다급하게 말했다.

"그건 오햅니다. 어떻게 그렇게 단정을 내릴 수가 있습니까. 저는 이념도 가지고 있지 않습니다. 그런 것에는 전혀 관심이 없습니다."

갑자기 중국인이 껄껄거리며 웃었다.

"그렇게 변명할 필요는 없지. 코뮤니스트라고 해서 어떻게 하자는 건 아니니까. 당신을 처벌할 생각은 없으니까 마음놓고 솔직히 이야기해 봐. 조국에 대해서는 어떻게 생각하나? 이념을 가지고 있지 않다면 민주주의니 하는 것 따위에는 관심이 없겠군. 민족감정도 없겠군."

완전히 조소하는 말투였다.

"감정은 누구보다도 강하게 가지고 있습니다."

대치는 어금니를 깨물었다. 잠자던 분노가 가슴속에서 일렁이기 시작했다.

"아, 그런가! 듣기에 당신은 상관을 죽이고 도망쳤다고 하는데 사실인가?"

"네, 오오에 라고 하는 오장을 죽였습니다."

"어떻게 죽였지?"

"돌로 쳐서 죽였습니다."

"대단하군. 왜 그렇게 죽였나?"

"가장 악질적인 일본군이었습니다. 그리고 저를 잡아먹으려고 했기 때문에……."

"잡아먹다니 어떻게?"

대치는 쓸데없는 말을 했다는 생각이 들었다. 그러나 이미 뱉어낸 말이었다.

"모두가 죽고 세 사람이 살아 있었습니다. 이등병이 하나 있었습니다. 그런데 그 오장 놈이 먹을 게 없으니까 그 이등병을 쏴 죽였습니다. 그리고 그 고기를 먹었습니다."

"사람 고기를 말인가?"

중국인은 놀라고 있었다.

"네, 사람 고기를 먹었습니다."

대치의 말이 너무 충격적이었던지 중국인은 담배를 다 피울 때까지 한동안 말이 없었다. 이윽고 그는 다시 재촉하듯이 대치에게 물었다.

"놈이 사람 고기를 잘 먹던가?"

"잘 먹었습니다. 그 전에도 혼자서 몰래 사람 고기를 먹었던 모양입니다. 그래선지 놈은 기력이 아주 좋았습니다."

"으음, 그래서?"

"이등병을 잡아먹었으니 다음에는 저를 잡아먹을 것이 뻔했습니다."

"무서웠겠군."

"네, 소름이 끼쳤습니다. 도망치자니 저는 힘이 빠져 잘 걸을 수도 없었습니다. 결국 먼저 그놈을 죽여야 제가 살 수가 있었습니다. 그래서 놈이 잘 때 돌로 내려쳤습니다."

"머리를 쳤나?"

"네, 머리를……."

"놈은 항거도 못했겠군?"

"네, 바로 즉사했습니다."

"눈은 왜 그렇게 됐지?"

"돌로 내려칠 때 놈이 총검을 들어올리는 바람에 거기에 찔렸습니다."

"치료했나?"

"늦었습니다."

"저런, 안됐군."

중국인은 동정하는 눈길로 대치를 깊이 바라보았다. 조금 후에 그 눈은 다시 차가운 빛을 띠기 시작했다.

"내가 알기로는 당신은 거의 두 달 가까이 정글 속을 헤매었는데, 거기서 살아남았다는 건 기적이야. 그 속에 들어가면 아무도 살아 나올 수가 없는데 말이야. 웬만한 짐승도 모두 죽기 마련이야. 그런데 당신은 이렇게 살아 남았어. 확실히 기적이야. 더구나 오랫동안 비도 오지 않은 불모지대를 통과했으니 말이야, 생각할수록 놀라운 일이야. 물 한 모금 마시지 않고 어떻게 살았지? 그동안 무얼 먹고 살았나? 그 비법을 좀 말해 봐. 우리 중국군에게도 많은 도움이 될 거야. 당신도 혹시 사람 고기를 먹지 않았나?"

"먹지 않았습니다."

그는 잘라 말했다.

"그럼 무얼 먹고 살았지?"

"먹을 수 있는 것이면 무엇이나 다 먹었습니다. 짐승을 잡아먹기도 하고, 뱀은 고급에 속했습니다. 그런 것이 없을 때는 나무뿌리로 연명했습니다. 뿌리에는 어느 정도 수분이 있습니다. 그 외에 벌레도 잡아먹었습니다."

"벌레까지?"

"네, 그나마 없어서 못 먹었습니다."

"그렇게 해서 두 달을 견디었단 말이지?"

"네, 별다른 방법은 없었습니다. 그러니까 그건……그렇게 해서 서서히 죽어 가는 것이나 다름없었습니다. 죽음을 조금 연장한다는 의미밖에 다른 것은 없었습니다. 저도 그대로 며칠만 더 거기에 있었더라면 결국 죽고 말았을 겁니다. 경험을 해보지 못한 사람이 볼 때는 그런 곳에서 두 달 동안이나 살아 있었다는 것이 분명히 불가사의한 일일 겁니다. 그러나 그런 상황에 처할 때는 그게 가능할 수도 있습니다. 물론 극소수에게 해당되는 것입니다만…… 거기서 방황하는 동안 많은 일본군들이 굶고 지쳐서 죽어갔습니다. 누운 채 며칠씩 버티다가 죽어가는 병사들도 많았습니다. 그것을 토대로 해서 패잔병들 사이에는 일반이 수긍하기 어려운, 육체의 생명일수(生命日數)라고 하는 생명판단이 공공연히 유행했습니다. 아무튼 제가 이렇게 살아남을 수 있게 된 것은 남들과는 다른 특별한 방법이 있었기 때문이 아닙니다. 단지 죽음을 조금 지연시켰다는 것뿐 별다른 점은 없습니다."

"체력이 큰 힘이 되었겠군. 체력이 약한 사람은 오래 버티지를 못했겠지?"

"그렇다고 볼 수 있습니다. 그러나 제 경험으로 비추어 볼 때 가장 중요한 건 그것보다는 정신력인 것 같습니다. 저는 그대로 죽는다는 것이 너무 억울했기 때문에 어떻게든 살아 보려고 결심했습니다. 제 경우에는 그것이 많이 작용하지 않았나 생각됩니다."

중국인은 헛기침을 크게 했다.

"젊어서 죽기는 누구나 다 억울하지. 그리고 살려는 마음은 인간이 지닌 기본적인 욕구 아닌가. 당신처럼 다른 일본군들도 살려고 발버둥을 쳤을 텐데……."

"아무리 기본적인 욕구라고는 하지만 그 바탕이 문젭니다. 그들은 침략자로서의 삶을 원했고 저는 피압박 민족으로부터 해방되어 자유로운 삶을 원했습니다. 그러기 위해서는 개죽음 당할 게 아니라 그것을 쟁취하기 위해 싸워야 한다고 생각했습니다. 그런 만큼 삶에 대한 욕구는 그들과는 근본적으로 달랐습니다."

"그러니까 당신은 일종의 사명감을 가지고 살기를 원했다 이 말이군. 잘 알겠어."

"더구나 대부분의 일본군들은 전장에서 죽는 것을 천황에 대한 충성의 길이라고 생각했기 때문에 기꺼이 죽음을 받아들이는 경우가 많았습니다."

"일본의 소위 천황이라는 걸 어떻게 생각하나?"

"가소로운 유물(遺物)이죠."

"유물?"

"네, 미개인들에게나 필요한 유물이죠. 미친 자들이 아니면 오늘날 그런 환상을 붙들고 미친 짓을 하지는 않았을 겁니다. 그런 것은 쓰레기통에 처박아 버려야 합니다."

대치는 자기도 모르게 큰 소리로 말했다.

"매우 과격한데……."

중국인은 중얼거리면서 대치를 지그시 바라보았다.

"방금……생명판단이란 게 유행했다고 했는데 그건 무슨 말이지?"

"그건……그러니까 죽는 날짜를 대충 판단할 수 있다 이 말입니다. 일어설 수 있는 인간의 수명은 30일, 몸을 일으켜 앉을 수 있는 인간은 3주일, 누워서 일어나지 못 하는 사람은 1주일, 누워서 소변을 보는 사람은 3일, 말을 하지 못 하는 사람은 2일, 입도 움직이지 못 하는 사람은 1일……대개 이렇게 생명판단일수가 나와 있습니다. 이 통계는 거의 적중했습니다."

"으음, 놀라운 사실이군."

중국인은 고개를 끄덕거리면서 대치가 말한 것을 백지 위에 적었다. 모두 적고 나서 그는 의미심장하게 물었다.

"앞으로 어떻게 할 텐가?"

"저는 포로니까 마음대로 처리하십시오."

"석방시켜 주면 뭘 하겠나?"

"항일운동에 참가하고 싶습니다."

"그렇지만 무턱대고 일할 수는 없을걸. 거기에도 노선이 있으니까."

중국인의 눈이 날카로워져 있었다. 대치는 긴장했다.

"항일운동하는데 무슨 노선이 필요합니까?"

"필요하지. 일테면 방법 면에서 말이야……왜놈들과 협상을 벌이려는 측이 있는가 하면 다른 한쪽에서는 왜놈을 때려 죽이려고 한다면, 당신은 어느 쪽을 택하겠어? 협상을 하겠나, 아니면 싸우겠나?"

"왜놈들은 무조건 때려 죽여야 합니다! 항일운동하는 조선인들 중에 왜놈과 협상을 벌이려는 놈들이 있습니까?"

"있지. 그런 놈들도 제거시켜야 해."

대치는 중국인의 말이 묘한 방향으로 흐르고 있다고 생각했다.

"모택동을 어떻게 생각하는가?"

"생각해 보지 않았습니다."

"여전히 조심하는군. 좋아, 나는……."

그는 말을 끊었다가 이번에는 조선말로 말했다.

"자네와 같이 조선 사람이야."

"네에?!"

"놀랄 것 없어. 나중에 내가 누군가를 차차 알게 될 거야. 자네가 바란다면……항일운동에 참가하게 해주지."
 사내는 일어서며 바쁘게 나가버렸다. 대치는 멍하니 그가 나간 쪽을 바라보았다.

희 망

　아녀자들의 울부짖는 소리가 동굴 안을 가득 채우고 있었다. 군인들이 조용히 하라고 소리를 질렀지만 울부짖는 소리는 자꾸만 높아 가고 있었다.

　쉴 사이 없이 쏘아 대는 함포 사격과 비행기 폭격으로 지축이 뒤흔들리고 있었다.

　사람들은 파괴보다도 폭탄 터지는 소리를 더 무서워했다. 그것은 바로 전율의 대상이었고, 고막을 찢는 그 소리에 끝내는 미쳐 버리는 사람도 많았다. 공포에 떠는 사람들의 모습은 처절할 정도를 지나 추악스럽기까지 했다.

　폭탄이 터질 때마다 동굴 천장과 벽으로부터 흙과 돌이 떨어져 내리곤 했다. 동굴이 무너질지도 모른다는 공포감이 동굴 안의 사람들을 더욱 미치게 만들었다.

　여옥은 동굴 안 한쪽 구석에 쭈그리고 앉아 있었다. 폭탄이 터지는 소리를 듣지 않으려고 그녀는 두 손으로 귀를 감싸쥐고 있었다.

　"우르릉 꽝!"

하는 소리가 날 때마다 그녀는 소리를 지르고 싶은 충동을 느끼곤 했다.

폭격이 멎을 때면 한동안 무서운 정적이 찾아들곤 했다. 그것 역시 참기 힘든 것이었다.

그녀는 땅에 떨어진 건빵 조각을 주워 먹었다. 굶은 지 사흘이 지났다. 배에서는 계속 쪼르륵하는 소리가 들려왔다. 공포 때문일까, 살고 싶다는 생각이 이렇게 절실히 느껴진 적이 일찍이 없었다. 그래서인지 무엇이든 먹고 싶었다. 위안소에 있을 때는 거의 음식을 입에도 대지 않던 그녀였다. 그러나 지금은 달랐다. 배고픔은 참기 어려웠다. 비상식량을 준비해 가지고 온 사람들은 결코 그것을 다른 사람에게 주려고 하지 않았다.

그녀가 들어 있는 동굴은 크고 넓어서 그 안에는 수백 명이 들끓고 있었다. 이 동굴은 처음에는 그렇게 크지 않은 것이었는데 미군의 폭격에 대비하여 방공호로 쓰기 위해 미리 넓힌 것이었다. 동굴은 앞뒤가 트여 있었고, 뒤쪽은 바로 천애의 절벽으로 밑에서는 파도가 치고 있었다. 동굴을 차지한 것은 먼저 민간인들이었다. 그 다음에 밀어닥친 것이 군인들이었다.

1개 중대 병력쯤 되는 수였는데 부상병이 대부분이었다. 지휘자도 없는 것으로 보아 놈들은 소속을 잃은 패잔병 무리인 것 같았다.

미군이 이미 상륙해서 밀려오고 있었고, 아직 상륙하지 못한 쪽은 집중적으로 폭격을 가하고 있었다.

미군은 탱크를 앞세우고 상륙했다. 그 강력한 화력 앞에 일본군은 속수무책이었다. 개중에는 수류탄을 안고 탱크 밑으로 뛰어드는 병사들도 있었지만 그것은 한낱 절망적인 몸부림에 불과할 뿐 아무 힘도 되지 못했다.

쫓긴 일본군들은 천애의 절벽이 늘어서 있는 북쪽으로 몰리기 시작했다. 그렇게 되면서 계통도 소속도 없어지고 민간인들과 뒤엉켜 지내게 되었다. 사태가 절망적이 되자 그들의 포악하고 잔인한 성격이 차츰 드러나기 시작했다. 눈빛이 이상해지고 발작적으로 행동하는 자들이 많아졌다.

며칠째 비가 오지 않아 맑은 날씨가 계속되고 있었다.

밤이 되자 미군의 공격도 멎고 죽음 같은 정적이 찾아들었다. 이윽고 밝은 달빛이 대지와 해면에 쏟아지기 시작했다. 해면에 부딪치는 달빛은 금빛으로 부서지고 있었지만 나무 사이로 스며드는 달빛은 푸르스름한 빛을 띠고 있어 죽음 같은 정적과 함께 괴기스러운 느낌마저 주고 있었다.

갑자기 찾아온 정적이었기 때문에 모두가 감히 그것을 깨뜨릴 생각을 하지 못한 채 침묵을 지키고 있었다. 그때 여자의 발작적인 웃음 소리가 들려왔다. 깔깔거리는 그 웃음 소리가 일본군의 신경을 자극했다.

"어떤 년이 웃는 거야?"

희미한 불빛 아래서, 머리에 붕대를 맨 병사가 일어서서 눈을 부라렸다. 살기등등한 소리에 모두가 겁을 집어먹고 소리난 쪽을 바라보았다.

머리를 산발한 젊은 여자가 앞가슴을 풀어헤친 채 가운데로 뛰어나왔다. 가슴에는 갓난 핏덩이를 안고 있었다.
"아기가 죽었어요!"
어느 간호원이 소리쳤다. 과연 여인이 몸을 움직일 때마다 축 늘어진 아기의 머리가 덜렁거리고 있었다. 그와 함께 아기의 머리 위에서 여인의 젖가슴도 덜렁거리고 있었다. 여인의 젖가슴은 아기를 가진 여자의 젖 같지 않게 비쩍 말라붙어 있었다. 두 개의 젖꼭지만이 포도송이 같이 불쑥 튀어나와 있었다.
"젖이 안 나와요! 그래서 아기가 죽었어요!"
간호원이 여인을 옹호하려고 필사적으로 매달리고 있었다.
"시끄러, 이년아!"
일본군이 고함을 지르자 간호원은 그 자리에 풀썩 주저앉아 훌쩍훌쩍 울었다.
미친 여인은 죽은 아기에게 미친 듯이 키스를 하다가 또 발작적으로 웃음을 터트렸다. 웃음은 높다랗게 허공을 울리다가 바늘 끝처럼 사람들의 귀를 찔렀다. 미친 여인의 웃음 소리라 그런지 그것은 무척 자극적으로 들렸다.
여옥은 눈을 감으면서 자신의 부풀어오른 배를 가만히 쓰다듬어 보았다. 몸이 마를 대로 마른 탓인지 배는 유난히 불거져 있었다. 아기가 꿈틀하고 움직였다. 그러자 하나의 벅찬 감동이 새벽의 신선한 공기와 같이 가슴을 파고들었다. 그녀의 손가락들이 바르르 떨렸다.
그러나 그러한 감동은 이내 두려움으로 변했다. 아기를 무사히 낳는다 해도 아기가 당할 고통을 생각하면 무섭기까지 했다.

자신이 아기를 무사히 기를 수 있을지는 지극히 의문스러웠다. 아니 도저히 불가능할 것 같았다.

내 아기도 저 미친 여자의 아기처럼 죽고 말 거야. 젖도 못 먹고 굶어 죽을 거야. 얼마나 불쌍할까. 나도 저 여자처럼 미치겠지, 아아, 차라리 미쳐 버렸으면…….

그녀는 눈물이 가득 괸 눈으로 미친 여자를 바라보다가 자기의 젖가슴을 옷 위로 살그머니 눌러 보았다. 그녀의 젖가슴 역시 영양실조로 부풀지 못 하고 말라 있었다. 젖이 안 나오면 아기는 낳자마자 죽겠지. 뭐든지 먹어 젖이 나오게 해야 한다.

그녀가 이런 생각을 하고 있을 때 미친 여인이 갑자기 울부짖기 시작했다. 머리에 붕대를 감은 부상병이 여인의 품에서 죽은 아기를 빼내자 여인이 몸부림치면서 달려들고 있었다.

"이년이!"

부상병은 그녀를 발로 질러 버렸다. 여인의 몸뚱이가 힘없이 뒹굴었다.

그 군인은 죽은 아기를 안고 동굴 뒤쪽으로 성큼성큼 걸어가더니, 흡사 물건을 집어던지듯이 아기를 절벽 밑으로 던져 버렸다. 그때 쓰러진 여인이 일어나 다시 군인에게 달려들었다. 군인이 미처 몸을 피할 사이도 없이 여인의 손톱이 그의 얼굴에 깊이 박혔다. 여인은 손톱으로 군인의 얼굴을 힘차게 할퀴었다. 군인의 얼굴은 금방 피투성이가 되었다. 군인이 주먹과 발로 그녀를 다시 때렸지만 그녀는 물러나지 않았다. 그녀는 발작을 일으킨 때문인지 힘이 세었다. 찰거머리처럼 군인에게 달라붙어 떨어지지 않았다.

"사람 살려!"

급기야 군인이 비명을 질렀다. 너무 갑자기 일어난 일이라 그때까지 멍하니 구경 만하고 있던 군인들이 그제야 우르르 뛰어갔다. 그러나 그들이 미처 닿기도 전에 엄청난 일이 벌어졌다.

여인은 다시 울부짖는가 하더니 이빨로 군인의 목을 물어뜯었다. 물어뜯을 때 그녀의 입에서는 짐승이 내지르는 것 같은 신음 소리가 흘러나왔다.

절벽 끝에 밀려 서 있는 일본군은 다급했다. 급한 나머지 그는 반사적으로 허리에 차고 있는 정글용 칼을 빼어 들었다. 그리고 그것으로 여인의 복부를 힘껏 찔렀다. 어떻게나 힘껏 찔렀던지 여인의 허리 위로 칼끝이 쑥 튀어나왔다. 그러나 여인은 일본군을 놓지 않았다. 그녀는 물어뜯은 입에 마지막 힘을 쏟아 넣으면서 상대방을 꽉 껴안고 앞으로 쓰러졌다. 절벽 끝에 몰린 사내는 넘어지지 않으려고 버둥거렸으나 허사였다.

목을 찢는 듯한 비명과 함께 두 사람의 모습이 절벽 밑으로 사라져 갔다. 군인들이 몰려가 보았지만 두 사람의 모습은 검은 파도에 삼켜 보이지 않았다.

이 사건은 그때까지 그래도 체면을 지키고 있던 일본군들을 막바지로 몰고 가 그들을 광포하게 만들었다.

"이 개 같은 년들!"

그들은 여자들이 조금만 소리를 내어도 주먹을 휘둘렀고, 몇 명씩 둘러서서 여자를 강간하기도 했다. 그들에게는 질서도 사기도 이미 사라져 버렸고, 남아 있는 것이라고는 야수 같은 잔혹성과 욕망뿐이었다.

여옥은 자신이 강간당할까 봐 몹시 불안했다. 너무 굶어 기력이 쇠잔해진데다 임신을 하고 있어 일본군들에게 집단적으로 강간을 당하면 배겨내기 힘들 것 같았다.

그녀는 일부러 얼굴에 흙을 묻히고 머리를 마구 헝클어뜨려 놓았다. 앉아 있으려니 자연 신음이 나왔다. 입을 꼭 다물었지만 자기도 모르게 신음이 흘러나오곤 했다.

남성이 야만화될 때 제일 두드러지게 나타나는 현상이 바로 강간이다. 이성을 갖춘 정상적인 남자라고 해도 그 의식의 밑바닥에는 새디스트적인 성향이 자기도 모르게 잠재화되어 있기 마련이다. 그러다가 인간의 탈을 벗게 될 때 그것은 의식의 벽을 부숴 버리고 가장 노골적으로 행동화되는 것이다. 그런 만큼 그 파급 효과는 커서 한 놈이 강간을 저지르면 이놈 저놈이 덩달아 옷을 벗고 그 짓에 참여하는 것이다.

여옥이 들어 있는 동굴 속의 일본군 패잔병들은 이런 면에 있어서는 그 가장 전형적인 인물들이었다. 하나가 성공적으로 강간 행위를 끝내자 그것은 흡사 전염병처럼 다른 군인들에게도 퍼져 갔다. 그들은 전염병 환자처럼 열에 떠서 자신을 주체할 수 없게 되었고 마침내 먹음직스러운 먹이를 찾아 사냥을 하기 시작했다.

죽음 같은 정적이 사라지고 그 대신 여자들의 비명과 울부짖음이 동굴 안을 가득 채웠다. 그러나 군인들이 눈을 부라리고 위협을 하는 바람에 굴속은 다시 조용해지곤 했다. 소리조차 지를 수 없는 상태에서 당하는 일이라 여자들은 더욱 공포에 떨었고 모두가 절망적인 몸부림을 했다.

군인들이 불을 비쳐 들고 반반하게 생긴 여자들을 찾을 때는 모두가 고개를 돌리고 얼굴을 보이지 않으려고 했다. 그러나 쓸데없는 짓이었다. 남자들은 여자들의 얼굴을 뒤로 젖히고 들여다보곤 했다.

대체로 늙은 여자들은 강간에서 제외되었다. 그들은 인기가 없었다. 그 대신 젊은 여자들, 그리고 나이 어린 소녀들이 제물이 되었다. 희생된 소녀들 가운데는 열 두서너 살짜리도 있었다. 눈이 뒤집힌 일본군들은 어린 소녀들의 애소 따위에는 귀도 기울이지 않았다.

여자들 가운데 가장 두드러져 보이는 축은 간호원들이었다. 그들은 모두 여섯 명이었는데 처음에는 부상병들을 열심히 치료해 주는 바람에 강간의 대상에서 제외되었다.

그러나 그들의 싱싱한 젊음이 야수 같은 사나이들의 눈에서 벗어날 리가 없었다. 거의가 여학생들로서 전장에 지원해 온 종군 간호원들인 만큼 신선한 빛을 띠고 있었고, 일종의 사명감 같은 것도 지니고 있어서 그 아름다움이 다른 여자들보다는 두드러지게 나타나고 있었다. 더구나 그들은 다른 여자들의 몸뻬 차림과는 달리 하얀 간호복 차림이 한결 청순한 빛을 자아내고 있었다.

처음 간호원에 손댄 일본군은 몸집이 큰 병장이었다. 놈은 다리를 약간 다쳐 간호원의 치료를 받고 있었는데, 간호원이 상처에 약을 바르고 붕대를 감고 나자 갑자기 그녀의 허리를 와락 껴안았다. 간호원이 몸부림쳤지만, 그럴수록 놈은 그녀의 허리를 끊어져라 하고 조였다.

간호원이 쓰러지자 그는 지체 없이 그녀를 덮쳐 눌렀다. 그리고 맹렬한 기세로 그녀의 옷을 벗기기 시작했다.

놈은 옷이 벗겨지지 않자 우악스럽게 그것을 잡아 찢었다. 아직 손을 대지 않은 간호원을 덮쳐 눌렀다는 사실이 다른 일본군들을 놀라게 하고 흥분시켰다. 그들은 우르르 몰려들어 실랑이를 벌이고 있는 두 남녀를 에워쌌다. 그리고 손뼉을 치면서 병장을 응원했다.

전장에서의 강간 행위는 일본군들에게 있어서 하나의 유행이다시피 되어 있었다. 누가 많이, 멋있게, 그리고 야만적으로 여자를 해치우냐에 따라 그 남성다움이 평가되고 있을 정도였다. 여자 하나 먹어 치우지 못 하는 놈은 병신 취급을 받았고, 여자를 많이 점령하는 놈은 영웅으로 대접을 받았다.

원칙적으로 강간 행위는 금지되어 있었다. 그러나 군기가 엄한 일본군도 이 점에 대해서만은 많은 관용을 베풀고 있었다. 직속 상관들은 부하들의 강간 행위를 처벌하기는커녕 오히려 두둔해 주고 있었다. 이러한 현상은 어떤 일본군에게 있어서나 다 마찬가지였다.

중국 대륙에 진출해 있는 일본군도 그랬고, 버다에 주둔해 있는 일본군들도 그랬고, 남양 군도에 흩어져 있는 일본군들도 그랬다.

 동료들이 응원을 하자 병장은 기고만장했다. 놈은 웃으면서 간호원의 몸에 마지막 남아 있는 팬티를 휙 낚아채 버렸다. 노란색 팬티는 종이처럼 쉽게 찢겨져 공중으로 날았다. 군인들이 함성을 질렀고, 팬티를 잡은 병사는 거기에 얼굴을 비비면서 킁킁하고 콧소리를 냈다. 그러자 다른 병사가 그것을 잡아채었고, 그것은 다시 또 다른 병사의 손에 넘어갔다. 찢긴 팬티는 이 사람 저 사람의 손으로 너덜너덜 떨어져 나갔고, 그때마다 함성이 일었다.

 다른 간호원들은 모두 공포에 질려 오들오들 떨고 있었다. 보다 못한 간호부장이 군인들에게 달려들었다.

 "이게 무슨 짓들입니까? 천황 폐하의 군대가 이게 무슨 짓들입니까? 부끄럽지도 않습니까? 여러분을 위해서 봉사하는 간호원들을 이럴 수가 있습니까?"

 간호부장은 서른이 넘어보이는 노처녀였다. 안경을 끼고 있어 나이가 더 들어 보였고, 담당 간호원들에게는 엄격했다. 그녀는 군인들이 둘러서 있는 가운데로 들어갈 수가 없었다. 안으로 들어서려고 하면 군인들이 밀어 버렸기 때문이다. 그녀는 군인들이 대꾸도 하지 않자 발을 동동 구르면서 더 심한 말로 그들을 꾸짖었다.

 처음에는 거들떠보지도 않던 군인들도 그녀가 자꾸만 늘어붙자 마침내 화가 났다.

 "이 늙은 것이 왜 지랄이야!"

군인 하나가 획하고 돌아서더니 간호부장의 뺨을 철썩 하고 갈겼다.

간호부장은 얼굴을 싸쥐고 놀란 눈으로 군인을 바라보았다. 군인이 자기를 때릴 줄은 미처 생각지 못한 모양이었다.

"뭐가 어쩌고 어째, 이년아! 천황 폐하의 군대가 어쩌고 어째! 천황 폐하를 왜 들먹이냐? 천황 폐하의 군대를 위해 몸 한번 주는 게 그렇게 억울하냐?"

일본군은 악담을 늘어놓더니 간호부장의 옷자락을 움켜쥐고 확 잡아당겼다.

하얀 간호복이 북 찢어지면서 그녀의 상체가 드러났다. 간호부장은 그 자리에 풀썩 쓰러지면서 울음을 터뜨렸다.

"시끄러, 이년아! 아가리를 찢어 놓을 테다! 너 같이 늙은 건 먹기도 싫어!"

병사들이 와르르 웃음을 터트렸다.

그들은 다시 강간이 벌어지고 있는 장면으로 고개를 돌렸다.

땅 위에 간호원의 벌거벗은 몸이 뒹굴고 있었다. 몸에는 아무것도 가린 것이 없었다.

군인들은 이 진기한 광경을 좀더 확실히 보려고 거기에 집중적으로 플래시를 비쳤다.

불빛을 받은 간호원의 살결은 백옥처럼 하얀 빛을 발산하고 있었다. 미끈한 팔다리가 바둥거리는 모습은 남자들을 자극하기에 충분했다.

"뭐하는 거야! 빨리빨리 눌러 버려!"

군인들은 흥분해서 소리쳤다.

병장은 한 손으로 여자를 부둥켜안은 채 다른 한 손으로 자기 옷을 벗기 시작했다. 놈의 엉덩이가 드러나자 구경꾼들의 흥분은 고조에 달했다. 바지가 발에 걸리자 다른 군인이 그것을 뽑아 주었다.

오랫동안 목욕을 하지 못한 탓인지 놈의 하체는 새카맣게 때가 끼어 있었다. 간호원의 살빛에 비해 볼 때 그것은 너무나 대조를 이루고 있었다.

두 다리는 털투성이였고 근육질로 되어 있었다. 놈은 엄청나게 힘이 좋았다. 거기에 비해 여자는 연약하기 짝이 없었다. 그러나 강자가 약자를 범하지 못 하는 경우가 바로 이런 경우다.

여자는 필사적으로 저항하고 있었다. 비록 몸은 밑에 깔려 있었지만 남자가 공격해 오면 죽을 힘을 다해 옆으로 빼곤 했다. 그것은 마치 미꾸라지가 손가락 사이를 빠져나가는 것처럼 아슬아슬하기 짝이 없어서 보는 사람으로 하여금 손에 땀을 쥐게 했다.

여자는 잘 피해 내고 있었다. 병장의 입에서는 헐떡거리는 숨소리가 터져나오고 있었다. 그는 초조한 기색이었다.

"이런 병신 같은 새끼! 계집애 하나 처먹지 못 하냐?"

여기저기서 야유가 쏟아져나오기 시작했고, 누군가가 놈의 엉덩이를 걷어차기까지 했다.

다급해진 병장은 힘으로는 여자를 정복할 수 없다고 생각했던지, 갑자기 주먹을 들어 여자의 얼굴을 후려갈겼다. 주먹 한 대로 그렇게 필사적으로 항거하던 여인은 쭉 뻗으면서 기절해 버렸다.

"됐다! 좀 쉬었다 해라!"

이 말에 병장은 몸을 일으켰다. 그는 여전히 헐떡거리면서 숨을 몰아쉬고 있었다. 그때마다 그것이 벌떡벌떡 춤을 추고 있었다.

병사들의 입에서 웃음이 터져나왔다.

"이놈아, 누구 앞에서 건방지게……."

"죄송합니다. 헤헤……."

놈은 멋쩍게 웃으면서 쓰러져 있는 여자를 내려다보았다. 눈은 탐욕에 젖어 빛나고 있었고 미련스럽게 생긴 주먹코는 연방 벌름벌름 움직이고 있었다.

기절해 있는 간호원의 모습은 아름다웠다. 얼굴은 아직 여학생 티를 벗어나지 못해 앳되어 보였으나 몸은 완전히 성숙해 있었다.

헝클어진 단발머리가 그녀의 얼굴을 반쯤 가리고 있었는데 찢긴 입에서 검붉은 피가 흘러나오고 있는 것이 더 없이 애처로워 보였다.

조그만 두 손은 아직도 가슴을 감싸고 있었다. 짓궂은 병사가 그 두 손을 발로 툭 걷어차자 탐스러운 젖가슴이 나타났다. 두 개의 젖꼭지는 봄에 돋아나는 꽃순처럼 빨갛게 솟아 있었고 남자들의 거친 숨결에 바르르 떠는 것 같았다. 허리로부터 둔부를 거쳐 다리로 뻗어내린 곡선이 또한 섬세하고 유연해서 더 말할 수 없는 아름다움을 보여주고 있었다. 허벅지와 엉덩이는 충분히 살이 올라 있어서 역시 풍만해 보였다.

이 모든 아름다움이 이제 막 파괴되려 하고 있었다. 누구 하나 목숨을 걸고 이 파괴를 막으려 하지 않았고, 그런 상태 속에서 여자는 벌거벗긴 채 내버려져 있었다. 여자를 지켜보고 있는 것은 파괴의 본능에 사로잡힌 야수 같은 사나이들의 번득이는 눈들 뿐이었다.

"빨리 먹어 치워!"

누군가가 소리쳤다. 그것을 기다렸다는 듯이 병장은 몸을 구부렸다.

그리고 조준을 한 다음 힘차게 밀어붙였다. 순간, 기절해 있던 여자의 몸이 꿈틀하고 경련했다. 그와 함께 여자의 입에서 고통에 이지러진 소리가 가늘게 흘러나왔다.

그러나 여자는 더 이상 신음 소리도 내지 않았고 움직이지도 않았다. 죽은 시체처럼 흔들리고 있을 뿐이었다. 병장의 몸은 여자 위에 둥그렇게 오그라져 있었다.

조금 전까지 시끄럽게 떠들던 일본군들은 하나 같이 입을 다문 채 뚫어져라 하고 그 광경을 바라보고 있었다. 입을 멍하니 벌리고 있는 놈, 숨을 헐떡거리는 놈, 주먹을 쥐었다 폈다 하는 놈 등 각양각색이었다.

병장이 몸을 부르르 떨었다. 이윽고 그는 히쭉 웃으면서 몸을 일으켰다. 만족스럽다는 표정이었다. 그녀는 괴로운지 조금씩 움직였다.

"자, 다음 없어?"

오장 한 놈이 주위를 둘러보며 묻자 일등병 한 놈이 앞으로 나섰다.

"제가 하겠습니다!"

그 다음부터는 지원자가 늘어났다. 한 놈이 끝나면 그 다음 놈이 달라붙었고, 아직 기다려야 하는 놈들은 허리끈을 풀고 엉거주춤 서 있었다.

그밖에 나머지 놈들은 구경하는데 재미를 느끼던가, 아니면 다른 간호원들을 노리고 있었다.

첫번째 간호원을 범한 놈들은 모두 열 여덟 명이나 되었다.

다른 간호원들은 군인들이 자기를 범할까 봐 벌벌 떨면서 구석에 웅크리고 앉아 있었다.

그래서 난행을 당한 간호원은 누구 하나 몸을 가려 주지 않은 채 그대로 방치되어 있었다.

간호원은 죽은 듯이 누워 있었다. 정말 죽은 것 같기도 했다.

그때 그녀에게 다가오는 사람이 있었다. 여옥이었다. 그녀는 간호원이 능욕을 당하고 있는 동안 마치 자신이 그렇게 당하고 있는 것처럼 고통을 느꼈다.

그녀의 머리 속으로 정신대로 끌려가던 도중 무참히 순결을 짓밟히던 그 악몽의 밤이 생각났다. 그때의 고통이 가슴을 메우면서 되살아났다. 그곳이 만주의 어디쯤인지, 그리고 그녀를 짓밟았던 그 늙은 군인이 누구인지 그녀로서는 알 수가 없었고, 알고 싶지도 않았다. 차라리 그날 밤 죽어 버렸더라면 얼마나 좋았을까. 숱한 밤을 지새우면서 그녀는 얼마나 자주 이런 생각을 해 왔던가.

간호원 옆으로 다가선 여옥은 손으로 그녀의 머리칼을 쓰다듬어 주었다. 그러자 간호원이 가느다랗게 신음 소리를 냈다. 여옥은 그녀의 몸에 묻은 피를 닦아 준 다음 찢긴 옷자락으로나마 그녀의 몸을 가려 주었다.

여옥의 이 침착한 행동에 모두가 놀라고 있는 것 같았다. 여자들은 물론 일본군들도 그녀의 움직임을 바라보고 있었다.

여옥은 그들의 시선에 아랑곳없이 하는 일을 계속했다. 모진 고난을 견디어 낸 자만이 지닐 수 있는 그 침착성에서 강인한 의지가 어린 그녀의 몸에 뚜렷이 배어 있었다. 그것은 자신도 모르는 사이에 이루어진 것이었다. 그래서인지 그녀는 나이답지 않게 어른스러워 보이기까지 했다.

일본군 하나가 그녀의 이러한 태도에 비위가 상했는지 앞으로 가까이 다가가서 그녀의 얼굴을 더 자세히 보려고 플래시를 비쳤다.

"어? 바로 너구나?"

놈은 위안소에 출입하면서 여옥의 얼굴을 이미 익혀 둔 모양이었다.

"매독 걸린 년이 살겠다고 여기까지 와서 숨어 있는 거야?"

이 한마디는 마치 그녀의 가슴을 바늘로 찌르듯이 그녀에게 격심한 고통을 주었다. 나는 매독에 걸리지 않았어요, 하고 그녀는 소리를 지르고 싶은 충동을 가까스로 참았다.

모두가, 특히 여자들의 시선이 찌를 듯이 그녀를 쏘아보고 있었다. 여옥은 견디기 어려워 고개를 숙였다. 그러나 이내 반발을 느끼고 그녀는 고개를 쳐들었다.

"너도 살고 싶냐?"

그자가 다시 물었다. 여옥은 대답하지 않았다. 대신 그녀는 남자를 똑바로 바라보았다.

"어, 이년 봐라. 노려보는데……."

그자가 손을 뻗더니 여옥의 뺨을 철썩 하고 갈겼다. 여옥은 눈물이 나오는 것을 억지로 참았다. 울지 말아야 한다. 눈물을 보여서는 안 된다.

그때 기절해 있던 간호원이 눈을 떴다. 그녀의 손이 여옥의 옷자락을 잡았다.

"저……저 좀 일으켜 줘요."

그녀는 들릴 듯 말 듯한 목소리로 중얼거렸다.

여옥은 그녀의 어깨를 감싸안았다. 그러자 어떤 여자가 소리를 질렀다.

"손대지 마! 매독 걸린 년이 누구를 손대는 거야! 죠센징이 되지 못 하게 시리……."

그것이 신호이기라도 하듯 여기저기서 여자들이 욕지거리를 퍼부었다.

"화냥년이 뻔뻔스럽게 여기가 어디라고! 이년아 나가! 나가지 못해? 저년을 끌어내!"

"아유, 저년 눈 좀 봐!"

"눈깔을 빼 버려!"

군인들에게 억눌려 있던 감정이 엉뚱하게도 여옥에게 쏟아지고 있었다.

군인들도 그녀에게 야유를 던지고 있었다.

"누구 씨를 뱄지?"

"……."

"이 봐, 왜 대답을 안 하는 거야?"

"……."

"매독에 걸린 년이 아기를 낳으면 어떻게 되는 줄 알아? 그 새끼도 매독에 걸리는 거야. 알겠어?"

"……."

"그년 얼굴은 반반하게 생겼는데, 나쁜 병에 걸렸군."

"……."

"너, 나 알아보겠냐? 너를 힘차게 껴안은 바람에 네 갈비뼈까지 부러뜨렸었는데, 그래도 나를 기억 못 하겠어?"

"……."

"넌 보기보다 바보인 모양이구나. 이거 봐."

"……."

"저년이 귀가 먹었나? 귓구멍을 뚫어 줄까?"

"……."

"야, 너 아기를 낳아서 어떻게 하겠다는 거야?"

"……."

"이름을 어떻게 지을 테냐? 누구 성(姓)을 따지?"

"……."

"이름을 지을 필요 없이 잡종이라고 하면 되겠구나."

"……."

여옥은 구석 자리로 돌아가 앉아 머리를 푹 숙였다. 그러나 울지는 않았다.

이보다 더한 수모를 겪었는데, 이것쯤이야 못 참으랴 싶었다. 아무리 심한 욕이라 해도 참아낼 수 있을 것 같았다. 아니, 참아야 한다고 생각하고 있었다.

"야, 그게 누구 씨인지 너도 모르지? 알 수가 없겠지. 그래, 나도 그 점은 이해해."

"……."

"우리가 정성 들여 심어 준 씨라는 것을 명심해서 잘 키워야 한다. 우리 일본군의 선물이니까 말이야."

"……."

"그런데 네가 매독에 걸렸다니 참 곤란하구나. 좋은 방법이 없을까……."

"……."

여옥은 한마디도 대꾸하지 않았다. 일본군들은 모두가 한마디씩 내뱉고 있었지만, 나중에는 그녀의 귀에 아무 말소리도 들리지 않았다. 다만 벌레 같은 것이 윙윙거리는 소리만이 들려올 뿐이었다.

문제는 남자들보다 여자들 쪽이었다. 남자들의 야유가 끝나자 여자들이 다시 달라붙기 시작했는데, 여옥이 상대를 하지 않자 그 기세가 험악해졌다.

"나가! 썩 나가, 이년아! 딴 사람한테 전염된단 말이야! 그 더러운 병을 누구한테 묻히려구 앉아 있는 거야? 나가! 빨리 나가아!"

그러나 여옥은 벽 쪽으로 더욱 몸을 밀착시켰다. 심한 반발이 가슴에서 불덩이처럼 솟구쳐 올랐다. 죽어도 너희들에게 굽히지 않겠다. 나를 쫓아내려면 차라리 이 자리에서 나를 죽여다오. 내가 누구 때문에 이렇게 된 줄을 너희들은 생각이나 해보았는가. 나는 억울하다. 억울하다. 억울하다. 누가 과연 나를 이렇게 만들 권리가 있는가.

여옥이 꼼짝도 하지 않자 마침내 여자들이 발끈해서 일어섰다. 그중 두 여자가 여옥이 있는 쪽으로 다가와 그녀를 잡아끌기 시작했다. 여옥은 본능적으로 태아를 다치지 않게 하려고 두 손을 배에 가져갔다.

"이년아! 나가! 나가! 나가아! 나가지 못해!"

옷자락을 너무 세게 잡아당기는 바람에 옷이 북 찢어졌다. 한쪽 어깨가 앙상하게 드러났다.

여옥은 끌려가지 않으려고 온몸으로 버티었다. 맞아 죽어도 좋다는 절망 끝에 오는 이상한 배짱이 그녀를 지배하고 있었다. 지금까지는 짐승처럼 끌려다녔지만 이제부터는 비록 죽는 한이 있더라도 그러고 싶지가 않았다. 침묵을 통해서라도 항거를 해보고 싶은 강한 충동을 그녀는 느끼고 있었다. 여옥이 완강히 버티자 일본 여자들은 발을 동동 굴렀다.

"이년이……이년이……이년이!"

여자들은 분을 참지 못해 마침내 여옥을 꼬집고 때리기까지 했다. 나중에는 머리채를 휘어잡고 끌어당겼다. 그러나 여옥은 한사코 일어서지 않았다. 몹시 고통스러웠지만 그녀는 이를 악물고 참았다.

"세상에 이런 지독한 년이 어딨어? 요런 계집년은 당장 때려죽여!"

여옥이 죽어라 하고 버티자 여자들은 그녀를 땅바닥에 눕혀놓고 지근지근 밟았다. 여옥은 배만이라도 다치지 않게 하려고 두 손으로 배를 감쌌다. 머리칼이 한 줌이나 빠지고, 옷이 모두 찢기고, 얼굴이 피투성이가 되었지만, 그녀는 끌려가지 않았다. 입을 굳게 다문 채 그들에 저항했다. 그러나 워낙 힘에 부쳐 동굴 입구에까지 끌려나갔다.

그때 일단의 헌병들이 나타났다. 여자들은 여옥을 놓아두고 헌병들을 바라보았다. 그 틈을 이용해서 여옥은 다시 안으로 재빨리 들어갔다.

"너희들은 여기서 뭐하는 거야?"

권총을 빼어 든 헌병 장교가 패잔병들을 향해 물었다. 패잔병들은 대꾸하지 않은 채 장교를 노려보기만 했다. 헌병들은 모두 사격 자세를 취하고 있었다. 헌병 장교는 낮게 기침을 하고 나서 말했다.

"사령관 각하께서는 조금 전에 전군에 옥쇄명령을 내리셨다. 걸을 수 있는 자는 모두 일어서서 밖으로 나와라! 최후의 결전에 임함에 있어서 생명을 아끼려는 자는 가차없이 처단하겠다. 천황 폐하를 위하여 목숨을 바치는 것을 영광으로 알아라!"

그의 말에는 결연한 의지가 깃들어 있어 모두가 숨을 죽이고 그를 바라보았다. 군모에 눌려 있어 그의 눈초리는 보이지 않았다. 그러나 어둠침침한 불빛 아래 그의 표정이 표독스럽게 굳어 있다는 것만은 알 수 있었다.

"군인뿐만 아니라, 모름지기 남자라면 모두 나오시오! 총이 없으면 죽창을, 죽창이 없으면 돌멩이라도 들고 싸우시오!"

이 말에 민간인 남자들이 슬금슬금 일어서기 시작했다. 그때 누군가가 발작적으로 웃음을 터트렸다.

"으하하하……뭐, 천황 폐하라고?! 천황 폐하를 위해 옥쇄하라고?! 자, 나를 보라구! 팔이 이렇게 잘려 나갔어! 이 왼쪽 손으로 싸우라고 말하지는 못 하겠지! 이젠 누구도……천황 폐하도 나한테는 명령을 못 내려! 난 누구 명령도 이젠 듣지 못 하겠다! 천황?! 흥, 천황이 어딨어? 이 꼴로 만든 게 누군데, 아직도 천황을 찾고 있어! 스물 셋, 이 나이에 죽다니 억울하기 짝이 없다. 2년 동안 뼈가 가루가 되도록 싸웠다. 천황을 위해서, 대일본제국을 위해서! 그러나 죽음을 앞둔 이 마당에 남은 것은 무엇인가?! 아무것도 없다……빈손이다. 결혼도 못한 채……이 사이판도에서 한줌 흙으로 돌아가다니……."

부상병의 이 장탄식은 계속 되지 못한 채 중도에서 끊어지고 말았다.

탕 하는 총소리와 함께 그는 피를 뿜으며 쓰러졌다. 다른 병사들이 동요하는 기미를 보이자 헌병 장교는 그쪽으로 총구를 돌렸다.

"천황 폐하를 모독하는 놈은 누구나 이 꼴이 된다. 우리 일본군은 절대 승리한다. 하늘에 맹세해도 좋다. 사나이 한번 맹세한 이상 물러서는 것은 비겁하지 않은가!"

천황이라는 상징적 존재는 확실히 일본인들의 가슴속에 하나의 신격(神格)으로서 너무 깊이 뿌리 박혀 있었다. 그것에 도취된 그들은 거기서 헤어 나오지 못 하고 있었다.

다스리는 자는 누구나 천황을 들먹였고, 그것을 듣는 자들은 모두가 거기에 현혹되었다.

헌병 장교의 경우에도 마찬가지였다. 그 역시 천황을 입에 올렸고, 그것을 들은 병사들과 민간인들은 결연히 무기를 들고 밖으로 나갔다.

부상으로 걷지 못 하는 자들은 헌병들에게 애원했다.

"나를 죽여 주고 가시오!"

"전쟁이 끝나거든 우리 집에 이 편지를 보내 주시오!"

이렇게 이야기하는 자들이 있는가 하면 욕지거리를 퍼붓는 자들도 있었다.

"이 자식들아, 우리를 버려두고 가느냐? 나쁜 놈들……의리도 없는 놈들! 우리도 천황 폐하를 위해서 죽고 싶으니까 제발 데려가 줘!"

"데려가지 않으면 쏴 죽이겠다!"

남는 자들은 이처럼 발버둥을 쳤다. 그러나 헌병들은 그들을

희망 · 49

거들떠보지도 않고 동굴에서 나가 버렸다. 나가면서 그들은 이렇게 말했다.

"자결을 해라! 그 방법이 제일 좋다!"

이 한마디에 그들은 입을 다물어 버렸다. 자결하는 길밖에 남아 있지 않다는 것을 그들은 실감한 모양이었다.

동굴을 나온 군인·군속·민간인들은 달빛이 스며드는 숲 속을 묵묵히 걸어갔다. 발자국 소리, 무기와 무기가 부딪치는 소리, 잔기침 소리가 숲 속을 조용히 흔들어 주었다. 달은 비감스러울 정도로 푸르고 차가운 빛을 던지고 있었다.

이윽고 조용한 숲 속에 노래 소리가 울려 퍼졌다. 군가 「유미 유까바(바다로 가며)」였다.

바다로 가면 물 속에 잠긴 주검
산으로 가면 풀 속에 잠긴 주검
폐하를 위해 죽는 이 몸
뒤도 돌아보지 않으리.

군가는 장엄하게 낭만적인 가락까지 보이면서 멀리멀리 퍼져 갔다. 그리고 그 노래 소리도 사라지자 숲 속에는 다시 무거운 정적이 찾아들었다.

동굴 속은 기침 소리 하나 없이 조용했다. 여옥은 무릎 위에 얼굴을 파묻고 있었다. 무엇인지 긴박한 사태가 곧 터질 것만 같아서 그녀는 더 없이 초조하고 불안했다. 온몸이 쑤시고 아팠지만 그것을 느낄 겨를이 없었고 슬퍼할 여유도 없었다.

그녀를 때리고 쥐어뜯던 여인들도 다른 데 정신을 빼앗겨 여옥에게 더 이상 관심을 두지 않았다. 동굴 속에 남아 있는 사람들이라고는 움직일 수 없는 부상병들과 여자들뿐이었다. 그들은 이제 모두가 무엇인가 결단을 내려야 할 때라는 것을 알고 있었다. 그리고 그러한 결단이 누군가에 의해 첫번째로 나타나 주기를 기다리고 있었다.

마침내 그들이 기다리던 것이 일어났다. 처음으로 행동에 돌입한 것은 역시 부상병들이었다. 댓 명쯤 된 그들은 기어서 한 자리에 모이더니 그 중 두 명이 수류탄을 안고 엎드렸다. 그 위로 나머지 부상병들도 몸을 눕혔다.

쾅!

쾅—

수류탄 터지는 소리가 두 번 거듭해서 굴속을 되흔들었다. 흙먼지가 일고, 처절한 비명이 뒤따랐다. 비명을 지른 쪽은 남자들이 아니라 놀란 여자들이었다. 피가 사방으로 튀고 살점이 흩어졌다.

여옥은 묵직한 것이 머리를 치는 바람에 정신을 잃을 뻔했다. 앞에 떨어진 것을 보니 사람의 잘린 팔뚝이었다. 그녀는 치를 떨면서 물러나 앉았다.

수류탄을 안고 자살한 부상병들의 시체는 형체를 알아볼 수 없을 정도로 산산조각이 나 있었다. 화약 냄새가 가라앉자 대신 피비린내가 풍기기 시작했다.

여자들은 모두가 몸을 떨며 소리 없이 흐느끼고 있었다. 놀란 아이들은 소리소리 지르며 울고 있었다. 동굴 뒤쪽이 뿌옇게 밝아오고 있었다.

공포의 밤이 지나고 있었다. 그러나 날이 밝아온다고 해서 공포가 끝난 것은 아니었다. 오히려 더 큰 공포가 기다리고 있었다. 미군의 그 무시무시한 폭격이 다시 시작될 것이고 미군이 곧 밀어닥칠 것이다.

두번째로 자결을 단행한 것은 간호원들이었다. 그들은 이미 결심을 하고 있었던 듯 질서 있게 움직였다.

간호부장이 앞으로 나서서 손짓을 하자 그들은 모두 간호부장 앞으로 나와 무릎을 꿇었다. 모두가 단장을 깨끗이 하고 있었다. 군인들에게 능욕을 당한 간호원들도 그 고통을 지워 버린 채 새 옷으로 갈아입고 있었다. 이미 모든 것을 체념하고 죽음을 각오하고는 있었지만 그들의 얼굴은 긴장감으로 하여 파랗게 질려 있었다. 간호부장이 말했다.

"귀축(鬼畜) 미군에게 붙잡혀 노예가 되기보다는 차라리 천황 폐하를 위하여 죽는 게 낫다. 모름지기 야마도 나데시꼬(大和撫子·일본의 아름답고 상냥한 여성)라면 웃음으로 이 길을 따라야 한다. 자, 이걸 하나씩 받아요."

간호부장이 내주는 약봉지를 간호원들은 소중한 보물을 다루듯 두 손으로 받아 들었다. 청산가리가 든 약봉지였다.

"주저 말고 들이켜요. 자 한 사람씩……."

간호부장은 제일 오른쪽에 앉아 있는 간호원에게 수통을 내밀었다. 그러나 그 간호원은 약봉지를 만지작거리기만 할 뿐 먹으려고 하지 않았다.

간호부장이 날카롭게 재촉을 하자 그녀는 겨우 약봉지를 입으로 가져갔다. 손이 마구 떨리고, 얼굴에도 경련이 일고 있었다.

"엄마……엄마……."

그녀는 엄마를 부르면서 흐느끼기 시작했다. 그 바람에 그때까지 참고 있던 다른 간호원들도 울기 시작했다. 동굴 안은 금방 울음바다가 되어 버렸다.

"그치지 못 해! 이 자리가 어떤 자리라고 우는 거야?"

간호부장은 발끈해서 소리쳤다. 그래도 여자들은 울음을 그치지 않았다.

"정 그렇다면 좋아! 내가 먼저 가겠다!"

간호부장은 무릎을 꿇더니 약봉지를 입에 털어 넣었다. 그리고 수통의 물을 꿀꺽꿀꺽 마셨다.

"아……아……."

그녀는 가슴을 부둥켜안은 채 몇 번 몸을 비틀다가 옆으로 쓰러졌다. 몸이 심하게 경련하다가 이내 그치고 그녀는 다시 움직이지 않았다. 눈은 원한에 사무친 듯 부릅떠져 있었다.

간호원들은 간호부장의 죽음을 보자 더욱 흐느껴 울었다. 그러나 그것이 자극제가 되어 그들은 차례대로 한 사람씩 약을 먹었다. 거의가 숨이 넘어가기 전까지 어머니를 불렀다.

흰 간호복 차림의 꽃 같은 여성들의 주검은 한데 뒤엉켜 무더기를 이루고 있었다. 그녀들은 서로 꼭 껴안던가 손을 맞잡고 있었다.

여옥은 공포에 질린 눈으로 죽은 여자들을 바라보고 있었다. 간호원들이 약을 먹을 때 그녀는 그것을 말리고 싶은 충동을 느꼈었다. 그녀들이 죽어야 할 필요가 어디 있는가. 도대체 천황인들 어찌 이 젊은 여인들의 죽음을 요구할 수 있단 말인가. 죽어서는 안 된다. 살아야 한다. 미군이 아무리 무섭다고 해도 일본군보다 더 하겠는가. 누가 요구를 해도 내 목숨을 주어서는 안 된다.

여옥이 삶에 대한 애착을 갖게 된 것은 참으로 훌륭한 일이었다. 만일 그녀가 전처럼 절망의 구렁텅이 속에 빠져 있었다면 그녀는 이런 기회에 분명히 자살했을 것이고 그리하여 그것은 아무 의미도 없는 죽음이 되었을 것이다. 그러나 그녀는 모두가 자살하고 있는 이 마당에 혼자 살고 싶은 욕망에 몸을 불태우고 있었던 것이다.

이렇게 된 원인은 무엇보다도 그녀가 자신이 조선인이라는 사실을 뼛속 깊이 인식했기 때문이었다. 일본인으로부터 죠센징으로 천대받는 처지에 그들과 함께 죽어야 할 필요가 어디 있는가. 왜 조선 여자가 일본 천황을 위해 죽어야 한단 말인가. 조선인은 조선인이고, 일본인은 일본인이다. 조선인이 일본인을 위해 죽어야 할 이유는 손톱만큼도 없다. 조선인은 살아야 한다. 이 전쟁은 조선인과는 아무 상관도 없는 것이다. 나는 끝까지 살아서 조선이 독립하는 것을 보고 싶다. 부모님을 만나고 싶다. 대치씨도 만나고 싶은 걸. 대치씨는 지금 어디에 있을까. 지금도 살아 있을까. 그분이라면 죽지 않고 살아 있을 거야. 그는 불사신 같은 청년이니까. 우리가 만나면 어떻게 될까. 우리는 부부가 되어 살아갈 수 있을까. 그분이 나를 전처럼 사랑해 줄까. 아기를 낳아 그분에게 드리고 싶다. 그러고 나서 죽으면 원이 없겠다. 그때 죽어도 늦지 않다. 내 나이 열 일곱, 아무리 몸을 버렸다고는 하지만 지금 죽기는 너무 억울하다. 소녀는 삶과 죽음의 갈림길에서 몸을 떤다. 상상할 수 없을 정도의 험한 경험을 겪은 그녀는 꺾이지 않고 잡초처럼 다시 고개를 쳐들고 있었다.

날이 밝자 미군의 공격이 재개되었다. 그 어느 때보다도 무서운 공격이었다.
우르릉 쾅!
우르릉 쾅!
쾅쾅쾅!
사이판도 전체가 뒤흔들리고 있었다. 천장에서 흙이 쏟아지고 돌멩이도 떨어지고 있었다. 굴이 곧 무너질 것만 같았다.
미군은 가까이까지 몰려온 것 같았다. 굴 입구에 포탄이 떨어지는가 하자 곧이어 기관총탄이 연속적으로 날아오고 있었다. 무엇인가가 땅을 울리면서 굴러가고 있는 것이 느껴졌다. 얼마 안 가 그것이 미군의 탱크라는 것이 알려졌다.
탱크에서 쏘아대는 포탄과 기관총탄은 명중률이 정확해서 무시무시한 위력을 발휘하고 있었다. 동굴 밖으로 얼굴만 내밀어도 소나기처럼 총탄이 쏟아져서 꼼짝할 수가 없었다.

일본군의 저항은 겨우 소총이나 쏘아대는 것이 고작이었고, 그나마 얼마 가지 못해 뜸해지고 말았다. 이젠 집단적인 저항 같은 것이 없어지고 뿔뿔이 흩어진 패잔병들의 산발적인 총질만이 있을 뿐이었다.

　동굴 안은 온통 울부짖음으로 가득 차 있었다. 굴이 울릴 때마다 여자들과 아이들이 서로 부둥켜안고 소리쳐 울었다.

　여옥은 온몸이 전율하는 것을 느꼈다. 울음 같은 것은 나오지 않았다. 무서운 공포만이 전신을 휘몰아치고 있었다. 그녀는 배에 조금이라도 충격을 적게 받으려고 두 손으로 배를 싸안았다. 동굴 속의 여자들과 아이들에게도 마지막이 다가온 것 같았다. 아이들에게 의지(意志)가 있을 리가 없었다. 아이들은 다만 어머니의 품에 안겨 따라갈 뿐이었다. 그러나 여자들에게는 삶과 죽음에 대한 확실한 의지가 있었다.

　그렇다고는 하지만 그 의지라는 것이 눈물겹도록 인간적인 명분을 지니고 있는 것은 결코 아니었다. 오히려 그것은 삶에 대한 순수한 욕망을 지니고 있는 자신에 대한 배반이자 비인간적인 자멸이라고 할 수 있었다.

　적군의 침입을 눈 앞에 둔 일본 여인들이 그들의 정조를 지키기 위해 죽음을 택했다면 얼마나 갸륵한 일이었을까. 그러나 그들이 죽음을 택한 것은 일본 남성들이 일반적으로 지니고 있는 사고방식, 즉 천황을 위하여 목숨을 바친다는 그 환상적 세계에 그녀들 역시 깊이 빠져 있었기 때문이었다. 그런 생각을 가지고 있지 않은 여자라 해도 다른 사람들의 그 광신적 행위에 휩쓸리기 마련이었다. 인간은 삶에 대한 본능이 벽에 부딪쳤을 때 자신의 절망을 환상의 세계에 의지하고 싶은 것이고 거기에서 자신의 죽음에 대한 합리적인 명분을 찾으려고 하는 법이다.

"누구 독약 가진 사람 없어요?"

한 여자가 물었다. 그러나 미리 준비해 오지 않았기 때문에 독약을 가진 사람은 아무도 없었다. 간호원들만이 그것을 마시고 재빨리 편하게 죽어 버린 것이다. 아무도 대답을 하지 않자 그 여자는,

"그럼, 절벽에서 뛰어내립시다."

하고 단정하듯 말했다. 이미 죽음을 단단히 결심한 탓인지 담담한 목소리였다.

이 한마디에 그때까지 막연히 죽음을 생각하고 있던 다른 여자들은 잠에서 깨어난 듯 주위를 두리번거렸다. 그리고 그것을 결행할 때가 다가온 것을 알고는 모두가 얼굴이 새파랗게 질렸다. 죽는다는 것은 이제 그녀들에게 있어서 하나의 움직일 수 없는 진리가 되어 있었다. 거기에 대해 그녀들은 눈꼽만큼도 회의를 품지 않았고 그렇게 하려고도 하지 않았다.

이윽고 여자들은 슬금슬금 일어나기 시작했다. 아기가 있는 여자들은 아기를 품에 안고 일어섰다. 약속이나 한 듯 모두가 일어서고 있었다.

일어나지 않은 사람은 여옥이 혼자뿐이었다. 여자들이 경멸에 찬 시선으로 그녀를 노려보았지만 그녀는 일어서지 않았다. 그녀는 얼굴에 와 닿는 그 따가운 시선들을 물리쳤다. 절대 일어

서서는 안 된다. 그들과 함께 죽을 필요는 없다. 죽어서는 안 된다. 내가 왜 죽어야 한단 말인가. 여옥은 그 자리에서 꼼짝도 하지 않았다.

"너는 왜 그러고 앉아 있니? 넌 죽고 싶지 않단 말이지?"

마침내 일본 여인 하나가 눈에 핏발을 세우며 말했다. 자신의 죽음을 눈 앞에 두고서도 여옥의 웅크리고 있는 모습이 눈에 거슬리는 모양이었다. 집단 자살에서 한 사람이 빠진다는 것은 적이 못마땅한 일임에 틀림없었다.

"이년아, 너 혼자 살아서 뭐하겠다는 거냐? 이젠 미국놈들한테 몸을 팔 생각이냐? 미친년!"

이번에는 다른 여자가 퍼부어 댔다. 그러나 여옥은 상대방에게 눈 한번 주지 않았다.

"미국놈들이 네년을 가만둘 줄 아니? 가랑이를 찢어 죽일 거다! 수백 명이 달려들어 가랑이를 찢어 놓을 거다!"

"놔둬! 죠센징하고 같이 죽을 수는 없어! 저런 더러운 것하고는 상대도 하지 마! 저년하고 붙어먹은 미국놈들이 모두 매독에 걸리면 오히려 좋지!"

"더러운 년! 퉤, 퉤!"

여인들은 여옥에게 마구 침을 뱉었다. 그래도 여옥은 아무 반응을 보이지 않았다. 어떠한 수모도 그녀는 참아낼 각오가 되어 있었다.

여옥이 혼자만을 남겨 둔 채 여자들은 모두 절벽 쪽으로 몰려갔다. 여옥은 그제야 그녀들을 바라보았다. 절벽 위에 몰려선 여

자들은 한동안 그 자리에 망설이며 서 있었다. 모두가 누구 한 사람이 먼저 뛰어내리기를 기다리고 있었다.,

그들의 죽음을 기다리는 듯 어느새 포성이 멎어 있었다. 여옥은 절벽 저쪽으로 푸른 바다의 잔잔한 물결을 바라보았다

바다는 강렬한 태양빛 아래 평온한 모습을 보여주고 있었다. 그때 노래 소리가 은은히 들려왔다. 절벽 위의 일본인들이 부르는 노래 소리였다.

저녁 노을 빨갛게 해가 저물어
산 속의 절 종소리가 울리네.
서로 손잡고 모두 돌아가자
까마귀와 같이 어서 돌아가자.

일본인들이 즐겨 부르는 동요곡이었다. 여옥은 그 노래 소리를 듣자 눈물이 왈칵 쏟아져 나왔다. 눈물 때문에 흐려진 시야 속으로 일본 여인 하나가 치마를 뒤집어쓴 채 절벽 밑으로 뛰어내리는 것이 얼핏 보였다. 여옥은 눈물을 훔치고 뚫어지게 그쪽을 응시했다.

최초의 여자가 바다로 뛰어들자 그 뒤를 이어 여자들이 줄줄이 몸을 던졌다. 몸빼를 입지 않은 여인이 뛰어내릴 때는 치마폭이 바람을 받아 풍선처럼 부풀어올랐다.

아이들은 어머니의 품에 꼭 안겨 떨어졌다. 철이 든 좀 큰 아이들은 죽지 않으려고 몸부림을 쳤고 어머니들은 그런 아이들의

손을 낚아채 뛰어내리곤 했다.

백 명 가까이 되는 사람들이 뛰어내리는데 십 분도 채 걸리지 않았다. 대낮인데도 그곳에는 무서운 정적이 엄습했다. 여옥은 천천히 몸을 일으켜 주위를 둘러보았다. 흰 꽃더미를 이루며 죽어 있는 간호원들의 시체가 눈에 들어왔다. 형체를 알아볼 수 없을 정도로 찢겨져 버린 부상병들의 시체도 보였다. 그녀는 몸을 바르르 떨었다. 모두가 죽고 살아 있는 사람이라고는 자기 혼자뿐이었다.

그녀는 절벽 쪽으로 다가가 보았다. 하얗게 부서지는 파도 속에 점점이 떠 있는 사람들의 모습이 보였다. 조금 후에 그녀에게 침을 뱉고 욕을 하고 동요를 부르던 일본 여인들이 모두 저 바다 속에 가라앉아 버렸다고 생각하니 모든 것이 덧없고 허망하게만 느껴졌다. 그녀들의 울부짖음과 아이들의 울음 소리가 들려오는 듯했다. 바다 속에 몸을 던진 사람들에 대해 증오심은 없었다. 비록 그녀들이 자기를 때리고 경멸했지만, 그녀들에 대해 미운 감정이라곤 조금도 일지 않았다. 아니, 자기를 짓밟은 일본 남성들에 대해서도 증오심은 없었다. 다만 더 근원적인 문제, 인간이 인간을 잡아죽이는데 미쳐 버린 이 세계, 살육의 피로 젖어 있는 이 세계에 한없는 서글픔을 느낄 뿐이었다.

다시 쿵 하는 소리가 들리더니 이어서 각종 지상 포화가 불을 뿜기 시작했다. 미군의 사이판 함락이 거의 결정적이었던지 더 이상 비행기 폭격은 없었다. 그 대신 산발적인 저항을 막기 위한 수색 작전이 본격적으로 벌어지기 시작한 모양이었다.

지축이 흔들리는 바람에 여옥은 하마터면 절벽 아래로 떨어질 뻔했다. 그녀는 땅에 엎드려 있다가 일어났다.

굴속에 혼자 앉아 있자니 견디기가 어려웠다. 사람들 속에 파묻혀 있을 때는 포탄 터지는 소리와 총소리를 그런 대로 참아낼 수 있었으나 혼자 그 소리를 감당해 내자니 온몸이 산산이 부서지는 것만 같았다. 무엇보다도 고막이 찢어지는 것만 같고 머리가 흔들려 그대로 참고 앉아 있을 수가 없었다. 조금만 더 지나면 머리가 돌아 버릴 것만 같았다.

갑자기 총소리가 뚝 멎더니 마이크 소리가 들려왔다.

"아직 살아 있는 일본군은 자수하십시오! 자수하는 사람은 누구를 막론하고 생명을 보장합니다."

말하는 사람은 일본인이었다. 아마 미군에 자수했거나 체포된 일본군인 것 같았다. 애상적인 유행가 가락이 흘러나오더니 다시 일본인의 말이 들려 왔다.

"나는 육군 일등병 기무라입니다. 우리는 지금 현명한 판단을 내려야 한다고 생각합니다. 전세는 이미 만회할 수 없을 정도로 기울어졌습니다. 쓸데없이, 정말 쓸데없이 생명을 버려서는 안 됩니다. 목숨을 아끼는 일을 수치스럽게 생각해서는 안 됩니다. 우리는 누구나 살아야 할 권리가 있습니다. 우리가 목숨을 버려야 할 까닭이 어디 있습니까! 이 전쟁은 처음부터 잘못된 것이었습니다. 아무런 명분도 없는 이런 전쟁에 목숨을 바칠 필요는 없습니다. 일본은 새로운 시대, 새로운 인물을 요구하고 있습니다. 천황에게 더 이상 속지 맙시다! 천황은 가짜입니다. 군인은 물론

산 속에 숨어 있는 민간인도 모두 자수하십시오! 민간인 여러분은 아무런 죄도 없습니다. 자수하는 사람은 아무런 처벌도 받지 않습니다. 이 기무라 일등병을 보십시오. 이렇게 대접받고 잘 있지 않습니까. 미군이 일본군 포로의 눈알을 빼고 코를 자른다는 말은 새빨간 거짓말입니다. 미군은 절대 그러지 않습니다. 한시라도 빨리 자수하십시오! 자수하지 않고 저항하는 사람은 사살됩니다. 기무라 일등병이 여러분을 위해 간곡히 부탁하는 바입니다."

다시 음악 소리가 들려오고, 그것이 끝나자 총소리가 났다.

여옥은 순간적으로 자수를 생각해 보았다. 그러나 이내 고개를 저어 버렸다. 새로운 남자들을 만난다는 것이 싫었다. 사람, 그 중에서도 남자 기피증에 걸린 그녀로서는 당연한 생각이었다. 그녀는 아무도 사람이 없는 곳으로 도망치고 싶었다.

그녀에게는 모든 사람들이 무섭기만 했다. 어디로 갈까. 누가 오기 전에 이곳을 빠져나가야 한다. 그러나 어디로 가야 할지 막막하기만 했다.

동굴 안에는 바다에 몸을 투신한 여인들이 남기고 간 보따리들이 뒹굴고 있었다. 여옥은 주위를 두리번거리다가 흡사 도둑질하는 기분으로 그것들을 풀어헤쳤다. 다행히도 많지는 않지만 여기저기에 먹을 것들이 조금씩 들어 있었다. 그녀는 허겁지겁 그것들을 먹어 치웠다. 이제는 살기 위해서는 무슨 짓이나 할 수 있을 것 같았다.

어느 정도 배를 채우고 나자 힘이 솟는 것 같았다. 힘이 솟으니 더욱 앉아 있을 수가 없었다. 그녀는 먹을 것을 챙겨 들고 밖으로 조심스럽게 나와 보았다. 다행히 총소리는 좀 벗어난 곳에서 들려 오고 있었다. 앞에는 사람 하나 보이지 않았다. 그녀는 햇빛에 눈이 부셔서 눈을 감았다 떴다 했다.

한참 동안 바위 틈새에 몸을 가리고 있다가 그녀는 숲 속으로 뛰어갔다. 평소 때 같으면 겨우 걸어갈 수 있는 처지였으나 지금은 달랐다. 무거운 몸이 이상할 정도로 가뿐하게 움직여지고 있었다. 몹시 긴장한 탓인 것 같았다.

누가 그녀를 보았다면 아마 미쳤다고 생각했을 것이다. 머리는 산발한 채였고, 얼굴과 손발은 찢어져서 피가 말라붙어 있기도 하고 흘러내리고 있기도 했다. 그녀는 몸뻬를 입고 있어서 다행이었다.

"대치씨, 저 좀 살려 줘요! 저 좀 살려 줘요! 죽고 싶지 않아요!"

그녀는 자기도 모르게 낮게 소리치고 있었다. 그 소리는 밖으로 나오지 않고 입 속에서 맴돌다가 도로 들어가 버렸다. 절박한 순간에 항상 생각나는 사람이 바로 대치였다. 아직도 대치의 영상은 그녀의 가슴속에 깊고 넓게 자리잡고 있었다.

여옥은 산 속 깊이 들어갔다. 그러나 미군은 이미 깊이 들어와 있는지 가는 곳마다 가까이서 총소리가 났다. 그와 함께 자수를 권유하는 마이크 소리도 계속 들려오고 있었다.

어디를 둘러봐도 이제 완전히 숨을 곳은 없는 것 같았다. 그녀는 몹시 불안했다.

어느새 저녁노을이 서쪽 바다를 붉게 물들이고 있었다. 아직도 총소리가 나고 있었지만 그렇게 심하지는 않았다. 총소리에 너무 면역이 되어 버린 그녀는 이제 그것에 별로 놀라지 않았다. 그러나 사람에 대한 공포는 더욱 심했다.

그녀는 지친 끝에 나무에 기대앉아 있었다. 온몸은 땀에 젖어 있었고 천 근이나 된 듯 몸이 내려앉아 더 이상 움직일 것 같지가 않았다. 문득 그 키 크고 인정 많아 보이는 조선인 위생병이 생각났다. 그분을 만난다면 무섭지는 않을 것 같았다. 지금 어디서 무엇을 하고 있을까. 살아 있다면 이 섬 어디엔가 있을 것이다. 이 섬에서 만나 보고 싶은 사람은 그 한 사람뿐이다. 그 위생병이 보여준 친절이 비로소 가슴을 적셔 왔다. 고통을 침묵으로 보여주던 그 깊고 아련한 눈길이 허공에 떠 있었다. 제발 살아 계셔요. 살아 계셔야죠.

같은 조선인 위안부들에 대해서도 궁금했다. 산 속에 들어오면서부터 뿔뿔이 헤어졌기 때문에 생사를 알 길이 없었다.

그녀는 약간 긴장이 풀리면서 졸음이 밀려왔다. 한번 졸음이 오자 걷잡을 수 없이 정신이 흐려졌다. 그녀는 나무에 기댄 채 점점 깊이 잠에 빠져들었다.

아마 한참을 그렇게 잠들었던 모양이다. 누가 어깨를 툭 치는 바람에 여옥은 소스라쳐 눈을 떴다.

먼저 눈에 들어온 것은 군복을 입은 거대한 사나이들의 하체였다. 고개를 뒤로 잔뜩 젖혀서야 그녀는 사나이들의 얼굴을 쳐다볼 수가 있었다. 지금까지 본 적이 없는, 모든 것이 굵직굵직해 보이는 사람들이었다.

 그들이 미군이라는 것을 알자 여옥은 본능적으로 몸을 움츠리면서 몸을 부들부들 떨었다. 특히 검둥이가 흰 이를 드러내면서 소리 없이 웃는 것을 보자 그녀는 전신에 소름이 끼쳤다. 이제 죽었구나, 하는 생각만이 들었다.

 날이 어둑어둑해지고 있었다. 그래서 더욱 무서움이 일었다. 옷을 벗기고 저 큰 몸으로 나를 짓밟겠지. 이렇게 큰 남자들이 나를 누르면 나는 몸이 부서져 버릴 거야.

 미군 하나가 뭐라고 지껄였다. 그러나 그녀는 한마디도 알아들을 수가 없었다. 그들은 고개를 갸우뚱하다가 자기들끼리 몇 마디 주고받았다. 그리고 나서 손짓으로 여옥에게 일어나라고 지시했다.

 여옥은 일어나려고 했지만 다리가 떨려서 일어날 수가 없었다. 그녀는 몸을 일으키다가 도로 주저앉아 버렸다. 미군들은 휘둥그런 눈으로 여옥을 바라보았다. 그녀의 배가 불러 있는 것을 발견한 모양이었다.

 흑인 병사와 또 다른 미군 하나가 양쪽에서 그녀의 팔을 움켜쥐고 그녀를 일으켜 세웠다. 여옥은 너무 질려 버렸기 때문에 저항 한번 해 보지 못한 채 끌려 일어났다. 그리고 그들이 이끄는 대로 따라갔다.

 생각과는 달리 그들은 거칠게 행동하지 않았다. 흑인 병사는 거의 감싸듯이 하면서 그녀를 껴안고 걸었다. 노린내가 풍겨 왔지만 그런 것에 신경을 쓸 여지가 없었다. 그녀의 머리는 흑인 병사의 가슴팍에 닿아 있어서 숨을 쉴 수 없을 지경이었다. 흑인은 가끔씩 그녀의 어깨를 쓰다듬어 주곤 했다.

장하림은 높은 산꼭대기에 앉아 있었다. 그곳에서는 사이판 도의 한쪽 해면이 훤히 내려다보였다.

아까부터 그는 그곳에 꼼짝 않고 앉아 있었다. 산꼭대기라고 하지만 주위에는 나무가 빽빽이 들어차 있어 숨어 있기에 알맞은 곳이었다. 그곳에 앉아 그는 그가 일하던 병원을 바라보고 있었다. 병원은 미군기의 폭격에 산산이 부서지고 있었다. 그것은 실로 통쾌한 광경이었다.

검은 연기가 하늘로 치솟고 있었다. 여러 대의 미군 전투기들이 병원 상공을 맴돌면서 병원 건물에 계속 폭격을 가하고 있었다. 집중 폭격을 가하고 있었기 때문에 병원은 금방 그 형체가 없어지고 말았다. 그러나 전투기들은 쉬지 않고 폭탄을 투하하고 총탄을 퍼부어 댔다. 나무 조각, 벽돌 조각 하나라도 남기지 않고 가루로 만들어 버릴 셈인 것 같았다.

전투기들은 푸른 하늘에 기체를 번득이면서 날아오르다가 갑자기 기수를 돌려 급강하하곤 했다. 한 대가 폭격을 하고 지나가면 다른 한 대가 그 뒤를 이어 곧장 폭탄을 투하했고, 또 다른 한 대가 그 뒤를 이었다. 일본군의 저항은 거의 없었다.

제임스 중위에게 정보를 제공한 것이 그대로 적중한 모양이었다. 미군은 그의 정보를 믿고 세균 본부인 병원을 파괴하고 있는 것이 분명했다.

하림은 감격에 겨워 눈물이 나올 지경이었다. 자신의 정보 제공이 이런 엄청난 결과를 가져왔다는 사실에 한편으로는 영웅이 된 듯한 느낌마저 들었다.

그러나 현명한 그는 그런 기분에 오래 젖어 있지 않았다. 전쟁이 끝나가는 이런 때일수록 각별히 조심해야 한다는 것을 그는 잘 알고 있었다. 겁 없이 날뛰다가 삶의 문턱에서 개죽음 당하는 경우가 허다했다. 절대 영웅 심리를 가져서는 안 된다. 결코 우쭐해서 객기를 부려서는 안 된다. 그는 주위를 세밀히 살핀 다음 천천히 일어섰다.

한시라도 빨리 미군을 만나는 것만이 사는 길이라고 생각했다. 잘못 투항하다가는 미군에게 사살 당하기 쉽다. 요령 있게 투항해야 한다.

또 하나 위험한 것은 아직 살아 있는 일본군들이었다. 옥쇄를 거부한 일본군 패잔병들은 그 수가 극소수에 불과했지만 그렇다고 미군에게 투항하는 것도 아니었다.

그들은 거의가 산적처럼 변해 약탈과 살인, 그리고 강간을 자행하면서 미군에게 저항을 계속하고 있었다. 그들의 잔인하고 난폭한 행위는 극에 달할 대로 달해 완전히 광인의 짓이나 다름없었다. 생존을 위해서는 친구고 적이고 없었다. 자기가 살기 위해 전우를 죽이는 것은 흔한 일이었고 혼자 방황하는 패잔병을 만나면 자기들끼리 약식 군법 회의를 열어 미군에게 투항할 의사가 있다고 하여 즉결처분하기가 일쑤였다. 또한 서로 간에 감시가 심하여 투항이란 생각할 수도 없었고 그런 낌새라도 보이면 즉시 살해되곤 했다.

이들은 군인도 뭐도 아니었다. 그들간의 규율이란 자신들을 지키기 위한 것일 뿐 어떤 도덕성이나 명분 같은 것은 추호도 없었다.

이런 판이라 하림은 일본군 패잔병들을 만나는 것이 제일 무서웠다.

그의 몸은 극도의 경계심으로 바짝 죄어져 있었다. 턱은 앞으로 내밀어지고 허리는 반쯤 굽혀져 있었다. 그리고 오른 손은 권총을 움켜쥐고 있었다. 패잔병을 만나면 이쪽에서 먼저 죽여야 한다. 무조건 아무 말 없이 재빨리 죽여야 한다. 내가 살기 위해서는 그럴 수밖에 없는 것이다.

하림은 총소리가 들려오는 쪽으로 걸어갔다. 배가 고팠다. 이빨이 모두 부러졌기 때문에 조금 딱딱한 것은 잘 먹을 수가 없었다. 입 속은 갈수록 점점 고통이 심해져 왔다. 이대로 방치 해두다가는 입 속이 모두 썩어 헐어 버릴지도 모른다. 아직 건강 상태는 그렇게 나쁜 것이 아니었다.

그러나 이대로 가다가는 얼마 못 가 건강이 급속도로 나빠질 것이 분명했다.

바위가 몇 개 널려 있는 곳을 지나가다 그는 물 흐르는 소리를 들었다. 목이 몹시 말라 있던 참이라 그는 바위틈에 머리를 들이밀고 꿀컥꿀컥 물을 마셨다.

물을 몇 모금 마시고 나서야 그는 물맛이 좀 이상한 것을 알았다. 물은 시큼하고 씁쓰름했다. 그리고 은근히 구역질을 느끼게 했다.

 고개를 쳐든 그의 눈에 시체가 하나 들어왔다. 시체는 제일 위쪽 바위 옆에 머리를 처박고 누워 있었는데 몸이 반쯤 물에 잠겨 있었다. 머리가 갈색이고 카키색 군복에 가죽 군화를 신고 있는 것이 첫눈에 미군이라는 것을 알 수 있었다. 시체 앞으로 가까이 다가가자 악취가 풍겼다. 시체는 썩을 대로 썩어 살갗이 검은 빛이었다.

 물맛이 이상한 이유를 이제야 알 수 있었다. 구역질이 치밀어 올랐지만 그는 꾹 참고 시체를 들여다보았다. 등쪽이 온통 찢겨 있는 것으로 보아 등에 칼을 맞고 죽은 모양이었다. 혹시 먹을 것이 없을까 하고 둘러보았지만 일본군이 모두 가져가 버렸는지 그런 것은 눈에 띄지 않았다.

 하림은 시체의 발에서 군화를 벗겨냈다. 그리고 각반과 떨어진 신발을 벗어 버리고 대신 군화를 신었다. 군화는 좀 큰 편이었지만 아직 튼튼해서 오래 신을 수 있을 것 같았다. 군화를 신는 동안 그는 조금도 꺼림칙한 마음이 들지 않았다. 극한 상황에 처해 있기 때문에 정상적인 심리나 느낌을 가질 수는 없었다. 모든 행동과 사고는 자신을 지키고 보호하는데 집중되어 있었다.

 그는 미군 시체를 바로 돌려놓았다. 얼굴은 알아볼 수 없을 정도로 이지러져 있었다. 미군의 군번줄이 목에 걸려 있는 것이 눈에 띄었다.

 그는 그 군번을 떼어 냈다. 그리고 이번에는 물에 젖지 않은 쪽의 주머니를 뒤져 지갑을 꺼냈다. 지갑 속에는 달러 지폐 몇 장과 사진이 한 장이 들어 있었다. 사진은 흑발의 젊은 여자가 아기를 안고 있는 것으로 그들은 아마 죽은 미군의 아내와 아들인 것 같았다. 하림은 미소짓고 있는 여인과 얼굴을 찡그리고 있는 아기를 한동안 뚫어지게 들여다보았다. 가슴이 뭉클해져 왔다. 사진 위로 가쯔꼬의 모습이 떠올랐다. 궁금하기만 했다. 그 생각을 지우기라도 하듯 그는 사진과 군번을 얼른 지갑 속에 집어넣었다. 그리고 그 지갑을 자신의 호주머니 속에 간직했다. 미군을 만나면 죽은 병사의 유품이라고 말하고 전해 줄 생각이었다.

그는 다시 조심스럽게 걸어갔다. 소리나지 않게 걸어야 했으므로 걸음이 매우 느렸다.

조금 걷다가 그는 멈칫했다. 바로 앞에 나뭇가지가 하나 휘어져 있었는데 거기에 굵은 뱀이 한 마리 매달려 있었다. 뱀은 나뭇가지를 휘어 감고 있었다. 그는 그것이 독이 없는 갈색 뱀이라는 것을 알았다. 그러나 이빨이 날카롭기 때문에 한번 물리면 상처가 쉽게 아물지 않는다.

그는 나뭇가지를 하나 꺾어 뱀을 후려갈겼다. 몇 번 그렇게 후려치자 뱀은 몸을 길게 펴면서 땅 위로 툭 떨어졌다.

떨어진 뱀을 그는 돌을 집어 내려쳤다. 몇 번 머리를 내려치자 뱀은 축 늘어졌다, 발로 머리를 힘껏 밟아대자 뱀은 꿈틀했다. 그는 칼로 뱀의 머리를 잘라냈다. 시뻘건 피가 땅을 적셨다. 뱀은 머리가 잘렸어도 꿈틀거리고 있었다. 그는 익숙하게 껍질을 벗겼다. 껍질을 잡아당기자 그것은 지지직 하고 소리를 내면서 쭉 벗겨졌다. 벌써 입에서는 군침이 돌고 있었다.

배고픈 참에 뱀을 잡았다는 것은 퍽 다행스런 일이었다. 뱀은 산 속에서 지내는 데 있어서 일급의 요리라고 할 수 있었다.

그는 뱀을 토막내어 호주머니에 모두 집어넣었다.

그리고 그 중 하나를 입 속에 넣고 질겅질겅 씹었다. 입 속이 헐었기 때문에 잘 씹어지지가 않았다. 그래서 도로 그것을 입에서 꺼내어 돌로 짓이긴 다음 다시 씹기 시작했다.

불에서 구워서 소금에 찍어 먹으면 얼마나 좋을까 하고 그는 생각했다. 소금기를 맛 보지 못한 지 벌써 며칠이 되었다. 그는 얼굴에 흐르는 땀을 뱀고기에 발라먹었다. 그러나 소금을 섭취하지 못한 탓인지 땀에도 별로 염분이 없었다.

이것을 썩히지 않고 잘 보관만 하면 앞으로 한 주일은 더 버틸 수 있겠지. 그 동안이면 어떻게든 결판이 나겠지. 살든 죽든 빨리 결판이 나야 한다. 더 이상 이런 생활을 계속하다가는 미쳐 버릴 것 같다.

폭격에 나무 부러지는 소리가 우지끈 하고 났다. 맞은편 언덕에 연기가 치솟더니 숲은 금방 불바다가 되었다. 흡사 파도가 밀어닥치듯 불길은 바람을 타고 급속도로 퍼져 갔다. 나무 타는 소리, 총소리, 비명 소리가 서로 얽혀 숲 속은 생지옥을 이루고 있었다.

하림은 연기를 피해 아래쪽으로 급히 뛰어갔다. 그가 겨우 한숨을 돌렸을 때 뒤에서 그를 부르는 소리가 났다.

"오오이, 거기 서라!"

하림은 멈칫 섰다. 등에 식은땀이 흘렀다. 어느새 그의 좌우로 일본군 패잔병들이 다가서고 있었다. 총들을 들고 있는 것이 금방이라도 발사할 기세였다. 눈들은 모두 핏발이 서 있었고 복장은 마구 찢겨 걸레 조각처럼 몸 위에 걸쳐져 있었다. 수염이 시커멓게 자라 서로 비슷비슷해 보였다. 그들은 하림에게서 무조건 무기를 압수한 다음 호주머니를 뒤져 뱀고기까지 뺏어 먹었다.

하림은 깊은 숲 속으로 끌려가 심문을 받았다.

"어디 소속이냐?"

표식을 모두 떼어 버려 계급을 알 수 없는 자가 물었다.

"병원에 있었습니다."

"위생병인가?"

"네, 위생병입니다."

하림은 계속 식은땀을 흘렸다. 피에 굶주린 이들이 앞으로 어떤 행동을 취할지 빤히 내다보였다.

"위생병이면 환자를 치료할 것이지 왜 혼자 돌아다니는 거냐? 너 탈주병이지?"

"아닙니다. 보시다시피 병원이 모두 파괴되는 바람에 이렇게……."

"거짓말 마, 이 새끼야!"

패잔병은 개머리판으로 하림의 가슴을 후려쳤다.

"거짓말 아닙니다. 탈주라니요……그런 건 생각해 보지도 않았습니다."

그때 다른 일본군이 불리한 증거를 제시했다.

"이건 뭐지? 양키년 사진하고 달러, 군번……어디서 났어?"

"미군을 죽이고 뺏은 겁니다."

하림의 말에 심문하던 자가 웃었다.

"네가 미군을 죽였다고 어떻게 죽였지?"

"칼로 찔러 죽였습니다."

"이 권총은 어디서 났어? 졸병이 권총을 가지고 다닐 수 있나?"

"미군에게서 뺏은 겁니다."

"하아, 이 자식 거짓말 곧잘 하는구나. 이건 우리 장교가 쓰는 거야. 여기 총 번호가 박혀 있는 게 보이지 않나?"

상대는 권총 밑바닥을 보여주었다.

"양키가 쓰는 권총은 이것과는 달라. 바른대로 말해라. 이 권총 어디서 났어?"

하림은 궁지에 몰려 허덕거렸다.

"사실은……장교님이 죽는 바람에 제가 이걸 가졌습니다."

"이 자식이, 그래도 거짓말하는 거냐?"

총개머리판이 다시 하림의 복부를 강타했다. 하림은 배를 싸쥐고 주저앉았다가 일어섰다.

"너 이놈, 장교를 죽였지?"

"아닙니다."

"양키년 사진하고 군번은 왜 가지고 다니는 거냐? 미군한테 투항해서 바치려고 그러는 거지? 유품을 바쳐서 환심을 사려고 그러는 거지?"

"아닙니다. 그, 그럴 리가……."

하림은 더 변명하려고 했지만 그럴 여지가 없었다.

"이 자식 처단해!"

패잔병 우두머리는 간단히 단호한 음성으로 말했다.

"이놈……죠오센징인 것 같습니다."

곁에 서 있는 자가 우두머리에게 부채질을 했다.

"그래? 그러고 보니까 죠오센징인 것 같구나. 너 죠오센징이지?"

"조선 사람입니다!"

피할 수 없는 이상 하림은 비굴하게 나가고 싶지 않았다. 그의 대답이 끝나자마자 얼굴에 주먹이 날아들었다.

"이 죠센징이! 더러운 놈 같으니! 천황 폐하를 배신하고 미군에게 항복하겠다는 거냐? 죠오센징은 하는 수 없구나. 죠오센징은 모두 죽여 버려야 후환이 없어! 이놈 처단해!"

"어떻게 죽일까요?"

곁에 있는 자가 묻자 여기저기서 죽이는 방법을 제각기 제시했다.

"이런 자식은 껍질을 벗겨 죽여!"

"칼로 눈깔을 빼고 혀를 잘라 버려!"

"목을 잘라!"

가학증세가 발동하고 있었다. 가장 잔인한 방법으로 죽일 작정인 모양이었다.

"그러지 말고 나무에 목을 달아매!"

지휘자가 다른 병사들의 말을 묵살하고 이렇게 말했다.

그들은 하림의 두 손을 뒤로 묶은 다음 곧 칡넝쿨을 걷어 가지고 왔다. 그리고 그것을 나뭇가지에 걸어 놓고는 거기에 하림의 목을 달아매었다. 줄을 잡아당기자 하림의 몸이 공중으로 올라갔다. 자백하라는 것도 없었고 어떤 조건을 제시하지도 않았다. 오직 즐기기 위해서 죽이는 것뿐이었다.

숨이 막힌 하림은 으으윽 하고 신음을 토했다. 시뻘겋게 충혈된 얼굴이 금방이라도 터져 버릴 것 같았다. 몸이 늘어지는 바람에 목도 길게 늘어졌다. 목이 잘리는 것 같았다. 이렇게 죽는 것은 너무 억울하다. 하림이 생각할 수 있는 것은 이것뿐이었다. 그밖의 것은 생각나지 않았다. 의식이 점점 희미해져 갔다. 눈알이 튀어나오고 입에서는 침이 흘러내리고 있었다.

"이 새끼, 상당히 질긴데……."

패잔병들은 하림의 몸을 흔들었다.

"이 자식, 오줌을 싸는구나. 구린내도 나는데……."

그들의 말대로 하림의 바지 끝에는 물이 흘러내리고 있었다. 엉덩이 부분도 축축이 젖고 있었다.

마침내 하림은 의식을 잃었다. 그의 몸은 공중에 매달린 채 이리저리 흔들리고 있었다.

그때 총소리가 났다. 패잔병 하나가 벌렁 쓰러졌다. 총소리가 연이어 났다. 패잔병들은 피할 사이도 없이 거의 동시에 쓰러졌다. 겨우 한 명만이 도망치고 나머지는 땅바닥 위에 나뒹굴었다.

어느새 미군들이 주위에 둘러서 있었다. 그들은 칡넝쿨을 끊고 하림의 몸을 땅 위에 눕혔다. 하림은 얼른 깨어나지 않았다.

미군 하나가 인공호흡을 시키기 시작했다.

그 동안 다른 미군들은 아직 죽지 않은 일본군들에게 총을 난사했다. 총에 맞을 때마다 일본군들의 몸은 풀쩍풀쩍 뛰어올랐다.

한참 후에 인공호흡으로 하림은 조금씩 숨을 쉬기 시작했다. 그러나 아직 의식을 찾지는 못 하고 있었다. 그는 점점 깊이 신음을 토했다.

미군들은 하림을 어떻게 처리해야 할지 몰라 한동안 망설이는 것 같았다. 결국 지휘자로 보이는 하사관이 하림을 데려가기로 단안을 내렸다.

지시를 받은 미군 두 명이 마지못해 나뭇가지를 꺾어 들것을 만들었다.

하림을 싣고 가는 동안 그들은 줄곧 투덜거렸다. 피로에 지친 몸들이라 모두가 극도로 신경이 날카로워져 있었다.

사이판의 한쪽에서는 이미 미군의 정지 작업이 시작되고 있었다. 곳곳에 대형 천막이 세워지고 피난민을 위한 급식과 수용 시설이 갖추어지고 있었다. 그밖에 부상자에 대한 치료도 활발히 전개되고 있었다.

하림은 천막에 설치된 병원에 수용되었다. 혈관 주사를 한 대 맞자 그는 얼마 후에 정신을 차렸다.

그날 저녁 그는 다른 텐트에 연행되어 거기서 심문을 받았다. 램프 불 밑에 미군 하사관 두 명이 앉아 있었다. 한 사람은 아마 통역인 것 같았다. 그들은 먼저 그의 신분을 물었다. 그 다음 그가 교수형을 받게 된 경위를 추궁했다.

"탈주병이라고 해서 죽이려고 한 것이다."

하림의 유창한 영어에 미군 심문관은 놀라는 표정을 지었다. 미군은 하림이 신고 있는 군화를 가리켰다.

"그건 미군이 신는 것이다. 어디서 났는가?"

"죽은 미군에게서 실례한 것이다."

"미군을 죽이고 뺏은 게 아닌가?"

"천만에……당신들한테 투항하려고 했는데 미근을 죽이겠는가. 신발이 너무 낡아서 바꾼 것뿐이다."

"무엇으로 증명할 수 있는가?"

"죽은 미군이 가지고 있던 사진과 군번이 있다. 그 유품을 전해 주려고 내가 가지고 있었는데 그만 빼앗기고 말았다."

"이것 말인가?"

미군은 책상 위에 지갑과 군번을 꺼내 놓았다. 하림은 지갑을 열어 보고 고개를 끄덕였다.

"바로 이것이다."

"그렇지만 이것 가지고는 해명이 안 된다!"

미군은 큰 소리로 날카롭게 말했다. 노란 눈이 하림을 깊이 쏘아보고 있었다.

하림은 그제야 자신이 의심을 받고 있다는 것을 깨달았다. 그는 어처구니가 없었다.

"나는 조선인이다! 일본을 철천지원수로 생각하고 있는 조선인이다. 이 이상 더 무슨 말을 하겠는가? 수색대의 제임스 중위를 불러달라! 그 사람을 불러 주면 내가 누군지를 알 수 있을 것이다!"

하림의 말에 미군은 좀 어리둥절했다.

"제임스라고? 미군 중에 그런 이름은 많다. 계급이 뭐라고 했지?"

"중위다. 수색대를 지휘하고 있었다.

"그 사람을 어떻게 아는가?"

"산 속에서 만난 적이 있다."

"무슨 관계라도 있는가?"

"특수한 관계가 있다."

"무슨 관계인가? 말해 보라."

"싫다. 그 사람을 불러달라. 그러면 그 내용을 알 수 있을 것이다."

심문은 중단되고 하림은 병원으로 돌아왔다.

목의 상처는 심해서 피멍이 든 굵은 줄이 목을 두르고 있었다. 군의관은 그의 목에 약을 바르고 붕대를 감아 주었다.

하림은 실로 오랜만에 깊이 잠들 수가 있었다.

이튿날 오전에 그는 다시 불려 갔다.

미군 하사관은 하림을 그대로 세워 둔 채 힐끗 한번 바라보기만 했다. 그리고는 한참 동안 하던 일에 열중했다.

하림은 잠자코 기다렸다. 자신이 포로인 이상 언제까지고 기다려야 한다는 것을 그는 알고 있었다. 좋지 않은 소식이 그를 기다리고 있는 것 같았다. 그의 이러한 불길한 생각은 제대로 들어맞았다.

"수색대의 제임스 중위는 전사했어, 알아듣겠지?"

미군은 쉽게 아무 감정도 없이 말했다. 하림은 머리 속이 멍해져 왔다. 한참 후에 그는,

"정말인가?"

하고 힘없이 말했다.

미군은 웃으려다가 말았다. 그의 얼굴은 도로 굳어졌다.

"제임스 중위가 죽은 걸 알고 있었지?"

"내가 어떻게 알겠는가?"

"제임스 중위가 지휘하는 수색대가 모두 전멸했다. 며칠 전 무전을 보낸 뒤로 소식이 끊겼다. 나중에 수색대의 시체만 발견되었다."

그의 말에 하림은 말문이 막혀 버렸다. 미군은 다시 말을 이었다.

"당신이 제임스 중위를 아는 걸 보니까 아무래도 수상하다. 제임스 중위도 당신이 죽은 게 아닌가?"

"나는 아무도 죽이지 않았다!"

"거짓말 마라, 이 자식아!"

미군은 몸을 일으키더니 주먹으로 하림의 턱을 후려갈겼다. 그는 쏴 죽일 듯이 권총을 뽑아 들었다가 도로 제자리에 돌아가 앉았다.

하림은 비틀거리는 다리를 겨우 가누었다. 그는 문제가 점점

복잡해지고 있다는 것을 깨달았다. 제임스 중위 일행이 전멸하다니 불행한 일이 아닐 수 없었고, 하림의 입장으로 볼 때는 운이 없다고도 할 수 있었다.

"바른대로 말해! 그렇지 않으면 죽여 버리겠다."

"바른대로 말했다. 다른 대답은 기대하지 말라."

"건방진 자식, 제임스 중위와 어떤 관계였어? 특수한 관계가 있다고 했는데……어디 말해 봐."

하림은 그제야 미군의 얼굴을 찬찬히 바라보았다.

군에서 청춘을 보내 버린 전형적인 직업 하사관, 일본군 중에서 흔히 볼 수 있는 그런 타입의 늙은 군인이었다. 이런 군인은 고집이 세고 단순하다. 잔인한 일면도 가지고 있다. 그리고 요령이 늘어 복잡한 것을 싫어하고 될 수 있는 한 편하게 지내려고 한다. 한마디로 그는 콤플렉스의 덩어리, 즉물적이라고 할 수 있다.

하림은 흡사 바위 앞에 서 있는 기분이었다. 바위를 상대로 이야기를 한들 제대로 먹혀 들어갈 리가 없다.

미군은 살찐 얼굴을 잔뜩 찌푸리고 있는 것이 몹시 귀찮아하는 표정이었다. 머리 중간이 벗겨지고 있었다.

일본군 포로 하나쯤이야 눈에도 들어오지 않겠지. 조선인이라고 한들 그게 무슨 의미가 있는가. 끝까지 나를 일본군 포로로 취급하는 것이 일하기에도 편할 것이다.

하림은 망설이다가 말했다.

"나는 위생병이었는데……부대를 탈출해서 산 속에 숨어 있었다. 그때 제임스 중위를 만난 것이다."

"그래서?"

"그에게 정보를 제공하고……후에 만나기로 했다. 그런데 그가 이렇게 죽을 줄은 정말 몰랐다."

"무슨 정보를 제공했다는 거야?"

이 자가 이걸 곧이 들을까. 십중팔구 믿지 않겠지. 하림은 내키지 않는 것을 자신 없는 투로 말했다.

"여기 주둔하고 있던 일본군은 세균 작전을 준비하고 있었다. 세균 작전에 대해 들어본 일이 있는가?"

"없다. 나한테 묻지 말고 빨리 말해라. 더워 죽겠다."

미군은 앞가슴을 풀어헤쳤다. 가슴을 덮은 시꺼먼 털이 땀에 젖어 번들거리고 있었다.

"일본군은 이 사이판이 미군에게 함락될 경우 섬 전체를 세균으로 덮을 생각이었다."

"그래서?"

미군은 하품을 했다. 졸리운 모양이었다. 저러다가 발작적으로 또 나를 때릴지 모른다. 하림은 부어오른 턱을 손으로 쓰다듬었다.

"세균은 내가 근무하고 있는 병원에서 비밀리에 배양되고 있었다. 나는 그 일을 책임 맡은 장교를 도와주고 있었다. 그들의 계획대로 되었다면 이 사이판은 지금쯤 세균으로 가득 차서 미군은 모두가 몰살되었을 것이다. 나는 이 무서운 계획을 제임스 중위에게 알려 주고 병원을 빨리 파괴하라고 일러 주었다. 이 정보가 그대로 받아들여졌는지……나는 산 위에서 병원이 미군기의 폭격을 받고 완전히 파괴되는 것을 보았다."

"흥, 그럴 듯하군. 그래서?"

"그런데 제임스 중위 일행이 모두 죽었다니, 내 말을 믿어 줄 사람이 모두 없어진 셈이다. 누가 내 말을 믿겠는가. 그렇지만……한 가지 방법은 있다. 제임스 중위가 본부로 보낸 무전 내용을 모두 조사해 보면 틀림없이 내가 말한 그런 정보가 있었을 것이다. 정보를 담당하고 있는 부서에서는 그것을 잘 알고 있을 것이다. 비록 내 이름은 없다 해도 세균이 배양되고 있는 병원을 파괴하라는 제임스 중위의 긴급보고는 보존되어 있을 것이다."

미군은 힘차게 코를 풀었다.

"나는 내 공로를 인정받고 싶은 마음은 추호도 없다. 다만 내가 오해받는 것이 억울해서 이런 말을 하는 것이다. 나는 미군을 죽이지 않았다."

"알았다. 조사해 보고 나서 조처하겠다. 만일 거짓말이라면 넌 총살이다. 넌 군사 재판을 받고 총살될 것이다."

하림은 그 길로 병원으로 가지 않고 대신 포로수용소에 수용되었다.

대형 천막이 몇 개 서 있고 그 둘레로 넓게 철조망이 삼중으로 쳐져 있는 곳이 포로수용소였다. 수용소의 한쪽은 바다에 면한 벼랑이었다. 수용소 둘레에는 집총을 한 미군들이 삼엄하게 지키고 서 있었다.

일본군 포로는 모두 해서 2백여 명쯤 되었다. 거의가 체포된 자들이었다. 약간 명만이 자수를 한 자들이었다.

포로수용소 옆에는 민간인 수용소가 있었다. 부모를 잃은 고아들, 의지할 곳 없는 노인들, 집이 파괴되어 올데갈데 없는 사람들이 수용되어 있었는데 그 수가 수백 명이나 되었다.

그들은 일정한 시간을 정해 두고 출입을 마음더로 할 수 있어서 퍽 자유스러워 보였다.

포로수용소에 들어간 하림은 그 살벌한 분위기에 놀랬다. 포로들은 핏발선 눈으로 그를 노려보고 있었다.

포로들은 모두가 표지를 떼어 버리고 있어서 계급을 알 수가 없었다.

문 앞에서 그는 들어가는 것을 제지당했다.

"야, 이 새끼야! 신고도 없이 들어와?"

여기저기서 주먹이 날아들었다. 하림은 갑자기 당하는 일이라 고스란히 얻어맞았다.

"이 새끼야, 신고해 봐! 이름 계급 소속을 말해!"

하림은 여기서 행동을 잘해야 한다고 생각했다. 여기서 약점을 잡히면 이놈들에게 한없이 당할 판이다.

"신고 못 하겠다."

"뭐, 신고를 못 하겠다고? 이 새끼, 한번 죽어 봐라!"

신체가 건장한 놈 하나가 주먹을 휘두르며 달려들었다. 하림은 발을 뻗어 놈의 복부를 힘껏 걷어차 버렸다.

"어이쿠!"

놈은 바닥에 쿵 하고 떨어지더니 배를 움켜쥐면서 비명을 질렸다. 다른 몇 놈이 한꺼번에 달려들자 하림은 막대기를 하나 집어들고 그들을 후려갈겼다. 일찍부터 검도를 익혀 실력이 출중한 그는 몇 놈 정도야 단숨에 해치울 자신이 있었다.

막대기에 얻어맞은 놈들은 고통을 이기지 못해 끙끙 앓았다. 그리고 다시는 달려들려고 하지 않았다. 하림이 분을 이기지 못해 다시 막대기를 휘두르자 그들은 우르르 한쪽으로 몰려 달아났다. 조금 후에 그때까지 잠자코 있던 놈들 중 두 명이 칼을 빼어 들고 다가왔다. 거기에 자신을 얻었는지 여러 놈들이 닥치는 대로 아무것이나 들고 달려들었다. 누군가의 입에서.

"저놈, 죠센징이다! 때려잡아라!"

하는 고함이 터져나왔다. 그 소리에 포로들은 살기등등해서 몰려들었다.

하림은 장소가 협소해서 불리함을 느꼈다. 그래서 그는 밖으로 뛰쳐나왔다. 왁자지껄한 소리에 다른 천막에 있는 포로들도 뛰어 나왔다. 그리고 그들도 합세해서 하림에게 달려들었다. 하림은 위태롭게 되었다. 아무리 검도 실력이 뛰어난다 해도 상대는 워낙 수가 많았다. 한번 잡히기만 하면 그 자리에서 살해될 것이 뻔했다.

그는 마당을 가로질러 뛰어갔다. 몸이 많이 약해졌기 때문에 숨이 가빴고 공포가 엄습했다. 그의 눈에 여느 포로들과는 달리 이 광경을 묵묵히 지켜보기만 하는 한 무리의 포로들이 얼핏 보였다. 그들은 연병장 한쪽 구석에 있는 천막 앞에 몰려나와 있었다. 그들 중 몇 명이 하림에게 다급히 오라는 손짓을 해 보였다.

하림은 그쪽으로 뛰어갔다.

하림이 뛰어들자 그들은 그를 가운데에 몰아넣고 두 겹 세 겹으로 에워쌌다. 모두 오륙십 명은 되었다.

"안심해!"

누군가가 조선말로 하림에게 말했다. 하림은 이 포로들의 신분에 짐작이 갔다. 양쪽 포로들은 이윽고 사이를 두고 서로 대치했다.

"그놈, 이리 내놔!"

"못 내놓겠다!"

험악한 공기가 흘렀다. 그러나 수적으로 하림을 죽이려는 쪽이 훨씬 더 많았다. 혈투가 벌어지려는 순간 호각 소리가 들려왔다. 그때 미군 헌병들이 공포를 쏘면서 수용소 안으로 뛰어 들어왔다.

"망할 새끼들! 비키지 못해?"

미군들은 총대로 포로들을 마구 후려갈겼다.

포로들은 충돌 직전에 가까스로 제지를 받고 뿔뿔이 흩어졌다. 미군 헌병들은 포로를 모두 천막 속으로 몰아넣은 다음 주동자를 색출했다.

하림을 해치려고 한 자들은 손짓 발짓으로 해명을 늘어놓았지만 미군들은 도무지 알아듣지를 못 하고 있었다. 그러나 하림의 경우는 달랐다. 그가 난동이 일어나게 된 전후 사정을 능숙한 영어로 이야기하자 미군들은 눈이 휘둥그레졌다. 그리고 이내 하림에게 호의를 보였다. 그들은 포로들과 대화가 통하지 않아

희망 · 85

사사건건 애를 먹고 있던 참이었는데 이렇게 영어를 유창하게 구사할 줄 아는 사람이 나타나서 매우 반가운 모양이었다. 하림의 자세한 설명을 듣고 나서 미군들은 하림을 적대한 포로들을 끌어내어 호되게 기합을 주었다.

가장 악질적으로 행동한 놈들 다섯 명에게 삽이 주어졌고 그들은 제각기 가로세로 3미터의 정사각형 구덩이를 2미터의 깊이로 하나씩 파도록 지시 받았다. 그것이 완성되면 파낸 흙을 물에 이겨 다시 메우도록 명령받았고 이러한 반복을 각자 50번씩 해야 했다. 작업이 끝날 때까지는 식사는 물론 물 한 모금 주지 않았고, 밤이 되어도 잠을 재우지 않았다. 미군 헌병들은 구덩이마다 교대로 지켜 서서 작업 진도를 일일이 체크했기 때문에 요령을 피울 수가 없었다.

뙤약볕 아래 완전히 발가벗긴 채 그들은 일했다. 온몸은 금방 땀과 흙으로 범벅이 되었고 입에서는 거친 숨소리가 흘러나오고 있었다. 입에 거품을 물고 쓰러지는 자가 있으면 미군은 그자의 얼굴에 바스킷의 물을 퍼부어 깨웠다. 그리고 계속 작업을 시켰다.

폭행을 예사로 일삼고 질서를 깨는 포로들에 대해서 미군은 이렇게 엄하고 혹독한 제재를 가했다. 결코 인정을 보인다거나 양보를 한다거나 사정을 봐주는 짓을 하지 않았다. 정해진 규율은 정해진 대로 엄격히 시행되었다.

난동을 부린 포로들은 기합이 끝난 다음 곧장 다른 곳, 중노동이 기다리는 수용소로 보내졌다.

미군의 규율이 이렇게 엄하다는 것을 비로소 알게 된 일본군 포로들은 이때부터 질서를 지키게 되었고 될 수 있는 한 사고를 일으키지 않으려고 노력하게 되었다.

그러나 양쪽 포로들의 적대 관계만은 눈에 띄지 않게 계속되고 있었다. 포로들이 이렇게 양쪽으로 갈려 서로 증오하게 된 데에는 그럴 만한 이유가 있었다.

한쪽 포로들이 모두 끝까지 싸우다가 체포된 자들인데 반해, 다른 포로들은 자진해서 투항해 온 자들이었다. 투항한 자들은 반전 사상을 가진 조선인 탈주병들과 이에 동조한 일본인 패잔병들이었다. 따라서 이 두 가지 종류의 포로들이 한 수용소 안에서 서로 동화될 수 없는 것은 당연한 일이었다. 체포된 포로들은 투항한 포로를 배신자라고 하여 집단적으로 폭행을 가하고 심지어는 살해하여 바닷속에 던져 버리기까지 했다.

이에 투항자들은 마냥 당하고만 있을 수 없었다. 그들은 한데 뭉쳐 여기에 대항했다. 밤이면 칼이나 몽둥이 돌멩이 같은 것을 들고 경계를 섰고 이상한 기미라도 보이면 모두가 자리에서 일어나 밤을 새우며 대비했다. 그리고 낮이면 항상 몇 명씩 짝을 지어 행동했다.

하림은 물론 투항자들 틈에 끼었다. 그의 영어 실력과 리더십은 금방 인정되어 그는 얼마 후에 투항 포로들을 지휘하게까지 되었다. 그는 미군에게 약까지 얻어 웬만한 병이던 자체 내에서 치료하곤 했기 때문에 날이 갈수록 인기가 좋아졌다.

하림은 포로들이 언제까지고 이렇게 서로 양쪽으로 갈려 암투를 계속할 수는 없다고 생각했다.

 일본 군국주의의 망령을 떨쳐 버리지 못한 채 증오심만 키우고 있는, 체포된 포로들을 하루 빨리 이해시키고 그들로 하여금 정상적인 사고방식을 갖도록 그들을 재교육시켜야 할 필요성을 그는 절실히 느꼈다. 이것은 바로 그들 자신이 포로 생활을 무사히 마치고 자유의 몸이 되는데 필요한 가장 중요한 선결 문제이기도 했다.

 하림은 우선 그들의 증오심을 풀어 주는 일이 시급하다고 생각했다. 그래서 그는 매우 위험한 일이었지만 아침이면 언제나 상대편 포로들을 방문하여 병에 걸린 자들을 치료해 주곤 했다. 처음에 하림에게 욕을 퍼붓고 치료를 거부하던 그들도 시간이 지나고 하림의 정성이 지극하자 차츰 증오심을 누그러뜨리고 치료를 받기 시작했다. 하림의 이 같은 인술은 예상보다 큰 효과를 거두게 되어 얼마 후에는 그는 부드러운 분위기 속에서 대화를 나누게까지 되었다. 그는 대화를 통해 일본 제국이 일으킨 전쟁의 무의미성과 그 무모함, 그리고 연합군의 정당성과 그 강대함 등을 이야기함으로써 그들로 하여금 일본의 패전을 긍정적인 것으로 받아들이게끔 유도했다.

 미군은 포로들에게 전할 이야기가 있으면 언제나 하림을 통해서 했다. 그런 만큼 하림의 위치는 포로들은 물론 미군들에게도 중요하게 부상했다. 하림은 이것을 이용해서 미군들에게 틈만 나면 포로들의 처우 개선을 들고나오곤 했다. 포로들도 어려움이 있으면 하림에게 문제를 부탁하곤 했고, 그럴 때마다 하림은 최대한의 노력으로 그것을 해결해 주곤 했다.

이런 점들로 해서 그는 양쪽 포로들을 동화시키는 구심점이 되어 갔고, 포로들과 미군들을 이어주는 든든한 연줄이 되어 있었다.

한 달이 지나자 포로들간의 적대 관계는 없어졌다. 극렬분자는 거의 다른 수용소로 옮겨가고 나머지는 하림의 노력으로 하여 새로운 삶을 희구하는 포로들뿐이었다. 가끔씩 싸움이 일곤 했지만 그것은 개인적인 사소한 문제 때문에 개개인 사이에 일어나는 다툼 정도였다.

사이판에 더 이상의 포성은 들려오지 않았다. 남국의 부드러운 바람과 열기가 대지를 어루만지는 그 옛날의 평화로움이 이 조그만 섬에 다시 찾아오고 있었다. 그러나 하림의 마음은 편치가 않았다. 언제까지 포로 생활을 해야 하는지 답답하기 그지없었다. 조국의 운명이 어떻게 될지 궁금했고 가쯔끄와 어머니, 그리고 형님네 가족이 보고 싶었다. 조국이 그리웠고 그 땅을 하루라도 빨리 밟고 싶었다. 그는 미군이 몰래 가져다 주는 양주를 마시고 취해 버릴 때가 많았다. 한밤중에 일어나 벼랑 쪽에 다가앉아 파도 소리를 들으며 술을 마실 때면 삶에 대한 허무감으로 바다에 몸을 던져 버리고 싶은 충동을 느낄 때가 한두 번이 아니었다.

세월이 지나면 모든 것이 잊혀지리라. 모든 것은 망각 속에 묻힌다. 파묻힌다. 그 망각 속에 꽃이 핀다. 그 꽃이 새로운 희망인지 새로운 악(惡)인지는 아무도 모른다.

나는 그것이 희망이기를 바란다. 자유와 평화의 꽃이기를 바란다.

진정코 이 대지에 희망이 있을 수 있다면 아, 나는 정말 열심히 살아 보고 싶다. 가쯔꼬를 사랑하며 열심히 살아 보고 싶다.

하림을 처음 심문하던 미군으로부터 더 이상 소식이 없었다. 그가 미군을 살해했다는 처음의 혐의는 벗겨진 모양이지만 세균전을 미연에 방지한 그의 공적에 대해서는 어떠한 언급도 없었다. 하림은 거기에 대한 기대를 버렸다. 그리고 그것을 완전히 잊기로 했다.

음 모

 이름 김기문(金期文), 나이 42세, 평양(平壤) 출신 — 그자에 대해서 아는 것은 이것밖에 없다. 그러나 무엇인가 의미심장한 일을 꾸미고 있는 자임에는 틀림없다. 그에게서는 한마디로 단정해 버릴 수 없는 어떤 복선 같은 것이 느껴진다. 종잡을 수 없는 인물이다.

 대치는 어두운 창 밖을 바라보면서 담배를 빨아 댔다. 어둠 속에서도 하나밖에 없는 그의 눈은 줄곧 번득이고 있었다. 건강을 되찾고 목표가 세워진 이제 그의 전신은 증오의 덩어리로 변해 있었다. 그의 눈에는 끊임없이 계속되는 살육과 피의 바다만이 보이고 있었다.

 중국군에 구조된 후 최초로 그를 심문했던 사나이, 얼굴이 깡마르고 눈길이 깊은 중년의 조선인 김기문 — 그가 장개석의 국민당 군 정보 계통에 종사하고 있으면서 조선의 독립운동 단체와 관계를 맺고 있음은 어렴풋이나마 짐작이 되고 있었다. 그러나 그것이 어느 정도인지는 잘 알 수가 없었다.

 그가 독립운동에 관계하고 있는 것은 이상할 것이 하나도 없었다. 오히려 그것은 당연한 일이라고 할 수 있었다.

그런데 이상한 것은 그가 기회 있을 때마다 국민당 군을 비난하고 있다는 사실이었다. 그리고 그런 이야기 끝에는 으레 이쪽의 반응을 떠보는 것이었다. 그럴 때면 대치는 매우 당황하곤 했다. 김씨의 말에 동의해야 할지, 아니면 반대 의견을 펴야 할지 얼른 판단이 서지 않았다.

김씨의 입김이 어떻게 작용했는지 몰라도 대치는 국민당 군 소속으로 김씨 밑에 주저앉아 있었다. 꽤 날짜가 흘렀지만 김씨는 그에게 일거리를 주지 않았다. 다만 먹이고 재우고 할 뿐이었다. 대치가 답답한 나머지 앞으로의 일을 물으면 김씨는 좀 기다려 보라고 할 뿐이었다. 그러면서 의미 있게 웃는 것이었다. 그들이 중경(重慶)으로 옮겨온 것은 1주일 전쯤이었다. 그 이삼 일 후에 김씨는 시내 주택가에 방을 하나 얻었다. 그리고 대치를 거기에 기거하게 했다. 김씨는 대치를 그곳에 처박아 둔 채 밤에만 나타나 잠만 자고 갔다. 그는 출처가 어딘지는 몰라도 돈이 많은 것 같았다. 대치는 하루종일 방에서 뒹굴어야 했다. 수중에 돈 한 푼 없어서 나돌아다닐 수도 없었을 뿐 아니라 김씨가 엄격히 외출을 금하고 있어서 그럴 수도 없었다. 현재로서는 김씨가 그의 상관인 이상 그의 말을 들어야 했다. 그러니 기다리는 데까지 기다릴 수밖에 없었다.

피에 절어 버린 대치로서는 아무 일 없이 지내는 것이야말로 가장 괴로운 일이었다. 그보다 더 답답한 일은 없었다. 하루빨리 적을 죽이고 그 피를 이 대지에 뿌리고 싶은 것이 그의 유일한 소망이었다. 때때로 여옥의 일이 생각나고 고향이 그리울 때도 있었지만 그런 것은 한순간 스쳐 지나가는 것일 뿐 그의 마음에 하등의 동요도 되지 않았다. 그의 마음은 돌처럼 굳어지고 몸 전체에서는 이제 극렬한 공격성만이 남아 있었다. 한번 허락만 떨어지면 흡사 봇물이 터지듯 그는 뛰어들 판이었다. 피가 끓어 가만앉아 있을 수가 없었다. 그는 방안을 왔다갔다 했다. 방은 2층에 있어서 거리가 훤히 내다보였다.

밤이 깊어서인지 거리에는 행인이 거의 없었다. 대치는 더워서 창문을 열었다. 그때 노크 소리가 났다. 문이 열리고 김씨가 비틀거리는 몸으로 들어섰다. 술 냄새가 확 풍겨왔다.

"불을 켜."

김씨가 퉁명스럽게 말했다. 대치는 전기 스위치를 돌렸다.

불이 켜지자 김씨는 눈이 부신 듯 얼굴을 찌푸렸다. 눈두덩이 시퍼렇게 부어 있고 입술이 터진 것으로 보아 심상치 않은 일이 일어난 것 같았다. 술에 취했는데도 얼굴은 창백하게 굳어 있었고 두 눈은 날카롭게 빛나고 있었다.

"불을 꺼!"

김씨가 다시 말했다. 완전히 명령조였다.

"치료하셔야겠습니다."

"필요 없어. 불을 꺼!"

대치는 잠자코 도로 불을 껐다. 김씨는 창틀에 기대앉아 말없이 담배를 피웠다. 대치는 침상에 걸터앉았다. 그리고 김씨를 바라보았다.

오늘은 무슨 이야기가 있겠지. 무슨 일이 있었기에 저렇게 상처가 났을까. 그때 김씨가 대치의 마음을 읽기나 한 듯 이렇게 말했다.

"내 얼굴이 왜 이렇게 된 줄 아나? 얻어맞은 거야. 그것도 자네같이 젊은 놈들한테 말이야."

"그놈들이 누굽니까?"

김씨는 조금 기다렸다가 말했다.

"같은 조선 청년들한테 얻어맞은 거야. 안면이 있는 청년들인데, 나한테 무얼 부탁하러 왔어. 권총을 몇 자루 구해 달라는 거야. 임정(臨政)의 연락책들이지. 구할 수도 있는 것이지만……너무 무리한 부탁이라 거절했어. 무엇보다도 그들의 생각이 돼먹지가 않아서 들어 줄 수가 없었어. 자식들, 그런 식으로……맹목적으로 독립운동을 하다가는 죽도 밥도 안 되지. 흥, 안 되고 말고……어이, 이 봐 최대치……자넨 내 말을 이해하겠지. 자넨 그놈들하고는 다를 거야. 암, 다른 데가 있어, 있고 말고……그런데, 그……눈이 곤란하단 말이야. 그게…… 문제야."

대치는 모멸을 느꼈다.

"눈이 어떻다는 겁니까? 아직 한쪽 눈이 남아 있습니다. 이 한쪽 눈으로도 얼마든지 볼 수 있고 일할 수 있습니다. 그리고……."

"아, 잠깐, 목소리가 너무 커. 내 말은 그게 아니고……눈이 그래서 사람들 눈에 너무 잘 띈다 이거야. 공작원이 사람 눈에 잘 띄어서야 어디 공작을 할 수 있겠어?"

"잘 알겠습니다. 그러니까 안 된다 이 말씀입니까? 그럼 가겠습니다. 더 이상 여기서 이런 생활은 못 하겠습니다. 답답해서 죽을 지경입니다."

대치는 당장이라도 일어나 나가 버리고 싶었다. 김씨는 손을 내저었다.

"아니, 아니야. 그런 식으로 생각해서는 안 되지. 이런 일을 할 때는 흥분은 금물이야. 항상 냉철하게 앞뒤를 살펴야 해. 그런데 자넨 좀 성질이 급한 데가 있어. 누구를 증오하는 건 좋지만…… 그것 때문에 일을 그르쳐서는 안 되지. 자네를 여기 있게 한 건 자네가 상상을 초월한 체험으로 현재 정신적으로 안정이 안 돼 있는 것 같아 좀 쉬게 한 것뿐이야."

"빨리 일거리를 주십시오. 일을 하고 싶습니다. 몸도 이제는 완쾌되고 해서 쉬어야 할 이유가 하나도 없습니다."

"덮어놓고 일할 수는 없어. 의욕만 가지고는 안 돼. 그 바탕에 무엇이 깔려 있느냐가 문제야."

대치가 그 말뜻을 알아내려고 가만 있자 김씨가 다시 말을 이었다.

"이념이 문제란 말이야. 그 청년들처럼 그따위 사고방식을 가지고 있으면 함께 일할 수가 없어. 그 녀석들은 맹목적이야. 무엇이 어떻게 돌아가고 있는지, 이 세계가 지금 어떻게 변하고 있는지를 모르고 있단 말이야. 당장 눈앞의 현상에만 급급해서 미친개처럼 뛰기만 하면 되는 줄 아는 모양이야. 그래서는 안 돼. 절대 안 돼!"

김씨의 어조는 강해지고 있었다. 어둠 때문에 얼굴이 잘 보이지는 않았지만 이쪽을 쏘아보고 있다는 것을 알 수가 있었다.

"세계 대세는 이제 혁명의 시대로 돌입하고 있어. 전쟁은 이제 끝나 가고 있어. 제국주의의 종말은 필연적이야. 이젠 전쟁 후의 문제를 설계할 때야. 조선이 독립만 하면 뭐 하나? 그대로 두면 시골 장터처럼 돼 버릴 거야. 따라서 질서가 필요해. 이념적인 질서가 필요하단 말이야. 다시 말해 어떤 종류의 나라를 세우느냐 하는 게 문제야. 그런 것도 없이 무슨 활동을 하겠다는 거야. 자넨 그런 거 생각해 봤어?"

"네, 생각해 봤습니다."

"그럼, 말해 봐. 어떤 나라를 세우고 싶어?"

"자유와 평화의 이념 위에 세워진 나라에서 살고 싶습니다. 자유와 평화의 나라, 그런 나라를 건설하고 싶습니다."

대치는 자신 있게 말했다. 그는 그런 나라에서 살고 싶었다.

"자유와 평화? 그건 이념이 될 수가 없어."

"왜 그럽니까?"

"자유와 평화……정말 어려운 일이야. 세계 역사를 살펴볼 때 인민은 줄기차게 그 자유와 평화를 희구해 왔고, 그걸 위해 투쟁해 왔어. 그러나 인류 역사가 시작된 이래 오늘날까지 그것을 누린 인민은 아무도 없었어. 그러니까 자유와 평화야말로 인류의 영원한 이상이지, 이념은 될 수 없어. 그건 본질적인 것이고 자연 발생적인 욕구야. 오늘도 그렇고, 내일도 우리는 그것을 바라게 될 거야.

"나도 자네처럼 자유와 평화의 나라에서 살고 싶어. 그러나 그게 어디 앉아서 되나. 많은 사람들이 죽어 가고 많은 피가 이 대지를 적셨지만 아직도 그것은 너무나 먼 곳에 있어. 그걸 찾기 위해, 그러한 나라를 세우기 위해 우리는 이념 무장을 갖추어야 돼. 그러니까 이런 점에서 볼 때 이념은 하나의 방법이라고 볼 수 있겠지. 이상적인 국가를 세우기 위한 하나의 방법론이다 이 말이야."

김씨의 이야기는 길어질 기미를 보이고 있었다. 그는 대치에게 담배를 권하면서 자기도 한 대 다시 피워 물었다.

"결국 혁명이 필요하다 이 말씀인가요? 그 방법의 실천으로서 말입니다."

"그, 그렇지. 바로 그거야. 역시 자넨 내 말뜻을 알아차려, 기분좋은 젊은이야. 내가 오늘밤 만났던 그 자식들은 멍텅구리야. 그런 자식들은 앞으로의 시대에는 필요 없는 족속들이야. 그따위 부르주아적 사고방식을 가지고서는 완전한 자주 독립 국가를 세울 수 없어. 옛날처럼 착취자가 득세하는 전통적인 사회밖에 만들 수가 없어. 그것을 때려부숴야 해. 철두철미 때려부숴야 해."

"그 혁명은 어떤 혁명을 말씀하시는 건가요? 부르주아적 사고방식과 전통적인 사회구조를 뒤집어엎는다면……그렇다면 그건 공산 혁명이 아닙니까?"

"옳게 봤군. 그래, 바로 그거야. 내가 말하고 싶은 가장 중요한 골자는 바로 그거야. 내가 오늘밤 젊은이들에게 얻어맞은 이유는 바로 공산 혁명을 주장했기 때문이야. 나는 그 애들을 혁명 노선에 끌어들이고 싶어서 그런 말을 한 거지. 그랬더니 놈들이 하는 말이, 내가 뒷전에서 다른 수작을 벌이고 있다나……그러면서 나를 치더란 말이야. 자네도 나를 칠 텐가? 자네는 그러지 않겠지. 자네만은 내 말을 이해하니까."

대치는 어안이 벙벙했다. 김씨의 입에서 공산주의 혁명을 찬양하는 말이 이렇게 노골적으로 나오리라고는 전혀 생각지도 못한 일이었다. 술취한 탓일까. 아니면 나를 또 떠보기 위해 그러는 것일까.

그러나 이번만은 이쪽을 떠보기 위해서 그런 말을 한 것 같지가 않았다. 김씨의 말속에는 무엇인가 도움을 청하는 것 같은 절실한 빛이 깃들어 있었다. 대치는 김씨를 어떻게 판단해야 할지 도무지 갈피를 잡을 수가 없었다. 장개석 군 정보 계통에서 일하고 있는 그가 공산 혁명을 부르짖다니 이것은 무엇을 의미하는 것일까. 그가 공산주의자란 말인가.

김씨가 장개석 군과 중국의 전통적인 사회구조에 대해 비판을 가해 온 것은 바로 이러한 이유 때문이었을까. 그런 비판이 있을 때마다 대치는 김씨의 날카로운 안목에 내심 경의를 표하기는 했지만 그가 공산주의자라고 생각지는 않았었다. 그가 코뮤니스트라면, 그는 왜 장개석 군에서 일하고 있을까. 이 점이 이상하다. 이쪽에서 섣불리 동조를 보일 수 없는 것은 바로 이런 의혹 때문이다.

"나는 목숨을 내놓고 자네한테 이런 말을 하는 거야. 내 신분이 어떻다는 걸 자네도 잘 알지 않나. 내가 이런 말을 하고 다니는 게 알려지면 나는 총살감이야. 잘 알겠지?"

김씨의 기세에 대치는 가슴이 써늘해지는 것을 느꼈다. 그러나 온갖 고생을 다 겪은 그가 그 정도에 놀랄 리는 없었다. 어떤 경우에도 그는 대처할 마음의 준비가 되어 있었다.

"저를 떠보려고 그러시는 게 아닙니까?"

"허어, 참……몇 번 말해야 내 말을 믿어 주겠냐? 이건 사나이 대 사나이의 말이야."

"그럼 왜 선생께서는 국민당 군에서 일하고 계십니까? 그 점이 이해가 되지 않습니다."

"그렇겠지. 그걸 설명해야 되겠군."

김씨는 한참 생각에 잠겼다. 이 똑똑하고 열에 떠 있는 젊은이를 교묘하게 옭아매어 포섭하려면 믿고 따라올 수 있게 그럴 듯한 말을 해야 한다. 포섭되기만 하면 충분히 이용가치가 있는 놈이다. 목숨을 내건 일이라도 해낼 수 있는 놈 같다.

그런 줄도 모르고 대치는 점점 김기문에게 호감을 느끼고 있었다. 신비한 인물, 앞으로 자기를 이끌어 줄지도 모를 대단한 인물로 그는 김씨를 보기 시작하고 있었다. 지적인 코뮤니스트라니, 얼마나 매력적인가. 그런 일들을 그는 학창 시절부터 동경해 왔었다.

"10여 년 전 나는 어떤 연줄도 없이 단신 중국으로 건너왔었지. 독립운동을 하려는 순수한 동기에서였지. 중국에 와서 곧장 장개석 군에 들어갔어. 군사적인 면도 익히고 대륙의 움직임도 알아 보기 위해서 말이야. 그런 한편으로, 임시정부와도 관계를 가졌지. 그런데 임시정부 요인들과 관계를 가지고 일해 보니까 남는 것은 환멸뿐이더란 말이야. 서로 반목하고 시기하고 자리 다툼으로 하루해를 보내더란 말이야. 존경할 만한 인물이 아무도 없었어. 그때 나는 비로소 깨달았지. 이들 보수주의자들과는 절대 함께 일할 수 없다는 것을……혁명적인 사고가 얼마나 필요한가를 절실히 깨달았어. 그때까지 사실 나는 좌표가 없었어. 다만 열정과 정의만을 가지고 있었다고 볼 수 있지. 그러다가 나는 혁명 이론으로서 공산주의에 심취하게 되었어. 이것이야말로 진정한 길이다, 조선 독립을 위해서는 공산 혁명 사상으로 무장해야 한다. 이렇게 생각하게 되었지. 피압박 민족의 해방은 세계 공산주의의 도움에 의해서만 가능하다는 생각은 갈수록 나의 신념이 되어 갔어. 나는 아무도 모르게 코뮤니스트들과 접촉을 가졌어. 조선인·중국인·일본인·러시아인 등……많은 사람들을 만났지. 그러다가 나는 좀더 공부를 하기 위해 1년 동안 모스크바에 다녀왔지."

대치는 가슴이 설레는 것을 느꼈다. 김씨의 이야기가 사실이라는 것은 이제 의심의 여지가 없었다. 대치가 열심히 경청하고 있자 김씨는 만족한 모양이었다.

"모스크바 공산 대학에서 공부하였습니까?"

"그렇지. 모스크바 공산 대학에는 외국인을 위한 특별 연수 과정이 있지. 이곳에서는 아시아 각국 공산당의 추천을 받은 사람들을 받아들여 소련 공산당의 이론 및 전술 전략을 가르치고 그

경험까지 체득케 하지. 이렇게 되면 그쪽에서 시키지 않아도 자연 공산주의 혁명을 수출하는데 있어서 전위 부대의 역할을 담당하게 되지. 완전히 혁명 전사(革命戰士)로 변신하는 거야. 단과(單科) 1년, 본과(本科) 4년으로 되어 있고, 기본 교수 과목은 주로 「레닌주의 철학 강좌」, 「레닌의 당(黨) 건설을 위한 볼셰비키와 멘셰비키와의 투쟁사」, 「러시아 공산당사」, 「유물론과 유물사관」, 「마르크스주의 정치 경제학」 등이지. 이 외에 특수 과목으로 「유격 전술」도 있어. 교수는 주로 소련 공산당 정치 국원, 고급 당간부, 그리고 학자들이야. 당시 조선어 통역은 에로셍코라는 러시아인이 맡았어. 조선과 일본계 학생의 담당 교수는 민도린이라고 하는 사람으로 유태계였지. 내가 모스크바에 간 건 완전 비밀이었어. 자넨 공부하고 싶지 않나?"

"공부하고 싶습니다. 많이 가르침을 받고 싶습니다."

"내가 가르칠 만한 건 없어. 그저 같은 동지로서 서로 도와 나가는 거지."

"북경 대학의 주교수님도 알고 계셨군요?"

"주명학 교수와는 가깝게 지내지는 않았지만 함께 공부를 했지. 지난번에는 자네가 북경 대학에 다녔다기에 사실을 알아 보려고 모른 체했던 거야. 주교수는 모스크바에서도 인정할 만큼 상당히 수준이 높은 정통파지."

"지금도 연락이 닿습니까?"

"닿고 말고……."

"만나게 해주십시오."

대치의 눈이 어둠 속에서 빛났다. 김씨가 낮게 기침을 했다.

"연락을 취해 보지. 그러나 조심해야 될 거야."

"지금 어디에 계신가요?"

"일정치가 않아. 모택동과 함께 활동하고 있으니까."

대치는 앞길이 훤히 열리는 것 같은 기분을 느꼈다. 머지 않아 무엇인가 바라던 것이 손에 닿을 것만 같았다.

"내가 바라는 것은 자네의 협력이야. 믿을 만한 사람을 하나 구하고 있던 참이야."

"힘닿는 데까지 하겠습니다."

"고맙네."

김씨는 호주머니 속에서 조그만 술병을 꺼냈다.

"오늘밤은 정말 취해 보고 싶은데. 자, 마시게. 안주는 없지만……."

대치는 사양하지 않고 술병을 받아 들었다. 그들은 어둠 속에서 술을 마셨다. 여름밤의 열기와 들뜬 기분이 그들을 금방 취하게 했다. 술기가 가슴을 뜨겁게 적시는 순간 대치는 자신의 운명이 변하고 있음을 깨달았다. 그는 그것을 막고 싶은 마음이 조금도 없었다. 그것이 자신의 생애에 어떤 결과를 가져올지도 모른 채…….

"모스크바에서 돌아오신 후에는 어떻게 하셨습니까?"

"다시 국민당 군에 들어왔지. 신분을 감추고서 말이야. 그때 이미 나는 조직의 일원으로서, 명령을 받고 잠입해 온 거지. 그러니까 국민당 군에서 활약하고 있는 공작원이지. 좀더 자세히 말한다면 국민당 군에서 일하고 있는 조선 청년들을 포섭하여 혁명 활동을 시키는 게 나의 임무야. 나는 그것을 맡고 있는 캡(공산당의 세포 책임자)이야. 그런데 자네가 걸려든 거지. 하하하하……."

김씨의 웃음 소리가 높다랗게 방안을 울렸다. 대치도 따라 웃었다. 김씨의 웃음은 곧 그쳤다.

"나는 자네를 믿고 이런 말을 한 거야. 만일 자네가 배신을 하면……자네를 죽이겠지. 내가 직접 손을 쓰지 않더라도 자네를 죽일 사람은 많아."

김씨가 약간 혀꼬부라진 소리로 말했지만 그것은 대치의 가슴속으로 깊이 들어와 박혔다.

"제가 죽을 짓을 했다면 죽어도 좋습니다."

"음, 역시 패기만만하군."

"최고 지령은 누가 내리고 있습니까? 러시아 쪽입니까, 아니면 모택동 쪽입니까?"

"모택동이야. 중국 공산당의 지령을 받으면서 한편으로는 우리 조직과 연락을 취하고 있지. 우리 조직은 조선의 혁명화를 위해 가장 열성적인 인물들만 모인 순수한 단체야."

"그것보다는 먼저 조국의 독립이 중요하지 않습니까?"

"독립이 중요하지 않다는 게 아니야. 우리 조직도 독립운동 단체야. 그러나 독립운동을 하되 혁명 조직을 구축해 나가야 한다 이 말이야. 독립이 되자마자 즉각적으로 혁명운동을 전개할 수 있도록 말이야. 그렇지 않으면 보수 세력한테 밀려 우리는 다시 조국을 등지거나 희생당하게 돼."

대치는 이제야 김씨의 신분을 정확히 파악할 수 있을 것 같았다. 장개석 군에 침투해 있는 중국 공산당의 첩자, 그러면서 한편으로는 조선의 독립과 혁명화를 위한 비밀 조직의 공작원 — 이것이 바로 김기문의 정체인 것이다.

"조직의 이름은 무엇입니까?"

"나중에 가르쳐 주지. 가입할 의사가 있나?"

"네, 당장이라도 가입하고 싶습니다."

"조금 기다려. 회의를 거쳐야 되니까. 지금 당장 결정할 수는 없어. 그 전에 한 가지 할 일이 있어. 자격과 성분을 시험해 보기 위해 지원자에게는 누구에게나 부과되는 것이니까 그렇게 알아 줘야겠어."

"좋습니다. 그런 조건이 붙는다면 무슨 일이라도 하겠습니다. 혁명 조직이라면 가입자에게 당연히 일정한 시험을 치르게 해야겠지요. 아무나 받아들일 수는 없을 테니까요."

대치는 술병에 남은 술을 마지막으로 입 속에 부어넣었다. 술에 취하자 세상의 모든 것이 손아귀 속에 휘어 잡히는 것 같았다. 김씨도 하찮게 보였다. 비록 지금은 신세를 지고 도움을 바라고 있지만 머지 않아 김씨를 능가할 혁명 전사로 자신을 키우고야 말겠다고 그는 생각했다. 벌써 그는 상대를 질투하고 시기하고 있었다. 그의 욕망과 열성이 다른 사람을 인정하는 것을 거부했고 다른 사람 밑에서 일하는 것을 본능적으로 싫어하고 있었던 것이다.

그는 "무슨 조건이든 말해 보라. 멋지게 해내고야 말 테다." 하는 듯이 여유 있는 눈길로 김씨를 바라보았다. 외눈이 어둠 속에서도 번득이고 있었다.

"살인을 해봤다면……과히 어려운 일은 아닐 꺼야."

"누구를 죽이는 일입니까?"

"그래."

"몇 명입니까?"

"한 명이야. 거세해야 할 인물이 하나 있어. 반드시 없애지 않으면 안 돼. 살인을 어떻게 생각하나?"

"필요하다면……있어야 한다고 봅니다."

"혁명가가 피를 무서워해서는 안 돼!"

"무서워하지 않습니다. 혁명 과업 수행을 위해서는 반드시 필요하다고 봅니다."

"훌륭한 생각이야."

김씨는 몹시 기분이 좋은지 몸을 좌우로 흔들었다.

"상대는 누굽니까?"

대치는 몹시 궁금증을 느끼며 물었다.

"노일영(盧一永)이라고 하는 극우파 영감쟁이가 하나 있어. 고집불통이야. 우리 노선을 파괴하려고 갖은 수단을 다 동원하고 있어. 우리 동지들을 설득해서 전향시키는 바람에 적지 않은 수가 저쪽으로 넘어갔어. 임정(臨政)과 무관한 인물은 아니지만……배후에 미군 OSS(Office of Strategic Service · 戰略事務局)가 있는 것 같아. 그래서인지 자금 사정이 좋고 독자적인 정보망을 가지고 있어. 임정에서도 손을 못 대고 있지."

"조선 사람입니까?"

"조선 사람이지?"

같은 조선인이라는 사실에 대치는 어쩐지 꺼림칙했다. 그러나 그런 기분을 곧 눌려 버렸다.

"접근하기가 힘들겠군요."

"그런 면이 있어. 얼굴을 거의 나타내지 않기 때문에 얼굴 알고 있는 사람이 별로 없어. 이걸 참고해."

김씨는 호주머니 속에서 봉투를 하나 꺼내 대치에게 주었다. 대치는 불을 켠 다음 내용을 펴 보았다. 먼저 사진이 한 장 눈에 띄었다.

그것은 복사한 것으로 손바닥만한 크기의 사진이었는데 기품이 있어 보이는 것이 전혀 그런 계통에서 일하는 것 같지 않은 선비형의 노신사가 인자하게 웃고 있었다. 마르지도 살이 찌지도 않은 적당히 살이 오른 얼굴에 이마가 시원스럽게 벗겨져 있었고, 잘 다듬어진 코밑수염이 보스다운 권위를 나타내고 있었다.

다음에 대치는 프린트 물을 읽어 보았다. 거기에는 노일영에 대한 조사 보고가 비교적 자세히 적혀 있었다.

盧一永 ― 52세. 京成 출신.

일찍이 基督敎 계통에서 일하다가 外人 宣敎師의 도움으로 美洲로 유학. 프린스턴 大學에서 哲學博士 학위를 받았다고 하나 분명치 않음. 留學期門 및 美洲에서의 활동은 전혀 알려져 있지 않음. 5년 전인 1939년 경 中國으로 건너와 갑자기 두각을 나타냄. 배후에 美軍 OSS의 강력한 지원을 받고 있는 것으로 사료됨. 中國 國民黨의 重要 人物들과 관계를 맺고 있으며, 臨時政府 내에 상당한 영향력을 행사하고 있음. 美軍의 資本主義思想을 신봉한 나머지 極右派의 지도적 人物로 행세, 抗日獨立戰線에 分裂을 획책하고 革命勢力 제거에 광분하고 있음. 同志 吳光旭·金祥赫의 暗殺을 직접 지휘한 것으로 사료됨. 그대로 放置할 경우 組織의 붕괴를 우려하지 않을 수 없음.

다른 한 장은 盧의 동정(動靜)을 조사한 것이었다. 대치는 눈을 비비고 나서 그것을 유심히 들여다보았다.

동봉한 寫眞은 盧一永의 본래의 모습. 그러나 變裝에 能하여 正體를 알아 보기 힘듦. 단 한 가지 변하지 않은 것이 있다면, 항상 中折帽에 지팡이를 짚고 다니는 점. 公席上에는 절대 출현하지 않음. 항상 2명의 警護員을 대동하고 있어 접근하기가 어려움. 住居가 일정하지 않아 所在를 파악하기가 거의 불가능. 전쟁 전까지는 上海 共同租界 내에 있는 外國人 敎會에 주일마다 출현하였으나 현재는 어느 敎會에 출입하고 있는지 알 수 없음. 臨政諜報 5號인 尹洪喆(上海 거주)과는 친분이 두터운 것으로 알려져 있음.

대치는 문제가 어렵다는 것을 깨달았다.

소재가 알려져 있지 않은 데다 항상 변장을 하고 다니는 인물을 암살한다는 것은 경험이 풍부한 사람에게도 확실히 어려운 일이다. 하물며 열정만 가졌지 계획적인 암살 경험이 전혀 없고 모든 점에서 미숙하기만 한 그가 그런 일을 해낸다는 것은 십중팔구 실패할 가능성이 많다는 점에서 거의 불가능한 일이라고 할 수 있었다. 그러나 그는 거절하지 않았다. 어렵다는 내색도 보이지 않았다.

"어때? 자신 있겠나?"

김씨는 넌지시 물어 왔다.

"해보겠습니다."

"감사하네. 어려운 일인 줄은 알고 있어. 그러나 경험이 부족하긴 하지만 그 일에 있어서 자네 만한 적격자가 없어. 자넨 우선 중국어 실력이 좋아 활동하기에 편리한 점이 많아. 그리고 그 누구보다도 훌륭한 혁명가가 될 수 있는 소양을 가지고 있어. 만일 자네가 성공하기만 한다면⋯⋯자넨 하루아침에 우리 조직의 영웅이 되는 거고, 들어오자마자 확고한 지위를 차지하게 되는 거야. 무엇보다도 우선⋯⋯할 수 있다는 신념을 가져야 돼. 신념을 가지지 않고는 이런 일을 할 수가 없어."

"잘 알겠습니다."

"그 보고서를 보면⋯⋯손을 뻗을 수 있는 곳이 두 군데 있어. 하나는 그자가 교회에 나가는 신자라는 점이야. 그러나 이 넓은 천지에서 어느 교회에 나가고 있는지 알 수가 없단 말이야. 이건 인력이 많이 소요되고……아무래도 불가능한 일이야. 다른 하나는 노가(盧家)가 윤홍철이라는 인물과 가까운 사이라는 점인데 이것을 뚫어 보면 혹시 가능성이 있을지 몰라."

"윤홍철은 어떤 인물입니까?"

"노가처럼 극우파 인물로 임정 첩보5호로 통하고 있지. 행동파야. 황운(黃運)이라는 자 이름 들어 보았나?"

"그 친일분자 말씀입니까?"

"음, 알고 있군. 얼마 전 윤홍철이 결국 그자를 암살했지. 그것 하나로 윤가가 어떤 인물이라는 걸 알 수 있을 거야."

대치는 온몸이 긴장되는 것을 느꼈다. 그는 벌써 어떤 실체와 대결하는 기분이 들었다.

"임정에서는 내 정체를 모르고 있어. 언젠가는 드러나겠지만 아직까지는 내 말을 무시하는 사람은 없어. 내가 주선을 하면 윤홍철과 선이 닿을 수 있어. 전에 한두 번 만난 일이 있긴 하지만 인사 정도 나누었을 뿐 별 관계는 없었어. 사람이 겉으로 보기에는 인자한 인상이지만 사실은 잔인하다는 평이야. 탈주해 온 학도병들을 포섭해서 여러 가지 공작을 꾸미고 있는 모양이야. 그 사람을 만나는 건 그렇게 어렵지는 않을 거야. 요즘은 사건이 터진 지 얼마 안 돼서 숨어 있을지도 모르지. 그렇지만 접근은 가능해."

"그러니까……거기에 잠입하라는 말씀인가요?"

"현재로서는 그 방법밖에 없지 않을까. 자넨 아직 신분이 드러나 있지 않고 학도병 출신이니까 꺼릴 것 없이 공개적으로 거기에 들어갈 수가 있어. 성공하기까지는 시일이 오래 걸리긴 하겠지만……일단 윤가의 신임을 얻어 두면 어느 땐가는 반드시 노가와 마주치게 될 거야. 우선 윤가의 심복이 되는 게 중요해. 그렇지 않으면 노가에게 접근하기 힘들어."

"잘 알겠습니다."

"윤가에 대해서는 내가 자세한 것을 조사해서 알려주지. 한 가지 특히 부탁해 둘 것은…… 자넨 눈 때문에 신분이 항상 드러나 있으니까 일을 감쪽같이 해치워야 해. 그렇지 않으면 수배 대상에 올라 곧 체포되니까 말이야."

비로소 대치는 두려운 생각이 들었다. 아무리 성격이 잔인하게 변했다해도 사람을 죽인다는 것은 역시 힘들고 무서운 일이다. 상대가 일본인이면 증오심 하나로 죽일 수도 있다. 그러나 이제부터 죽여야 할 인간은 같은 민족인 조선 사람이다. 그것도 듣도 보지도 못한 개인적으로 아무 관계도 없는 사람이다. 죽이는 이유는 단 한 가지 프롤레타리아 혁명을 위해서다.

그러나 그러한 사상이 이상적인 것으로 그려져 있을 뿐 아직 체질화되지 못한 그로서는 혁명을 위해 죽인다는 것 자체가 아무래도 이상하고 힘들게만 느껴졌다. 지금은 항일 독립운동에 주력해야 될 때다. 독립운동을 하는 사람들끼리 서로 헐뜯고 죽이고 할 때가 아니다. 이러한 것은 항일 전선에 분열을 초래할 뿐이다.

그러나 이러한 생각은 순간적으로 대치의 머리 속으로 스쳐 갔을 뿐이었다. 그 뒤를 이어 생각나는 것은 김씨가 박아 준 「혁명의 영웅」, 그것으로 변신한 자신의 모습이었다. 그것은 실로 화려한 환영(幻影)이었다. 그것이 머지 않아 현실로 나타날 것을 생각하니 가슴이 벅차 올랐다. 학창 시절부터의 오랜 꿈이 이제야 실현되는 것 같았다.

그에게 있어 자연적인 삶이란 아무 의미도 없었다. 이데올로기로 무장된 의식적인 삶—이것만이 의미가 있었다. 여기에 구체적인 현실을 제시한 것이 바로 김씨였다. 김씨로서는 한번 미끼를 던져 본 것인데, 대치는 단단히 그것을 물어 버린 셈이다. 거기에 이빨을 단단히 박아 놓은 채 그는 자신의 생각이 옳다는 것을 자기 자신에게 스스로 다짐시키고 있었다. 그리고 바로 이러한 사고방식은 처음의 생각을 뒤바꾸어 놓았다. 즉 독립운동은 마땅히 이데올로기적 방향을 갖추어야 된다. 이 운동을 혁명으로 승화시키지 않으면 조선은 비록 독립이 된다 해도 식민지 풍토를 벗어날 수 없다. 이를 위해 필요하다면 피를 흘려도 좋다. 혁명은 바로 독립이다. 독립운동을 하는 사람들은 모두 혁명 정신으로 뭉쳐야 된다. 거역하는 사람이야말로 항일 독립 전선에 해를 끼치고 분열을 조장하는 자다. 노일영이 같은 인물은 죽어도 좋다. 이런 급박한 시기에 동정이나 감상은 금둘이다……. 이런 식으로 그는 자신에게 단정을 내려 버렸다.

이 낭만적인 코뮤니스트는 자신의 편견을 고치기에는 너무 시야가 좁았다고 할 수 있었다. 가난한 노동자의 아들로서 일찍부터 빈곤의 아픔을 체득하고, 그 아픔을 잘 사는 자에 대한 적대 감정으로 바꿈으로서 프롤레타리아 혁명이라는 하나의 목적의식 속에 거의 맹목적이다시피 몰입해 온 그였다. 그러한 자신을 이제 세상에 내어놓을 기회가 온 것이다.

조선의 독립은 김씨의 말대로 필연적인 사실이 되어 가고 있었다. 일본군이 궤멸되는 것을 버마에서 똑똑히 보지 않았느냐. 버마뿐만 아니라 도처에서 일본은 붕괴되고 있다. 따라서 이제는 독립 후의 문제, 즉 혁명 국가 건설을 위한 준비에 전력을 기울여야 한다.

김씨의 말은 옳다. 이 사람은 내가 본받을 만한 인물이다.

이렇게 생각을 하자 대치는 비로소 마음이 좀 안정되는 것 같았다. 이제 남은 것은 행동이었다.

김씨의 입장에서 볼 때는 대치야말로 한낱 풋내기에 불과했다. 다분히 맹목적인 이런 젊은이야말로 위험한 거사에 소모품으로 쓰기에 안성맞춤인 것이다. 적당히 구슬리기만 하면 자진해서 발벗고 나서는 것이 바로 이런 놈이다.

그들의 대화는 밤새도록 계속되었다. 주로 김씨가 말을 했고, 대치는 듣는 쪽이었다. 이론적인 면에서나 상식적인 면에서 김씨가 훨씬 아는 것이 많았으므로 그럴 수밖에 없었다.

"소련에서도 어떤 지원을 받고 계십니까?"

대치는 얼핏 유학이라도 가고 싶다는 생각과 함께 이렇게 물었다.

"물론…… 지원을 받고 있지. 그러나 재정적인 면에서 그치고 있어. 내 정신은 이미 중국 쪽에 더 매력을 느끼고 있어."

"모택동 말씀입니까?"

"그렇지. 그가 중국 대륙에 구축해 놓은 정신은 러시아의 그것과는 엄연히 달라. 그것은 우리 실정에도 맞고 말이야."

"소련으로 유학갈 수는 없을까요?"

"이런 중요한 시기에 도서관에 파묻힐 셈인가? 그것보다는 여기서 실제로 체험하는 게 훨씬 나아. 러시아보다는 여기서 배울 게 더 많아. 외국 유학이 꼭 필요하다는 생각은 버리는 게 좋아. 모택동을 봐. 그가 외국에 한번이라도 나간 줄 아나? 그는 대학도 다니지 못했어. 혼자 독학한 거야. 독학으로도 그는 그 당시 같은 또래의 젊은이들보다 지적으로 훨씬 앞서 있었어."

"모택동주의의 골자를 말씀해 주십시오."

"모택동은 마르크스보다 레닌의 영향을 더 받았어. 레닌의 제국주의론(帝國主義論)의 영향을 받았지. 이것은 1916년 레닌이 집필한 「자본주의의 최고 단계로서의 제국주의」에 잘 나타나 있어. 자본주의가 발전할수록 생산은 분업화되고 그것은 많은 노동자들의 협조 밑에 이루어지는 거야. 자본즈의의 독점적 단계를 레닌은 제국주의라고 규정하고 제국주의는 자본주의의 모순을 격화시켰다고 주장했지."

그러나 김씨는 이것이 레닌의 자기 합리화라는 것을 말하지는 않았다. 그 자신 그것을 믿으려 하지 않았고, 오히려 그것을 레닌의 독창적인 사상으로 생각하고 있었다.

마르크스는 일찍이 세계 주요국들에서 동시에 공산 혁명이 일어나지 않으면 설사 한 나라에서 공산화에 성공했다 하더라도 자본주의 국가들의 역습을 받아 유지할 수 없기 때문에 이른

바「동시혁명론(同時革命論)」을 주장하였다. 그런데 레닌은 이 동시혁명론을 부정, 한 나라에서도 공산주의 혁명의 승리가 가능하다는 것을 논증하기 위해서 제국주의론을 발표하고 러시아의 볼셰비키들을 혁명에로 내몰며 정권 탈취를 합리화하려고 시도한 것이다.

"모택동주의의 골자는 농민을 중심으로 폭동을 일으켜 농촌을 혁명 근거지로 삼아 도시를 포위하여 공산화하는 이른바 농민 주체적 폭력 혁명사상과 게릴라 전술에 근거한 군사 사상, 이 두 가지라고 볼 수 있어. 모택동의 이러한 사상은 대원정(大遠征)이 진행되던 1935년에 이미 확실한 성공으로 나타났지. 대원정중 홍군(紅軍)은 중앙당(中央黨)이 연이어 군사상 오류를 범하는 바람에 국민당 군에 진로를 차단 당하고 추격을 받고 해서 매우 큰 손해를 입었어. 그래서 위험에 빠진 홍군과 중국의 혁명 사업을 구출키 위해 1935년 1월 당의 중앙정치국 확대 회의를 열었어. 이 회의 결과 좌익 기회주의분자는 자리에서 내쫓기고 모택동의 전당(全黨)에 대한 지도적 지위가 확립되었지."

대치에게는 무기 하나 주어지지 않았다. 의심을 살까 봐 그는 빈손으로 상해로 파견되었다.

이틀 전부터 그에게는 식사도 주어지지 않았다. 일부러 허기지게 만들고 거지 차림으로 거리에 내던져진 것이다.

상해에 도착했을 때는 비가 내리고 있었다. 그는 어느 음식점에 들러 먹을 것을 좀 달라고 부탁했다. 중국인은 눈을 부라리면서 그를 내쫓았다. 그는 다섯 번째 구걸에서야 겨우 빵 한 조각을 얻어먹을 수가 있었다.

첫날 밤을 그는 다리 밑에서 거지들과 함께 지냈다. 비가 밤새 내렸기 때문에 새벽녘에는 물이 불어 더 이상 다리 밑에 있을 수가 없었다. 그래서 그는 다리 밑을 빠져나와 어느 집 처마 밑에서 몸을 떨며 서 있었다.

이튿날도 비가 내렸다. 아마 장마가 진 모양이었다. 그는 역시 거지 행각을 벌이면서 거리를 어슬렁어슬렁 헤맸다.

사흘째 되는 날부터는 역전 광장에 주저앉아 행인들이 던져 주는 돈을 받았다. 힘들고 수치스러운 일이었지만 그는 그것을 참고 견딜 줄을 알았다. 초인적인 인내력으로서 사경을 넘어온 그로서는 이 정도쯤이야 얼마든지 참고 견딜 수가 있었다.

일부러 그는 인력거꾼들이 많이 모이는 곳에 가까이 앉아 구걸을 했다. 그리고 돈을 던져 주는 사람을 세밀히 관찰하다가 상대가 조선인이라는 확증이 가면 재빨리 조선말로 감사의 뜻을 표하곤 했다.

그 동안 그에게 돈을 던져 준 조선인은 모두 세 사람이었다. 한 사람은 노인이었고, 나머지 두 사람은 젊은 여자들이었다. 그들은 다만 동정적인 눈길로 그를 쳐다보았을 뿐 별다른 말은 하지 않았다.

거의 한 주일 내내 비가 내렸기 때문에 그의 몸은 말할 수 없이 더러워져 있었다. 그러나 그는 몸도 씻지 않은 채 아침만 되면 역 광장에 나와 앉아 밤이 될 때까지 구걸을 했다. 그 한 주일 동안에 그는 어느 틈에 여러 나라 말을 잘하는 유식한 거지로 소문이 나 있었다. 이것은 일부러 그가 사람들의 시선을 끌기 위해 그렇게 행동했기 때문이었다. 여러 사람들이 그에게 불필요한 말을 던졌고, 그때마다 그는 얼굴 하나 찌푸리지 않고 정중히 대답해 주곤 했다. 그러나 자기가 어떻게 해서 이렇게 거지 생활을 하게 되었는지에 대해서는 일절 말하지 않았다.

그러던 어느 날, 그날도 역시 비가 오고 있었다.

저녁때쯤 해서 인력거 한 대가 대치 앞에 멈춰 섰다. 빵 한 개가 대치의 무릎 위에 던져지고 인력거는 그대로 떠났다. 인력거 안은 비어 있었고, 그것을 끄는 사람은 모자를 눌러쓰고 있어서 얼굴을 잘 알아볼 수가 없었다. 대치는 그 인력거꾼에 대해 별로 관심이 가지 않았다.

그런데 다음 날 그 인력거꾼이 또 나타났다. 인력거꾼은 역시 빵 한 개를 던져 주고 급히 가 버렸다. 그제야 대치는 그 인력거꾼에 주의를 기울이기 시작했다.

예상했던 대로 그 인력거꾼은 세번째 나타났다. 그런데 이번에는 전처럼 곧 지나치지 않고 대치에게 말을 걸어왔다.

"감사할 줄도 모르나?"

퉁명스런 중국말이었고 당사자는 서른쯤 되어 보이는 가무잡잡한 얼굴의 사내였다. 중국말이 어쩐지 서투르다고 느끼면서 대치는 사내를 뚫어지게 쳐다보았다.

"매우 감사합니다. 그렇지 않아도 인사를 드리려고 했는데, 너무 급히 가시는 바람에……."

그도 중국말로 대답했다.

"중국말을 잘하는군. 중국인인가?"

"아닙니다."

"조선 놈이구나. 나도 조선 출신이다."

"반갑습니다."

"조선 청년이 이런 데서 비렁뱅이 생활을 하고 있다니 부끄럽지도 않나?"

상대는 조선말로 말했다.

"배가 고파서 하는 수 있어야죠."

대치는 얼굴을 찌푸렸다.

"이 친구야, 차라리 혀를 빼물고 죽어 버려!"

"그렇다고 죽을 수야 있습니까. 죽는 것이 어디 쉬어야죠."

"병신 같은……."

인력거꾼은 화를 내며 가 버렸다. 이튿날은 비가 그치고 오랜만에 해가 비쳤다. 그러나 그 인력거꾼은 나타나지 않았다. 대치는 초조했다. 잘못 생각했나 하고 몇 번이고 의심을 품어 보았다. 그런데 다음 날 그 인력거꾼이 와 주었다.

"취직하고 싶지 않나?"

인력거꾼이 빵을 던져 주며 물었다.

"제발 좀 부탁합니다."

"좋아. 그렇다면 오늘밤 9시에 저 다리 위에서 만나. 다른 사람한테 말하면 절대 안 돼."

인력거꾼은 턱으로 북쪽에 있는 다리를 가리킨 다음 재빨리 사라져 갔다.

대치는 주위를 둘러보았다. 그를 주시하는 사람은 없는 것 같았다.

시계가 없었으므로 그는 역전에 세워져 있는 시계탑을 바라보며 앉아 있다가 약속시간 반 시간 전에 다리 쪽으로 갔다. 돌로 된 견고한 다리 밑으로는 장마에 불어오른 흙탕물이 요란스러운 소리를 내면서 흐르고 있었다.

그는 다리 중간에 기대앉아 눈을 감았다. 졸음이 마구 밀려왔다. 이윽고 그는 조금씩 코를 골면서 졸기 시작했다.

"이 봐, 일어나. 일어나."

누가 흔드는 바람에 그는 눈을 번쩍 떴다. 낮에 본 인력거꾼이 또 한 사람과 함께 서 있었다. 인력거는 보이지 않았다.

"잠자코 따라와."

그들은 대치를 가운데 세우고 말없이 걸어갔다.

얼마 후 그들은 뒷골목의 어느 지저분한 음식점으로 들어갔다. 자리에 앉자 시커먼 파리 떼가 윙 소리를 내면서 사방으로 날아올랐다.

"배고프지? 많이 먹어."

"감사합니다."

대치는 너무 많이 굶었던 참이라 실컷 먹어 치웠다.

또 한 사람도 서른쯤 되어 보였고, 조선 사람인 것 같았다.

"내일부터 당신은 여기서 일해. 우선 몸을 씻고 옷을 갈아입어. 그리고 오늘은 푹 자 둬."

뚱뚱한 중국인이 다가와 그에게 손을 내밀었다. 대치는 중국인을 따라 안으로 들어갔다.

목욕을 하고 나자 누덕누덕 기운 바지에 누렇게 색이 바랜 남방셔츠가 주어졌다. 머리는 그 동안 자라 더벅머리가 되었기 때문에 깎을 필요가 없었다. 면도를 하고 나자 얼굴이 깨끗해졌다. 그러나 한쪽 눈에 안대를 대고 있어 역시 험한 인상만은 지워 버릴 수가 없었다.

잠은 두 명의 중국인 쿡들과 함께 골방에서 잤다. 쿡들은 더럽고 땀내가 나는 놈들이었고 방에는 빈대가 많았다. 그러나 거지 생활에 비하면 낙원이라고 할 수 있었다.

오랜만에 그는 사지를 뻗고 깊이 잠들 수가 있었다.

이튿날 새벽 그는 두드려 깨워졌다.

"이 자식아, 첫날부터 늦잠을 자는 거냐?"

뚱보 주인이 넓적한 손바닥으로 그의 얼굴을 철썩 하고 때렸다. 별로 아프지는 않았지만 그는 화가 치밀었다. 그러나 화를 내는 대신 웃었다.

"청소해. 청소, 청소."

대치는 비를 들고 식당으로 나갔다. 일년 내내 청소 한번 안 했는지 식당은 더럽기 짝이 없었다. 그는 열심히 청소해 나갔다. 청소하는 동안에도 그에게는 연방 다른 일거리가 주어졌다. 잘 듣지 못하던가 행동이 느리면 욕과 주먹질이 날아들었다. 그때마다 그는 불끈하고 화가 났지만 잘 참아 냈다. 정신을 차릴 수 없도록 일거리는 많았다. 청소를 하고, 물을 긷고, 밀가루를 반죽

하고, 음식을 나르고, 그릇을 씻는 등 조금도 쉴 틈이 없었다. 그의 옷은 땀으로 뒤범벅이 되고, 얼굴에서는 땀방울이 뚝뚝 떨어졌다. 몹시 힘이 들었지만 그는 묵묵히 일에 열중했다. 눈에 들어야 한다고 생각했기 때문에 한 가지라도 소홀히 할 수가 없었다.

하루 일을 시켜 본 주인은 매우 만족한 눈치였다. 그날 밤늦게까지 기다렸지만 그를 이곳까지 데려다 준 조선인들은 나타나지 않았다. 그들은 이튿날도, 그 다음 날도 나타나지 않았다.

인력거꾼이 나타난 것은 일 주일쯤 지나서였다. 밤이 늦었기 때문에 식당 안은 손님 하나 없이 텅 비어 있었다.

그들은 함께 술을 나누었다.

"일전에 내가 함부로 반말을 한 거 용서하시오."

인력거꾼은 갑자기 공손하게 예의를 지키며 말했다.

"원, 별말씀을······괜찮습니다."

"내가 사는 거니까, 마음놓고 마셔요. 어때요, 일할 만 해요?"

대치는 상대가 여느 노동자들과는 다르다는 것을 느꼈다.

"덕분에 아주 잘 지내고 있습니다. 뭐라고 감사를 드려야 할지······."

"같은 동포끼리 도와주는 건 당연한 일 아니오."

"감사합니다."

"일이 벅차지는 않나요?"

"괜찮습니다."

"일을 아주 잘한다고 합디다. 어디서나 부지런히 하기만 하면 먹고 살 수는 있을 거요. 그런데, 눈은 왜 그렇게 되었소?"

"다쳤습니다."

"아주 못 쓰게 된 거요?"

"네."

"언제부터 그렇게 되었나요?"

"얼마 안 됐습니다. 두 달 채 못 됐습니다."

"음, 어쩌다가 그렇게 되었소?"

대치는 대답 대신 상대를 똑바로 바라보았다. 외눈이 무섭게 빛나고 있었다.

"저는 지금 피신하고 있는 몸입니다."

"탈주병이오?"

"그렇습니다."

"짐작은 하고 있었소. 학도병 출신이오?"

대치는 고개를 끄덕거렸다.

"그렇다면 혹시 일본군을 돌로 때려 죽였다는 그 학도병 아니오?"

"그런 적은 있습니다."

"아, 바로 당신이군. 최대치라는 학도병이 바로 당신이군."

인력거꾼은 대치의 손을 잡았다. 대치는 사뭇 놀랬지만 그런 내색을 보이지 않았다.

"어떻게 저를 알고 계셨는가요."

"벌써부터 소문을 듣고 있었소. 어디서 탈주해 오든 조선인 탈주병은, 특히 학도병 출신에 대해서는 정보가 다 들어오도록 되어 있어요."

"정보라니요? 그러면……."

"아, 내가 아직 말을 안 했군. 여기 상해에는 우리 조선인들의 모임이 있소. 뜻을 같이하는 동지들이 모여 중요한 일들을 하고 있소."

"그럼 독립운동 단체인가요?"

"그렇소."

인력거꾼은 갑자기 목소리를 낮추었다.

대치는 옳게 찾아들었다는 생각이 들었다. 그는 기회를 놓치지 않고 말했다.

"저도 함께 일하게 해주십시오."

인력거꾼은 빙그레 웃었다.

"벌써 당신은 일하고 있는 거요. 인팔 작전에서 살아남아 버마 국경을 넘어온 초인적인 인내력과 용맹을 듣고 우리는 감탄하고 있었소. 꼭 당신을 만나야겠다고 벼르고 있었소. 당신이 한쪽 눈이 없다는 것, 그리고 국민당 정부군에서 일하게 되었다는 것도 들었소. 그런데 어떻게 해서 상해까지 오게 되었소?"

"사실은 국민당 군에 들어가고 싶어서 들어간 건 아닙니다. 거기 들어가서 일하는 것도 좋긴 하지만 독립운동을 하고 싶었습니다. 저를 도와준 분은 웬일인지 저를 놀고먹게만 하고 일을 시키지 않았습니다. 답답해서 견딜 수가 없어 거기서 그만 도망쳐 나왔습니다. 그분에게는 미안한 일이지만……."

"아, 그랬군요. 그분 이름이 뭐지요?"

"김기문이라고……."

"아, 알겠소. 그런데 그 양반……요즘에 다른 데 신경 쓰는 것 같던데……."

"무슨 말씀인가요?"

"그 사람한테서 이상한 점 발견 못했소?"

"그런 점은 별로 없었습니다. 국민당 군에 대해서 비판적인 거 말고는……."

"임시정부에 대해서는 어떤 생각을 가지고 있습디까?"

"임정에 대해서도 비판적이었습니다."

"그러면 곤란한데……그 양반이 글쎄 독립운등보다는 공산주의 운동에 열을 올리고 있는 것 같아. 그래서는 안 될 텐데 말이야. 지금 모두가 힘을 합쳐 일본놈들과 싸워야 할 텐데 그런 짓을 하면 곤란하지."

"그렇지요."

대치는 맞장구를 쳤다.

"아무튼 잘 왔소. 학교는 어디 다녔소?"

"북경 대학 경제학과를 다니다가 입대했습니다."

"아, 그러니까 중국말을 잘하는군. 당신 같은 사람을 만나게 된 건 정말 우리로서도 다행한 일이오."

상대는 매우 만족해 하는 표정이었다. 그러나 대치는 마음을 놓지 않고 그를 주시했다.

"그건 그렇고……정말 우리와 함께 일해 보겠스?"

"네, 꼭 해야겠습니다. 일하게 해주십시오."

"알겠소. 그럼 지금 바로 가 봅시다."

인력거꾼은 일어서더니 중국집 주인에게 무엇인가 귓속말을 나누었다. 중국인은 대치를 바라보며 고개를 끄덕였다. 이 지저분한 중국집도 보기와는 달리 조선인들에게 한몫을 제공하고 있는 것 같았다.

 인력거꾼은 자주 뒤를 돌아보며 혹시 미행자가 없나 하고 경계했다. 골목을 돌고, 큰길을 건너고, 다시 골목과 골목을 돌아 1시간쯤 후에야 인력거꾼은 어느 낡은 벽돌 건물 앞에 걸음을 멈추었다.

 노크를 하자 어둠 속에서 문이 열렸다. 상대방 얼굴은 보이지 않았다. 그러나 대치는 총구가 이쪽으로 향하고 있다는 것을 직감적으로 느꼈다. 이쪽에서 "달빛." 하고 낮게 말하자 상대는 "귀뚜라미." 하고 대답했다.

 그들은 안으로 들어가 어두운 통로를 걸어가다가 밑으로 내려갔다. 사방이 어두워서 대치는 벽을 더듬으면서 내려갔다.

 지하실이라고 생각되는 곳에까지 내려갔으나 여전히 어둠뿐이었다. 여기저기서 부스럭거리는 인기척이 나는 것으로 보아 여러 사람들이 있는 것 같았다. 대치는 공포가 엄습했다.

 "새로 들어온 놈은 거기 똑바로 서 있어!"

 어둠 속에서 거친 목소리가 튀어나왔다. 대치는 깜짝 놀라 바른 자세를 취했다.

 "최대치! 너 이 새끼 가짜지?"

 그가 미처 뭐라고 대답도 하기 전에 주먹이 날아들었다.

 "바른대로 말해라. 왜 상해까지 왔지? 무슨 목적으로 여기까지 왔어?"

상대방의 얼굴을 볼 수가 없어 더욱 두렵기만 했다. 그가 가만 있자 이번에는 몽둥이가 어깨를 후려쳤다.

"우리는 사람 하나 죽이는 거 보통으로 생각한다. 너 같은 적색분자쯤이야 얼마든지 죽일 수가 있어. 바른대로 말해. 넌 탈주병이기 때문에 헌병이나 형사에게 잡히면 바로 총살된다는 걸 알지? 그런데 왜 일본놈들이 우글거리는 이곳까지 왔지?"

"독립 운동하려고 왔습니다."

"이 자식아, 독립 운동하려면 꼭 상해까지 와야 할 이유가 어딨어?"

"호랑이를 잡으려면 호랑이 굴에 들어가라는 말이 있다시피 일본놈을 죽이려면 일본놈들이 많이 있는 곳에 가야 한다고 생각해서 여기에 온 겁니다."

"제법 용감한 척하는군. 그래 독립 운동하겠다는 녀석이 길거리에서 거지 노릇을 하고 있었어? 부끄럽지도 않았어?"

"아는 사람은 아무도 없고, 배는 고프고 해서 하는 수 없이 그런 짓을 했습니다."

"김기문한테서 지령을 받았지?"

이번에는 다른 목소리가 물었다.

"무슨 말씀인지 잘 모르겠습니다."

"이 자식, 시침떼는 거 봐라. 김기문은 적색분자야. 독립운동을 분열시키는 적색분자야. 우리가 모르고 있는 줄 알지만 천만에……우린 속속들이 정체를 다 파악하고 있어."

"그런 줄 몰랐습니다."

대치의 말이 떨어지자 여러 사람의 주먹과 발길질이 한동안 계속되었다. 대치는 쓰러졌다가 다시 일어났다.

"이 자식, 거짓말하면 죽여 버린다! 바른대로 말해. 김기문한테서 무슨 지령을 받았어?"

"그런 거 받지 못했습니다."

대치는 큰 소리로 대답했다. 이들에게 절대 약하게 보여서는 안 된다고 생각했다.

"너, 공작원이지?"

"아닙니다."

"거짓말 마! 무슨 지령을 받았어? 임시정부 요인을 암살하라고 지령을 받았지?"

순간 대치는 비밀이 탄로 나지 않았는가 하는 생각이 들었다. 그러나 이들이 정확히 지적해 내지를 못 하고 있는 것으로 보아 넘겨짚고 그러는 것 같았다.

"나는 임정을 도와 독립운동을 하려는 순수한 마음에서 여기까지 온 것이다! 너희들이 무슨 권리로 나를 이처럼 때리는 거냐? 너희들이 나를 받아 주지 않는다면 나는 나대로 혼자 활동하겠다! 사람 하나 제대로 볼 줄 모르는 놈들이 무슨 독립운동을 한다는 거냐!"

대치는 반말로 퍼부었다. 그의 이러한 강경한 말에 어둠 속의 사나이들은 주춤하는 것 같았다.

그러나 이내 웃음이 터지고 다시 고문이 시작되었다.

"이놈이 제법 큰 소리를 치는구나. 자백할 때까지 혼을 내!"

옷이 벗겨지고 대치의 몸에 다시 몽둥이가 날아들었다.

"함부로 피하지 마. 머리에 맞으면 골통이 부서질 테니까."

대치는 머리를 두 손으로 감싸쥐고 바닥에 엎어져 있었다. 고문에 결코 져서는 안 된다고 생각했다. 고문에 끝까지 버티어 내야만 이들의 의심을 풀게 할 수가 있기 때문이다.

한참 동안 지하실 속은 둔탁한 소리만이 가득 찼다.

"자백하라!"

"할 말 없다. 내보내 달라!"

"송장이 돼서 나갈 테면 나가라! 지독한 놈인데……."

대치가 자백을 하지 않자 이번에는 그의 팔을 비틀었다. 우두둑하는 소리와 함께 대치는 비명을 질렀다.

"자백할 테냐, 안 할 테냐?"

"이놈의 새끼들, 네놈들을 죽이고야 말 테다! 생사람을 이렇게 고문하다니 이 개놈들!"

고통에 못 이겨 대치는 고래고래 고함을 질렀다. 그의 왼쪽 팔은 부러져 버린 모양이었다.

"독립운동을 분열시키는 놈에 대해서는 우린 가장 잔인한 방법으로 죽인다!"

"죽여라, 이놈들아!"

대치의 몸이 번쩍 들리는가 하자 이어서 첨벙 하는 소리가 났다. 사내들이 그의 몸을 들어서 물통 속에 거꾸로 처박아 버린 것이다.

대치는 숨이 가빠 허우적거렸다. 물 속에서 몸부림치는 소리가 비통하게 들렸다.

숨이 넘어가기 전에 그의 머리는 위로 들어올려졌다.

"말 안 할 테냐!"

"할 말이 없다! 거짓말을 하라는 거냐?"

"이 새끼가……정말 독종인데. 이번이 마지막이다. 바른대로 말하면 살려 주겠다. 빨리 자백해!"

"할 말 없다!"

침묵이 흘렀다. 무엇인가 기다리는 눈치였다.

"처치해!"

조용하나 단호한 목소리가 들렸다.

대치의 몸은 다시 물통 속으로 처박혔다. 그가 사지를 버둥거리며 몸부림쳤지만 사내들은 사정을 봐주지 않았다.

얼마 후 꼬르륵거리는 소리만이 몇 번 들렸고 대치의 몸은 물통 속으로 축 늘어져 버렸다. 조금 후에 불이 켜졌다.

지하실은 넓었다. 청년들이 물통을 둘러싸고 서 있었고 한쪽 구석에는 책상을 앞에 놓고 중년의 사내가 앉아 있었다. 불빛을 받아 안경이 하얗게 빛나고 있었다. 윤홍철이었다.

"끌어 내."

그가 지시를 내리자 청년들은 나무로 만든 큼직한 물통 속에서 대치의 몸을 들어올렸다.

그의 몸은 바닥에 반듯이 눕혀졌다.

"그놈은 거짓말하는 것 같지가 않아."

하고 윤홍철이 말했다.

"그런 것 같습니다. 웬만하면 다 불어 버릴 텐데."

청년들 중의 하나가 말했다.

"인공호흡을 시켜."

청년 두 명이 양쪽에서 대치의 다리를 붙잡고 쳐들어 올리자 다른 한 명이 잔뜩 부풀어오른 그의 배를 주먹으로 쳤다.

대치의 입에서는 물이 콰르르 하고 쏟아져 나왔다. 물이 빠지자 청년들은 대치를 엎어놓고 인공호흡을 시키기 시작했다.

십 분쯤 지나자 대치의 입에서 가는 신음 소리가 흘러나왔다.

"됐다."

누군가가 안심한 듯 중얼거렸다.

숨소리가 차츰 커지더니 대치는 얼굴을 찌푸리면서 몸을 뒤틀었다. 그가 완전히 정신을 차린 것은 반 시간쯤 지나서였다. 그의 눈에 비친 것은 희미한 전등빛이었다. 이어서 사내들의 얼굴이 보였다. 그는 한숨 자고 난 기분이었다. 부러진 팔의 통증이 되살아나자 그는 또 얼굴을 찌푸렸다.

"일어날 수 있으면 일어나 봐!"

윤홍철이 낮은 소리로 말했다.

대치는 비틀거리며 몸을 일으켰다.

"이리루 와"

대치는 윤홍철이 앉아 있는 쪽으로 걸어갔다. 윤홍철은 차가운 눈으로 대치를 쏘아보았다.

"거기 앉아!"

대치는 안경을 끼고 있는 중년의 조선인이 지휘자라고 생각했다.

"옷을 입게 해주시오."

"좋아. 입어."

대치는 옷을 집어 입으려고 했으나 부러진 팔이 말을 안 들어 잘 입을 수가 없었다. 곁에 서 있던 청년이 도와주어서야 그는 겨우 옷을 입을 수가 있었다.

옷을 입고 난 그는 책상 앞에 다가가 앉았다. 윤홍철이 그에게 담배를 권하며 불을 붙여 주었다.

"이젠 말할 수 있겠나?"

"또 자백하는 겁니까?"

"그래. 우리는 꼭 듣고야 만다. 네가 지령을 받았다고 해서 너를 처벌하지는 않아. 왜냐하면 우리는 같은 동족을 타국에서 죽일 만큼 그렇게 잔인무도하지는 않아. 특히 젊은 사람일 경우에는 더욱 그렇지. 젊은이는 얼마든지 많은 가능성이 있지 않나. 젊은이들은 얼마든지 실수할 수가 있어. 그것을 얼마나 빨리 고쳐서 올바른 길로 나갈 수 있는가 하는 것이 문제지. 아무리 큰 실수를 한 젊은이일지라도 반성을 하고 우리 쪽으로 오면, 우리는 같은 동지로서 따뜻이 맞아 주지. 앞이 창창한 젊은이를 함부로 죽이지는 않아. 우리는 얼마든지 기회를 주어서 조선 청년이 조국 독립을 위해서 싸워 주기를 진심으로 바라고 있어. 지금도 괜찮으니까 바른대로 말해. 넌 더구나 교육까지 받은 인텔리이기 때문에 내 말을 잘 이해할 수 있을 거야."

대치는 여기에 넘어가서는 안 된다고 생각했다. 어떤 달콤한 말이라 할지라도 거기에 귀를 기울여서는 안 된다. 끝까지 부인해야 한다. 그것이 이들로 하여금 나를 믿게 하는 방법이다.

"거듭 말하지만 할 말이 없습니다."

"그렇게 간단히 대꾸하지 말고 잘 생각해 봐. 나는 김기문의 지령을 받고 온 청년들을 적지 않게 심문해 왔어. 우리는 현재 두 가지 적을 가지고 있어. 하나는 일본놈들이고, 다른 하나는 내부 분열을 일으키는 적색분자들이야. 같은 민족이지만 내부 분열을 일으키는 적색분자는 일본놈들보다 더욱 가증스러워. 그래서 철저히 적색분자의 침투를 막고 있어. 김기문의 움직임에 대해 우리는 자세한 정보를 얻고 있기 때문에 그가 보낸 공작원들은 모두 적발되고 있어. 네가 이렇게 심문을 받고 있는 이유를 이제 알겠지? 김기문도 오래 가지는 못할 거야. 국민당 내부에 멋모르고 그를 지지하는 사람들이 몇 있어서 그의 생명이 지금까지 유지되고 있는 거야."

대치는 앞이 캄캄해지는 것을 느꼈다. 이 중년 사내의 말은 맞는 것 같았다. 이들이 김기문에 대해 초점을 맞추고 있는 것으로 보아 그에게 곧 위험이 닥칠 것이 분명했다. 그런 줄도 모르고 김기문은 자신만만하게 활약하고 있겠지. 그러나……김기문이 어찌되는 나는 갈 길을 가겠다. 노일영을 만나야 한다. 그리고 그를 죽여야 한다. 중요한 것은 김기문이 체포되기 전에 그 조직에 들어가야 되는 것이다. 그렇지 않으면 나는 외톨박이가 되고 나의 활약은 물거품이 되고 마는 것이다.

"김씨가 공산주의자라는 것은 저도 알고 있습니다."

대치는 담배연기를 내뿜었다.

"그래서 무슨 지령을 받았어?"

중년의 사내가 조금 웃는 것 같았다.

"그런 지령은 받지 않았습니다."

"정보가 들어온 바에 의하면……너는 중경에서 김기문과 함께 한 방에서 기거했어. 거의 한 달 가까이나 말이야. 김기문이 왜 너를 그렇게 대접해 주었지? 무슨 이유가 있어서 너를 그렇게 대접해 주었을 거란 말이야. 거기서 너를 세뇌시키고 너에게 무엇인가 중요한 지시를 내렸을 거야."

대치는 내심 크게 놀랬다. 이들이 이 정도까지 알고 있을 줄은 짐작조차 못한 일이었다. 그러나 이들이 분명히 모르는 것이 있었다. 그것은 김기문의 지령 내용이었다.

"사실 김씨는 저를 세뇌시키려고 여러 가지로 노력했습니다. 모택동을 찬양하고, 임정을 비난하고, 공산 혁명을 주장하곤 했습니다. 그러나 저는 넘어가지 않았습니다. 저 역시 그의 주장은 독립운동을 분열시키는 것이라고 생각했기 때문에 받아들일 수가 없었습니다."

윤홍철은 고개를 끄덕거렸다.

애꾸눈이라 청년의 얼굴 표정을 잘 읽을 수가 없었다. 이 청년이 보통내기가 아니라는 것을 그는 직감적으로 느꼈다.

"지령 내용을 말해 봐."

"별 지령은 없었습니다. 상해에 가서 윤홍철이라는 사람을 만나 그 사람 밑에서 일하고 있으라고 했습니다. 그러면 다음에 연락을 취하겠다고……."

"어떻게 윤홍철을 만나라고 하던가?"

"만나는 방법은 다음에 알려주겠다고 했습니다. 그것을 듣기 전에 저는 그곳을 도망쳐 나왔습니다."

"정말인가?"

"정말입니다."

윤홍철은 두 손을 이마에 짚고 얼굴을 숙였다. 무엇인가 깊이 생각하는 모습을 보자 대치는 자신의 거짓말이 먹혀 들어가고 있음을 알았다.

한참 후에 윤홍철이 고개를 들었다.

"네가 정말 김기문이 싫어서 도망쳐 왔다면, 왜 윤홍철을 만나 사실을 말하지 않았지?"

"있는 곳을 모르는데 어떻게 만날 수가 있겠습니까?"

"우리는 네가 거지 노릇을 할 때 며칠 동안 지켜보았어. 그때 너는 무엇인가 기다리는 눈치였어. 누구를 기다렸지?"

"아무도 기다리지 않았습니다. 다만 헌병한테 체포될까 봐 염려했을 뿐입니다."

"일본을 증오하나?"

"증오합니다."

"일본놈을 죽일 수 있나?"

"죽일 수 있습니다."

"여자도 죽일 수 있어?"

"네, 죄가 있다면 죽일 수 있습니다."

"하긴……네가 일본군 오장을 때려 죽였다는 말은 들었다. 그렇지만 내 눈으로 직접 한번 보고 싶다."

윤홍철이 눈짓을 했다. 그러자 청년 한 명이 구석 쪽으로 다가갔다. 거기에 조그만 문이 하나 달려 있었다.

문이 열리고 그 안으로 청년이 들어갔다. 조금 후 청년은 머리를 산발한 여인 하나를 끌어냈다.

여인의 옷은 갈갈이 찢겨 있었고, 온몸은 피투성이였다. 젊은 여인이었다. 뒤로 손이 묶여 있었다.

"이 여자를 증오해도 좋다. 이년은 일본년이다. 그렇지만 평범한 일본 여자가 아니야. 보통 일본인이라면 우리는 손을 대지 않는다. 이년은 일본군 스파이로, 너 같은 조선 출신 탈주병들을 일본군 헌병에게 많이 넘겨 주어 왔어. 우리 동지도 이년이 고자질하는 바람에 두 명이나 죽었어. 중국말을 잘해서 모두가 중국 여자로 알고 있어. 죽이는 방법은 네 자유다. 단, 소리 때문에 총은 안 돼."

대치는 몸을 일으켜 여인을 바라보았다. 피에 젖고 공포에 질린 얼굴이지만 남자를 반하게 할 수 있는 고혹적인 아름다움을 지니고 있었다. 대치를 바라보는 눈이 애처롭게 빛나고 있었다. 이렇게 아름답고 연약한 여자가 그런 짓을 했으리라고는 도무지 믿어지지가 않았다.

"몽둥이를 사용해도 좋고 칼을 써도 좋아. 자, 칼은 여기 있어."

윤홍철이 책상 위에 칼을 내놓았다. 그러나 대치는 그것을 잡지 않았다.

"필요 없습니다."

그는 여자 앞으로 가까이 다가갔다. 여자는 뒷걸음질을 쳤다. 그는 다시 한 걸음 다가섰다. 이 여자를 증오해야 한다 하고 그는 생각했다. 그때 문득 여옥의 얼굴이 떠올랐다. 열일곱 살의 가냘픈 몸으로 일본군들의 위안부가 되어 뼈와 살이 갈갈이 찢기고 짓이겨져 버린 불쌍한 소녀. 지금은 남양군도 어딘가에서 일본군들에게 또 시달리고 있던가, 아니면 벌써 죽었을지도 모를 소녀. 그의 가슴속에 조금이나마 아직도 여옥에 대한 사랑의 감정이 남아 있다는 것은 그가 젊었기 때문일까.

여옥의 얼굴이 떠오르자 일본인에 대한 증오의 감정이 북받쳐 올랐다. 그의 얼굴은 험상궂게 일그러졌다. 이 일본 여인을 죽여야만 내 입장이 유리해진다는 생각이 그로 하여금 좀더 확실하게 살의를 갖게 했다.

아름답던 여인의 얼굴이 증오심을 가지고 보자 추한 마녀처럼 보였다. 뒷걸음질치다 더 이상 몸을 피할 수 없게 된 여인은 벽에 몸을 기대고 서서 온몸을 부들부들 떨었다.

모두가 침을 삼키면서 앞으로 일어날 일을 기다리고 있었다. 윤홍철과 그 동지들은 최대치가 과연 일본 여인을 어떻게 처리할지 몹시 긴장된 얼굴로 그를 주시하고 있었다.

대치는 두 손을 들어올리려다가 왼손을 떨어뜨렸다. 왼손은 사용이 불가능했다.

온몸에 증오감을 팽배시키면서 그는 오른손을 뻗어 여인의 목을 눌렀다. 여인의 희고 가는 목은 그의 손아귀 속에 완전히 잡히고도 남았다.

여인의 얼굴이 충혈되었다. 여인은 신음을 토하면서 몸을 빼려고 몸부림쳤다. 그럴수록 대치의 힘은 가중되었다. 그는 두 다리를 버티면서 혼신의 힘으로 여인의 목을 짓눌렀다.

여인의 눈이 크게 확대되면서 불거져 나왔다. 입이 벌어지고 혀가 내밀어졌다. 땀이 소나기처럼 대치의 얼굴을 뒤덮었다.

"죽어라, 이년!"

그의 입에서 자기도 모르게 고함이 터져나왔다. 미친 듯이 그는 앞으로 돌진했다. 아니, 이때만은 정말 그는 미쳐 있었다.

여인은 쉽사리 숨이 넘어가지 않았다. 입에서 흘러나오는 거품이 허옇게 턱밑에 달라붙어 있었다.

일본군들이 점령 지역에서 무고한 양민들에게 저질러 온 그 무수한 만행에 비할 때 자신의 이러한 행동은 아무것도 아니라는 생각이 들었고 이러한 생각들이 그로 하여금 조금도 손을 늦추게 하지 않았다. 이미 처참한 체험을 통해 자기도 모르는 사이에 잔인한 성격을 갖게 되고 한쪽 눈까지 잃음으로서 일본에 대한 증오감이 뼈에 사무친 그는 실로 일본 여자 하나를 눌러 죽이는데 있어서 일말의 고통이나, 회의, 가책 같은 것도 느끼지 않았다.

한참 후 여인의 몸에서 힘이 빠졌다. 여인은 목이 뽑힌 닭처럼 목이 길게 늘어지면서 몸이 밑으로 처져내렸다. 대치가 손을 놓자 그녀는 무릎을 꺾으면서 콘크리트 바닥에 머리를 처박고 쓰러졌다. 그녀는 충격에 조금 움직이는 것 같았으나 그것도 이내 그치고 말았다.

대치의 이 잔혹하고 대담한 행동에 모두가 놀랐다. 그들도 극렬한 항일 운동을 전개하는 과정에서 일본인들을 죽이는 일이 많았지만, 이런 식으로 사람을 죽여 보지는 않았기 때문에 그들이 놀라는 것도 당연했다.

누구보다 가장 놀란 사람은 윤홍철이었다. 그는 가슴속으로 서늘한 바람이 스쳐 지나가는 것을 느꼈다. 그것은 어떤 불길한 예감 같은 것이기도 했다. 그러나 한편으로는 이 청년의 맹렬한 폭발성, 일본에 대한 증오감, 그 대담한 행동에 감탄하지 않을 수 없었다. 많은 청년들을 겪어 보았지만 이런 청년은 처음인 것 같았다. 누군가가 잘만 이끌어 주면 크게 될 인물, 그렇지 않으면 가장 위험스러운 인물이 될지도 모른다는 생각이 그의 뇌리를 스쳐갔다. 이어서 그는

"무서운 놈이다."

하고 생각했다.

청년들은 죽은 여자의 시체를 별실에다 끌어다 놓고 문을 닫았다.

대치는 흘러내리는 땀을 닦으려고도 하지 않은 채 그 자리에 한동안 멍하니 서 있었다. 격렬한 행동 끝에 오는 취전한 기분이 그를 엄습하고 있었다.

"훌륭하다. 오늘은 이만 가 봐."

윤홍철이 일어서서 대치의 어깨를 툭 쳤다.

청년의 안내를 받아 중국집으로 돌아온 대치는 여자를 눌러 죽인 오른손을 한동안 들여다보다가 그대로 쓰러져 죽은 듯이 잠에 떨어졌다.

이튿날 한밤중에 그는 또 불려 나갔다. 이번에 간 곳은 지하실이 아니고 어느 집 골방 같은 곳이었다. 방에는 아무 장식도 없었다. 희미한 전등 밑에 어제의 그 중년 사내가 혼자 앉아 있었다.

중년의 사내는 여전히 차가운 눈빛을 하고 있었다. 그 앞에는 술상이 차려져 있었다. 대치는 사내가 시키는 대로 그를 마주하고 앉았다.

"우리와 일하고 싶은가?"

사내는 술을 권한 다음 이렇게 물었다. 대치는 두 손으로 술잔을 받아들었다.

"네, 같이 일하고 싶습니다."

"목숨을 바칠 각오가 돼 있나?"

"네, 언제라도 바칠 각오가 돼 있습니다."

"음, 이렇게 만나게 되어 기뻐. 어제는 우리가 너무 심했던 것 같은데 이해해 주게. 입단 절차가 아직 남아 있으니까 그때까지 좀 기다려 줘야겠어."

"감사합니다."

"김기문이 찾아보라던 사람이 바로 나야."

"네?"

"내가 바로 윤홍철이야."

"아!"

대치는 입을 벌렸다. 그 앞에 차가운 눈빛을 하고 있는 사나이가 임정 첩보5호 윤홍철이라니 얼른 믿어지기가 않았다. 임정 첩보기관에 접근한 이상 머지 않아 윤홍철을 만나게 되리라고는 생각했지만 이렇게 빨리 대면하게 될 줄은 생각지도 못한 일이었다.

대치는 윤홍철이 따라 주는 대로 술을 들이켰다. 일이 의외로 잘 풀려나고 있다는 생각이 들었다.

"내 하나 알아볼 게 있어."

윤홍철이 심각한 목소리로 말했기 때문에 대치는 표정을 바로 했다.

"혹시 자네……조선 출신 정신대를 본 적이 있나?"

"네, 본 적이 있습니다."

"어디서 보았나?"

"여기저기서 보았습니다. 버마에 가기 전에 이곳 중국에 있었는데, 여기서 많이 보았습니다."

"모두가 조선 처녀들이었나?"

"중국 여자와 일본 여자도 혹가다 있긴 했지만, 거의가 나이 어린 조선 처녀들이었습니다."

"그 애들 생활은 어땠나?"

"짐승이나 다름없었습니다. 밤낮 군인들에게 시달리고 잘 먹지를 못해서 모두가 비쩍 말라 있었습니다. 병걸려 죽기도 하고……자살하는 여자들도 있었습니다."

"으음……."

윤홍철은 신음을 토하면서 술을 들이켰다. 대치는 그러한 윤홍철을 보면서, 단순히 민족적인 분노이겠거니 하고 생각했다. 그때 윤홍철이 정말 화가 난 듯 날카롭게 물었다.

"혹시 윤여옥이라는 이름 들어 보았나?"

대치는 자신이 혹시 잘못 들었나 하고 귀를 의심했다. 그래서 그는,

"다시 한번 말씀해 주십시오."

하고 말했다. 윤홍철은 낮게 기침을 했다.

"윤여옥이라는 이름을 들은 적이 있느냐 말이야. 정신대 중에서……."

분명히 윤여옥을 묻고 있었다. 순간 대치는 머리 속이 멍해져 왔다. 너무 갑자기 여옥의 이름이 나왔기 때문에 그것을 어떻게 받아들여야 할지 당황하기만 했다.

그가 당황하는 것을 보자 윤홍철이 긴장했다. 그는 앞으로 몸을 기울이면서 대치의 얼굴을 뚫어질 듯 노려보았다.

"이름을 들어 보았나?"

"네, 그런 이름을 가진 소녀를 알고 있습니다. 동명이인일지는 몰라도……."

홍철의 눈이 크게 확대되었다. 대치도 놀란 눈으로 그를 바라보았다.

"어, 어떻게 생겼던가?"

"나이는 어리지만 교양이 있고 예뻤습니다. 여학교에 다니다 만 모양입니다."

"눈이 크던가?"

"네, 컸습니다."

"몇 살인지 모르나?"

"열 일곱 살이었습니다."

"고향이 어디라고 하던가?"

"전라도 남원이라고 했습니다."

홍철의 질문이 뚝 그쳤다. 격한 감정을 이기지 못 하는 듯 그의 두 손이 후들후들 떨리고 있었다. 얼굴 근육이 씰룩이는 것을 보자 대치는 불안했다. 윤홍철 — 윤여옥으로 이어지는 같은 성(姓)씨를 생각하자 그는 집히는 것이 있었다. 그러나 아직 확실한 것을 몰랐기 때문에 가슴이 마구 방망이질치고 있었다. 예감이 맞는다면, 우연치고도 너무 기묘한 우연이 아닐 수 없다.

여옥과의 관계를 밝혀야 하는가, 아니면 숨겨야 하는가. 대치는 초조한 눈길로 윤홍철을 바라보았다. 홍철은 땀을 흘리고 있었다.

한동안 몸을 떨고 있던 그는 발작적으로 술을 또 들이켰다. 그렇게 거듭 세 잔을 비우더니 그는 무섭게 대치를 쏘아보았다.

"그 동안 그 애 소식을 들으려고 탈주해 온 젊은이들을 많이 만나 보았지. 그런데……오늘 결국 자네한테서 그 애 소식을 듣게 되었군."

"말씀해 주십시오. 윤여옥과는 어떤 관계이신지……."

"……그 애는 내 딸이야. 하나밖에 없는 내 딸이야. 그, 그런데……."

홍철의 분노한 얼굴이 일그러지더니 안경 밑으로 눈물이 주르륵 흘러내렸다.

대치는 충격을 느끼고 어금니를 깨물었다. 의외의 일에 부딪힐 때마다 언제나 그가 하는 버릇이었다. 혼란한 감정을 짓누르고 재빨리 사태를 직시하는 힘이 그에게는 있었다.

그는 홍철의 비통한 모습을 똑바로 바라볼 수 없어 고개를 숙였다. 우연이라고는 하지만 어떤 숙명 같은 것을 느끼게 하는 그런 우연이었다. 그러나 대치는 거기에 대해 더 이상 생각하려고 하지 않았다. 그럴 수도 있다, 하고 그는 생각했다. 이어서 그는 이것을 인연으로 하여 윤홍철과의 관계가 급속도로 가까워지기를 기대했다. 이것을 이용하는 거다. 윤여옥…… 생각하면 불쌍한 소녀. 그렇지만 그녀에게 연연할 수도 없고, 이제 와서 그런들 무슨 필요가 있겠는가. 불필요한 생각, 쓸데없는 짓거리는 남김 없이 버리자. 이제 와서 생각하면, 여옥에 대한 감정은 동정에 불과했지 사랑이 아니었다. 사랑이라니……웅지를 품은 사나이가, 혁명에 뛰어든 사나이가 사랑 따위에 정신을 빼앗길 수가 있는가. 사랑이란 약한 인간들의 자기 위안이고, 부르주아지들의 유희일 따름이다. 지난날 여옥과의 관계를 아름답게 채색하여 이야기해 주면, 이 사나이는 부정(父情)에 못 이겨 감동하고 흐느끼겠지. 그렇게 되면 나를 무시하지는 못 하겠지. 아니 오히려 아끼고 신임할지도 모른다. 그렇다. 이것을 이용하는 거다.

윤홍철이 비통한 감정에 빠져 있을 때 대치는 이렇게 순식간에 자기 자신의 입장을 다지는 방법을 생각해 놓고 있었다.

홍철은 안경을 벗고 눈물을 닦았다. 그러한 홍철이 대치의 눈에는 갑자기 나약해 보였다.

"그 애를 마지막으로 본 건 언제였나?"

"지난 봄이었습니다."

"함께 있었나?"

"네, 같은 부대에 다른 여자들과 함께 있었습니다. 그런데 부대가 이동하는 바람에 헤어지게 되었습니다."

"그 애를 지금 찾을 수 있을까?"

대치를 바라보는 홍철의 눈빛이 떨리고 있었다. 대치는 일부러 비통한 표정을 지었다.

"불가능합니다."

"왜? 죽었단 말인가?"

"그게 아니라……지금쯤 살았다면 남양군도 어딘가에 있을 겁니다. 위안부는 그쪽으로 이동된다는 말을 듣고 저는 먼저 버마로 떠났으니까요."

홍철의 몸이 술기운 때문인지 좌우로 흔들거렸다.

"우리 여옥이가……여옥이가……."

홍철이 고개를 숙이자 눈물이 뚝뚝 떨어졌다. 그는 소리를 죽여 가며 흐느껴 울었다. 어떻게나 슬프게 우는지 대치에게도 그 슬픔이 전해져 왔다. 그는 홍철에게 눈물을 보이는 것도 좋다고 생각했지만 눈물이 좀처럼 나오지 않았다. 눈시울을 붉히는 것만으로 참아야 했다. 그러나 그것만으로도 효과가 있었다. 대치를 바라본 홍철은 그가 눈시울을 붉히면서 슬퍼하는 것을 보자 더욱 어깨를 들먹이며 흐느꼈다.

조용한 방안에서 사내의 흐느낌만이 계속되고 있었다.

대치는 홍철이 울도록 내버려 두었다. 한동안 흐느끼고 난 홍철은 대치를 뚫어지게 응시했다.

"우리 여옥이하고는 친했었나?"

떨리면서도 은근한 목소리였다. 대치는 얼굴을 붉혔다.

"딸애 이름을 기억하는 걸 보니까……가까웠던 모양이군."

대치는 대답할 수가 없어 그대로 가만 있었다. 그러자 홍철의 얼굴이 무섭게 변했다.

"자네도 일본놈들처럼 내 딸애를 범했나?"

대치는 홍철의 얼굴에서 살기를 느끼고 주춤했다.

"조선놈이 불쌍한 조선 여자를 범했다면 일본놈들보다 더 나쁘다."

"아닙니다. 그런 짓은 하지 않았습니다. 우리는……특별한 관계였습니다."

"특별한 관계라니?"

"서로 사랑했습니다."

대치의 한마디에 홍철의 얼굴에 다시 비탄의 빛이 어렸다.

"그게 정말인가? 정말로 서로 사랑했나?"

"네, 정말입니다."

"정말로……우리 딸애를 사랑했나? 진정으로 사랑했나?"

홍철의 가슴속은 어린 딸애의 그 소중한 사랑을 확인하고 싶은 열망으로 가득 차 있었다. 대치는 기회를 놓치지 않고 홍철에게 확신을 심어 주는 말을 했다.

"진정으로 따님을 사랑했습니다. 따님은 누군가가 보호하지 않으면 안 될 만큼 위험에 처해 있었습니다."

"위험이라니, 몸이 아팠나?"

"몸도 건강하지는 못했지만……무엇보다도 심적인 타격이 컸습니다. 더구나 따님은 교육까지 받은 몸이라 무식한 시골 여자들보다는 훨씬 심적 고통이 컸습니다. 그대로 그 고통이 계속되었다면 아마 벌써 자살해 버렸을 겁니다."

"좀더, 좀더, 자세히 이야기해 주게!"

홍철은 낮으나마 다급하게 소리쳤다.

"매일 우리는 만났습니다. 용서해 주십시오."

"아, 아니야. 충분히 그럴 수 있는 일이야. 충분히 이해하고도 남아. 그래서?"

"우리는 매일 만나서 서로를 위로했습니다. 서로의 사랑이 크나큰 위로가 됐습니다. 사랑의 힘이 그렇게 큰 줄은 그때서야 비로소 알았습니다. 하루도 만나지 않으면 서로가 기다려지고 안타까웠습니다. 결국 우리는 장래까지 약속했습니다."

"결혼을 하기로?"

홍철이 놀란 음성으로 물었다.

"네, 그러기로 약속했습니다. 그런데 갑자기 헤어지게 되어……."

대치는 여옥이 임신했다는 말은 하지 않았다. 그런 것은 말할 필요가 없다고 생각했다.

"헤어지는 바람에 그 애는 타격이 컸겠군."

"네, 밤새 울었습니다. 그렇지만……반드시 살아서 만나기로 약속하고 헤어졌습니다."

침묵이 흘렀다. 대치가 보기에 홍철이 격정을 누르고 있는 것이 역연했다.

창백하던 홍철의 얼굴이 붉게 달아오르고 있었다. 눈물어린 눈이 대치를 바라보았다. 사랑에 찬 감동적인 눈이었다. 이윽고 그는 손을 뻗어 대치의 손을 움켜쥐었다.

"고맙네. 내 딸을 아껴 줘서……고맙네……."

"죄송합니다. 용서해 주십시오."

어느새 그들 사이에는 뜨거운 정이 교차하고 있었다. 사실은 홍철 혼자서 감동하고 있었고 대치는 방관적인 입장이었다. 그러나 대치는 조금도 그러한 내색을 보이지 않았다.

탄 생

이른 아침부터 수용소 전체가 술렁거리고 있었다. 처음으로 운동회가 열리기 때문이었다. 피난민들의 요구와 간청을 받아들여 열리게 된 것이다.

여옥도 괜스레 마음이 설레고 있었다.

사이판이 미군에 점령되고 수용소 생활이 시작된 후 여옥의 마음은 어느 정도 안정을 취하고 있었다. 고향을 떠나온 이후 가장 평안한 나날을 보내고 있었다. 영양가 있는 식사가 규칙적으로 제공되고 있었으므로 건강도 많이 좋아지고 있었다.

절박한 상태에서 벗어나게 되자 그 대신 고향 생각이 그녀를 괴롭히기 시작했다. 부모님의 모습이 잠시도 머리 속을 떠나지 않았다. 그와 함께 대치에 대한 사모의 감정이 더욱 솟아올랐다. 대치를 보고 싶은 마음은 날이 갈수록 더했다.

그녀는 만삭이 되어 이제 몸을 가누기조차 불편했다. 해산할 날이 가까워지자 견디기 어려울 정도로 대치가 그리웠다.

뱃속의 아기는 잠시도 가만 있지 않고 꿈틀거리고 있었다. 아기를 낳는다는 것은 이제 어쩔 수 없는 기정 사실로 굳어져 있었다. 수술하기에는 너무 늦어 있었고, 그녀는 그것을 바라지도 않았다.

어린 소녀가 임신을 하고 있다는 사실은 특히 미군들에게 많은 호기심과 동정심을 불러일으켰다. 미군들은 그녀에게 일부러 기회를 만들어 가며 호의를 베풀었다.

이것이 함께 수용되어 있는 일본 여인들에게 질투심을 불러일으키게 했지만 패전 국민인 만큼 그 전처럼 표면적으로 적대감을 보이거나 모욕적인 행동을 해 오지 않았다. 기가 죽은 채 한쪽 구석에 얌전히 앉아 냉랭한 표정만을 짓고 있을 뿐이었다.

아침식사가 끝나자 곧 피난민들과 미군의 혼성 축구 시합이 벌어졌다. 좀더 친목을 도모하기 위해서 양쪽 사람들을 서로 섞어서 팀을 조직한 것이다.

하늘은 맑게 개어 구름 한 점 없었다. 태양은 하늘 중간에서 이글이글 열기를 내뿜고 있었다. 열기를 담은 해풍이 불어오고 있었다.

실로 오랜만에 인간적인 놀이가 벌어졌기 때문에 사람들은 더위도 잊은 채 운동장을 뛰고 있었다. 응원하는 사람들도 웃고 고함지르고 하면서 마음껏 떠들어대고 있었다.

여옥도 따가운 햇볕을 받으면서 축구 경기를 구경하고 있었다.

여자들이 손뼉을 치면서 웃을 때 그녀도 손을 마주치면서 미소했다. 오랫동안 웃음을 잃었던 그녀가 다시 그것을 찾게 되었다는 것은 큰 변화가 아닐 수 없었다.

축구 경기가 끝나자 이번에는 달리기가 있었다. 달리기 중에서도 남녀가 짝을 지어 달리는 것이 제일 인기가 있었다.

남자들은 제일 마음에 드는 여자를 한 사람씩 골라 손을 잡고 뛰어야 했다.

경기가 중간쯤 진행되고 있을 때, 고릴라같이 생긴 흑인 병사 하나가 여옥에게 다가와 손을 끌어당겼다. 여옥이 손을 뿌리치면서 배를 가리키자 그 흑인은 여옥을 번쩍 안아 올렸다. 여옥이 손발을 흔들면서 빠져나오려고 했지만 흑인은 그녀를 안은 손에 더욱 힘을 주었다.

흑인이 그대로 달리자 사람들은 손뼉을 치면서 환성을 질렀다.

여옥은 하늘이 빙빙 돌아가는 것을 느꼈다. 몸이 출렁일 때마다 자신이 하늘로 올라가는 것만 같았다.

운동장을 한 바퀴 돌아 흑인의 품에서 벗어났을 때 여옥의 얼굴은 땀으로 촉촉이 젖어 있었다. 그녀의 얼굴은 부끄러움으로 빨갛게 달아올라 있었다.

사람들이 마구 놀려대었기 때문에 그녀는 뛰다시피 하면서 나무가 늘어서 있는 곳으로 걸어갔다. 그 뒤를 흑인이 부지런히 따라갔다.

숲에 이른 그녀는 나무에 기대앉아 가쁜 숨을 몰아 쉬었다. 기분이 상했다거나 그런 것은 없었다.

그보다는 오히려 기쁨 같은 것이 가슴을 설레게 하고 있었다. 그러나 흑인에게 안겨서 공개적으로 운동장을 돌았다는 사실이 몹시 부끄러웠다.

가까이 다가온 흑인이 흰 이를 드러내면서 웃었다. 흑인 중에서도 유난히 얼굴이 새까만 흑인이었다. 이 흑인은 여옥이 처음 미군에게 구조되었을 때 그녀를 안고 왔던 병사였다.

그날 이후 이 흑인 병사는 유난히도 여옥에게 친절히 굴었다. 다른 사람들의 시선 따위에는 아랑곳없이 날이 갈수록 온갖 정성을 다 보였다. 맛있는 것을 남겨 두었다가 가져오기도 하고, 알아들을 수 없는 말과 함께 장난스런 표정을 지어 보이기도 하고, 브래지어며 팬티 같은 구하기 힘든 것들을 몰래 가져다주기도 했다.

여옥은 처음에는 죠니라고 하는 이 흑인 병사가 무섭고 징그러워 그가 가까이 나타나기만 하면 숨이 막힐 것만 같았다. 바로 쳐다보기조차 두려웠다. 그러나 흑인은 그것을 아는지 모르는지 끈질기게 접근해 왔다. 그러다 보니, 차츰 징그럽고 무서운 기분은 사라지고 그 대신 호의적인 감정을 품게 되었다.

그가 오래 나타나지 않으면 보고 싶어질 때도 있었다.

정에 굶주린 그녀로서는 누구에게라도 의지하고 싶은 심정이었다. 그러나 지금까지 흑인이 그녀의 손을 잡는다거나 하는 짓은 없었다. 그러던 것이 오늘 갑자기 품에 안기고 보니 얼떨떨하고 부끄러워 얼굴을 들 수가 없었다.

흑인은 호주머니 속에서 조그만 라디오를 하나 꺼냈다. 그리고 음악을 틀더니 그것을 여옥에게 주었다.

여옥이 고개를 흔들자 그는 머뭇거리다가 히죽 웃었다. 큼직한 들창코가 벌름벌름 움직였고, 입은 악어처럼 벌어져 있었다. 조금 후에 그는 다시 라디오를 여옥의 무릎 위에 올려놓았다. 여옥이 내려놓자 그는 도로 그것을 올려놓았다. 그리고는 뭐라고 말을 했지만, 여옥은 알아들을 수가 없었다.

흑인은 라디오를 껐다 켰다 하면서 조작법을 가르쳐 준 다음 손을 흔들며 가 버렸다.

여옥은 무릎 위에 놓인 라디오를 가만히 내려다보았다. 그것은 네모지게 생긴 손바닥만한 것으로 까만 색깔을 띠고 있었다.

조용한 음악을 듣자 그녀의 마음은 이내 감미로운 기분에 젖어 들었다. 그녀는 왠지 서글퍼졌다.

눈을 망망한 바다로 돌리자 눈물이 흘러내렸다. 그녀는 눈물이 흐르는 대로 내버려두었다.

운동장 쪽에서 계속 와자지껄 떠드는 소리가 들려오고 있었다. 그러나 여옥은 다시 그쪽으로 가지는 않았다.

한참 후 그녀는 라디오를 들고 철조망이 쳐져 있는 곳으로 걸어갔다. 라디오는 누가 주었건 간에 몹시 소중한 것이었으므로 그녀는 그것을 두 손으로 꽉 쥐고 있었다.

철조망 저쪽은 포로수용소였다. 폭이 넓은 길이 난민수용소와 포로수용소를 갈라놓고 있었다.

여옥이 포로수용소 쪽으로 와 본 것은 처음이었다.

그 전에는 포로라고 하지만 일본군의 모습만 보여도 두려움이 일었다. 그러나 지금은 입장이 뒤바뀌어서 그런지 두려움 같은 것은 없어지고 대신 증오심만이 바닥에 깔려 있었다.

포로들은 철조망에 달라붙어 이쪽에서 벌어지고 있는 운동경기를 구경하고 있었다. 그들의 초라하고 기운 없는 모습을 보자 여옥은 그들을 멸시하고 싶은 충동이 일었다. 그때 그녀를 발견한 포로 하나가 그녀에게 손짓을 했다.

"야아, 너 살았구나!"

이 한마디에 모든 포로들의 시선이 일제히 여옥에게 쏠렸다. 대부분의 포로들이 그들에게 짓밟힌 이 어린 위안부를 기억하고 있었다. 여옥을 본 그들은 처음에는 몹시 놀랬고, 그 다음에는 기쁨을 감추지 못했다.

그러나 여옥은 그 자리에 우두커니 서서 그들을 바라보기만 했다. 저주와 멸시감이 일었지만 겉으로 드러내지 않은 채 여성다운 태도를 지키고 있었다.

그녀의 이러한 태도에 눌린 듯 포로들은 더 이상 그녀에게 말을 걸어오지 않았다. 찢기고 짓밟힌 소녀를 보자 일말의 죄의식이라도 느꼈기 때문일까.

패배를 자인한 자의 그 조심스러운 눈길로 그들은 가만히 여옥을 지켜보았다.

무엇인가 새로운 것을 발견하고 싶은 열망으로 여옥은 철조망에 붙어 있는 포로들의 얼굴을 하나하나 살펴보았다. 왼쪽에서 오른쪽으로 시선을 움직이던 그녀의 눈에 친근한 얼굴 하나가 들어왔다.

키가 큰 그 포로는 혼자 좀 떨어진 곳에 서 있었다. 여옥은 그 포로가 그녀를 친절히 보살펴 주던 조선인 위생병이라는 것을 금방 알아차렸다. 그도 이쪽을 알아본 모양이었다.

시선이 마주친 그들은 한동안 서로를 뚫어지게 응시하고 있었다. 서로 살아서 이렇게 만났다는 것은 무엇보다도 반갑고 기쁜 일이었다. 그 기쁨이 컸기에 그들은 말을 잊고 서로를 바라보기만 했다.

여옥은 그에게 무슨 말인가 해야 한다고 생각했다. 무슨 말인가 하고 싶었다. 그러나 말이 되어 나오지를 않았다.

위생병이 고개를 끄덕이면서 조금 웃어 보였다. 그 미소가 여옥의 감정을 흔들었다. 여옥도 눈물을 글썽이면서 미소했다. 그러나 격해 오는 감정을 진정할 수가 없어 그녀는 그 자리를 떠났다. 가다가 뒤돌아보니 위생병은 그 자리에 움직이지 않고 서 있었다. 그녀는 기쁨과 비애가 한데 얽혀 똑바로 몸을 가누기가 어려웠다.

천막으로 돌아온 그녀는 자리에 누워 라디오를 틀었다. 미군 아나운서의 말이 재빠른 속도로 한동안 계속되다가 음악이 흘러나왔다. 여옥은 음악을 듣다가 잠이 들었다.

그녀가 눈을 떴을 때는 거의 저녁때가 가까워오고 있었다. 그녀는 일어나면서 라디오를 찾았다. 그러나 라디오가 보이지 않았다.

운동회가 끝났는지 천막 속에는 사람들이 돌아와 있었다. 모두가 입을 굳게 다물고 여옥을 바라보고 있었다.

아무리 둘러봐도 라디오는 없었다. 여옥은 초조해졌다. 흑인에게 꼭 돌려 줘야 할 것이었다. 그런데 그것을 잃어버린 것이다.

그녀는 머뭇거리다가 둘러앉아 있는 사람들을 향해 물었다.

"누가 라디오 가져가신 분 안 계셔요?"

이 말에 일본 여인들은 입을 삐쭉거렸다.

"그따위 깜둥이 물건 누가 가져가."

"우릴 깜둥이하고 붙어먹는 화냥년으로 알았다가는 죽을 줄 알아."

"그런 건 가지라고 해도 안 가져. 쥐새끼가 물어갔나 보지."

기세가 이러니 말을 걸어 볼 수조차 없었다. 라디오는 누군가가 훔쳐 간 것이 분명했다. 그러나 찾을 수가 없었다. 여옥은 울상이 되어 어찌 할 줄을 몰랐다.

수용소 생활에서 일본 여인들이 이렇게 노골적으로 적대감을 보이기는 처음이었다. 여옥은 위축되어지는 자신을 달래면서 꼭 라디오를 찾고야 말겠다고 다짐했다.

저녁식사 때가 되었지만 여옥은 식사를 하지 않았다. 우울한 마음으로 앉아 있는데 흑인이 찾아왔다.

흑인을 본 순간 여옥은 가슴이 덜컹 하고 내려앉았다. 흑인이 라디오를 달라고 하면 어떻게 하나 하고 생각하니 오금을 펼 수가 없었다.

흑인이 여옥의 야전 침대에 걸터앉자 일본 여인들의 시선이 하나같이 두 사람에게 쏠렸다. 조금 후 여기저기서 쑥덕거리는 소리가 들렸다.

"아이구, 나 같으면 징그러워서도……."

"철면피야. 그렇지 않고서야 어떻게 저런 걸 상대해."

"죠셴징은 하는 수 없어."

"족속이 그러니 하는 수 없지."

여옥은 일어서서 대들고 싶었다. 그러나 싸운들 무슨 소용이 있겠는가 하고 생각하자 대들고 싶은 마음이 없어졌다. 이보다 더한 수모를 지금까지 참고 견디어 온 자신이었다. 이 정도야 얼마든지 참을 수가 있었다.

흑인은 마음이 좋은 놈이었다. 그는 여자들이 쏘덕거리자 그녀들을 둘러보면서 히죽 웃었다. 그는 상대가 뭐라고 하든 먼저 웃고 보는 그런 타입이었다.

여옥은 두려운 표정으로 흑인을 바라보면서 라디오를 잃어버린 사실을 알렸다. 손짓으로 한참 설명하자 그제야 흑인은 비로소 알아차리는 것 같았다.

그는 큰 소리로 웃으면서 고개를 내저었다. 괜찮으니 안심하라는 뜻이었다. 여옥은 감격해서 눈물이 다 나왔다. 그러한 여옥을 흑인은 등을 두드려 주면서 위로했다.

여옥은 처음에는 흑인에게 어떤 정(情) 같은 것을 느꼈다. 그렇다고 여러 사람들이 보는 앞에서 내색할 수도 없었다. 자신의 성격이, 그리고 상대가 흑인이라는 사실이 그러한 것을 허락치도 않았다.

흑인은 잠시도 쉬지 않고 큰 소리로 무슨 말인가를 즐겁게 이야기했다. 여옥은 알아들을 수 없지만 다소곳이 그의 말에 귀를 기울이고 있었다. 이야기 도중 흑인은 생각난 듯 주머니 속에서 초콜릿이며 껌 같은 것을 꺼내 그녀에게 주었다.

그것을 본 아이들이 군침을 삼키며 몰려왔다. 여인들이 아이들을 때리면서 못 가게 했지만 몇몇 아이들은 울면서도 끝까지 여옥에게 다가와 손을 벌렸다.

여옥은 그 아이들에게 먹을 것을 골고루 나누어 주었다. 어머니에게 끌려간 아이들이 앙탈을 하며 울부짖기 시작하자 천막 안은 소란스러워졌다. 한 어머니가 분노에 차서 소리쳤다.

"그 깜둥이보고 그런 거 가져오지 말라고 해! 먹으려면 혼자 먹어! 그런 더러운 거 아이들한테 주지 마!"

그 어머니는 자기 아들의 따귀를 철썩철썩 갈겼다. 아이는 더욱 높다랗게 울었다.

여옥은 그 일본인 어머니가 때리는 것을 멈추기를 기다렸다가 말했다.

"아주머니는 누가 주는 식사를 먹고 계신가요?"

"왜, 몰라서 묻는 거야?"

일본 여인의 두 눈이 치켜 올라갔다. 여옥은 침착하게 상대를 바라보았다.

"모두 미군이 주는 식사를 먹고 있지 않습니까. 그렇지 않았다면 모두 굶어 죽었을 거예요. 감사할 줄 알아야 한다고 생각해요. 미군이 주는 게 더럽다면 식사도 하지 말아야죠."

"아니 뭐가 어쩌고 어째! 저런 대가리에 피도 안 마른 것이!"

여인은 분을 참지 못해 씩씩거렸다. 그러나 여옥의 말이 백번 옳았으므로 조금 후에는 입을 다물어 버리고 말았다.

일본 여인들은 자기 아이들을 더 이상 붙들지 않았다. 어머니로부터 해방된 아이들은 여옥에게 달려들어 손을 내밀었다. 여옥은 아이들의 머리를 쓰다듬어 주고 껌과 초콜릿을 나누어 주었다.

일본 여인들은 여옥의 이 같은 행동을 가만히 지켜보았다. 그러나 아까처럼 앞으로 나서서 욕을 하는 여인은 없었다. 자기 아이를 귀여워해 주는데 싫어할 리가 없었다.

아이들과 여옥 사이는 한결 분위기가 부드러워지고 있었다. 여인들은 체면상 냉랭한 표정들을 하고 있었으나 그들 중 노파 몇 사람은 벌써 여옥에게 호의적인 반응을 보이고 있었다.

여옥이 들어 있는 이 천막이 다른 곳과는 달리 얼른 융화가 안 되는 데에는 그 나름의 문제가 있기 때문이었다.

이 천막에는 남편이 없는 과부나 처녀들, 또는 위안부나 노파들이 수용되어 있었다. 남편이 있는 여자들은 부부 관계를 위해 가족과 함께 다른 천막에 수용되어 있었다.

여옥이 들어 있는 천막에는 여자들만 있었기 때문에 감정을 어루만져 줄 손길이 전혀 없었고 그래서 항상 서로간에 기묘한 갈등과 신경질이 팽배해 있었다.

특히 남성에 대한 신경이 예민해질 대로 예민해져 있어 천막 앞을 지나가는 남자의 발자국 소리만 들려도 모두가 긴장하는 것이었다.

밤이 깊어지면 몸을 뒤척이는 소리와 신음 소리가 항상 밤의 적막을 깨뜨리곤 했다. 그녀들은 확실히 못 견딜 정도로 남성의 체취를 그리워하고 있었다.

그런데도 불구하고 미군 병사들이 나타나면 본능적인 경계심으로 몸을 움츠리고 적대감을 나타내는 것이었다. 상대가 적대국의 병사라는 사실, 그리고 동양인도 아닌 서양인이라는 이질감, 거기다가 그녀들을 묶어 놓고 있는 폐쇄적인 정조관념, 이런 것들이 그녀들로 하여금 그러한 적대적인 태도를 취하게 한 것이다.

이런 판에 새까만 흑인 병사가 조선인 위안부를 만나기 위해 뻔질나게 천막을 드나들게 되자 그것이 곧 그녀들의 기분을 상하게 하고 그녀들 사이에 질투심을 불러일으킨 것이다.

그러나 그녀들은 이 질투심을 숨긴 채 자신들의 긍지를 지키고 스스로를 위로하는 방편으로서 여옥을 죠셴징으로 몰아치면서 화냥년이라고 욕을 한 것이다.

그런데 여옥이 도무지 화를 낼 줄 모르고 공손한 태도로 옳은 말만 하고, 거기다가 아이들까지 귀여워하니 여자들은 꿀 먹은 벙어리가 되지 않을 수 없었다.

여옥은 아이들에게 먹을 것을 나누어 주다 보니 난처한 문제에 부딪쳤다. 아이들 수에 비해 먹을 것이 부족한 것이다. 초콜릿 조각을 얻지 못한 아이들은 울거나 떼를 썼다.

여옥이 난처해지자 흑인이 밖으로 뛰어나갔다. 조금 후에 그는 먹을 것을 한아름이나 들고 다시 나타났다. 그것을 보자 아이들이 환호성을 질렀다. 이것을 본 여인들은 상당히 당황하는 것 같았다. 그러나 역시 아이들을 말리지는 않았다.

여옥은 표현은 안 했지만 흑인에게 몹시 감사한 마음이 들었다. 그녀는 흑인에게 웃어 보였다. 이 미소에 흑인은 감동하는 것 같았다.

장난이 심한 아이 하나가 흑인을 손으로 툭 건드려 보았다. 흑인이 기분 좋게 웃기만 하자 이번에는 손가락으로 허벅지를 쿡 찔렀다. 흑인은 그 아이를 번쩍 들어올렸다가 가만히 내려놓았다. 아이는 울 듯하다가 자신이 안전하다는 것을 깨닫자 활짝 웃었다.

흑인과 아이들과의 관계는 급속도로 가까워졌다. 흑인을 무서워하던 아이들은 경계심을 풀고 흑인에게 장난을 걸어왔다.

흑인이 네 명의 아이들을 한꺼번에 껴안고 들어올리자 아이들은 손뼉을 치면서 까르르 웃음을 터뜨렸다. 수용소 안에 이렇게 홍소가 터진 것은 처음 있는 일이었다.

흑인이 이렇게 아이들과 장난을 쳐도 그 어머니들은 가만히 보고만 있었다. 여옥과 흑인이 똑같이 아이들을 귀여워해 줌으로써 그것은 확실히 분위기를 부드럽게 해주는 데 큰 작용을 했다. 흑인이 가고 난 뒤에도 일본 여인들은 입을 삐죽거리거나 자기들끼리 쑥덕거리는 짓은 하지 않았다.

여옥은 자리에 누워 흑인을 생각하고 있었다. 가까이 해 볼수록 천진스러운 데가 있는 검둥이였다. 나이가 스물 한 살이라는데 그렇게 엄청나게 클 수가 없었다. 좋은 사람이라는 생각이 들었다. 그러나 그가 너무 가까이 접근해 오는 것이 문제였다. 더 이상 가까워져서는 안 된다고 생각했다.

여옥이 이런 생각을 하고 있을 때 한 일본 여인이 무슨 말을 하려고 다가왔다.

"밖에 나가 봐요. 누가 찾아왔어요."

여옥은 의아해 하며 밖으로 나가 보았다. 키 큰 위생병이 달빛을 받으며 서 있었다. 그를 보자 여옥은 눈물이 나왔다.

"살아 있었군. 여기 있을 줄은 몰랐지."

장하림은 그녀의 손을 잡고 흔들었다.

"몸은 어때?"

"괜찮아요."

"아까 보니까……곧 해산할 것 같던데……."

여옥은 부끄러워 고개를 숙였다.

그들은 바다 쪽으로 걸어가 바위에 걸터앉았다.

바닷바람이 시원하게 불어오고 있었다. 그들은 한동안 말없이 바다를 바라보고 있었다. 달빛이 부서지는 해면은 더할 수 없이 아름다웠다.

"이런 달밤에 바다를 보면……뛰어들고 싶어요."

여옥이 중얼거리듯 말하자 장하림은 팔을 뻗어 그녀를 안아주었다. 여옥은 아늑한 기분에 싸이면서 하림의 어깨에 머리를 기댔다.,

"이렇게 나오셔도 되나요?"

"음, 나는 출입이 자유로운 편이야."

"언제까지 여기 이렇게 있어야 되나요?"

"전쟁이 끝날 때까지 있어야 될 걸."

"전쟁은 언제 끝날까요?"

"곧 끝나게 될 거야."

"고향으로 보내 주나요?"

"그러겠지. 고향으로 갈 텐가?"

이 질문에 여옥은 멈칫했다. 이런 몸으로 고향을 찾아가면 부모님이 뭐라고 하실까. 동네 사람들은 또 나를 어떻게 볼까. 여옥은 앞이 캄캄해지는 것을 느꼈다. 그러나 그녀는 자신에게 다짐하듯,

"고향으로 가야지요."

하고 말했다.

"그렇지. 누가 뭐라든 우리는 고향으로 돌아가야지. 이 전쟁이 끝나면……앞으로는 살기 좋아질 거야. 이렇게 살아 남았는데……이젠 행복하게 살아야지."

위생병의 말 속에는 희망이 가득 들어 있었다. 그러나 여옥은 그의 말에 전적으로 동의할 수가 없었다. 어쩐지 앞길이 그렇게 평탄할 것 같지가 않았다.

"그런데 참, 아기를 낳고 나서 어떻게 할 셈이야?"

이 갑작스런 질문에 여옥은 말문이 막혔다. 사실 그녀 자신도 어떻게 하겠다는 계획은 서 있지 않았다. 장하림이 이렇게 염려해 주는데 대해 한편 고마운 생각도 들었다.

"아기를 기를 셈인가?"

장하림이 다시 재촉하듯 물었다. 여옥은 고개를 숙였다. 한참 후에 그녀는 고개를 쳐들었다.

"제 아기니까……제가 길러야죠."

"물론 그래야 되겠지만, 자신의 능력을 생각해 봐야 하지 않을까. 그리고 장래 문제도 생각해야지. 아버지도 없이 아기를 기른다는 건……."

"그분은 돌아와요. 어딘가 살아 계실 거예요."

하림은 놀란 눈으로 여옥을 바라보았다. 바다를 바라보고 있는 그녀의 옆모습이 달빛 때문인지 신비스럽게 보였다. 이 소녀의 신비스러운 점은 한두 가지가 아니었다.

그토록 몸을 짓밟혔으면서도 소녀다운 아름다움이 그대로 남아 있었고, 그런 절박한 상황 속에서도 죽지 않고 질기게 살아 남았고, 뿐만 아니라 임신까지 하여 이제는 아기를 낳아 기르겠다는 것이다.

"애 아버지가 누군지 알고 있어?"

여옥은 눈물을 훔치며 고개를 끄덕거렸다. 하림은 놀랬다. 여러 남자를 상대하는 위안부가 임신한 아기의 아버지를 알고 있다니, 아무래도 믿어지지가 않았다. 그렇다고 그것이 정말이냐고 따져 물을 처지도 못 되었다. 그런 것보다는 여옥이 자기를 임신시켰다고 생각되는 남자와 만날 날을 손꼽아 기다리고 있다는 사실이 또한 그를 놀라게 했다.

"그 사람 누구야?"

하림은 몹시 궁금했다. 여옥은 대답하지 않았다.

"내게 말해 줄 수 없겠어? 혹시 내가 알고 있는 사람일지도 모르니까."

여옥은 고개를 가로저었다. 그러다가 하림에게 미안한 생각이 들었고 그에게만은 모든 것을 털어놓아도 될 것 같아 입을 열었다.

"최대치라고 하는 학도병이에요."

"최대치?"

하림은 중얼거렸다. 들어 보지 못한 이름이다.

"어느 대학에 다녔는지 알고 있어?"

"북경 대학이에요."

"그렇다면 모르겠군."

아기를 낳는 것은 이제 기정사실로 받아들여야 한다. 만삭이 된 지금 수술할 수도 없거니와 본인이 또한 그것을 원하지 않고 있는 것이다. 그렇다고는 하지만 이런 곳에서 이 여자가 아기를 낳아 기른다는 것은 너무도 비참한 일이다. 또 다른 불행이 아닐 수 없다. 하긴 그 아기를 누가 맡아서 기르겠는가.

"그 학도병이 살아 있다고 장담할 수는 없지 않을까. 불행한 일이 일어났을지도 모르니까……거기에 대비해서……."

"아니에요. 살아 계셔요. 우린 살아서 꼭 만나기로 약속했어요. 만날 수 있을 거예요."

여옥은 힘주어 말했다. 그녀의 믿음은 신앙과도 같은 것이어서 조금도 흔들림이 없어 보였다.

"귀국해서 만일 사정이 허락한다면 나도 그 사람을 찾아보도록 하지."

"꼭 찾아 주세요. 부탁이에요."

"그 사람을 못 잊어 하는 걸 보니까 몹시 사랑하는가 보군."

여옥은 얼굴이 화끈거렸다. 그녀는 고개를 숙인 채 작은 소리로 말했다.

"저를 무척 사랑해 주셨어요. 그분이 아니었다면 벌써 죽었을 거예요."

하림은 그녀가 희망을 가지고 다시 일어서고 있다는 사실에 깊은 감동과 기쁨을 느꼈다. 조선인은 죽어서는 안 된다. 이처럼 살아 남아야 한다. 이것이 바로 승리라는 것이다. 이런 여자야말로 정말 사랑해 주고 싶은 여자다.

그는 여옥을 껴안고 싶었다. 그러나 그 충동을 참았다. 결혼은 안 했지만 이 여자는 유부녀다, 하고 그는 생각했다.

"내 말을 잘 들어. 여기는 산부인과 의사가 없어. 그래서 만일 여옥이가 해산을 하게 되면 곤란한 점이 한두 가지가 아닐 거야. 경험도 없는 미군 군의관이 아기를 받을 텐데 그래도 괜찮겠어?"

"싫어요! 혼자 낳겠어요."

"그럴 수는 없어. 가장 위험한 일인데 혼자 낳게 할 수는 없어. 그러다가 사고가 나면 아기와 산모가 다 위험하게 돼."

"그래도 싫어요."

여옥은 고개를 마구 내저었다. 하림은 그녀의 어깨를 두드렸다.

"그래서……내 생각엔 이렇게 하는 게 좋겠어. 내가 아기를 받는 걸로 말이야."

이 말을 하는 하림도 얼굴이 붉어졌다. 그러나 어떻게 해서든지 이 여자를 돕고 싶었다. 미군 군의관에게 아기를 받게 하고 싶지는 않았다. 일본 여인들에게도 맡기고 싶지 않았다. 직접 자신의 손으로 같은 동족의 핏덩이를 받고 싶었다. 물론 위험하고 어려운 일임에는 틀림 없었지만 자기가 받는 것이 가장 이상적이고 옳은 일일 것만 같았다. 이것은 당연한 일이다, 하고 그는 생각했다.

이런 것 말고도 엄밀히 따져 보더라도 이 일에는 자신이 가장 적당할 것 같았다. 자신도 물론 산부인과에 대해서는 문외한이나 다름없지만 대학 재학 중에 많이 견학을 했기 때문에 다른 사람보다는 자신이 있을 것 같았다.

여옥은 역시 하림이 아기를 받는 것조차도 거절했다. 그녀는 부끄러워 얼굴을 쳐들 수조차 없었다. 이러한 그녀를 설득하느라고 하림은 진땀을 뺐다.

"지금 부끄러워할 때가 아니야. 아기를 무사히 낳을 수만 있으면 무슨 일이라도 참아야 해. 내가 받는 게 싫다면 그만두지."

이 말에 여옥은 풀이 죽었다.

하림은 그녀의 어깨를 쓰다듬어 주었다.

"괜찮아. 알겠어?"

"무서워요."

그녀는 들릴 듯 말 듯 말했다.

"무서워할 것 없어. 나만 믿으면 돼. 알겠어?"

비로소 여옥은 승낙의 표시로 하림을 바라보았다.

달빛에 눈물이 반짝이고 있었다.

"하나도 준비해 놓은 게 없지? 아기 기저귀 같은 것 말이야?"

여옥이 다시 고개를 떨어뜨렸다.

"지금부터 준비를 하지. 필요한 건 내가 어떻게든 구해 볼게. 그런데 천막 속에서 아기를 기를 수는 없단 말이야. 장소를 옮기는 게 좋겠어. 민가에 방을 하나 얻어 거기서 기거하는 게 좋겠어."

이것은 매우 어려운 일이었다. 이 수용소를 떠나면 당장 식생활이 문제였다. 방을 구하는 것도 쉬운 일은 아니었다.

여옥은 하림의 친절이 눈물겹도록 고마웠다. 그렇다고 그의 친절에 무턱대고 의지할 수만도 없었다. 무엇보다도 너무 신세를 진다는 것이 미안하게 생각되었다.

그녀는 품속에서 종이 뭉치를 꺼냈다.

"이거……사용할 수 있을까요?"

"그거 뭔데?"

하림은 머리를 숙이고 그것을 눈여겨보았다.

"돈이에요."

"음, 일본 돈이군."

그는 신음하듯 중얼거렸다. 그것이 어떻게 해서 생긴 돈인지를 그는 알 수 있었다.

여옥은 가슴에 번져 오는 비참한 기분을 느끼면서 돈 뭉치를 들고 있었다. 그 돈은 여옥이 일본군을 상대할 때마다 그들이 한 푼 두 푼 던져 준 것을 모아 놓은 것이었다. 그 돈에 가치를 부여한다고 하면 그야말로 피눈물 나는 돈이라고 할 수 있었다.

하림은 여옥의 기색을 살피다가 말했다.

"그 돈은 이제……필요 없게 됐어."

여옥은 격렬하게 울음이 터져나올 것 같았다. 그 돈이 아까워서가 아니었다. 그 돈을 지금까지 모아온 자신이 한층 비참해 보이고 싶었기 때문이다.

그녀는 돈 뭉치를 풀어 그것을 갈기갈기 찢었다. 하림은 그녀의 행동을 말리지 않고 물끄러미 바라보았다.

여옥은 찢은 돈을 바다 쪽으로 집어던졌다. 종이 조각이 바람에 날리면서 어둠 속으로 사라지자 그녀는 더욱 허탈한 마음이 들었다.

"이제 일본은 끝났어. 새로운 일본이 태어나겠지. 지금까지와는 다른 일본이……."

하림은 중얼거렸다.

하림과 헤어져 숙소로 돌아온 여옥은 새삼 그의 친절과 인품에 자신이 끌리고 있음을 깨달았다. 대치가 격렬한 성품이라면 하림은 꿋꿋하면서도 부드러운 면을 지니고 있었다. 얼핏, 그의 친절이 무엇 때문일까 하는 생각이 들었다. 동정일까, 아니면 나를 좋아하기 때문일까. 동정이겠지. 나 같은 위안부를 좋아할 리가 있을까. 그러나 아무리 동정이라고 하더라도 거부하고 싶지가 않다. 마땅히 거부해야 하는 것인 줄 알지만 그러고 싶지가 않다. 손길이, 나를 보호해 줄 손길이 그리운 걸.

대치씨……밉다. 한없이 미운 사람. 그분을 만날 수 있을까. 그분 역시 나를 생각하고 있을까. 내가 자기를 사랑하고 있는 것 만큼 그분 역시 나를 사랑하고 있을까. 이러다가 만일 내가 다른 남자와 살게 되면 어떻게 하나. 나는 힘이 없는 걸. 막을 힘이 없는 걸. 아, 모르겠다. 모든 게 뒤죽박죽이야.

그러나 아기는 낳아서 잘 길러야 한다. 혼자 살더라도 아기만 잘 자라면 된다. 아무것도 필요 없다. 강렬한 모성애가 그녀의 몸을 떨게 했다. 그녀는 잠을 못 이룬 채 몸을 뒤척거렸다. 천막 틈으로 남십자성이 반짝이고 있는 것이 보였다.

어렴풋이 잠이 들려고 했을 때 라디오 소리가 들려왔다. 여옥은 정신이 번쩍 들어 몸을 일으켰다. 조그맣게 음악 소리가 들려오고 있었다. 주위는 불이 모두 꺼져 어두웠다. 그녀는 성냥을 찾아 들고 소리가 나는 쪽으로 조심스럽게 걸어갔다. 라디오 소리는 구석진 곳에서 들려오고 있었다.

거의 가까이 다가섰을 때 라디오 소리가 뚝 그쳤다. 여옥은 성냥불을 켜 들고 앞을 바라보았다. 젊은 일본 여인이 눈이 마주치자 모로 휙 돌아눕는 것이 보였다.

"라디오를 주세요."

여옥은 차분하게 말했다. 이럴 때의 그녀는 더 없이 침착하고 어른스러웠다.

여자는 그대로 못 들은 체하고 누워 있었다.

"주무시는데 미안합니다. 라디오를 주세요."

여옥은 다시 한번 말했다. 일본 여인이 몸을 돌리고 이쪽을 쏘아보는데 성냥불이 꺼졌다.

"왜 잠도 못 자게 야단이야! 라디오는 무슨 라디오를 달라는 거야!"

어둠 속에서 여자가 앙칼지게 소리질렀다. 여옥은 물러서지 않고 말했다.

"그러시지 말고 주세요."

두 여자의 다투는 소리에 여기저기서 불을 켰다.

일본 여자는 일어서더니 허리에 두 손을 걸치면서 여옥을 노려보았다.

"이년이 미쳤어? 한밤중에 무슨 라디오를 달라는 거야? 그 더러운 거, 가지라도 해도 안 가진다!"

다른 여자들은 가만히 지켜보기만 했다. 그 전 같으면 함께 떼를 지어 달려들 텐데 이제는 그렇지가 않았다.

이것은 여옥에게 적대 감정을 갖는 여자가 줄어들고 있다는 것을 의미했다. 여옥은 이들의 적대 감정의 되살아나지 않도록 조심했다.

"제 것이라면 아무래도 좋아요. 그렇지만 그건 제 것이 아니고 돌려 줘야 할 거예요. 기분 나쁘시겠지만……."

"아니, 이년이 누굴 도둑으로 아나! 야, 이년아, 내가 도둑이란 말이냐?"

여자는 손을 뻗더니 여옥의 머리카락을 휘어잡았다. 표독스럽게 생긴 데다 힘이 센 여자였다.

"저, 저, 저런……아기 밴 여자를 저러면 쓰나."

노파 한 사람이 안타까워하자 여자는 한층 길길이 뛰었다.

"뭐가 어쩌고 어째? 이런 년은 혼을 내 줘야 한다구! 그까짓 과자 하나 얻어먹고 그러지들 말어!"

그녀는 여옥의 머리채를 마구 잡아 흔들었다. 여옥은 고통에 못 이겨 신음하면서 끌려 다녔다. 머리채를 빼려고 했지만 힘에 부쳐 그럴 수가 없었다.

보다 못한 여자들이 떼어 말려서야 여옥은 겨우 그녀로부터 떨어질 수가 있었다. 여자는 짐승처럼 으르렁거렸다.

"왜 말리는 거야? 왜 죠오센징을 두둔하는 거야?"

"두둔하는 게 아니야. 그럴 것까지 없지 않아."

친구로 보이는 여자가 그녀를 타일렀다.

"흥, 더럽구나. 언제부터 이렇게 변했지. 자식한테 그 더러운 거 하나 얻어 먹이고는 꼼짝 못 하는구나. 더럽다, 더러워."

그녀는 침을 퉤퉤 하고 뱉었다.

"그게 아니라니까. 그러다가 말썽이나 나면 어떡할려구 그래?"

"말썽 나면 나라지."

그때 한 노파가 여인의 침대에서 라디오를 꺼내서는 여옥에게 가지고 왔다.

"옛다, 여기 있다. 이젠 잘 간수하라구."

여옥은 눈물이 나오려는 것을 참으면서 라디오를 받아 들었다.

그것을 본 일본 여인은 얼굴이 핼쑥해지더니 이번에는 노파에게 달려들었다.

"이 할망구야. 할망구가 뭔데 라디오를 꺼내 주는 거야. 남의 얼굴에 똥칠을 해도 유분수지…….”

그녀는 노파의 머리를 쥐어뜯었다.

"아이구. 사람 살려!"

놀란 노파가 비명을 지르자 노파의 딸로 보이는 여자가 뛰어들었다.

"이년아, 누구한테 손대는 거야! 보자 보자 하니까 이년이 너무한데. 네 눈에는 노인도 안 보이냐?"

마침내 두 여자는 뒤엉켜 싸우기 시작했다. 다른 여자들도 노파 쪽에 합세했다.

"그러지 마. 젊은 사람이 노인한테 행패 부리면 도 나."

"정말 못 쓰겠어. 노인을 때리다니, 저런 건 혼을 내 줘야 해."

"못된 년이야. 도둑년처럼 남의 라디오는 왜 가져가서 야단이야."

평소에 지나친 행동으로 미움을 사고 있었던지 그녀는 여러 사람들로부터 한꺼번에 욕을 얻어먹었다. 그녀는 몇 번 말대꾸를 하다가 결국은 풀썩 주저앉아 훌쩍훌쩍 울기 시작했다. 그러한 그녀를 위로해 준 사람은 여옥이었다.

여자들만의 미묘한 갈등, 그리고 죠셴징이라는 멸시는 이것을 계기로 없어지게 되었다. 적어도 여옥에게만은 모든 여자들이 동점심을 갖게 되고 조심하게 되었다.

여옥의 해산에 대비한 하림의 준비는 놀라울 정도로 주도면밀했다.

탄생 · 171

우선 그는 수용소 근방에 방을 하나 마련했는데 그것은 한쪽이 파괴된 군용 창고를 개조해서 만든 것이었다. 다행히 미군 측에서 그의 의사를 쾌히 받아들였기 때문에 그는 일하기가 훨씬 쉬웠다.

그는 휘파람을 불면서 손수 벽지를 발랐다. 콘크리트 바닥에는 장판지 대신 종이를 두껍게 바르고 그 위에 기름을 칠했다. 멋있는 풍경화도 한 장 얻어다가 벽에 붙여 놓았다. 조그만 탁자까지 얻어다 놓고 그 위에 야생화를 담은 꽃병을 올려놓자 방안은 금방 신방처럼 환해졌다. 방안을 휘둘러보면서 그는 혼자 싱글벙글 웃었다.

그는 손수 부엌도 꾸몄다. 취사 도구를 마련하고 식량도 확보해 두었다. 기저귀감도 구해 놓고 담요도 여러 장 얻어다 놓았다.

방안을 꾸미는 동안 그는 문득문득 가쯔꼬 생각이 났다. 그럴 때면 가슴이 저며 오곤 했다.

가쯔꼬를 만나면 무조건 결혼식부터 올리는 거다. 가쯔꼬도 이의는 없겠지. 가쯔꼬의 몸을 보고 싶다. 그 풍만하고 매끄러운 몸을, 옷을 모두 벗기고 반듯이 세워놓고 보고 싶다. 그 왕성한 욕구를 어떻게 견디어 내고 있을까. 혹시 딴 놈하고 놀아나고 있는 게 아닐까. 그 야마다 형사란 놈이 순순히 물러났을까. 그놈의 목을 눌러 죽이지 못한 게 한이 된다. 가쯔꼬가 바람을 피우고 나를 까맣게 잊고 있으면 어떻게 할까. 한번쯤 외도를 하는 건 눈감아 줄 수 있다. 이 장하림이 그렇게 사방이 막힌 놈은 아니니까. 요는 가쯔꼬가 나를 여전히 사랑하고 있는가 하는 것이다.

위언 자식도……별 쑥스러운 생각 다 하네. 가쯔꼬를 의심하다니, 그렇게 소심하단 말이냐.

모든 준비를 끝낸 다음 하림은 여옥을 찾아갔다. 여옥은 수용소에서 아기를 낳는다는 것이 어렵다는 것을 잘 알고 있었으므로 하림의 의사에 따르기로 했다.

여옥이 수용소를 나오는 날은 많은 사람들이 작별을 아쉬워했다. 일본 여인들은 섭섭해 했고 조선인 위안부들은 모두가 울었다. 위안부들 중에 옥이라고 하는 동갑내기가 여옥의 해산을 돕기 위해 함께 동행했다.

하림의 안내를 받아 집으로 들어선 여옥은 그 자상한 준비에 그만 울음을 터뜨리고 말았다. 하림은 그녀의 어깨를 두드리면서 위로했다.

"이젠 마음 푹 놓고 쉬도록 해."

"뭐라고 말씀드려야 할지……이 은혜 잊지 않겠어요."

여옥은 감격한 나머지 겨우 이렇게 말했다.

"은혜는 무슨 은혜……별탈 없이 아기나 잘 낳아 무사히 귀국하면 나로서는 더 바랄 게 없어."

"감사합니다."

여옥이 수용소 밖에다 숙소를 정한데 대해 기뻐한 사람은 흑인 죠니였다.

여옥의 숙소에 들어와 본 그는 입을 쩍 하니 벌렸다. 그리고 하림을 보자 여옥과 어떻게 되는 사이냐고 따져물었다. 하림도 그 전부터 이 흑인과는 안면은 있었지만 이런 곳에서 직접 이야기를 나누기는 처음이라 좀 서먹서먹했다.

"이 아가씨와는 특별한 관계가 있다."

하림은 분명한 어조로 말했다. 흑인은 그를 노려보았다.

"특별한 관계라니 어떤 관계를 말하는 건가?"

"꼭 말해야 하나?"

"알고 싶다."

하림은 무식하고 단순해 보이는 흑인 병사를 재미있는 듯이 바라보았다.

"우리는 같은 조선인이다. 이보다 더 특별한 관계가 있는가?"

"그런 걸 묻는 게 아니야. 깊은 관계냐 말이야?"

"도대체 왜 그런 걸 묻는 거야?"

"경고해 두는데 이 여자를 귀찮게 하지 마. 말 안 들으면 때려 준다."

흑인은 주먹을 흔들었다. 주먹이 무척 커서 사람 머리통만해 보였다.

하림은 웃음이 나오려는 것을 가까스로 참았다. 이런 돼지 같은 자식을 상대로 이야기를 하자니 답답하고 한심한 생각까지 들었다.

여옥을 보니, 그녀는 불안한 기색이었다. 두 사람의 영어 대화를 알아듣지는 못 하고 있었으나 자기 때문에 두 남성이 다투고 있다는 것을 그녀는 충분히 알고 있었다.

"너는 이 여자와 어떤 관계인가?"

이번에는 하림이 죠니에게 물었다.

"이 여자를 사랑하고 있다!"

이와 함께 흑인은 씩 웃었다.

"사랑이 뭔 줄 아나?"

"누굴 바보로 아는 거야? 사랑이란……좋아하는 거다."

"이 여자를 좋아한단 말이지?"

"그래."

"그래서 어떻게 하겠다는 거지?"

"어떻게 하긴……결혼하는 거다."

"하아, 이 친구…….."

하림은 어이가 없어 한동안 멍하니 상대를 바라보았다. 흑인은 자신 있는 듯 어깨를 으쓱했다.

"이 친구야, 이 여자에게 임자가 있다는 걸 모르나?"

"뭐라고?"

"이 여자는 곧 아기를 낳아. 아기 아버지가 있단 말야."

"그렇지 않아. 이 여자를 이렇게 내버려 둔 놈이 무슨 아버지야."

"결혼하면 아기는 어떻게 하겠다는 거야?"

"내가 기른다. 나는 아기를 좋아한다."

갈수록 태산이라는 생각이 들었다.

"이 여자가 너 같은 놈하고 결혼할까?"

이 질문에 흑인은 여옥을 쳐다보았다. 여옥은 여전히 불안한 기색을 하고 있었다.

"싫다고 해도 나는 꼭 결혼하고 만다."

"강제로?"

"그렇다. 다시 말하지만 나는 이 여자를 사랑한다. 굉장히 사랑한다. 너는 왜 여기에 와 있는 거야?"

하림은 이자를 쫓는 방법은 한 가지밖에 없다고 생각했다. 저돌적으로 달라붙는 놈을 막으려면 그와 비슷한 방법을 쓰는 것이 제일 좋을 것 같았다.

"나도 이 여자를 사랑한다. 그래서 여기에 와 있는 거다."

죠니는 눈을 휘둥그렇게 떴다.

"이런 거 당신이 모두 준비한 건가?"

"그렇다. 내가 모두 준비한 거다. 이 여자는 곧 아기를 낳아야 하기 때문에 이런 데서 혼자 안정을 해야 한다. 그렇지 않으면 큰일 난다. 그러니 제발 여기 와서 시끄럽게 굴지 말라."

"시끄럽게 굴지 않는다."

흑인은 금방 시무룩한 표정이 되었다. 그는 여옥을 물끄러미 바라보다가

"당신, 이 남자를 사랑해."

하고 물었다.

하림이 이 말을 여옥에게 통역해 주었다. 여옥은 망설이다가 고개를 끄덕거렸다.

흑인은 절망적인 표정이 되었다. 그녀는 초조한지 두 손을 비벼 댔다.

"당신……나 좋아하지 않아?"

여옥은 흑인의 얼굴을 보자 차마 대답할 수가 없었다. 그가 싫

은 것은 아니다.

그의 친절에 감사하고 있다. 그렇다고 좋아하고 있는 것도 아니다. 여옥은 고개를 숙여 버렸다. 그러자 흑인은 하림에게 삿대질을 하면서 소리질렀다.

"당신이 있기 때문에 대답을 못 하고 있는 거다! 까불지 마라! 이 여자는 당신보다 나를 더 사랑한다! 알겠어?"

"천만에."

하림은 머리를 설레설레 흔들었다. 흑인의 얼굴이 질투로 잔뜩 부풀어올랐다.

"이 여자는 너보다 나를 더 믿는다. 그래서 내 말을 듣고 이렇게 나와서 살게 된 것이다. 보면 알 것이 아닌가."

흑인은 초조한 눈으로 여옥을 바라보다가 결심한 듯 이렇게 말했다.

"그럼, 이렇게 하자. 너도 사랑하고 나도 사랑하면 될 것이 아닌가!"

하림은 웃음이 나오다 말고 심각한 표정이 되었다. 이 치가 정말 골칫덩이라는 생각이 들었다.

"이 봐, 그런 법이 어딨나? 그런 사랑도 있을 수 있나?"

"있을 수 있지. 있고 말고……나는 물러설 수 없어. 이 자식아, 너는 포로야. 포로가 건방지게!"

흑인은 갑자기 주먹으로 하림의 얼굴을 후려갈겼다. 워낙 힘이 센데다 갑자기 주먹질을 했기 때문에 일격에 하림을 쓰러뜨렸다.

여옥이 비명을 지르면서 하림에게 달려들었다. 하림의 눈두덩이 금방 부어올랐다.

"뭐예요? 무슨 짓이에요?"

여옥이 흑인에게 항의했다. 흑인은 당황해서 여옥을 바라보기만 했다.

하림은 흑인을 거꾸러뜨릴 자신이 있었다. 상대가 몸집이 우람하고 힘이 세다고 하지만 이쪽에서 볼 때 흑인 병사는 허점을 많이 지니고 있었다. 이런 자식이야 처리하기 쉽다. 그러나 참아야 한다. 포로가 미군을 구타하면 문제가 복잡해진다. 이렇게 나다닐 수도 없거니와 다른 수용소로 옮겨지기 십상이다. 하림은 멍든 눈두덩을 손바닥으로 비볐다.

여옥은 잠자코 흑인에게 라디오를 내 주었다. 그러나 흑인은 놀란 표정을 지을 뿐 그것을 받지 않았다. 그는 손을 저으면서 완강히 거부했다.

조금 후 그는 돌아갔다.

하림은 여옥이 내주는 물수건으로 부어오른 눈두덩을 문질렀다.

"저 때문에 이런 일을 당하시고……정말 죄송합니다."

"괜찮아. 이런 일이야 항상 있는 거니까. 하여간 그놈을 조심해야 되겠어. 놈이 우둔하고 단순해서 무슨 일을 저지를지 모르겠단 말이야. 사람은 악한 것 같지 않은데……귀찮게 굴까 봐 하는 말이야."

"그렇지 않아도 조심하고 있는데, 너무 적극적으로 나오니까 어떻게 해야 할지 모르겠어요."

"이런 일은 태도가 분명해야 돼. 그렇지 않으면 의외의 방향으로 일이 악화될지 모르니까."

그들이 이런 이야기를 주고받고 있을 때 시골 출신의 옥이는 모든 일이 신기한지 두 눈만 디룩디룩 굴리고 있었다.

삼십 분쯤 지나자 흑인 병사가 다시 나타났다. 그는 양손에 무엇인가 잔뜩 들고 있었다. 물량면에서 하림에게 지지 않겠다는 태도가 분명했다. 방안에 쏟아 놓은 것을 보니 과자, 과일, 통조림 같은 먹을 것들이었다. 그것을 본 하림은 입이 벌어졌다. 이런 것들은 사실 여옥에게 모두 필요한 것들이었다. 망설이는 여옥에게 그는,

"거절하지 말고 받아 둬. 모두 귀중하니까."
하고 말했다.

죠니를 어떻게 대해야 할지 이제 그도 곤란을 느꼈다.

사흘 후 여옥의 진통이 시작되었다. 진통은 격심하게 그녀를 뒤흔들어 놓고 지나가곤 했다. 진통이 올 때마다 그녀는 몸을 뒤틀었다. 비명이 나오는 것을 참으려고 이를 악물었지만 고통에 젖은 신음 소리만은 어쩔 수가 없었다.

이때마다 여옥의 시중을 드는 옥이는 안절부절 못 하며 눈물을 찔끔찔끔 흘리곤 했다.

"아이구, 이를 어쩌지. 참아……참아……참아야 해."

그녀는 어쩔 줄 몰라 여옥의 손을 잡고 이렇게 말하는 수밖에

없었다. 그럴 때면 납작한 콧잔등에 땀방울이 송골송골 맺히는 것이었다.

하림은 거의 여옥의 방에서 시간을 보냈다. 맥을 짚고 청진기로 태아의 움직임을 살펴보기도 하면서 아기가 태어나기를 기다렸다. 이런 일은 처음이기도 했지만 태어날 아기가 여느 아기와는 달리 기구한 운명을 지닌 비극의 씨였기 때문인지 그는 몹시 긴장했고 가슴으로 저며드는 고통까지 느끼고 있었다.

아기를 실수 없이 받아 내기 위해 그는 온갖 노력을 다 기울였다. 미군 군의관한테 의학 서적을 빌어 이 방면에 대해 탐독하는 한편 필요한 의료 기구를 빌어다 놓았다.

미군 군의관들 중에는 산부인과를 전공한 사람이 없었으므로 그 누구도 자진해서 여옥의 해산을 맡으려고 하지를 않았다. 그래서 하림이 이 일을 자청해 나섰을 때 모두가 환영하는 빛을 보였고 거기에 필요한 각종 물품을 기꺼이 대주었다.

하림은 여옥의 해산을 기다리는 동안 몸을 깨끗이 했다. 좋아하는 담배도 피우지 않았고 술도 마시지 않았다. 이성으로서의 어떤 욕구 같은 것을 느끼는 것도 완강히 거부했다. 항상 정결한 마음으로 여옥을 대했다.

여옥의 진통은 오래 계속되었다. 하루에도 몇 번씩 진통이 오는 바람에 그녀는 자주 까무러치곤 했다.

하림은 그녀가 탈진될까 봐 염려했다. 힘이 빠지면 아기를 낳기가 매우 힘들 것이 분명했다. 그래서 진통이 끝날 때마다 매양 그녀에게 영양제 주사를 놓고 식사를 거르지 않고 강제이다시

피 먹이곤 했다.

 한편 여옥으로서는 하림이 곁에 있어 주기 때문에 더할 수 없이 마음 든든하고 감사했다. 말은 안 했지만 이토록 고마울 수가 없었다.

 그리고 이런 생각이 들 때면 한편으로 어김없이 대치가 야속하기만 했다. 항상 불타는 듯 이글거리는 눈, 뜨거운 열정을 간직하고 있는 그 바위같이 단단한 가슴이 더욱 그립기간 했다.

 내가 아기를 낳는다는 것을 생각이나 하고 있을까. 까맣게 잊고 있을지도 몰라. 아니야 그럴 리가 없어. 나를 한시도 잊지 않고 있을 거야. 지금 그분이 없더라도 아기를 훌륭히 키워야지. 그래서 나중에 만날 때 그분을 놀라게 해 줘야지. 아기를 보면 그분은 깜짝 놀라시겠지. 아들일까, 딸일까. 아들을 낳으면 좋겠는데……그분을 닮은 아들을 말이야. 만일 귀여운 아들이면 이름을 뭐라고 짓지? 그분이 지어 줄 때까지 기다려야지.

 여옥이 이런 생각을 가지고 있는 것과는 아랑곳없이 흑인 죠니 역시 매일 나타나 그녀를 돌보아 주었다. 그는 물러설 줄을 몰랐다. 표정은 전보다 좀 조심스러워졌고 마음 씀씀이는 더욱 정성스러워져 있었다.

 여옥은 매우 부담이 되었지만 그를 막는데 지쳐 이젠 내버려 두고 있었다. 하림도 마찬가지였다. 그는 흑인을 만나면 냉랭하게 대하곤 했다. 적의는 없었다. 다만 여옥으로부터 그를 떼어놓아야만 한다고 생각하고 있었다. 그러나 지금은 어떻게 할 도리가 없었다.

하림은 눈을 떴다.

"빨리! 빨리!"

귓가에 다급한 목소리가 들려왔다. 잠에 취한 그를 누가 흔들고 있었다.

"누구야?"

"빨리 일어나 봐. 오라고 연락이 왔어. 곧 아기를 낳을 모양이야."

같은 조선인이 말하고 있었다. 하림은 뛰쳐 일어나 급히 밖으로 나갔다. 그는 뛰면서 허리끈을 졸라매었다. 벌써 이마에 땀이 맺히고 있었다.

철조망 밖에 옥이가 기다리고 있었다. 그들은 여옥의 거처로 곧장 뛰어갔다.

여옥의 방에 들어선 하림은 방안의 광경에 멈칫했다. 여옥이 배를 부둥켜안은 채 몸부림치고 있지 않은가. 온몸은 땀으로 뒤범벅이 되어 있었고 눈은 초점을 잃고 있었다.

"아, 엄마……나 좀……나 좀 살려 줘!"

"이 봐, 정신차려!"

하림이 어깨를 잡아흔들자 여옥은 하림의 손을 와락 움켜쥐고 전신을 후들후들 떨었다.

"정신을 차려야 해. 곧 끝날 거야."

하림은 어쩔 줄을 몰라 그녀를 부둥켜안았다.

여옥은 고통을 참으려고 입술을 깨물고 있었다. 어떻게나 세게 깨물었는지 입술이 터져 피가 흐르고 있었다. 놀란 옥이가 울면서 피를 닦아 주었다. 하림은 여옥을 반듯이 눕힌 다음 옥이에게 다급하게 소리쳤다.

"울지 말고 빨리 옷을 벗겨! 물도 좀 데우고!"

옥이가 여옥의 아랫도리를 벗기는 동안 하림은 손을 씻었다. 아무리 침착해지려고 해도 가슴은 걷잡을 수 없이 쿵쿵 울리고 있었다. 옥이가 옷을 모두 벗기는 것과 함께 여옥의 입에서 비명이 터져나왔다. 여옥은 더 참을 수 없는지 계속 소리를 질렀다.

"참지 말고 힘껏 소리질러! 엉덩이에 불끈 힘을 주고!"

하림은 여옥의 두 다리를 양쪽으로 넓게 벌렸다.

두 사람 모두 수치심이나 자존심 같은 것은 내팽개쳐 두고 있었다. 여옥의 다리 사이를 쏘아보는 하림의 두 눈은 흘러내리는 땀으로 해서 연방 깜박거리고 있었다.

"힘을 줘! 더, 더, 힘을!"

하림은 절박하게 소리쳤다. 여옥의 한쪽 손이 무섭게 벽을 긁어 대기 시작했다. 하림은 옥이에게,

"뭐하는 거야? 손을 꽉 붙들어!"

하고 말했다. 옥이는 울면서 여옥의 두 손을 붙들었다.

지금까지와는 다른, 가슴을 도려내는 듯한 비명이 길고 격하게 방안을 울렸다. 여옥의 전신이 쥐어짜는 듯 오무라지더니 이윽고 두 다리 사이가 조금씩 열리기 시작했다.

하림은 눈과 귀가 말을 잘 듣지 않았다. 시야가 안개에 싸인 듯 뿌우옇게 보였다. 여옥의 다리를 움켜쥐고 있는 손이 땀에 젖어 미끈거렸다.

가장 원시적인 고통이, 인간의 숙명적인 고통이, 가장 거룩하고 아름다운 고통이 그의 땀에 젖은 두 손에 전류처럼 흘러들고 있었다. 그의 팔이 흔들리고 있었다. 그는 여옥이 받고 있는 고통 속으로 뛰어들어 그 고통을 끌어안고 싶었다. 그것이 한편으로는 조선 민족이 말하고 있는 고통의 결정(結晶)이기에 그는 한층 더 격렬한 감동을 느끼고 있었다.

여옥은 시종 두 눈을 감고 있었다. 혼미해지는 의식을 붙잡으려고 그녀는 온몸에 더욱 힘을 주고 있었다.

고통이 극에 오르고 그것이 오래 계속되자 거기에 대한 감각도 마비되어 버렸다. 하체를 찢으며 뻐근하게 밀려 나가는 진통이 그녀로 하여금 일순간 공중으로 붕 뜨는 것 같은 착각에 빠지게 했다.

그녀는 공중으로 훨훨 날아오르고 있었다. 푸르른 하늘에서 천사의 무리들이 그녀를 맞이하고 있었다. 그녀는 앞으로 앞으로 손을 뻗었다. 따뜻한 바람이 불어오고 향기로운 꽃냄새가 풍겨 왔다.

하늘 위에 꽃밭이 있었다. 꽃밭은 무한히 뻗어 있었다. 꽃밭 위로 찬란한 햇빛이 쏟아지고 있었다. 여옥은 너무 눈이 부셔 바로 눈을 뜰 수가 없었다. 그녀는 눈물을 흘리며 앞을 바라보려고 눈을 크게 떴다. 순간 빛이 좌우로 갈라지면서 무엇인가 금빛 물체 같은 것이 나타났다. 그녀는 그것을 똑바로 보려고 더욱 눈을 크게 떴다. 그리고 너무 감격한 나머지 그녀는 마구 소리내어 울기 시작했다.

그것은 그녀가 잊어 왔던 것, 아니 잊으려고 애썼던 것, 저주하며 내던졌던 것, 바로 십자가였다. 그때 목소리가 들려왔다.

"그대는 훌륭한 여자다. 그대의 생명을 지켜 줄 테니……울지 말고 나를 보라."

여옥은 울음을 그치고 다시 십자가를 바라보았다. 십자가 위로 사람의 형체가, 그녀가 지상에서 흔히 보아 온 그리스도의 모습이 희미하게 나타났다. 그녀는 자기도 모르게 무릎을 꿇었다. 그리고 그리스도를 우러러 나지막하게 말했다.

"이 죄많은 여자를 용서해 주시옵소서."

"인간은 누구나 죄인이다. 자, 팔을 벌려라."

여옥은 그리스도 앞으로 팔을 벌렸다. 그리고 흰 보에 싸인 것을 소중하게 받아 들었다.

이윽고 그것을 들여다본 여옥은 소스라치게 놀랐다. 그리스도가 내준 것은 아기였던 것이다. 아기는 강보에 싸여 잠들어 있었다. 그녀의 놀라움은 감격으로 변했다.

"아기를 훌륭하게 키워라."

그리스도의 목소리에 여옥은 얼굴을 들었다. 그러나 그리스도의 모습은 이미 사라진 뒤였고 십자가도 보이지 않았다. 꽃밭도 자취를 감추고, 그녀는 어느새 황량한 벌판에 서 있었다. 조금 후 햇빛마저 꺼지고, 그 대신 어두운 비구름이 몰려왔다. 비바람이 몰아치면서 천둥이 일었다. 그때 깊이 잠들었던 아기가 놀라서 깨었다.

아기는 자지러지게 울어댔다. 여옥은 아기를 껴안으면서 눈을 떴다.

흐릿하게 천장이 보이고, 불빛이 보이고, 어른거리는 사람의 모습이 비쳐 들었다. 이와 함께 아기의 울음 소리를 들으면서 여옥은 다시 정신을 잃었다.

하림은 여옥의 다리 사이에서 빠져나온 핏덩이를 내려다보았다. 바닥에 깔려 있는 담요는 온통 피에 젖어 있었고 아기는 그 위에서 뒹굴며 울고 있었다.

고추가 달린 사내 아기였다. 아기는 주먹을 꼭 쥐고 있는 것이 첫눈에도 건강해 보였다. 이놈아……이놈아……이놈아……이 뻔뻔스러운 놈아……하림은 치미는 흥분을 주체하지 못해 혼자 중얼거렸다.

그는 자신의 손을 들여다보았다. 두 손 역시 피에 젖어 있었다. 그는 흥분을 누르면서 한 손으로 아기의 두 발을 잡고 거꾸로 쳐들어 올렸다. 그리고 다른 한 손으로 아기의 엉덩이를 철썩 후려갈기면서,

"기막힌 놈이구나! 성공을 빈다!"
하고 말했다.

하림이 위안부의 아기를 성공적으로 받아낸 사실은 모든 사람들 사이에 큰 화젯거리가 되었다.

특히 미군들은 이 놀라운 사실을 확인하려고 여옥의 집으로 몰려들었고, 모두가 기쁜 나머지 너나 할 것 없이 하림에게 악수를 청했다.

하림 자신도 산모와 아기에게 별 이상 없이 처음하는 일을 끝냈다는 사실에 무한한 기쁨을 느꼈다. 이보다 더한 기쁨이 없을 것 같았다.

이 소식은 하나의 경사로서 사이판 주둔 미군 사령부에까지 알려지게 되었고 사령관은 산모와 아기를 위해 공병대에 주택을 지어 주라는 특별 지시를 내렸다.

이와 함께 생활 필수품을 무제한 제공하라는 지시도 하달했다.

받는 입장에서 볼 때 이것은 확실히 크나 큰 선물이었다. 여옥은 너무 감격해서 말이 나오지 않았고, 하림은 여옥이 생활 걱정 없이 지내게 된 데 대해 더 없이 마음이 놓이게 되었다.

열흘쯤 지나서 바다가 바라보이는 시원한 곳에 새 주택이 세워졌다.

목조 건물이지만 공병들이 한껏 솜씨를 부려 짓었기 때문에 아담하고 산뜻한 것이 보기에 좋았다. 흰 페인트로 단장한 그것은 멀리서 볼 때는 일종의 별장같이 낭만적인 분위기까지 띠고 있었다.

내부 시설도 생활하는데 불편 없이 짜임새 있게 꾸며졌다. 방에는 두 사람이 충분히 잘 수 있는 큰 침대가 놓이고 마루에는 군인들이 나무로 손수 만든 응접세트까지 배치되었다. 부엌도 서양식으로 만들어졌다.

백 평 남짓한 마당 둘레로는 울타리가 둘러쳐지고, 마당 한쪽에는 정원수와 꽃들이 심어졌다.

아기를 낳은 여옥이 새 주택으로 이사하던 날은 축하 파티까지 열렸다. 미군들이 대거 몰려오는 바람에 집 안팎은 사람들로 북적거렸다.

미군들은 산모와 아기를 마당 가운데 앉혀놓고 노래를 불렀다. 노래는 흥겨운 가락인데도 그것을 부르는 그들의 표정은 경건했다. 진실로 축복을 바라는 표정들이었다.

여옥은 노래를 들으면서 기쁨의 눈물을 흘렸다. 전혀 낯선 이방인들로부터 자신이 이렇게 축복을 받을 것이라고는 정말 생각지도 못한 일이었다.

가혹한 시련을 당하는 동안 인간에 대해 깊은 혐오감을 품게 된 그녀였다. 그러나 아기를 낳고 나서 낯선 사람들로부터 이렇게 축복을 받게 되자 그러한 혐오감도 물거품처럼 사라져 가고 있었다.

아기를 낳던 순간 실신 상태 속에서 보았던 그리스도의 모습이 또한 그녀의 의식을 바꾸어 놓고 있었다.

그녀는 버렸던 신을 다시 찾게 되고, 매일 하늘에 기도했다. 독실한 기독교 신자가 됨으로서 그녀는 삶에 대한 새로운 의지와 희망을 품게 되었다. 이것이야말로 그녀에게는 놀라운 변화라고 할 수 있었다.

축하의 노래가 끝나자 모두가 술잔을 높이 들고 건배를 했다. 아코디언이 연주되자 병사들은 돌아가면서 노래를 불렀다. 어떤 병사들은 서로 부둥켜안고 춤을 추었다.

하림도 무한히 기쁜 마음으로 파티를 구경하고 있었다. 이렇게 기쁘기는 실로 처음이었다. 그는 구석 자리에 앉아 술을 들이켰다.

파티가 중간쯤 진행되었을 때 미군 대령이 한 사람 나타났다. 대령을 보자 병사들은 일제히 부동자세를 취하면서 경례를 붙였다. 대령은 경례를 받은 다음 손짓으로 파티를 계속하라고 지시했다.

다시 아코디언이 울리고 노래 소리가 터져나왔다. 대령이 나타나므로 해서 파티는 한층 열기를 더해 갔다.

대령은 산모와 아기에게 다정하게 키스를 한 다음 하림을 찾았다. 부관이 사람들을 헤치고 돌아다니다가 한쪽 구석에 앉아 있는 하림을 발견하고는 그쪽으로 다가갔다.

"당신이 미스터 장인가?"

하림은 미군 장교를 힐끗 올려다보았다.

"그렇소. 내가 장, 장하림이오."

그는 취해 있었다. 부관이 일어나라고 손짓을 했다.

"일어나라."

"왜 그러는 거요?"

"만나야 할 사람이 있다. 함께 가자."

"싫소. 나를 만나고 싶으면 이리 오라고 하시오."

부관은 얼굴을 찌푸리며 하림의 팔을 잡았다.

"사령관께서 오셨다. 당신을 만나시겠다는 거야."

사령관이라는 말에 하림은 정신이 번쩍 들었다.

"정말인가?"

그는 몸을 일으키면서 물었다.

"그렇다. 빨리 가자."

하림은 비척거리면서 부관의 뒤를 따라갔다.

사령관은 마루 위 응접세트에 앉아 있었다. 하림이 가까이 다가가자 대령은 일어서서 악수를 청했다.

"당신에 대한 소문은 많이 들었다. 훌륭한 일을 해서 매우 감사하다."

"미군이 감사할 건 없습니다."

하림은 묘한 반발을 느끼며 이렇게 대답했다. 하림의 이러한 대답에 사령관은 멈칫하는 것 같았다.

사령관은 머리가 희끗희끗한 노병이지만 키가 크고 체격이 당당한 전형적인 야전 사령관 타입이었다. 로버트라고 불리는 그는 원래는 연대장이었는데 사이판이 함락되고 미군 주력이 다른 전선으로 떠나자 사이판 평정을 위해 주둔군 사령관 자리에 올라 그대로 머물러 있게 된 것이다.

독실한 기독교 신자인 그는 인정이 많고 매우 정직한 사람이었다. 그는 하림의 어깨를 두드리며 자리에 앉게 했다.

"당신은 매우 훌륭한 일을 했다. 포로 중에 당신 같은 사람이 있는 줄은 몰랐다."

"같은 동포로서 마땅히 해야 할 일을 했을 뿐입니다. 그리고 ……나를 포로로 취급하지 마십시오. 나는 조선인이오. 일본놈들한테 끌려와서 싸운 것 뿐이오."

주위가 매우 시끄러웠기 때문에 그들은 큰 소리로 말했다.

"알고 있다. 그러나 현실을 인정해야 한다. 그렇다고 당신을 죄인 취급하는 건 아니다. 지금은 전쟁 중이다. 전쟁만 끝나면 모든 게 잘 해결될 것이다. 불편한 점은 없는가?"

"재워 주고 먹여 주니까 생활은 돼지처럼 편합니다. 체중이 많이 늘었습니다. 그렇지만 도대체 언제까지 여기에 수용되어 있어야 합니까? 답답해 미칠 지경입니다."

대령은 하림을 지그시 바라보다가 술잔을 권했다.

"고충은 알고 있다. 그렇지만 전쟁이 끝날 때까지는 하는 수 없다."

하림은 술을 들이킨 다음 한숨을 길게 내쉬었다.

"제게 아무 일이나 맡겨 주십시오. 전쟁 수행에 도움이 되는 거라면 뭐라도 좋습니다. 그렇지 않고는 참아낼 것 같지가 않습니다."

대령은 잠깐 생각해 보는 듯하다가 말했다.

"영어를 잘하니까……통역이라도 해보겠나?"

"좋습니다."

하림은 쾌히 대답했다.

"통역이 있긴 하지만 좀 서툰 모양이야. 당신은 일어도 잘하지?"

"일본에서 대학을 다녔습니다."

"알고 있어. 그 정도라면 충분하겠어. 통역일을 한번 해 봐. 산속에는 아직도 일본군 패잔병들이 좀 있어서 가끔씩 붙잡혀 오는데, 심문하기가 아주 어려운 것 같아. 당신이라면 잘해낼 수가 있을 거야. 보수는 충분히 주겠다."

"보수는 필요 없습니다."

하림은 내심 기뻤다. 대령에게서 느끼던 반발심도 사라지자 그는 그제야 고맙다는 말을 했다.

"산모와 아기를 위해 이렇게 특별 배려를 해 주어 매우 감사합니다."

이 말에 대령은 껄껄거리며 웃었다.

"나도 당신 말대로 해야 할 일을 했을 뿐이야. 우리는 앞으로 힘을 합해 비극을 이겨 나가야 해. 전쟁이란 정말 인간이 못할 짓이야. 지긋지긋해."

대령에게는 여느 군인들과는 다른 점이 있는 것 같았다.

하림은 대령에게 실수하지 않으려고 더 이상 술을 마시지 않았다.

대령과의 면담은 하림에게 있어서는 뜻밖의 일이라고 할 수 있었다. 이것을 계기로 그는 생각지도 않았던 방향으로 나가게 되었다. 그러나 그때까지는 얼마간의 시일이 걸렸다.

대령과의 면담이 있던 그 다음 날부터 하림은 미군 사령부에 나가 통역일을 보게 되었다.

사령부는 급조된 바라크 건물에 임시로 차려져 있었다. 그에게는 미군 군복과 작업모, 그리고 군화가 지급되었다. 그러나 물론 계급장은 없었다.

일종의 군속처럼 그는 대우를 받았다. 식사와 잠자리도 사령부에서 해결해 주었기 때문에 이제는 수용소에 있을 필요가 없게 되었다.

그가 하는 일은 주로 뒤늦게 체포되어 오는 일본군 패잔병을 심문하여 그것을 미군 취조관에게 통역해 주는 것이었다. 그밖에 영문 서류를 일어로 번역하는 일도 있었고 타이프를 치는 경우도 있었다. 일이 없을 때는 여옥에게 놀러 가거나 독서로 시간을 보냈다.

그러던 어느 날 하림은 의외의 인물을 만나게 되었다. 군의관 미다 대위를 심문하게 된 것이다.

체포된 일본군 장교 하나가 자신보다 높은 상대가 아니면 이야기를 하지 않으려고 한다는 말을 듣고 미군 대위가 통역인 하림을 데리고 직접 심문에 나섰다. 취조실에 들어간 하림은 깜짝 놀랐다.

거지 차림의 미다 대위가 두 손에 수갑을 찬 채 바닥에 주저앉아 반미치광이가 되어 울부짖고 있었다.

얼굴이 새까맣게 탄 데다 온통 털투성이였기 때문에 짐승처럼 보였다. 하림을 보자 그는 갈아먹을 듯이 이를 드러내면서 노려보았다.

"이놈! 이 더러운 놈! 네놈이 그럴 줄은 몰랐다! 그래도 나는 네놈이 동경대학 후배라고 해서 믿은 건데, 이렇게 나를 배신하다니!"

하림은 치미는 분노를 가까스로 참았다. 그는 곧 표정 없는 굳은 얼굴로 돌아갔다.

"네놈이 병원을 폭파하려고 한 거, 다 알고 있다! 그것이 발각되자 도망친 거지!"

"……."

"이 더러운 죠센징아! 입을 게 없어서 그래 양키 옷을 다 얻어 입었느냐? 죠센징은 역시 하는 수 없구나!"

하림은 가까이 다가가 미다 대위의 얼굴을 무릎으로 내질렀다. 미다가

"어이쿠."

하면서 두 손으로 얼굴을 싸쥐자 그는 이번에는 주먹으로 그를 힘껏 갈겼다.

"이놈, 이놈, 네가 나를 때려?"

미다는 피투성이가 된 얼굴을 쳐들며 울부짖었다. 하림이 다시 때리려고 하자 미군 대위가 그를 말렸다.

"그만해 둬. 아는 사이인가?"

"저와 같은 병원에 근무했습니다. 이놈은 대위로 군의관이었습니다."

"그럼 상관이었나?"

"그렇습니다."

미다는 어느 정도 영어를 알아들을 수 있기 때문에 두 사람의 대화를 듣고는 하림에게 다시 욕을 퍼부었다.

"이놈, 네 입으로 상관이라고 하면서 나를 이렇게 때린단 말이냐? 머지 않아 후회할 때가 올 것이다. 그때 가서는 용서하지 않는다! 너 같은 놈은 총살감이다! 이 내 손으로 네놈을 쏴 죽이고

야 말겠다! 우리 일본군이 패한다고 생각하면 큰 오산이란 걸 알아둬! 사이판을 미군에게 빼앗긴 것은 작전상의 후퇴에 불과하다는 걸 알아야 해! 일본군은 반드시 이곳을 다시 점령한다! 이곳뿐만이 아니야! 태평양을 모두 제패하고 미국의 항복을 받고야 만다! 미국이 대일본제국 앞에 무릎을 꿇는다 이거야!"

"그 전에 너는 죽는다!"

하림은 담담한 어조로 말했다.

"나는 죽어도 일본은 세계를 제패한다!"

미다는 자신만만한 투로 외쳤다.

"너는 미쳐도 보통 미치지 않았구나."

"미친놈은 바로 너다! 죠센징은 모두 미친놈들뿐이다."

"우리 조선인들은 너희 섬나라 놈들을 왜놈이라고 부른다. 너희 왜놈들이야말로 대일본제국을 건설하겠다고 날뛰는 황당무계한 놈들이다. 눈이 있으면 똑똑히 봐라. 일본이 망해 가고 있는 꼴을 보란 말이다. 나는 네놈들에게 끌려 이곳에 온 것이지 일본군도 아니고 네 부하도 아니야. 너 따위 왜놈이 내 상관이라니 그런 가소로운 말은 집어치워. 일본군은 내 원수지 동지가 아니란 걸 알아 둬. 나는 미군에게 구출된 걸 큰 다행으로 안다. 앞으로 나는 너희 왜놈들과 대결해서 싸울 생각이니 더 이상 상관이니 어쩌니 하면서 과거의 관계를 들먹이지 마."

"흥, 이 자식, 큰 소리 치는구나. 어디 두고 보자!"

미다 대위는 코에서 흘러내리는 피를 혀로 핥으면서 하림을 흘겼다. 그러나 하림이 정반대의 입장에서 워낙 강경하게 나가는 바람에 처음보다는 훨씬 기가 죽어 있었다. 그는 미군보다는 오히려 자기의 비밀을 모두 알고 있는 하림을 더 두려워하는 것 같았다.

하림은 미다 대위에 대해서 보다 자세히 조사서를 꾸밀 생각을 했다.

"이놈은 군의관이었지만 특별한 임무를 수행하던 놈입니다. 그런 만큼 다른 포로들과는 구별되어야 합니다."

하림의 말에 미군은 눈을 휘둥그렇게 뜨면서 고개를 끄덕거렸다.

"특별 임무란 무엇인가?"

"이 자는 병원 지하실에서 세균전에 사용할 세균을 배양하고 있었습니다."

"뭐, 뭐라고? 세균전?"

"네, 그렇습니다. 세균전 말입니다."

"거기에 대해서는 구체적인 건 잘 모르지만 들은 기억이 난다. 이자가 그걸 준비하고 있었다면 놀라운 일이다. 자세히 조사해 주기 바란다."

"덧붙여 말한다면 나도 그 일에 협력했습니다. 이놈의 지시에 따라 움직였으니까요."

"지금 와서 당신을 끌어들일 필요는 없어. 당신은 조선인이고 우리의 협력자니까. 당신이 아는 대로 이자에 대한 조사서를 꾸며 봐."

미군은 이번에는 미다 대위를 향해 말했다.

"나는 미육군 대위다. 나는 일본어를 모르기 때문에 여기 이 사람이 대신 심문을 할 것이다. 바른대로 솔직히 대답하면 심문은 빨리 끝나고 당신은 포로로서 정당한 대우를 받을 것이다. 그렇지 않으면 당신은 전쟁범죄자로서 군사 재판을 받게 된다. 선택은 자유니까 잘 알아서 판단해 주기 바란다. 우리 미군은 절대로 강요는 하지 않는다. 특히 당신 같은 사람에 대해서는 더욱 그렇다."

대위의 말을 하림이 통역해 주자 미다 대위는 심각한 표정이 되었다.

미군과 하림은 책상 앞에 나란히 앉았다. 그리고 그 앞에 미다 대위를 앉게 했다. 하림은 얼마 전까지도 그의 상관이었던 자를 자신이 이렇게 심문하게 된 데 대해 일말의 희극적인 기분을 느꼈다.

미다 대위는 예상했던 대로 대답하지 않았다. 그는 입을 꾹 다문 채 하림을 노려보기만 했다.

하림은 포기하지 않고 꼬치꼬치 캐물었다. 세균전 준비에 대해서는 그 자신 잘 알고 있었으므로 물을 필요가 없었다. 다만 미다 대위에 대한 인적 사항, 그리고 세균 작전에 얽힌 여러 가지 세부 사항 및 세균전이 다른 지역에서도 준비되고 있는지의 여부 등은 알아야 했다.

미다의 대답을 기다리다 지친 미군 장교는 앉은 채로 끄덕끄덕 졸았다.

미다는 이쪽의 눈치를 줄곧 살피고 있었다. 일본인의 전형적인 기질이 그대로 드러나고 있었다. 그러면서도 독종답게 대답을 하지 않고 있었다. 하림은 협상을 벌인다거나 부드러운 태도를 보인다거나 하지 않았다. 노골적으로 적대 감정을 그대로 드러낸 채 너같은 것은 안중에도 없다는 식으로 행동했다. 굴복시키지 않으면 놈이 입을 열지 않을 것이라는 것을 그는 잘 알고 있었다.

미군 장교는 졸고 있기에도 지쳤는지 급기야 화를 내면서 일어섰다.

"이런 자식은 혼 좀 내 줘. 항복하지도 않고 끝까지 숨어서 대항한 놈들은 사살해도 좋아. 이 자식은 살려준 줄도 모르고 고집을 피우고 있지 않나. 어떻게 해서든지 자백시켜서 나한테 보고하도록 해."

미군은 하림에게 이렇게 이른 다음 문을 쾅 닫고 나가 버렸다. 그러자 미다 대위가 앞으로 바짝 다가앉으며 은근한 목소리로 수작을 걸어왔다.

"이 봐, 아까는 양키가 있어서 그런 거야. 죠오센징이라고 말한 거 미안해. 본심으로 말한 건 아니니까 용서해."

하림이 아무 대꾸도 하지 않자 미다는 눈치를 살피다가 다시 말했다.

"자넨 정말 미군측에 가담했나? 그렇지는 않겠지. 우선 살아야 하니까 이런 짓을 하고 있겠지. 자네는 잘 모르겠지만 우리 아군은 전 전선에 걸쳐 대공세를 개시했어. 교착 상태에 있던 전선에 일대 전격 작전을 편 거야. 이까짓 사이판쯤이야 안중에도 없어. 사이판이 함락되니까 아군 중에는 마치 일본이 망하는 줄로 착각하는 사람들이 많은데 그건 크게 잘못된 생각이야. 난 자네에게 천황 폐하를 위해 목숨을 바치라는 말은 하지 않겠어. 다만 조선과 일본은 일체라는 것, 그러니 망해도 같이 망하고 흥해도 같이 흥해야 한다 이 말이야. 이 일체감이 없어질 때 우리는 망하는 거야. 세계 지도를 놓고 봐. 조그만 반도가 열강에 끼여서 혼자 살아갈 수 있겠는가. 생각해 봐. 그렇다고 전혀 닮은 데라곤 없는 양키하고 손을 잡고 살아야겠다는 건 아니겠지? 양키보다는 우리 일본인이 백 배 천 배 나을 거야. 우리는 누가 보아도 동질적이니까."

하림은 고함을 지르고 싶은 충동을 억지로 참았다. 그의 침묵을 동조하는 것으로 알았던지 미다 대위는 더욱 은근하게 말해 왔다.

"우리는 사이판을 탈환할 때까지 행동을 같이 하는 게 좋을 거야. 자넨 여기서 이러고 있다가 나중에 사이판이 탈환되면 이적죄로 처단을 받기 십상이야. 지금도 늦지 않으니까 나와 함께 행동하는 게 어때? 산 속에는 동지들이 아직 상당수 있으니까 우린 유격대를 조직할 수가 있어. 고생이 되겠지만 얼마간만 버티면 돼. 어때? 나와 함께 산 속에 들어가지 않겠나?"

하림은 좀 어리벙벙한 기분이었다. 이자가 나를 어떻게 생각하고 이런 말을 하는 걸까. 내가 쉽게 넘어가리라고 생각하는 모양이지. 어리석은 자식.

"함께 가기가 뭣하면 우선 내가 먼저 가지. 그렇지. 자넨 차라리 여기서 활동하면서 우리와 연락을 취하고 있는 게 낫겠군. 내 말 알아듣겠나? 알아들었으면 이 수갑부터 풀어 주게. 자네가 나를 구출해 주면 자네야말로 훈장감이지. 자네의 은혜를 결코 잊지 않을 거야. 자넨 또 나와 대학 선후배 관계니까 특수한 관계라고 할 수 있지 않나?"

미다 대위는 살기 위해 갖은 수작을 다 부리고 있었다. 하림을 바라보는 두 눈이 애소를 띠고 있었다.

벌어진 입술 사이로 이빨이 보였다. 그 교활한 표정을 보자 하림은 구역질이 치솟았다.

세균 작전을 위해 훈련을 받을 때 미다 대위는 보기 드물 정도로 강인하고 사명감이 투철한 일본군이었다. 그를 따라 사이판 도를 누빌 때 하림은 자신이 얼마나 혼이 났었는가를 잘 기억하고 있었다. 그런데 지금의 미다라는 자는 교활한 얼굴만을 가지고 있다.

그리고 터무니없는 짓을 시도하려고 하는 바보 멍텅구리이다. 사람이 막다른 길에 빠지면 이렇게 변하게 마련인가. 이자는 정말 미쳐 가고 있는지도 모른다.

하림은 미다 대위를 똑바로 바라보았다. 그리고 그에게 거울을 비춰 주었다.

"미다 대위, 이것이 짐승 같은 당신 모습이야. 당신은 미쳐 가고 있다고 생각지 않는가?"

거울 속에 비친 자신의 모습을 보자 미다는 흠칫 놀라는 것 같았다. 그러나 이내 웃으면서 말했다.

"내가 미쳐? 미칠 리가 있나?"

"쓸데없는 수작만 부리지 않으면 당신은 살 수 있어."

하림은 이 자의 생각을 돌려주고 싶었다. 그가 자신의 생각이 얼마나 허황된 것인가를 인식하고 전쟁이 끝날 때까지 조용히 포로 생활을 해 주었으면 하고 바랐다. 그러나 미다는 그럴 기미를 보이지 않았다.

"내가 지금까지 한 말을 쓸데없는 수작으로 아나? 그러지 말고 다시 한번 생각해 봐. 기회는 한번 뿐이야."

하림은 머리를 흔들었다.

"당신이 한 말을 그대로 미군에게 보고하겠다."

"뭣이!"

미다는 분노에 차서 소리쳤다. 자신의 기대가 무너지자 본색이 드러났다.

그는 의자를 박차고 일어나더니 수갑을 찬 두 손을 들어 하림을 치려고 했다. 하림은 그의 가슴을 냅다 밀어 버렸다. 미다는 뒤로 벌렁 자빠졌다. 쓰러진 그를 내려다보며 하림은 화가 나서 말했다.

"병원이 폭격 받을 때 왜 죽지 않았지? 차라리 그때 죽었더라면 좋았을 텐데……. 지금도 좋으니까 자결을 해. 자결한다면 도와줄 테니까."

"너 이놈, 네놈이 그대로 살아 있을 줄 아느냐? 병원이 폭격 당한 건 어떻게 알지?"

"미군에게 병원을 폭격하라고 일러 준 건 나였으니까……. 세균 본부라고 알려 줬더니 무차별 폭격을 하더군."

"이 갈아먹어도 시원치 않을 놈!"

미다는 분을 이기지 못해 이를 부드득 갈았다.

"결국 네놈이, 네놈이 정보를 알려 줬구나. 이상하다 생각했는데……."

"원통해 할 필요는 없어. 오히려 나에게 감사해야 해. 만일 세균 작전이 성공했다면 당신은 세계 전사상 가장 악랄하고 비인간적인 전쟁을 수행한 장본인이 됐을 거야. 당신이 적어도 한번쯤 사람이라는 소리를 듣고 싶다면 내가 한 말을 곰곰이 생각해봐. 사람의 탈을 썼다면 어떻게 세균을 뿌릴 수가 있겠어. 아무리 전쟁이라고 하지만……."

하림은 밖으로 휙 나와 버렸다.

미다 대위에게는 물도 음식도 주어지지 않았다. 하림이 일부러 그렇게 한 것이다. 미다가 굶주림에 어느 정도 견딜 수 있는지 한번 시험해 볼 작정이었다.

이튿날 저녁에 찾아가자 미다는 입술이 허옇게 말라붙은 채 헐떡거리며 앉아 있었다.

"물 좀 갖다 줘. 목이 타 죽겠어."

그는 그 강인해 보이던 특유의 표정을 무너뜨리면서 하림에게 호소하듯 말했다. 하림은 그 말을 묵살한 채 미다를 내려다보았다.

"묻는 대로 대답만 한다면 먹을 물 아니라 목욕물도 준다."

"이놈, 그러지 말고 물 좀 달라."

"안 돼. 말하기 전에는 한 모금도 줄 수 없어."

하림은 그대로 돌아 나왔다. 미다가 뒤에서 쉰 목소리로 그를 불렀지만 하림은 돌아보지 않았다.

그 취조실은 전에 일본군 헌병대가 사용하던 지하실이었다. 지상의 건물은 한쪽만 파괴되었기 때문에 보수해서 사용하고 있었다.

지하실은 전혀 빛이 안 들어왔기 때문에 낮에도 전기를 켜 놓고 있어야 했다. 그바람 한 점 들어올 수가 없어 무덥기 짝이 없었다. 그 속에서 미다 대위는 오직 배설만을 하면서 갇혀 있어야 했다.

다음 날 오후에 하림은 수통과 빵을 들고 지하실에 갔다. 미다는 바닥에 쓰려져 있다가 상체를 가까스로 일으키면서

"물……물……."

하고 중얼거렸다.

하림이 바닥에 물을 조금 쏟자 미다는 기어와서 굴을 혓바닥으로 핥았다. 하림은 더 이상 물을 쏟지 않았다. 미다가 그의 다리를 움켜잡자 그는 발로 그의 가슴을 밀어 버렸다.

그는 의자에 앉아 빵을 먹었다. 그리고 일부러 소리를 꿀컥꿀컥 내면서 물을 마셨다.

"아, 나 좀……물……물……."

미다는 무릎을 꿇은 채 손을 내밀었다. 입 속에서는 거품이 흘러나오고 있었다. 얼굴은 땀에 젖어 번들거리고 있었다. 옷은 물에 빠진 것처럼 후줄근하게 젖어 있었다. 하림은 그에게 조금도

동정을 보이지 않고 냉정히 앉아서 느릿느릿 빵을 모두 먹어 치웠다.

"어때, 말 못 하겠어?"

"차라리 나를 죽여라!"

미다 대위는 악을 썼다.

"그렇게 쉽게 죽이지는 않는다."

하림은 다시 밖으로 나왔다. 미다의 울부짖는 소리가 뒤에서 들려왔다.

닷새째 되었을 때 미다는 마침내 항복했다.

"요구대로 들어주겠다. 빨리 물과 식사를 갖다 달라."

그는 이렇게 말한 다음 기절했다.

제2전선

 미다 대위에 대한 조사보고서를 훑어보고 난 로버트 대령은 자세를 고쳐 앉은 다음 다시 그것을 자세히 읽었다. 읽는 동안 그는 피가 머리로 몰리는 것을 느꼈다. 그것은 그야말로 충격적인 내용이었다.

 모두 읽고 난 그는 방안을 왔다갔다 했다. 그것을 그대로 넘길 수는 없다고 생각했다. 그는 즉시 부관을 불렀다.

 "그 조선인 통역, 미스터 장이라고 하는 청년을 데리고 와."

 부관이 통역을 데리고 오는 동안 대령은 여전히 앉지도 않고 서성거렸다. 일본군이 세균전을 준비하고 있었다는 것은 그도 들은 바 있었다. 그러나 사실을 확인할 수 없었기 때문에 그것은 그저 막연한 추측으로 남았을 뿐이었다. 그리고 그 자신 그런 정보를 탐지할 입장이 아니었으므로 까맣게 잊고 있었다. 그런데 이번에 의외로 그것을 확인할 수 있는 계기가 다가온 것이다.

 보고서에는 사이판도에서의 세균전의 준비 상황, 그 방법, 세균의 종류, 거기에 소요된 경비와 인력, 실험 결과, 다른 지역에서의 세균전 가능성 여부 등이 상세히 적혀 있었다.

그는 자신이 이것을 한번 자세히 확인해 보아야겠다고 마음먹었다. 그런 다음 상부에 보고하면 매우 큰 반향을 불러일으킬 것이 분명했다. 이 기회를 잡아 전선에 나가야지, 하고 그는 생각했다.

사이판도 평정 계획의 첫번째 임무자로, 그리고 포로수용소 관리자로 임명된 후 그는 사실 매일매일 울적하게 지내고 있었다. 군인은 전선에서 적과 맞붙어 싸워야 한다—이것이 그의 지론이었다. 그런 만큼 전쟁이 한창 치열하게 진행되고 있는 이 시기에, 그것도 국지전이 아닌 세계대전에서 후방에 들어앉아 뒷수습이나 하는 것은 그의 성미에 맞지도 않을 뿐 아니라 수치스럽기까지 했다. 군인, 그것도 지휘관에게는 명예와 영웅주의적인 면이 동시에 필요하다고 그는 생각하고 있었다. 이것을 동시에 채우기 위해서는 직접 싸움터에서 혁혁한 무공을 세우는 길밖에는 없었다. 그는 하루라도 빨리 전선으로 나가고 싶었다.

조금 후에 장하림이 나타났다. 하림으로서는 두번째 대령을 만나는 것이었다.

대령은 첫번째보다 더 다정스럽게 하림을 대했다. 좋은 소식만을 가져다 주는 이 청년에 대해 그는 이제 더 없는 호감을 느끼고 있었고 감사한 마음까지 일고 있었다.

"통역일은 어떤가? 해볼 만한가?"

대령은 소파에 앉아 하림에게 커피를 권했다.

"네, 매우 바쁘게 지내고 있습니다."

"다행이군. 자네가 일 잘하고 있다는 소문이 자자하더군. 정말 감사해. 조선 청년 중에 자네 같이 훌륭한 사람이 있는 줄은 몰랐어. 난 사실 조선에 대해서는 잘 몰라. 일본의 식민지라는 것 외에는……."

"조선은 미개국이 아닙니다. 훌륭한 사람들이 많습니다."

"그렇겠지. 조선은 곧 독립하게 될 거야. 그런데……자네가 준 보고서는 잘 읽었어. 그것은 틀림없는 사실인가?"

"사실입니다."

하림은 딱 잘라 대답했다.

"그 보고서는 미다란 자의 자백에 따라 작성된 것인가?"

"그렇습니다."

"그 자백을 곧이곧대로 믿을 수 있을까? 그자가 사실대로 자백했다는 것을 어떻게 믿을 수 있나? 더구나 듣기에 그자는 전형적인 일본군 장교라고 하는데 쉽게 그렇게 불었을까?"

질문을 하는 로버트 대령의 눈초리가 차가워지고 있었다. 하림은 이 정도의 질문에는 준비가 되어 있었으므로 대령이 납득할 수 있도록 대답할 수가 있었다. 그러나 그럴 경우 자신을 다시 끌어들여야 한다는 것이 싫었다. 로버트 대령은 아직 하림이 미다 대위와 함께 일한 사실을 모르고 있는 것이 분명했다. 새삼 이것을 다시 말해야 될까. 그렇게 되면 죽은 제임스 중위에게 정보를 제공한 사실도 밝힐 수밖에 없다. 나를 영웅으로 알아 달라, 바로 이런 식의 이야기를 그가 해야 되는 것이다. 정말 싫다.

하림이 머뭇거리고 있자 대령은 조용한 투로, 그러나 아무래도 미심쩍다는 듯이 말했다.

"이건 매우 중요한 정보야. 일반적인 군사 정보와는 달리 아주 특수한 것이고 그런 만큼 이만저만 중요한 게 아니야. 그래서 상부에 이것을 보고할 경우 상당한 파문이 예상돼. 자네도 알다시피 나는 정보 계통이 아니야. 따라서 이 보고서가 올라가면 정보대에서 다시 조사 나올 것이 뻔하단 말이야. 그 애들은 자기들이 두 눈으로 직접 확인하기 전에는 그 누구의 말도 믿지 않으니까. 그러니 그 애들이 나와서 나중에 그 보고서가 가짜라고 하면 우리 체면이 뭐가 되겠나. 그래서 나는 이것을 확인하려고 하는 거야. 자네가 미다의 자백을 믿는 근거가 무엇인지 그걸 알고 싶어."

하림은 기분이 산만해지는 것을 느꼈다. 대령이 그의 보고서를 미심쩍어 하기 때문이 아니었다. 대령이 의문을 품어 보는 것은 당연한 일이었다. 그의 기분이 산만해지는 것은 대령이 「우리」라는 말을 사용했기 때문이었다. 그 말을 듣는 순간 하림은 묘한 기분을 느끼지 않을 수 없었다. 그 말에 거부 반응이 오지는 않았다.

갑자기 사랑을 고백 받았을 때의 그 어리둥절한 기분, 바로 그런 것을 그는 느끼고 있었다. 이윽고 그는 이런 사람이라면 모든 것을 털어놓아도 좋다는 생각이 들었다. 포로의 신분임에도 불구하고 통역일을 맡길 정도이니 이쪽에서도, 한번 모든 것을 내맡겨도 좋을 성싶었다.

"미다 대위와 함께 저도 일했습니다."

"자네가? 그 세균을?"

대령은 상체를 바로 하고 덤빌 듯 물었다.

"네, 그렇습니다. 미다의 보조역으로 일했습니다. 그래서 자세히 알고 있었습니다."

"그럼 왜 지금까지 그런 말을 안 했지?"

"말 안 한 게 아닙니다. 처음 포로가 되었을 때 말을 했습니다. 그러나 믿지를 않았습니다. 전범으로만 취급하려그 했지 새로운 정보를 들으려고 하지 않았습니다."

"그때 자네를 심문한 미군이 누구였지?"

"얼굴을 보면 알 수 있지만 이름은 모릅니다. 세균전이 계획대로 진행되었다면 지금쯤 미군은 이곳에 한 사람도 못 남았을 겁니다. 그런데 그 계획이 사전에 좌절됐습니다. 사령관님께서는 그 이유를 생각해 보셨습니까?"

"글쎄……."

대령은 이 느닷없는 질문에 좀 어리둥절했다. 정보의 중요성만을 알았지 생각이 여기까지 미치지는 못했던 것이다. 이 포로가 보다 더 깊은 내용을 알고 있음이 틀림없다고 그는 생각했다.

"폭격으로 병원이 무너졌기 때문에 좌절된 게 아닌가?"

"사이판도에 일본군 병원은 그곳 하나뿐이었습니다. 미군은 사이판 공격 전에 일본군 군사 시설의 위치를 충분히 파악하고 있었을 겁니다."

"그야 물론이지."

"병원 위치도 파악하고 있었을 겁니다."

"당연하지."

"그런데 제가 알기로는 특별한 경우를 제외하고는 병원을 폭격하지 않는 것으로 알고 있습니다. 특히 미군은 인도주의 정신에 따라 이 원칙을 고수하고 있는 것으로 알고 있습니다. 그런데도 병원을 폭격했습니다."

하림의 말에 로버트 대령은 적이 놀랐다. 하림의 지적은 옳았던 것이다. 그렇다면 병원을 폭격한 경위를 알아야 한다. 그 자신은 사이판 상륙작전에 참가했지만 여기에 대해서는 전혀 모르고 있었다.

"잘못 폭격한 게 아닌가?"

"잘못 폭격했다면 한번으로 그쳤어야 했을 겁니다. 그렇지만 여러 대의 비행기가 집중적으로 병원만을 폭격했습니다. 그것도 잠깐이 아니고 한나절 동안이나 폭격을 했습니다."

"어떻게 그걸 알지? 폭격할 때 현장에 있었나?"

"그때 저는 도망쳐서 산에서 병원이 폭격 당하는 것을 보고 있었습니다."

"음……."

대령은 시가를 피워 물면서 무엇인가 골똘히 생각했다.

"그렇다면 미군이 사전에 정보를 입수했기 때문에 병원을 폭격했다는 말이 되겠군?"

"그렇다고 볼 수 있습니다."

"미군이 어떻게 해서 정보를 입수했을까? 그렇다면 상부에 보고서를 올려 본들 별것이 아니겠군. 이미 갖고 있으니 말이야."

"그렇게 자세히 알고 있지는 못할 겁니다."

"도대체 자네는 어떻게 그런 걸 알고 있나?"

로버트 대령은 갑자기 큰 소리로 물었다. 호기심과 의혹이 섞인 눈으로 그는 하림을 쏘아보았다. 하림은 이제 모든 것을 이야기해야 할 필요성을 느꼈다. 대령만은 그의 이야기를 들어 줄 것 같았다.

"사령관님만 믿어 주신다면 저는 만족합니다. 사실은 제가 미군에게 그 정보를 제공했습니다."

그의 말에 대령은 아무 반응도 보이지 않고 한동안 뚫어지게 그를 응시했다. 한참 후 그는 그럴 줄 알았다는 듯이 고개를 끄덕거렸다.

"자세히 이야기해 봐."

"처음엔 제가 병원을 폭파하려고 했었습니다. 같은 조선인 학도병과 함께 거사 계획을 세웠는데 그 친구가 체포되는 바람에 저만 혼자 산으로 도망쳤습니다. 그리고 산 속에서 미군 수색대를 만났습니다. 제임스 중위가 이끄는 수색대였는데 그 중위에게 세균에 관한 정보를 이야기해 주고 하루빨리 병원을 폭파하라고 일렀습니다. 그리고 나서 그들과 헤어졌습니다. 병원이 폭파되는 것을 제가 본 것은 그들과 헤어지고 나서 이삼 일 뒤였습니다."

"수색대라면 해병대 소속이겠군. 해병대가 선발대로 상륙했으니까. 그런데 왜 자네는 이 사실을 숨기고 있었지?"

"숨긴 게 아닙니다. 아까 말씀드린 바와 같이 처음 포로가 됐을 때 모든 것을 이야기했습니다. 담당자는 알아 보겠다고 하더니 나중에 하는 말이 제임스 중위가 죽기 전에 무전으로 본부에 병원을 폭파하라고 타전했답니다. 그밖에는 자세한 것을 확인할 수 없다면서 더 이상 제 말을 믿으려고 하지 않았습니다. 그리고 오히려 저를 전범으로 처단하려고 했습니다. 처단 받지 않고 이렇게 살아 있는 것만도 큰 다행이라고 생각합니다. 그렇다고 제가 인정받고 싶다는 생각은 추호도 없습니다. 다만 그 일을 하다가 죽어 간 용사를 위해 비석이나 하나 세웠으면 하는 게 제 소원입니다."

로버트 대령의 눈길은 깊어져 있었다. 그는 감동적인 눈으로 하림을 바라보았다.

"중요한 사실들이 위에까지 보고되지 않은 채 밑에서 묵살되는 경우가 많아. 이것도 그 대표적인 케이스라고 할 수 있겠지. 그래서는 안 되는데 많은 포로들을 대하다 보니까 그렇게 불성실하게 처리를 한 모양이군. 이것을 상부에 보고해서 제임스 중위로부터 어떤 무전을 받았는지, 그리고 병원을 폭격하게 된 경위를 자세히 알아 보도록 하지. 자네 말이 사실이라면 그것을 뒷받침할 수 있는 증거가 필요해. 물론 나는 자네 말을 믿고 말고. 그렇지만 자네를 모르는 다른 사람들은 그렇게 쉽게 믿으려고 하지 않을 거야. 이것이 사실로 밝혀질 경우 아마 자네는 큰 영예를 차지하게 될 거야."

하림은 씁쓸하게 웃었다.

"그런 건 바라지도 않습니다. 그런 걸 바라고 이런 말씀을 드린 건 아닙니다."

"알고 있어. 만일 일본군에게 체포되었다면 자네는 죽었을 게 아닌가. 죽음을 각오했었나?"

"그런 건 생각해 보지 않았습니다. 위험한 짓이라는 건 알고 있었지만 그런 건 문제가 되지 않았습니다. 문제가 될 수 없었습니다. 일본군과 함께 그 가공할 세균전 준비를 하고 있다는 사실이 몹시 수치스러웠고 어떻게 해서든지 그것을 드아야 했습니다. 그래서 거기를 도망쳐 나와 미군을 만난 겁니다. 일본은 우리 조선을 강탈한 침략군입니다. 조선이 독립될 때까지 우리는 일본과 싸워야 합니다. 제가 한 짓은 당연한 일입니다."

"훌륭한 생각이야. 보고서에 보면 그 병원 지하실에 실험용 쥐와 개들이 있었다는데 지금 그 장소를 파 보면 그것들이 나오겠군."

"나올 겁니다."

하림은 그것이야말로 움직일 수 없는 확증이 될 것이라고 생각했다.

"아직도 균이 살아 있을까?"

대령이 염려스러운 듯 물었다.

"시체 속에 살아 있을 수도 있습니다."

"그렇다면 발굴한 즉시 철저히 소독을 해야 되겠군."

그들 두 사람의 대화는 서로에게 퍽 유익한 것이었다.

로버트 대령은 그날로 상부에 이 보고서를 띄웠다. 그 나름대로의 의견서를 첨부했음은 물론이다.

하루가 지난 뒤 오후 3시 무렵 조그만 정찰기 한 대가 사이판도 남쪽에 자리잡고 있는 아스리도 비행장에 조용히 착륙했다.

이윽고 비행기에서 두 명의 미국인이 내렸다. 두 사람 다 사복 차림이었는데 한 사람은 벗어진 머리에 짙은 선글라스를 끼고 있었고 다른 한 사람은 손에 검정 가방을 들고 있었다. 그들은 대기하고 있던 미군 지프에 올라 곧장 사령부로 향했다.

반 시간 후 로버트 대령은 그들 두 사람을 반갑게 맞이했다. 그리고 옆에 함께 있던 하림을 그들에게 소개했다.

"이 청년이 바로 그 일을 해낸 미스터 장이오."

그들은 차례로 하림에게 손을 내밀었다. 하림은 말하지 않아도 그들이 정보 계통의 사나이들이라는 것을 알 수 있었다. 선글라스를 그대로 끼고 있는 대머리의 사나이는 몇 살쯤 되었는지 짐작도 가지 않았지만 대충 사십대로 보였고 다른 한 명의 젊은이는 그의 직속 부하인 것 같았다. 하림은 선글라스를 낀 채 그를 응시하는 사나이가 불쾌했다.

"우리가 지금까지 확인한 바로는 당신 말은 사실이었어."

선글라스는 무감동한 목소리로 말했다. 큼직한 코가 씰룩하고 움직였다. 하림은 잠자코 상대방을 바라보기만 했다.

"제임스 중위가 이끄는 수색대는 임무 수행 중에 모두 전사했어. 그래서 이렇게 확인이 늦은 거야. 제임스 중위는 전사하기 전에 다행히 무전으로 병원을 폭파하라는 지령을 보내왔어. 병원이 세균 본부라는 것만을 밝혔을 뿐 그 밖의 것은 말하지 않았어. 자세한 것은 귀대해서 보고하겠다고 했어. 그런데 모두 전사해 버렸단 말이야. 우리는 확인할 길이 없었어. 당신을 심문했던 미군이 흘러 넘기지 않고 제때에 알려주기만 했어도 우리는 좀더 빨리 확인할 수 있었을 텐데……. 당신을 심문했던 그 미군은 직무유기로 처벌을 받게 될 거야."

하림은 당연한 조치라고 생각했다. 그때 부관이 급히 들어왔다. 그는 작은 목소리로

"미다가 자살했습니다."

하고 로버트 대령에게 말했다. 하림도 그 소리를 들을 수 있었으므로 깜짝 놀랐다. 그리고 미다라면 그럴 수 있는 놈이라고 생각했다.

"이럴 때 자살할 게 뭐람?"

선글라스는 아까운 것을 놓쳤다는 듯이 투덜거렸다.

"두 번이나 도주하려고 해서 독방에 가두어 두었는데 그만 자살해 버렸습니다."

부관이 자살이라는 말에 유난히 힘을 주면서 말했다.

"어떻게 자살했지?"

대령이 물었다.

"옷을 찢어 끈을 만들어 가지고 목을 매었습니다.'

"지독한 놈이군."

선글라스가 중얼거렸다.

"현장 보존을 해 두라고 해. 앞으로 또 그런 일이 발생하면 곤란해."

대령은 화가 난 것 같았다.

"병원은 언제 가시겠습니까?"

선글라스는 자살 따위에는 관심 없다는 듯 물었다.

"수용소에 들렸다가 바로 거기로 갑시다. 발굴 준비는 다 됐으니까."

일행은 지프에 올라 수용소로 향했다.

그곳은 말썽을 부리는 포로들만을 따로 가두어 놓은 수용소인 만큼 다른 곳과는 달리 공기가 험악하고 경비도 삼엄했다.

경비병들이 도열해 있는 가운데 그들은 한쪽에 따로 세워져 있는 목조 건물로 걸어갔다. 일본군 포로들이 여기저기 몰려서서 핏발선 눈으로 일행을 노려보고 있었다. 하림을 보자 어떤 자가 가까이서 고함을 질렀다.

"이 자식아, 갈보처럼 양키 엉덩이에 붙어서 살고 있구나! 네 놈도 천황의 자식이냐?"

이 자식아! 나는 조선인이다! 하림은 이렇게 소리치고 싶은 충동을 꾹 눌러 참았다.

그 막사는 양쪽으로 나란히 방이 되어 있었고 방마다 포로 한 명씩이 들어 있었다.

"이 자식들은 위험한 놈들입니다. 그대로 두면 반란을 일으키거나 도주할 우려가 있는 자들입니다."

앞에서 인도하는 헌병 장교가 말했다.

미다 대위는 실내에 누혀져 있었다. 높이 달려 있는 쇠창살에 목을 달아맨 듯한 줄이 걸려 있었고 바닥에는 토한 음식 찌꺼기 같은 것들이 지저분하게 흩어져 있었다.

헌병 장교가 흰 천을 벗기자 미다 대위의 벌거벗은 몸이 나타났다. 두 눈은 천장을 노려보고 있었고 입은 멍하니 벌려져 있었다.

붕괴되는 일본의 얼굴이 거기에 누워 있었다. 갖은 악랄한 짓을 다하다가 더 이상 버틸 수 없게 되자 끝내는 자폴해 버리는 그 비겁함과 무책임성이 거기에 있었다.

하림은 미다의 시체를 발로 짓밟고 싶었다. 그만큼 그 주검이 증오스러웠다. 바로 이놈처럼 일본은 망한다. 어떠한 책임도 지지 않은 채 바로 이놈처럼 비겁하게 죽어 자빠지겠지. 개 같은 놈. 죽은 육체가 이렇게 증오스러울 수가 없었다.

그는 일행을 뒤따라 나오면서 비로소 죽음으로 모든 것이 끝나는 것은 아니다, 하고 생각했다. 죽는 사람은 뒤에 살아남아 있는 사람들을 위해 무엇인가 의로운 일을 해 놓아야 한다. 그렇지 못 하다면 적어도 해라도 끼치지 말아야 한다.

병원은 아직 복구가 안 된 채 그대로 방치되어 있었다. 기둥만이 몇 개 남아 있을 뿐 완전히 파괴되어 버려 형체도 찾을 수가 없었다.

주위에는 넓게 철조망이 쳐지고 방역반과 작업반 병사들이 준비를 갖춘 채 대기하고 있었다. 병사들은 모두 고무 장갑과 고무 장화를 신고 있었다.

불도저 한 대가 요란스럽게 엔진 소리를 내면서 병원 자리를 파헤치기 시작했다. 불도저가 한 번씩 흙더미를 몰아올 때마다 약통을 둘러맨 방역반 병사들이 각종 살균제를 뿌렸다. 그것이 끝나면 작업반 병사들이 흙더미를 헤치곤 했다.

하림은 미군들의 빈틈없는 발굴 작업에 상당히 감탄하고 있었다. 이렇게 예방이 철저한 군대는 없을 것이라는 생각이 들었다.

작업중 불발 폭탄이 적지 않게 발견되었다. 불발탄이 발견될 때마다 그것을 제거하는 요원 몇 명만을 남겨둔 채 모두가 대피하곤 했다. 다행이 폭탄이 터지는 불상사는 일어나지 않은 채 작업이 계속되었다. 지하실은 깊었기 때문에 작업은 상당히 오래 계속되었다.

두 시간쯤 지나 처음으로 쥐떼가 발견되었다. 그것들은 흙과 함께 짓이겨진 채로 덩어리를 이루고 있었다. 그것을 본 미군들은 한결같이

"오!"

하고 놀라움을 표시했다. 모두가 전율하고 있는 것 같았다.

하림은 선글라스의 사나이가 좀 떨어진 곳에서 이쪽을 뚫어지게 응시하고 있는 것을 알고는 그를 마주 바라보았다. 시선이 마주치자 선글라스는 의미심장하게 고개를 끄덕거렸다. 모든 것을 사실대로 인정할 수 있다는, 그런 표시인 것 같았다.

곧 살균제가 뿌려지고 쥐떼는 한쪽으로 모아졌다. 쥐가 발견될 때마다 병사들이 집게로 그것을 집어들어 옮겨 놓곤 했다. 쥐들은 썩어서 악취를 풍기고 있었다.

죽은 개들이 발견되자 놀라움은 더욱 커졌다. 흰 개들은 이를 드러낸 채 죽어 있었다. 그것을 보고 있는 하림도 예상은 하고 있었지만 소름이 끼쳤다.

"놀랍군. 가공할 일이야."

하림 옆에서 로버트 대령은 혀를 내두르고 있었다. 대기하고 있던 카메라맨이 놀라운 장면들을 하나도 놓치지 않겠다는 듯 모두 카메라에 담았다.

이 작업은 헤쳐나갈수록 더욱 확대되어 완전히 끝맺는데 연사흘이 걸렸다.

지하실은 넓고 깊은데다 그 속에서 죽은 짐승을 찾아내야 했기 때문에 작업이 힘들고 오래 걸릴 수밖에 없었다.

한 곳에 쌓아 놓은 쥐와 개들은 휘발유 불로 모두 소각되었다.

며칠 후 하림은 사령관실에 다시 불려갔다. 거기에는 이미 사령관 로버트 대령 외에 그 선글라스의 사나이, 그리고 고급 장교들이 대기하고 있었다.

의식은 간단하면서도 엄숙하게 행해졌다. 의식의 하나는 하림의 포로 신분을 지워 주는 것이었고, 다른 하나는 그에게 감사장을 전달하는 일이었다.

"상부에 이 사실을 보고했더니 자네에게 어떤 형식으로든 보답을 하라는 거야. 그래서 이런 결정을 내린 거니까 가벼운 마음으로 받아 주게."

로버트 대령의 말이었다.

하림이 제공했던 정보는 미군측에 크나큰 충격을 안겨 주었고, 그 결과 그는 이제 공개되지 않은 영웅으로 인정을 받게 된 것이다. 그러나 미군측이 이렇게 특별 대우를 해주는 데도 불구하고 하림은 별로 기쁘지가 않았다. 강한 국가의 국민임을 자부하는 미군을 볼 때마다 그는 나라 없는 자신의 신세가 더없이 처량하게 느껴지곤 하는 것이었다.

"이제부터 자네는 미군 포로가 아닌 자유인이야."

로버트 대령의 말이 끝나자 여기저기서 박수가 터져나왔다. 로버트 대령이 그의 손을 잡고 흔들었다.

"감사합니다. 이 은혜 잊지 않겠습니다."

"앞으로의 거처는 자네 마음대로 하게. 그대로 통역일을 계속해도 좋아."

"그래도 통역일을 하겠습니다."

"자네가 통역을 계속해 주겠다면 우리로서는 감사할 일이지. 자, 이걸 받아 주게."

대령은 하림에게 검정 가죽 표피로 된 감사장을 수여했다. 하림이 고개를 조금 숙이고 두 손을 뻗어 그것을 받자 실내에는 아까보다 더 큰 우레와 같은 박수 소리가 터져나왔다. 도열해 앉아 있는 고급 장교들은 한참 동안 박수를 쳤다.

"자네가 미군이라면 훈장을 주었을 거야. 유감이지만 우리 성의로 알아주게."

대령은 이번에는 봉투를 내밀었다.

"이건 1만 달러야. 달리 보답할 수가 없어 이러는 거니까 기꺼이 받아 주게."

돈을 받는다는 것이 멋쩍고 쑥스럽지만 언젠가는 필요하다는 생각에서 그는 사양하지 않고 받았다. 1만 달러면 현재의 그에게는 어마어마한 돈이었다.

식이 끝나자 간단한 다과회가 열렸다. 하림은 주빈인 만큼 로버트 대령 곁에 앉아 있어야 했다. 그는 커피를 한 잔 마신 다음 가죽 표피로 된 감사장을 가만히 펴 보았다. 백지 위에 영어로 된 감사문이 적혀 있었는데 친필로 되어 있었다.

귀하는 아메리카 합중국 군대가 작전을 수행함에 있어서
귀중한 정보를 제공하였기에 이에 심심한 사의를 표하는
바입니다. 귀하의 영웅적인 행동에 경의를 표하며.
1944년 9월 10일
태평양 함대 사령관 니기츠

"축하해. 기분이 어떤가?"

누가 옆에서 나직한 소리로 물었다. 하림은 고개를 돌렸다. 어느새 선글라스의 사나이가 하림의 곁에 자리를 잡고 앉아 있었다.

"좋습니다. 감사합니다."

하림은 간단히 대답했다. 선글라스가 담배를 권했다.

"안색이 별로 좋지 않은데……. 어디 아픈가?"

"아픈 데는 없습니다."

"하기야 기분이 좋을 리야 없지. 난 자네 기분을 이해할 수 있어. 나라 없는 백성의 기분이 어떤지를 이해할 수 있어."

"……."

하림은 선글라스 너머로 사내의 표정을 읽으려고 해보았다.

그러나 색깔이 짙어 읽을 수가 없었다. 다만 침울한 분위기 같은 것만이 느껴질 뿐이었다.

자세히 관찰해 보지는 않았지만 그 동안 몇 번 만나 보는 사이에 하림은 이 사나이가 절대 감정을 보이지 않는다는 것을 알게 되었다.

유머가 풍부한 여느 미군들과는 달리 그는 농담도 하지 않았고, 좀처럼 웃지도 않았다. 책상 앞에 앉을 때면 턱에 손을 괸 채 말없이 담배만 피우곤 했다. 말할 때 보면 목소리는 느리고 조용했다.

"이따가 나하고 조용히 이야기 좀 할까?"

"무슨 하실 말씀이라도……?"

"그래. 하고 싶은 말이 있어."

선글라스는 의미심장한 눈으로 하림을 쳐다보았다.

"끝나면 함께 나가시죠."

"좋아."

삼십 분쯤 후에 그들은 함께 바닷가로 나갔다.

하늘에는 비가 올 듯 구름이 잔뜩 끼어 있었다. 그들은 비탈길을 내려가 모래밭 위를 묵묵히 걸어갔다. 물가에 이르자 빗방울이 후드득 떨어지기 시작했다. 선글라스는 돌아갈 생각을 하지 않고 그대로 천천히 걸어가고 있었다.

하림은 조금 떨어져서 그 뒤를 따라갔다. 빗방울과 함께 바닷바람이 시원하게 얼굴을 때리고 있었다. 그는 가슴 깊숙이 심호흡을 했다.

파도는 거세어지고 있었다. 수평선은 구름에 덮여 보이지 않았다. 갈매기 한 마리가 높게 울부짖으면서 머리 위로 날아갔다. 철썩 하고 파도가 치더니 바닷물이 아랫도리를 휘감았다. 하림은 비틀거리면서 한쪽으로 물러섰다.

우르릉 쾅!

천둥이 치면서 번갯불이 번쩍 했다. 쏴아 하는 소리와 함께 소나기가 내리기 시작했다.

선글라스의 사나이는 하림이 옆으로 다가오기를 기다렸다가 다시 걸었다. 그들은 비를 맞으면서 담배를 피웠다. 비가 오는 탓인지 사나이는 더욱 침울해 보였다. 그들은 금방 온몸이 비에 젖어 버렸다.

"나는 유태인이다."

선글라스가 갑자기 입을 열었다. 하림은 파도 소리에 그 말을 잘 알아듣지 못했다.

"나는 유태인이야!"

선글라스가 이번에는 큰 소리로 말했다. 하림은 놀라운 눈으로 상대를 바라보았다. 벗어진 머리 위에서 빗물이 흘러내리고 있었다.

"국적은 미국이지만 마음은 항상 유태인으로 남아 있어. 유태인 국가를 세우는 것이 전세계 유태인들의 소원이지."

비로소 하림은 이 사나이가 단순한 미군 정보 장교만은 아니라는 생각이 들었다. 짙은 선글라스에 침울한 분위기가 분명 무엇인가를 암시해 주고 있었다.

"내 이름은 아얄티야. 아얄티 소령이라고 하면 정보 계통에서는 알 만한 사람은 알고 있지."

아얄티 ―, 괴상한 이름이라고 하림은 생각했다. 동시에 이 사나이가 하고자 하는 말이 무엇인가가 몹시 궁금했다.

"히틀러가 현재 유태인을 수백 만 명이나 학살하고 있는 걸 알고 있나?"

"이야기는 좀 들었습니다. 순수 게르만 민족의 혈통을 유지하기 위해 나쁜 피를 제거하고 있다고 들었습니다."

"자네는 유태인의 피가 나쁘다고 생각하나?"

"그렇게 생각하지 않습니다. 전혀……."

이 사나이가 항상 침울한 빛을 띠고 있는 이유를 좀 알 것 같았다. 동족이 학살당하고 있다는 것보다 더 괴로운 일이 있을까. 동족이 학살당하고 있다는 점에서는 나도 마찬가지다, 하고 그는 생각했다.

"유태인이건 조선인이건 인간은 모두 똑 같습니다. 어떤 명분으로도……인간을 죽일 수는 없습니다."

하림도 큰 소리로 말하고 있었다. 비바람이 몰아쳐서 눈을 잘 뜰 수가 없었다.

"나라가 없다는 점에서는 유태인이나 조선인이나 똑 같은 신세야. 그래서 나는 자네가 조선인이라기에 관심을 두고 보았지. 자네가 일본에 대해 가지고 있는 증오심을 나는 이해할 수 있어. 나도 나치 독일에 대해 자네처럼 증오심을 품고 있어. 그들을 생각하면 할수록 잠을 이룰 수가 없어."

아얄티가 걸음을 멈추었기 때문에 하림도 따라 섰다.

그들은 광란하는 바다를 한동안 말없이 바라보고 있었다. 파도는 무섭게, 한 길이 넘게 덮쳐 오고 있었다. 덮쳐 온 파도는 폭탄처럼 모래 위에 떨어지면서 모래를 날려보내곤 했다.

"나는 바다가 좋아!"

"저도 좋아합니다!"

유태인은 호주머니 속에서 조그만 술병을 하나 꺼내 들었다.

"위스키야, 마시겠나?"

"한 모금 주십시오."

하림은 유태인이 건네주는 술병을 입에 틀어넣고 꿀컥 하고 마셨다.

"몸이 더워질 거야."

아얄티는 술병을 받아 들고 자기도 마셨다.

"독일놈들이 어떻게 유태인을 죽이고 있는 줄 아나?"

"잘 모릅니다. 말씀해 주십시오."

하림은 긴장했다. 유태인이 입술을 씰룩했다. 웃고 있는 것 같았다.

"하나씩 쏴 죽이기 귀찮으니까⋯⋯방 속에 가득 처넣고 독가스를 마시게 하고 있어. 천장에서 가스가 흘러나오면 불과 몇 초 동안에 모두 죽고 말지. 마치 인간에게 해를 끼치는 짐승들을 몰살하는 식이야. 나는 가끔 이런 생각을 해. 유태인이 이렇게 죽어가다가는 결국 나 혼자만 남고 모두 몰살하는 게 아닐까 하고 말이야."

그들은 번갈아가며 술을 마셨다. 하림은 아얄티의 말이 너무 충격적이었기 때문에 그대로 받아들여 소화할 수 없었다. 선글라스 밑으로 빗물이 줄줄 흘러내리는 것을 보자 그는 어쩌면 그것이 눈물일지도 모른다는 생각이 들었다.

"자네는 조선 민족이 모두 죽고 자네 혼자만 남게 될지도 모른다는 걸 생각해 보았나?"

"……."

"아마 그렇게 무서운 사실은 없을 거야. 혼자서 누굴 의지하고 살겠나. 혼자라는 건 나약하기 짝이 없는 존재야. 그러나 나는……비록 혼자 남더라도 포기하지 않겠어. 끝까지 싸우고 유태인의 나라를 세우는 일을 포기하지 않겠어. 그걸 포기하면 생존의 의미가 없어져 버려. 나는 한낱 죽은 송장이나 다름없게 돼 버려. 그런 식으로 살아서 뭘 하겠나."

아얄티는 마지막 남은 술을 비우더니, 술병을 덮쳐 오는 파도 속으로 힘껏 던졌다.

하림은 술기운이 아닌, 무엇인가 표현하기 어려운 뜨거운 것이 강렬한 영상으로 가슴에 와 박히는 것을 느꼈다. 유태인이 모두 아얄티와 같다면 유태인의 나라는 반드시 세워지고 말 것이다. 나치가 아무리 강하다 해도 유태의 혼을 뺄 수는 없을 것이다. 이렇게 열망을 품고 사는 민족을 어떻게 말살할 수 있겠는가.

"포기하지 마십시오. 결코……."

그는 울렁이는 가슴을 진정하며 말했다.

아얄티의 팔이 가만히 하림의 어깨를 감싸안았다. 체격이 우람했기 때문에 그의 팔은 하림을 감싸안고도 남았다.

"자네도 포기하지 마! 조선은 나라를 빼앗긴 게 아닌가! 못난 자식들! 싸워서 쟁취해! 일본놈들을 죽이고 나라를 다시 찾아!"

유태인은 하림의 어깨를 잡아 흔들었다.

"포기하지 않겠습니다! 싸우겠습니다."

"좋아! 그래야 해! 자네가 충분히 해낼 수 있다고 생각해! 그렇지만 자네……영웅이라고 자만해서는 안 돼. 그런 일은 웬만한 사람이면 누구나 할 수 있는 거야. 절대 자만해서는 안 돼."

하림은 부끄러움을 느꼈다.

"자네 지금 생활에 만족하나?"

"만족하지는 않지만 어쩔 수 없지 않습니까?"

"그렇지. 어쩔 수 없지. 그렇지만 자넨 이제 자유의 몸이 아닌가."

"자유의 몸이지만 갈 곳이 없습니다."

"그렇군 갈 곳이 없군."

그들은 침묵했다. 아얄티가 걷기 시작했으므로 하림도 그를 따랐다.

"만일 갈 수 있다면 이곳을 떠나고 싶은 마음은 없나?"

"떠나고 싶습니다. 답답해 미칠 것 같습니다."

"나는 자네의 경력을 검토해 보았어. 그리고 이런 결론을 내렸지. 자네가 만일 미군에 적을 둔다면 어디든지 갈 수 있다고 말이야."

"저보고 미군에 입대하라는 말씀입니까?"

하림은 놀라서 물었다. 이것은 생각지도 않은 일이었다. 미군에 끼어서 싸우고 싶은 마음도 없는 것은 아니었다.

"그렇지. 하지만 거기에 구애될 필요는 없어. 그건 어디까지나 형식에 불과해. 자네의 활동을 위해 필요한 형식에 불과해. 자네가 국적 없는 사람일 경우 활동이 불가능하거든. 그래서 미군에 적을 두는 게 좋을 거란 말이야."

"미군이 되면 행동에 더욱 제약을 받지 않습니까. 다른 병사들과 행동을 같이 해야 되니까 말입니다."

"아니야, 그렇지는 않아. 군인도 여러 가지 종류가 있거든. 일테면 나 같은 놈은 이렇게 사복만 입고 돌아다니고 있지 않나."

"그럼 저도 소령님처럼……."

하림은 걸음을 멈추고 유태인을 바라보았다. 아얄티는 소리 없이 웃어 버렸다.

"그래, 바로 그거야. 나와 함께 행동하면 어떨까 하고 말이야. 그리고 지금부터 내가 하는 말은 자네와도 깊은 관계가 있어."

그들은 비바람을 가리고 서서 담배에 불을 붙였다. 아얄티는 담배연기를 한숨처럼 내뿜고 나서 말했다.

"자네가 내 말에 동의한다면 앞으로 나의 지시를 따라야 해. 지금 자네도 알다시피 중국에는 조선인 망명객들이 세운 임시정부가 있어."

"네, 있습니다."

하림은 아얄티의 생각이 거기까지 뻗어 있다는데 내심 크게 놀랐다.

"그 임시정부 중심으로 조선인들의 독립운동이 활발하게 전개되고 있어. 미국은 오래 전부터 장개석군을 지원하고 있는데 조선의 독립을 지원하기 위해 임시정부와도 손을 잡았어. 아직은 조선 독립군들에게 무기만 대주고 있는 형편이지만, 머지 않아 본격적으로 지원할 계획을 세우고 있어. 자네, 그쪽으로 가고 싶지 않나?"

"가고 싶습니다. 보내 주십시오!"

생각할 필요도 없었으므로 하림은 큰 소리로 대답했다. 아얄티는 만족한 듯 고개를 끄덕거렸다.

"자세한 건 차차 말하겠지만……나도 그곳으로 가게 됐어. 거길 가서 함께 활동하는 거야. 그러니까 자넨 미군의 입장에서 조선인들과 관계를 맺게 되는 거야. 그것도 독립운동이긴 마찬가지 아닌가."

"잘 알겠습니다."

"우리는 독립운동 단체와 관계를 맺는데 있어서 자네 같이 영어에 능통하고 책임감이 강한 조선인이 필요해. 자네야말로 적격이야. 자넨 첩보 계통에서 실력을 발휘할 수 있는 소질도 다분히 있어."

하림은 이것이 꿈이 아닌가 하는 생각이 들었다. 일이 이렇게 발전할 것이라고는 생각지도 못했었다. 하늘이 나로 하여금 일을 하라고 도우는 모양이구나 하고 그는 생각했다. 술기가 확 날아가고 있었다.

"저는 중국에는 한번도 가보지 못했습니다. 그래서……"

"그건 염려할 게 못 돼. 사전에 교육이 있을 테니까. 자넨 교육을 받으면 그 방면에 전문가가 되는 거야."

"하루빨리 갈 수 있도록 해주십시오."

지금 갈 수 있는 곳이라고는 정말 중국밖에 없었다.

"후회하지 않겠나?"

"후회하지 않습니다."

"그 여자는 어떻게 하고?"

"그 여자라니요?"

"그……아기 낳은 여자 말이야."

하림은 벌써 자신이 샅샅이 조사되었다는 것을 알았다.

"그 여자와는 아무 관계도 없습니다. 그저 같은 동족이기 때문에 도와 준 것뿐입니다."

"그래? 나는 사랑하는 사이인 줄 알았는데……."

"그런 관계는 아닙니다."

그는 가슴이 뭉클 젖어 오는 것을 느꼈다. 여옥을 향한 연민의 정이 솟아오르고 있었다. 남자로 하여금 보호 본능을 불러일으키게 하는 여자, 그녀는 바로 그런 여자였다. 그녀를 볼 때마다 보호해 주고 싶은 마음이 일곤 하는 것이었다. 그것은 가쯔꼬에 대한 감정과는 다른 것이었다.

"헤어지면 섭섭하지 않겠나?"

"섭섭하긴 합니다. 어차피 헤어지게 마련 아닙니까. 다만 그 시기가 빨리 왔다는 것뿐이지요."

"알겠네."

그들의 대화는 잠시 끊어졌다. 둘이 다 비에 흠뻑 젖었지만 그것을 피하려고 하지를 않고 있었다.

"OSS라고 들어 보았나?"

"못 들었습니다."

"알아둬. 자네가 앞으로 들어가 일할 곳이니까. 일반적으로 미군 전략사무국(戰略事務局 · Office of Strategic Services)으로 알려져 있지만, 하는 일이 많아. 첩보활동은 물론이고 해외 게릴라 활동까지 돕고 있네."

"그럼 OSS가 조선 독립군을 지원하고 있습니까?"

"그렇지. 미군은 어떠한 형태로든 조선의 독립을 적극 지원할 계획으로 있어. 그런데 독립운동도 여러 갈래로 갈라져 상당히 복잡하게 전개되고 있는 모양이야. 그 중에서도 소련과 중국 공산당의 지원을 받는 조선인들의 활동이 주목되고 있어."

"독립운동에는 별 지장이 없을 거 아닙니까. 도와주는 데가 많으면 많을수록 좋지 않습니까?"

"그게 그렇지 않아. 우리가 좀더 미래를 내다보면 금방 알 수 있는 일이야. 소련이 조선의 독립운동을 지원하는 건 순수하게 약소 민족의 해방을 위해서라고 생각하나? 천만의 말씀이야. 그들이 노리는 최종 목표는 전세계의 공산화야. 그러니까 반도에다 공산주의 위성 국가를 세우는 게 그들의 속셈이야."

하림은 비로소 밖으로 눈이 뜨이는 것 같았다. 지금까지 자신이 우물 안의 개구리였다는 것을 깨닫지 않을 수 없었다. 내가 이 사이판도에서 한가롭게 통역이나 하면서 시간을 보내고 있을 때 중국 대륙에서는 장래 조선의 운명을 결정지을 거대한 음모가 꾸며지고 있었구나 하고 그는 생각했다. 그렇게 생각하자 단 하루도 사이판에 머물러 있을 마음이 없어졌다.

"미국이 지원하는 것도 소련처럼 무슨 목적이 있을 거 아닙니까?"

하림은 모든 것을 속속들이 다 알고 싶어졌다.

"물론 국가 이익을 위한 정책의 일환이라고 할 수 있겠지. 이 점에서는 조선인들도 마찬가지일 거야. 자신의 이익을 위해서 미국의 지원을 바라는 거 아닌가. 결국 양쪽의 이익이 합치될 때 서로간의 협력 관계가 이루어지는 거야. 알고 나면 환멸을 느낄지도 모르지. 그렇지만 이건 알아두게. 미국은 소련과는 다르다는 것을……."

"어떻게 다릅니까?"

"미국은 모든 국민의 기본권을 보장하는 자유민주주의 국가야. 내가 미국 국민이기 때문에 이런 말을 하는 게 아니야. 미국이 추구하는 정신은 자유·평등·평화야. 따라서 같은 정신을 추구하는 국가는 지원을 해주고 공동의 적에 대처하는 우방이 되려고 하지. 현재 독립을 바라고 있는 전세계 약소 민족들에 대해 미국은 벌써부터 손을 쓰고 있어. 약소 민족이 적화되는 것을 그대로 방치해 둘 수가 없거든. 세계 적화야말로 소련이 궁극적으로 노리고 있는 거야."

"그렇다면 소련과 대결하게 되는 게 아닙니까?"

"그렇지. 필연적으로 그렇게 될 거야."

하림은 아연했다. 국제 정치의 미묘한 변화와 갈등을 한눈에 보는 듯했다.

"소련은 연합국이 아닙니까?"

"지금은 공동의 적이 있기 때문에 함께 싸우고 있는 것에 불과해. 우선 발등에 떨어진 불을 끄는 게 급하니까 서로 손을 잡고 있는 거야. 일단 전쟁이 끝나면 미·소 대결은 표면에 부상할 거야. 세계 공산화를 노리는 소련과 그것을 막으려는 미국이 충돌해서 마침내 3차대전이 일어날지도 모르지."

소용돌이치는 세계의 격랑을 보는 것만 같아 하림은 한참 동안 두려운 눈으로 바다를 바라보았다. 그러한 그의 옆에서 아얄티는 계속 말하고 있었는데, 그의 목소리는 멀리서 들려오고 있는 것 같았다.

"나는 원래 소련에서 살았어. 그러다가 유태인 박해에 견디지 못해 20년 전에 혼자서 미국으로 망명했지. 나는 소련의 공산 혁명이라는 게 어떤 것인지 이 두 눈으로 똑똑히 보았어. 혁명이라는 건 지식인들이나 젊은이들에겐 확실히 매력적인 용어지. 그러나 소련에서 진행된 혁명은 한마디로 말해 공포 그것이었어. 혁명이 꼭 피를 불러야 하는 것인지, 나는 거기에 대해 찬동할 수가 없어. 수백만 명의 주검 위에 소비에트는 과연 낙원을 건설했을까. 천만의 말씀이지. 내가 이런 말을 하는 건 자네에게 꼭 부탁하고 싶은 게 있어서 그러는 거야. 중국에 가거든……동지들을 규합해서 독립운동의 분열을 막고 올바른 자유민주주의 국가를 건설하도록 노력하게. 공산주의 세력을 막아내는데도 힘써 주게."

"일본은 어떻게 될 것 같습니까?"

"일본은 머지 않아 항복할 거야. 이미 태평양전쟁은 끝난 것이나 다름없어. 일본군은 현재 싸우고 있는 게 아니라 발악을 하고 있는 거야. 정말 비참하고……지루한 전쟁이야."

하림은 선글라스의 얼굴을 한번 보고 싶었다. 그러나 유태인은 한번도 그것을 벗지 않았다.

비는 더욱 무섭게 내리고 있었다. 두 사람은 비에 흠뻑 젖어 우스운 몰골을 하고 있었다. 하림을 쳐다보던 아얄티가 느닷없이 웃음을 터뜨렸다. 침울한 사나이가 웃는 것이기 때문에 유난히 생생하게 들렸다. 그는 조금 쉰 듯한 목소리로 허공을 향해 높이 웃었다.

하림도 그러한 그를 보자 웃음이 나왔다. 실로 오랜만에 그도 어깨를 들먹이며 웃음을 터뜨렸다.

"사람은 미치고 싶을 때가 있어. 나는 가끔씩 그런 걸 느끼거든. 자넨 느끼지 않나?"

"저도 그럴 때가 많습니다."

아얄티가 다시 미친 듯이 웃었기 때문에 하림은 좀 어리둥절했다. 그는 더 이상 웃음이 나오지 않아 상대방이 웃는 것을 지켜보기만 했다. 소련의 학대에 못 이겨 미국으로 망명한 유태인, 미국 육군 소령, 모종의 임무를 띠고 중국으로 파견될 정보 장교, 항상 얼굴을 선글라스로 가리고 있는 침울한 사나이……하림이 아얄티에 대해 알고 있는 것은 이것이 전부였다. 그런데 이 사나이를 믿고 머지 않아 중국 대륙으로 건너가는 것이다. 가고 싶은 곳이지만 어쩐지 마음이 놓이지 않는다. 불안하다. 앞길이 의외의 방향으로 흐를지도 모른다. 이 한 몸이 죽는 것이야 겁날 것 없지만 조국이 독립하는 것을 이 두 눈으로 똑똑히 보고…… 그리고 가쯔꼬를 만나기 전에는 죽고 싶지가 않다.

"곧 다시 연락을 취할 테니까 마음의 준비나 해 놓고 있게. 오늘 나하고 한 말은 다른 사람한테는 비밀로 하고……."

"잘 알았습니다."

악수할 때 비에 젖은 그들의 두 손은 미끈거렸다.

아얄티와 헤어진 후에도 하림은 바닷가에 그대로 남아 있었다.

그는 소나기를 맞으며 바닷가를 느릿느릿 걸어갔다. 나중에는 옷이 거추장스러웠기 때문에 아예 윗통을 벗어 부치고 비를 맞았다.

가슴에 차 있는 찌꺼기가 빗물에 한꺼번에 후련하게 씻겨 내리는 것만 같았다.

굵직한 빗방울이 그의 벌거벗은 상체를 사정없이 후려갈겼다. 그것이 그에게 쾌적한 기분을 안겨 주고 있었다. 그는 가슴을 쭉 펴고 습기 찬 공기를 깊이 들이마셨다.

걷다 지친 그는 모래 위에 주저앉아 포효하는 바다를 바라보았다. 하늘과 바다가 뒤엉킨 수평선 저쪽으로 끝없이 날아가고 싶었다.

쾌적한 기분이 사라지자 갑자기 외로움이 엄습했다. 보고 싶은 얼굴들이 눈앞을 어지럽히기 시작했다. 그는 발뒤꿈치로 모래밭을 파헤쳤다. 안타까운 나머지 자기도 모르게 모래밭을 비벼 대고 있었다.

한참 후에 그의 머리는 밑으로 꺾어졌다. 그는 무릎 위에 얼굴을 처박은 채 두 손으로 머리를 덮었다. 하늘과 바다가 부딪치는 소리가 우르릉 하고 들려왔다. 지층이 흔들리는 소리가 쿵쿵쿵 하고 들려왔다. 가쯔꼬의 얼굴이 나타났다가 사라졌다. 그는 가쯔꼬의 모습을 붙잡으려고 정신을 집중해 보았지만 그럴수록 그녀의 모습은 희미해지기만 했다.

가쯔꼬와 헤어진 지 벌써 수년이 흐른 것 같았다. 기다려야 한다. 약해져서는 안 된다. 강하게, 보다 강하게 달려야 한다. 만나는 그날까지 그녀를 잊자. 대륙으로 뛰어들어 독립운동을 하는 거다. 오늘날 부모처자와 헤어져 타국에서 고생하는 조선 청년들이 얼마나 많은가. 나도 모든 것을 잊은 채 오로지 독립운동에 뛰어들어야 한다. 가쯔꼬는 잘 있겠지. 그는 천천히 몸을 일으켰다. 바다로부터 어둠이 밀려오고 있었다.

바닷가를 걸어나오는 동안 주위는 완전히 어두워졌다. 뒤를 돌아보았지만 바다는 어둠에 싸여 보이지 않았다.

그는 젖은 옷을 도로 입고 무턱대고 걸음을 옮겼다.

어느새 그는 자신의 발길이 여옥의 집으로 향하고 있는 것을 알았다. 정신을 차렸을 때는 그는 이미 그녀의 집 앞에 닿아 있었다. 울타리가 무릎 높이밖에 되지 않았으므로 안으로 쉽게 들어갈 수 있었다.

그는 문을 두드릴까 하다가 불빛이 비치는 창문 쪽으로 다가가 보았다. 커튼 사이로 방안이 보였다.

여옥의 모습이 보이자 그는 고개를 돌렸다가 다시 그 안을 들여다보았다.

여옥이 아기에게 젖을 먹이고 있었다. 아기는 탐스러운 젖가슴에 얼굴을 비비면서 사납게 젖을 빨아대고 있었다. 그녀의 젖가슴은 백옥처럼 희게 빛나고 있었다. 젖을 주고 있는 그녀의 모습은 어린 나이에도 불구하고 모성애가 가득 넘쳐흐르고 있었다. 그것은 정말 천사 같은 모습이었다. 저토록 아름다울 수 있을까 하고 그는 생각했다.

그녀는 땀방울이 송골송골 맺힌 얼굴을 조금 숙이고 있었다. 긴 눈썹은 눈물에 젖어 있었고 그러면서도 두 눈은 웃고 있었다. 지금 사정이야 어떻든 저 여자의 사랑을 받고 있는 놈은 확실히 행복한 놈이다. 이 세상에 과연 어떤 여자가 이런 상황에서 아기까지 낳고 저렇게 기약 없는 남자를 기다리고 있을까. 참으로 별난 여자다. 소녀라고 하기에는 그 집념이 무섭고 유부녀라고 하기에는 아직 나이가 너무 어리다. 그 행복한 놈 이름이 뭐라고 하더라? 음, 최대치……그렇지. 북경 대학 출신이라고 했지. 고약한 놈 같으니 어린 여자를 이렇게 임신시켜 놓고 뺑소니를 치다니 비겁한 자식 아닌가. 이 세상에 없다 해도 나쁜 놈이긴 마찬가지다. 가쯔꼬도 이 여자처럼 나만을 생각하고 있을까. 그렇겠지. 그러기를 바란다. 마지막 편지가 기막히게 절실했으니까 나를 사랑하고 있는 것이 분명하지. 그리고 나를 기다리고 있겠지.

그는 그냥 갈까 하다가 아무래도 여옥을 한번 만나 보고 가는 것이 좋을 것 같아 현관 쪽으로 돌아가 문을 두드렸다. 하림을 본 그녀는 깜짝 놀랐다.

"어머, 옷이 전부 젖었네요. 들어와서 갈아입으세요."

"갈아입을 옷이라도 있나?"

"제 옷이라도……."

그녀는 말하다 말고 얼굴을 붉혔다.

하림은 방으로 들어오라는 것을 사양했다. 그녀는 괜찮다고 했지만 젖은 옷을 입고 방안으로 들어갈 수는 없었다.

그녀의 강권에 못 이겨 마루로 올라선 그는 탁자 앞에 놓여 있는 나무 의자에 조심스럽게 앉았다. 비록 남자는 없었지만 여옥의 집은 어느새 하나의 가정으로서 함부로 범할 수 없는 분위기를 지니고 있었다.

그는 여옥이 내주는 수건으로 머리와 얼굴의 물기를 닦았다. 그녀가 끓여 주는 따끈한 커피를 마시자 기분이 좀 안정되는 것 같았다.

"왜 요새 통 안 오셨어요?"

여옥이 맞은편에 다가와 앉으며 물었다.

"음, 일이 좀 바빴어. 이놈 이름은 지었나?"

그는 여옥의 품에 안겨 잠들어 있는 아기를 바라보았다. 아기는 태어난 지 한 달밖에 되지 않았는데 벌써 살이 통통히 오르고 있었고 건강한 기색이 완연했다.

"아직 못 지었어요. 뭐라고 이름을 지어야 할지……. 하나 지어 주세요."

그녀가 강렬한 시선으로 그를 바라보았다.

여옥은 산후 몸조리를 잘 했는지 얼굴이 많이 좋아져 있었다. 미군측이 영양 높은 식료품을 계속 공급해 주었기 때문에 전적으로 거기에 힘입은 바가 크다고 할 수 있었다.

하림은 그녀를 볼 때마다 잡초같이 질긴 생명을 보는 것만 같았다. 그와 함께 인간 생명의 존귀함이 새삼스럽게 느껴지는 것이었다.

어린 위안부가 갓난아기를 안은 채 웃고 있는 모습은 정말로 감동적인 모습이라고 할 수 있는 그런 것이었다.

"그 검둥이 녀석은 요새도 오는가?"

"네, 매일 들러요."

"귀찮게 굴지는 않나?"

"결혼하자고 졸라요."

그녀는 웃다 말고 얼굴을 조금 찡그렸다. 그러나 그 흑인 때문에 그렇게 괴로워하는 것 같지는 않았다.

"내가 그 자식을 혼내 줄까?"

"괜찮아요. 제가 알아서 하겠어요."

그녀는 그 문제로 하림과 흑인이 싸우는 것을 바라지 않는 눈치였다.

하림은 고개를 조금 숙이고 한동안 침묵했다. 이마에 주름이 잡히면서 얼굴에 그늘이 졌다. 여옥의 총명한 눈이 그러한 하림을 뚫어지게 바라보았다.

"오늘 무슨 일이 있었어요?"

온통 비에 젖은 하림의 모습이 심상치 않게 보인 모양이었다. 하림은 얼굴을 들어 그녀의 눈을 마주 바라보았다.

"나한테 좀 변화가 있을 것 같아."

"무슨 일인데요?"

여옥의 눈이 크게 확대되었다. 하림은 차마 그 사실을 이야기하기가 괴로웠다.

"이곳을 떠날 것 같아."

그의 말이 떨어지자 여옥의 눈이 금방 흐려졌다. 눈에 눈물이 맺히는 듯하자 그녀는 시선을 창 밖으로 돌려 버렸다.

"미군 측에서 주선해서 중국으로 가게 됐어."

그녀는 움직이지 않고 있었다. 하림은 침을 삼켰다.

"여자라면 몰라도 남자가 여기서 언제까지 이런 생활을 할 수 없고……그래서 중국으로 가기로 한 거야. 지금 내가 갈 데라곤 그곳밖에 없어. 조국으로 돌아갈 수도 없고 여기 있을 바에는 차라리 중국으로 가서 독립 운동하는 게 훨씬 뜻 있는 일인 것 같아 그렇게 결정을 했어."

여옥의 몸이 모로 돌려지는 듯하자 마침내 그녀의 어깨가 조금씩 흔들리기 시작했다.

그녀는 소리를 죽여가며 울었다. 그 울음이 하도 슬프게 들렸기 때문에 하림도 눈시울이 뜨거워졌다.

"나도 여옥의 곁에서 아기가 크는 것을 보면서 지내고 싶어. 그렇지만 현실이 그것을 용납하지 않는군. 미군 통역이나 해주면서 할 일 없이 하루하루를 보내는 것이 나로서는 여간 괴롭지 않아. 우리 조국은 지금 가장 아픈 진통을 겪고 있어. 독립을 눈앞에 두고 어느 때보다도 젊은이들을 필요로 하고 있어. 많은 젊은이들이 중국에서 독립을 위해 싸우고 있어. 양심과 정의감을 가진 조선 청년이라면 마땅히 그 대열에 참가해야 한다고 생각해. 헤어지는 건 괴로운 일이지만 보다 큰일을 위해 이별의 아픔 같은 것은 참아야겠지. 조국이 독립하면 우리는 조국에서 만날 수 있을 거야. 여옥이같이 훌륭한 여자는 내가 결코 잊지 않을 거야."

하림은 밀려오는 비애감을 어금니로 가만히 짓눌렀다. 여옥의 흐느낌이 그치는 것 같더니, 이윽고 그녀가 고개를 들어 그를 바라보았다. 눈물 젖은 눈이 빛나고 있었다.

"언제……떠나시는가요?"

"출발 날짜는 아직 미정이야. 곧 떠날 것 같아. 어디……돼지를 내가 한번 안아 볼까?"

하림이 손을 내밀자 그녀는 아기를 가만히 내어 주었다. 하림은 아기가 젖은 옷에 닿을까 봐 조심하면서 놈의 자는 얼굴을 들여다보았다.

자신이 서투른 손으로 받아낸 아기였기 때문에 더욱 사랑스러워 보였다. 놈은 세상 모르고 잠들어 있었다. 윤곽이 굵고 뚜렷해질 그런 얼굴이었다. 이 자식 상당히 미남이겠는데 하고 그는 생각했다. 여자들이 줄줄 따르겠구나.

그때 여옥이 중얼거리는 소리가 들려왔다.

"제가 아는 분들은 항상 떠나시는군요. 사람은 만나면 이렇게 헤어져야 하는가 보지요."

그 말을 듣자 하림은 가슴이 아려왔다. 나라 없는 민족의 아픔이 그대로 가슴을 쳤다.

"만나면 헤어지게 마련이지. 그러나 독립만 되면 반드시 만나게 될 거야. 이렇게 헤어지는 일도 없을 거구……."

"어디 가시더라도 몸 건강하세요. 빌고 있겠어요."

"여옥이도 아기 잘 기르고 몸조심해. 기다리면 그 사람을 만날 수 있겠지."

두 사람의 시선이 부딪쳤다. 여옥이 억지로 웃어 보였다.

"저는 여자라 잘 모르겠지만 앞으로 하시는 일은 매우 훌륭한 일인 것 같아요. 위험하겠지만 꼭 뜻을 이루세요."

"고마워."

하림은 호주머니 속에서 돈 뭉치를 꺼냈다. 돈은 젖어 있었다. 그는 그것을 여옥 앞에 내밀었다.

"오늘 미군한테서 공짜 돈 1만 달러를 받았어. 생각지도 않았던 돈이야. 일종의 보상금 같은 건데…… 이건 여옥이가 쓰도록 해, 난 필요 없어."

여옥은 비에 젖은 돈과 하림을 번갈아보다가 머리를 완강히 저었다.

"그럴 수 없어요. 저는 지금 먹고살기에 충분해요."

"앞으로 필요하게 될 거야."

"괜찮아요. 이러시지 마세요."

그들은 돈을 서로 상대방 쪽으로 밀어 놓았다. 하림은 떠나는 마당에 이 불쌍한 조선 여인을 도와주고 싶은 마음에서 그 돈을 내어놓은 것이었지만 여옥은 의외로 끝까지 거절하고 나왔다.

"오히려 저보다 필요하실 텐데 이러시지 마세요."

"내 성의야. 부담 갖지 말고 받아 줘."

"안 돼요. 전 괜찮아요."

하림은 하는 수 없이 돈을 도로 주머니에 집어넣었다. 새삼 그녀의 꿋꿋한 정신에 그는 상당히 경탄하고 있었다. 이 아가씨는 반드시 훌륭한 일을 할 여자야. 훌륭해.

그는 아기를 여옥에게 주고 나서 일어섰다.

밖은 완전히 어두웠다. 비는 좀처럼 그칠 것 같지가 않았다.

여옥이 문 앞에서 뚫어지게 하림을 응시하고 있었다. 하림도 그녀를 깊은 눈길로 바라보았다. 어쩐지 이것이 마지막일 것 같은 생각이 들었다.

"출발하기 전에 들르겠어."

"꼭 들러 주세요. 그리고 이거……손수건이에요."

그녀는 종이에 싼 것을 하림에게 주었다. 벌써부터 준비해 놓고 있었던 것 같았다.

"고마워, 잘 쓰겠어."

하림은 그것을 받아 주머니에 소중하게 집어넣은 다음 빗속으로 천천히 걸어갔다.

한참 후에 돌아보니 여옥은 여전히 불빛을 등에 받고 장승처럼 서 있었다.

하림의 출발은 의외로 빨리 왔다. 다음 다음 날 밤에 그는 잠을 자다가 불려 나갔다.

두 명의 미군 헌병이 막사로 와서 그를 조용히 깨워서 데리고 나간 것이다. 그는 휴대할 것도 없었으므로 작업복 주머니에 손을 찔러 넣고 헌병들을 따라갔다.

먼저 사령관실로 가는 것이 작별 인사를 할 모양이었다.

사령관실에는 로버트 대령 혼자만이 앉아 있었고, 아얄티 소령은 보이지 않았다.

하림이 들어서자 로버트 대령은 벌떡 일어서면서 그에게 다가와 손을 잡았다.

"만난 지 얼마 안 되는데 이별이라니……섭섭하군."

대령은 정말 서운한 모양이었다. 그는 하림의 어깨를 툭툭 치면서 이별을 아쉬워했다.

"나라를 위하는 일이니까 하는 수 없지. 만나고 헤어지는 건 이런 사회에선 흔히 있을 수 있는 일이니까 별게 아니지. 그렇지만 자네만은 여느 사람들과는 다르게 정이 가는군. 하여간 건투를 빌겠네."

"그간 여러 모로 도움이 많았습니다."

하림은 인사를 하고 나서 주머니에서 봉투를 꺼냈다.

"부탁이 있습니다. 이건 1만 달러인데……미스 윤에게 전해 주십시오. 제가 주니까 받지를 않습니다."

대령은 돈을 받아들면서 놀라는 표정이었다.

"웬 돈을 이렇게 주나? 빚이라도 졌나?"

"묻지 마시고 그냥 전해 주십시오."

대령은 몹시 감동하는 것 같았다. 그는 돈 봉투를 서랍 속에 집어넣으면서 고개를 끄덕였다.

"아얄티 소령님은 어디 가셨습니까?"

"음, 볼일이 생겨서 어제 먼저 떠났지. 나중에 만나게 될 거야."

하림은 불현듯 아얄티를 보고 싶었다. 어느새 그 유태인은 그의 가슴 깊이 자리잡고 있었다.

"미처 작별 인사를 못 하고 왔는데 한 시간쯤 시간 좀 낼 수 없을까요?"

누구보다도 여옥과 아기를 만나 보고 싶었다.

"글쎄……어이, 부관. 시간이 어떤가? 지금 바로 출발해야 하나?"

옆방에 있던 부관이 뛰어왔다.

"네, 시간이 없습니다. 지금 바로 출발해야 합니다."

부관이 손목시계를 들여다보며 말했다. 하림은 정신을 못 차릴 정도로 이렇게 급히 떠나야 할 이유라도 있을까 하고 생각했다. 이러한 하림의 생각을 읽은 듯 대령이,

"특별한 임무에 종사하려면 이렇게 갑자기 인사도 못 하고 떠나는 경우가 많지. 비정하다고나 할까……. 자, 잘 가게."

하고 말했다. 하림은 대령이 내민 손을 잡았다가 놓으며 거수경례를 붙였다. 대령은 굳은 표정이 되면서 경례를 받았다.

사령부 앞에는 이미 지프가 대기하고 있었다. 헌병 두 명이 그를 동행했다.

"이쪽 해변 쪽으로 해서 갈 수 없습니까?"

하림은 왼편을 가리키며 헌병에게 말했다. 왼편 해변을 끼고 가면 여옥의 집이 있었다. 그는 여옥을 못 만나더라도 그 집 앞이라도 지나고 싶었다.

헌병은 하림을 한번 돌아보고 나서 묻지 않고 왼편 쪽으로 핸들을 꺾었다.

두 줄기 헤드라이트만이 어둠 속을 가르며 달리고 있었다. 철썩철썩 파도 소리가 들려왔다. 그는 여옥의 집이 있는 쪽을 뚫어지게 응시했다.

이윽고 여옥의 집이 보였다. 바닷가에 외따로 떨어져 있는 그 집은 더없이 쓸쓸해 보였다. 불이 켜져 있지 않았다면 하림은 그냥 지나쳤을 것이다.

웬일일까. 자정이 훨씬 지난 이 시간에 왜 불을 켜 놓고 있는 걸까. 그는 헌병의 어깨를 툭 쳤다.

"잠깐만 세울 수 없을까요?"

차가 끼익 하는 소리를 내면서 급정거했다. 헌병은 빨리 일을 보고 오라는 듯이 턱짓을 해 보였다.

여옥을 만나야겠다는 일념에 생각도 없이 차에서 뛰어내린 그는 무작정 급히 뛰어갔다. 마당으로 들어선 그는 현관으로 갈까 하다가 창문으로 갔다. 도둑놈처럼 그는 커튼 사이로 방안을 들여다보았다.

여옥은 잠들어 있는 아기 옆에서 바느질에 열중해 있었다. 아마 아기 옷을 만들고 있는 것 같았다. 어린 나이에도 불구하고 그녀는 정말 어머니 같아 보였다. 저 여자는 천사다. 천사가 저렇게 아름다울 수가 있을까. 저 여자의 어디가 과연 위안부 같은 점이 보이는가.

그는 창문을 두들기고 싶었다. 그러나 꾹 참았다. 부디 그녀가 아기를 건강히 키워 무사히 고국에 돌아갈 수 있기를 그는 진정으로 바랐다. 최대치라는 그 학도병을 만나 새 생활을 하다보면 과거의 상처도 아물게 되겠지.

자, 여옥이. 잘 있으라구. 울지 말고 굳게 살아가라구. 아기도 잘 키우고. 자, 아가야 안녕. 아저씨는 저어기 멀리 중국으로 간다. 나중에 혹시 만나면 너무 커버려 몰라볼지도 모르겠구나. 부디 건강하게 자라길 빌겠다.

클랙슨 소리가 들려 왔다. 하림은 돌아서서 지프가 서 있는 곳으로 급히 걸어갔다.

"왜 만나지 않아요?"

차가 달리는 동안 미군 헌병이 물었다.

"차라리 만나지 않고 가는 게 좋을 것 같아서 그랬소."

그는 바람을 막고 담배를 피웠다. 갑자기 고독이 엄습해 왔다. 그는 그것을 떨쳐 버리려고 밤하늘을 바라보았다. 구름 한 점 없는 맑은 하늘에는 은가루를 뿌려 놓은 듯 무수한 별들이 반짝이고 있었다. 은하의 중심에 있는 남십자성을 한참 바라보고 있자니 그것이 눈물처럼 보였다.

"어디로 가는 건가요?"

비로소 그는 궁금증이 일어 물었다.

"배를 타게 될 거요."

미군이 무감동한 목소리로 대답했다.

"배를 타고 어디로 가시나요?"

"모르지요."

말하는 사이에 지프가 해변가에 멎었다. 이쪽에서 클랙슨을 울리자 맞은편 어둠 속에서 플래시의 불빛이 두 번 깜박거렸다.

"불빛을 따라가시오."

하림이 뭐라고 말하기도 전에 지프는 떠나 버렸다.

보기보다는 불빛까지의 거리가 멀었다. 물론 미군이겠지만 어둠 속에서 상대의 얼굴도 모른 채 이렇게 만나러 간다는 것이 두려운 생각이 들었다. 모든 것이 궁금하기 짝이 없었다. 그 유태인은 어디 갔단 말인가.

해변에서 떨어진 곳에 배가 정박해 있는 것이 보였다. 배는 출발 준비가 되어 있는지 갑판 여기저기에 불이 켜져 있었다.

하림이 가까이 다가갈 때까지 상대방은 움직이지 않고 서 있었다. 이윽고 하림이 걸음을 멈추자

"미스터 장?"

하고 상대가 물었다.

"그렇소."

하림은 좀 화가 나서 말했다. 플래시의 불빛이 하림의 얼굴을 똑바로 비쳤다.

"모자를 벗어 보시오."

상대가 날카롭게 말했다. 하림은 잠자코 모자를 벗고 앞을 쏘아보았다. 얼굴을 대조해 보는 모양이었다.

"오케이. 자, 따라오시오"

상대가 앞장서 걸어갔다. 키가 큰 사내로 미군인 것 같았지만 모자도 쓰지 않은 작업복 차림이라 정확한 것은 알 수 없었다.

"조심해요, 파도가 세니까."

물 속으로 들어가면서 사내가 큰 소리로 말했다.

"어디로 가는 겁니까?"

하림의 질문에 상대방은 대답하지 않았다.

"아얄티 소령님은 어디 있습니까?"

그러나 그의 질문은 역시 묵살 당했다. 빌어먹을. 그는 투덜거리면서 물 속을 휘저어 갔다.

그가 오르자마자 주정은 즉시 출발했다. 거기에는 다른 몇 사람이 이미 타고 있었지만 어두워서 얼굴을 알아볼 수가 없었다. 그에게 말을 걸어오는 사람도 없었다.

"당신 때문에 10분이나 늦었어. 앞으로는 시간을 엄수하시오."

그를 안내한 사내가 담배를 권하면서 말했다.

"나는 시간 약속한 일이 없는데요."

"오는 시간이 예정보다 오래 걸렸단 말이오."

하림은 담배를 구겨서 내버렸다. 사내가 담뱃불을 붙여 주려고 라이터 불을 켰다.

"담배를 떨어뜨렸어요."

"아, 그래."

사내가 다시 담배를 권하면서 씨익 웃고 있었다. 불에 비친 얼굴이 삼십 대로 보였다.

"앞으로 자주 만나게 될 거요. 당신은 자존심이 매우 강한가 본데……."

하림은 점점 멀어져가는 사이판도를 바라보았다. 다시는 결코 올 것 같지 않은 곳, 영원히 잊지 못할 곳, 숱한 목숨들이 허무하게 스러져 간 곳, 태평양 상의 조그만 섬이 멀어져 가고 있었다. 한밤중에 몰래 떠나는 그를 전송하는 사람도 없었다. 자신이 파도처럼 무엇엔가 떠밀려 가는 듯한 기분이었다.

이제부터 부평초 같은 인생이 시작되는 것이다. 살고 죽는 것은 오직 내 자신에게 달려 있는 문제다.

죽고 싶지는 않다. 내 능력을 최대한도로 발휘해 보고 싶다. 정의를 위해서 말이다. 그 다음에 죽는다면 억울하지는 않겠지.

물결이 치솟으면서 배 위로 파도가 부서져 내렸다. 사람들은 물을 뒤집어쓰면서도 잠자코 입을 다물고 있었다. 하림은 손으로 얼굴에 흘러내리는 물기를 훔쳤다.

바다 가운데 정박해 있는 배는 상당히 커 보였다. 수송선 같았다. 주정이 천천히 가까이 다가붙자 위에서 사다리가 내려왔다. 하림은 안내자를 따라 맨 마지막으로 사다리를 올라갔다.

배 위에서 두 명의 미군이 플래시를 비추며 일일이 승선자를 점검하고 있었다. 하림이 배 위로 올라서자 한 미군이,

"당신은 뭐야?"

하고 물었다. 안내자가 증명을 내보이며 귓속말로 뭐라고 말하자 하림은 그대로 통과되었다.

"자, 따라오시오. 당신 잠자리를 가르쳐 줄 테니까."

안내자는 앞장서서 걸어갔다. 그들은 층계를 타고 밑으로 내려갔다.

선실은 넓었다. 많은 사람들이 팬티만 걸친 채 침대 위에서 뒹굴고 있었다.

안내자는 하림에게 구석의 빈자리를 잡아 주었다. 그리고 작은 소리로 말했다.

"여기서 푹 잠을 자 두시오. 여기 있는 친구들이 말을 걸더라도 쓸데없는 말을 삼가시오."

불빛에 보니 안내자의 얼굴 한쪽에는 칼자국 같은 큰 상처가 길게 나 있었다. 몹시 험악한 인상이었다. 그는 끄덕해 보인 다음 밖으로 나가 버렸다.

선실은 너무 무더워서 숨이 턱턱 막혔다. 금방 하림의 몸은 땀으로 젖어 버렸다. 그는 젖은 옷을 벗을 생각도 하지 않은 채 침대 끝에 앉아 있었다.

몇 명의 사나이들이 그를 흥미 있게 바라보고 있었다. 술을 마시는 사람, 트럼프 놀이를 하는 사람, 낄낄거리는 사람, 코를 골며 자는 사람 등 가지각색의 사람들이 열기를 뿜고 있었다. 동양인과는 다른 노리끼한 냄새가 실내를 가득 채우고 있었다.

출발을 알리는 뱃고동 소리도 없이 어느새 배는 떠나고 있었다. 배의 흔들림이 점점 심해지고 있었다.

"당신 누구야?"

목이 돼지처럼 굵은 노랑머리 사내가 껌을 짝짝 씹으며 물었다. 하림의 두 배쯤 되는 몸통을 가지고 있었다. 하림은 웃으면서 그를 바라보기만 했다. 노랑머리는 몸을 일으키더니 슬금슬금 다가왔다.

"누구냐니까? 이곳에 오면 신고를 해야 하는 거 몰라?"

노랑머리는 빈정거리면서 하림의 머리에서 모자를 벗긴 다음 맨머리를 손으로 쓰다듬었다. 마치 어린애를 귀여워해 주는 것 같은 태도였다. 그것을 본 다른 미군들이 낄낄거리며 웃었다.

그래도 하림은 웃음을 잃지 않은 채 입을 다물고 있었다.

"어느 나라 사람이야? 일본? 중국? 인도? 이 봐, 벙어리야? 말해 봐. 이름이 뭐야?"

"……"

"혹시 인디언 아니야?"

"……"

"이것 봐, 혹시 스파이 아니야?"

다시 미군들이 낄낄 웃었다. 무료하던 참에 재미있는 구경거리가 생겼다는 눈치들이었다. 하림은 그래도 웃기만 했다.

"영어를 모르나? 무식한 놈이군."

노랑머리는 하림의 뺨을 톡톡 두들겨 준 다음 자기 자리로 돌아갔다. 그리고 다른 미군들과 수군거리면서 하림을 향해 음흉하게 웃었다.

시간이 지나면서 머리가 어지러워 오기 시작했다. 배멀미가 시작되는 모양이었다. 더 이상 앉아 있기에 지친 그는 옷을 벗고 자리에 누웠다. 어서 잠이 드는 것이 제일 좋을 것 같았다.

그러나 몹시 피곤하면서도 신경이 곤두서서 그런지 좀처럼 잠이 오지 않았다. 토해서는 안 된다고 버티던 그는 마침내 한바탕 바닥에다 토하고 말았다. 그것을 보고 있던 미군들이 모두 얼굴을 찌푸렸다.

"어휴, 냄새……야, 이 자식아, 어디다가 토하는 거야? 그거 빨리 치우지 못해?"

노랑머리가 저 만큼서 눈을 부라렸다. 하림은 그를 한번 쳐다보고 나서 바닥에 흩어진 휴지 조각들을 주워 토한 것을 치우기 시작했다.

"냄새 안 나게 깨끗이 치워. 걸레를 갖다가 바닥을 닦으란 말이야."

노랑머리는 완전히 명령조였다.

하림은 그가 시키는 대로 순순히 말을 들었다. 걸레를 가져다가 바닥을 깨끗이 닦은 다음 그는 화장실로 가서 손가락을 입 속으로 집어넣어 토할 수 있는 한 모두 토해 냈다. 그리고 나자 겨우 속이 시원해진 것 같았다.

자리에 돌아와 누우려고 하자 노랑머리가 주의를 주었다.

"다시 또 토하면 가만 안 둘 테다."

하림은 벽 쪽으로 돌아누워 눈을 감았다. 물을 마시고 싶었지만 참았다.

몸이 흔들리고 있었다. 마치 자신이 물위에 떠서 흘러가고 있는 것 같은 기분이었다. 어디로 가는 걸까. 이러다가 괜히 쓸데없이 방황하는 게 아닐까. 하나부터 열까지 무조건 미군의 지시를 받고 싶지는 않다. 미국을 위해서 내가 이 낯선 배를 탄 것은 아니다. 조선 독립과 연관이 되는 범위 내에서 미군의 지시를 받아야 한다. 일을 시작하기 전에 이 점 분명히 해 두어야 한다.

 그는 한참 후에 가까스로 잠이 들었다. 몹시 피곤했으므로 깊이 잠에 빠져들었다.

 눈을 뜬것은 하체에 통증을 느끼고서였다. 웃음 소리가 요란스럽게 들려오고 있었다. 그가 몸을 일으키자 미군들은 박수까지 쳐대며 웃었다.

 아직 잠이 덜 깬 그는 밑으로 손을 가져가 보았다. 입고 있던 팬티가 벗겨지고 벌거숭이가 되어 있었다. 놀란 그는 하체를 바라보았다. 어이없게도 그의 남근에 줄이 매어져 있었다. 줄 끝은 노랑머리가 있는 곳까지 이어져 있었다. 노랑머리가 줄을 잡아당기자 하체에 통증이 왔다. 더구나 남근이 잔뜩 부풀어 있었기 때문에 몹시 아팠다.

 이 지나친 장난에 그는 화가 났다. 그가 줄을 풀려고 하자 노랑머리가 다시 줄 끝을 잡아당겼다. 여기저기서 웃음이 터져나왔다. 그는 너무 아파서 노랑머리가 끄는 대로 따라가다가 겨우 줄을 풀어냈다.

 수치심으로 그의 얼굴은 벌겋게 달아올라 있었다. 이런 짓을 당해 보기는 처음이었다. 그는 팬티를 입고 나서 노랑머리를 노려보았다. 노랑머리는 재미있어 죽겠다는 듯 한참 동안 낄낄거리며 웃었다.

"이 자식아, 왜 그렇게 노려보는 거야? 기분이 나쁘냐?"

노랑머리는 슬금슬금 다가오더니 하림의 귀를 잡아당겼다.

"건방진 자식!"

하림의 분노가 터졌다. 그의 손이 노랑머리의 살찐 뺨을 철썩하고 후려갈겼다. 웃음 소리가 뚝 그쳤다. 실내에 긴장이 흘렀다. 모두가 어이없다는 듯 하림을 바라보고 있었다.

"이 쥐새끼 같은 자식! 맛 좀 봐라!"

노랑머리는 뺨을 손으로 비비면서 얼굴을 잔뜩 일그러뜨렸다. 주먹을 쥐고 복싱 자세를 취하는 폼이 한 주먹에 때려눕히기라도 할 듯한 태도였다.

하림은 상대의 몸이 술기운으로 불안정하다는 것을 알았다. 주먹을 쥐고 있었지만 허점이 많아 보였다. 노랑머리가 주먹을 휘둘렀다. 그러나 움직임이 느려 하림의 몸이 먼저 움직였다. 주먹이 허공을 치면서 그 육중한 몸이 휘청거렸다.

하림의 발이 상대방의 가슴을 걷어찼다. 노랑머리는 끙 하고 신음하면서 바닥에 나뒹굴었다. 이를 구경하던 미군들이 놀라면서 술렁거리기 시작했다.

노랑머리는 비틀비틀 일어나더니 어떻게든 체면을 세워 보겠다는 듯 다시 달려들었다.

하림은 상대가 다시 일어나지 못 하게 때릴 수 있었지만 상처가 날까 봐 그렇게 하지 않고 발만 가볍게 걸었다. 하림에게 달려들던 노랑머리는 자기 힘에 못 이겨 앞으로 쿵하고 쓰러졌다.

　노랑머리는 쓰러지면서 타격이 컸는지 한참 후에야 겨우 몸을 일으켰다. 하림을 바라보는 눈초리가 아까와는 달리 두려운 빛을 띠고 있었다. 이마에서는 피가 흐르고 있었다. 그는 싸울 의사가 없어져 버렸는지 구원을 청하는 눈으로 동료들을 바라보았다. 그러자 서너 명의 미군들이 노랑머리 옆으로 다가와 합세했다. 하림은 일이 난처하게 된 것을 깨달았다. 이들을 상대로 해서 싸우는 것도 문제지만 싸움이 크게 확대되어 수라장이 되는 것도 곤란한 일이었다. 그는 어디까지나 미군에게 신세를 지고 있는 몸이었다. 이런 일은 어디서나 얼마든지 있을 수 있는 것이다. 모른 체하고 참았어야 했을 걸하고 그는 후회했다.

　미군들이 가까이 다가왔다. 의기양양해진 노랑머리는 단번에 하림을 때려눕힐 듯이 돌진해 왔다. 하림은 뒤로 물러서면서 방어할 자세를 취했다. 그때 뒤에서

　"잠깐 기다려!"

하는 소리가 들려왔다. 입구에 그를 데리고 온 안내자가 서 있었다. 안내자는 하림 앞을 막아서더니 미군들을 나무랐다.

　"비겁하게 무슨 짓들이야? 한 사람을 놓고 여럿이 달려들다니 미군으로서 이건 수치다."

　이 돌연한 침입자에 노랑머리 패들은 어리둥절한 표정을 지었다. 더구나 상대의 험한 인상이 어떤 위압감마저 주고 있는 것 같았다. 그러나 노랑머리가 수를 믿고 앞으로 나섰다.

　"너는 누구야? 처음 보는데 너도 미군이냐? 이건 뭐야, 계급장

도 없군."

"상관할 거 없어. 더 이상 이 사람을 괴롭히지 말고 그대로 놔둬. 두번 다시 말썽을 피우면 가만두지 않을 테다. 내가 보기에 넌 이 사람한테 졌어. 졌으면 솔직히 인정해."

"뭐, 뭐라고? 이 건방진 자식!"

노랑머리가 주먹을 뻗었다. 그러나 그보다 먼저 안내자의 주먹이 노랑머리의 턱을 후려쳤다. 노랑머리가 쓰러지자 이번에는 두 명이 한꺼번에 달려들었다. 안내자의 주먹이 번개처럼 몇 번 움직였다. 두 명은 주먹 한번 제대로 써 보지 못한 채 도망쳤다.

"또 없나?"

안내자는 통로에 버티고 서서 주위를 둘러보았다. 아무도 앞으로 나서는 자가 없었다. 노랑머리도 슬슬 피해 자기자리로 돌아가 앉았다. 하림은 안내자의 강한 주먹에 적이 경탄했다.

"자, 나가서 바람이나 좀 쐬지 않겠소?"

안내자가 하림의 어깨를 두드리며 말했다. 하림은 옷을 입고 따라나갔다.

갑판으로 나가자 바닷바람이 시원하게 불어왔다. 하림은 숨을 깊이 들이마셨다. 이제야 좀 살 수 있을 것 같았다.

달빛이 해면에 은가루를 뿌리고 있었다. 해면이 달빛을 받아 반짝반짝 빛나고 있었다. 사방을 둘러봐도 육지가 보이지 않는 망망대해였다.

"난 아까부터 당신의 행동을 지켜보았지."

안내자가 난간에 기대서며 말했다.

"도와 줘서 감사합니다."

하림은 그를 쳐다보지 않고 말했다.

"그런 말을 들으려고 한 게 아니라……당신이 잘못했다는 것을 말하려고 한 거요."

하림은 의아했다. 그는 바다에서 시선을 돌려 안내자를 바라보았다.

"잘못 하다니요? 그럼 그런 짓을 해도 참으란 말이오?"

"참아야지요. 당신이 오늘 취한 행동은 그대로 보고될 거요. 당신의 일거일동은 보고하도록 되어 있어요. 모든 보고가 종합되면 당신에 대한 평가가 내려질 수 있을 거요."

하림은 상당히 놀랐다. 그리고 기분이 상했다.

"미군들이 나한테 무슨 짓을 한 줄 압니까?"

"무슨 짓을 했던 그건 문제가 되지 않소. 당신이 참지 못 하고 맞서 싸웠다는 게 문제지요."

"그럼 나보고 바보가 되란 말인가요?"

"필요할 때는 바보가 돼야지요. 당신의 입장을 생각해 보시오. 당신은 지금 무엇 때문에 이 배를 타고 있지요? 당신은 중요한 일, 당신네 나라를 찾기 위해 나선 몸 아니오? 그런 사람이 그만한 일에 화를 내다니. 앞으로 그런 감정으로 어떻게 큰일을 하겠소. 큰 사명을 띤 사람이 그런 사소한 시비로 일을 그르치면 큰일 아니오?"

안내자의 말이 너무 옳았기 때문에 하림은 입을 열 수가 없었다. 그리고 자신의 행동이 경망스럽게 느껴져 얼굴이 붉어지기까지 했다.

"당신은 오로지 당신이 해야 할 일, 맡은 임무 외에는 한눈을 팔지 마시오. 다른 것에 대해서는 바보 노릇을 하란 말이오. 이런 일을 할 때는 남에게 동정을 해서도 안 되고 슬픔을 느껴서도 안 돼요. 더욱이 화를 내서는 안 되지요. 오직 냉정한 판단만이 필요해요."

"잘 알겠습니다."

하림은 뜻밖에 큰 교훈을 얻었다고 생각하면서 새삼 안내자를 바라보았다. 이런 말을 해 줄 정도의 안내자라면 보통 안내자는 아닐 거라는 생각이 들었다. 그러나 궁금하면서도 신분을 묻지 않았다.

그들은 바다를 바라본 채 한동안 입을 다물고 있었다. 하림은 미국인이 주는 담배를 피웠다. 그는 자신이 앞으로 해야 할 일이 얼마나 어려운 것인가를 새롭게 깨달은 것 같았다.

"사이판도를 찾고 있소? 저쪽이지."

미국인이 왼쪽을 손으로 가리켰다.

하림은 그쪽으로 시선을 돌렸다. 그러나 망망한 바다뿐 아무 것도 보이지 않았다. 문득 아기를 안고 있는 여옥의 모습이 순간적으로 스쳐갔다. 뒤이어 일본군에게 체포되어 죽어간 동지 허강균의 모습도 보였다. 그를 위해 비석 하나 세워 주지 못한 채 떠나온 것이 부끄러웠다.

"이 배는 지금 괌도로 가고 있소."

하림이 궁금해하던 것을 안내인이 말했다.

"그 다음에는 어디로 갑니까?"

"비행기로 중국에 갈 거요."

"중국 어디로 갑니까?"

"곤명(昆明)으로 가지요. 거기에 OSS본부가 있으니까 거기서 교육을 받게 될 거요."

새로운 감동이 가슴을 치고 지나갔다.

"나는 아얄티 소령의 지시를 받고 당신과 동행하는 거요."

"그럼 함께 일하게 되는가요?"

"어떻게 될지는 모르겠소. 나도 긴급 지시를 받고 중국으로 가는 길인데, 어떤 일을 하게 될지는 알 수 없소. 그러나 함께 일할 가능성은 많소. 당신을 잘 관찰하라는 걸 보면 이미 당신과 나를 묶어 놓은 것 같기도 한데……."

잘 좀 부탁하겠습니다, 하는 말이 나오려는 것을 하림은 꾹 눌렀다. 고개를 숙이고 들어가는 태도는 조금도 보이고 싶지 않았다.

"이런 일은 처음부터 끝까지 행동이오. 생각이 미처 따르지 못할 정도로 행동이 필요한 거요. 그러다 보면……허무할 때가 있어요. 행동을 즐기는 사람들 중에 갑자기 자살하는 사람이 많은 것은 이런 이유 때문일 거요. 애국이 절대적인 가치는 못 되는 거요. 사람은 누구나 자기 자신의 존재를 생각하기 마련이니까 말이오. 그렇지만 현명한 사람은 이 두 가지를 잘 조화시켜 허무감을 극복해 나갈 수가 있지요."

"존함을 말씀해 주십시오."

하림은 안내자에 대한 호기심을 억누르지 못한 채 말했다.

"아, 인사가 늦었군. 나 힐 중위라고 해요. 당신에 대한 건 잘 알고 있소."

힐 중위는 하림에게 좀 기다리라고 하더니 술 한 병을 가져왔다. 그들은 배 후미로 가서 짐이 쌓여 있는 구석진 자리에 주저앉아 술을 나누어 마셨다.

"서로 다른 민족이 국경을 초월해서 공동의 목적을 위해 행동한다는 것은 매우 즐거운 일이오. 그렇게 생각지 않소?"

"그렇게 생각합니다."

하림은 기분이 풀리는 것을 느꼈다.

술이 들어가자 힐은 자기 자신에 대한 이야기를 무척 담담한 어조로 말했다.

그의 말에 따르면 그는 나치 점령 하의 프랑스 각지에서 활동한 OSS 대원이었다. 원래가 고아로서 자기의 정확한 이름과 나이도 몰랐던 그는 어릴 때부터 시카고 암흑가를 전전하다가 스물 세 살 때 살인죄로 체포되어 무기징역을 선고받았다. 자기의 두목격인 구역 책임자가 애인을 가로채자 분을 참지 못하고 그자를 칼로 찔러 죽인 것이다. 감옥살이는 그에게 그 전과는 다른 새로운 계기를 만들어 주었다. 감옥에서 독실한 가톨릭 신자가 된 그는 신부의 협조를 얻어 역사·철학·정치 등을 공부, 비로소 이 세계에 대해 눈을 뜨게 되었다.

그 후 복역 중에 전쟁을 맞은 그는 사면을 조건으로 프랑스 전선에 투입되어 십중팔구 죽기 마련인 적지 잠입에 성공, 프랑스 지하조직과 합류하여 첩보 및 파괴 활동을 전개했다. 이러한 눈부신 활동으로 그는 정식 OSS 대원이 되었고, 중위까지 진급하게 되었다.

그가 남양군도로 파견된 것은 5개월 전으로, 태평양전쟁에 대한 미국의 전반적인 검토가 끝난 직후였다. 그는 미군 상륙 전에 적정 탐지 및 정보 수집을 위해 거의 모든 섬에 잠입, 죽을 고비를 무수히 넘겼다.

"한때 프랑스에 있을 때 게쉬타포에 체포된 적이 있었는데……이건 그때의 고문으로 생긴 상처지요."

힐은 얼굴의 험한 흉터를 손으로 쓰다듬어 보았다.

하림은 항상 죽음을 앞에 둔 채 행동하고 있는 이러한 사내를 알게 된 것을 내심 기쁘게 생각했다.

술에 잔뜩 취하자 그들은 서로 약속이나 한 듯이 졸기 시작했다. 술기와 시원한 바닷바람으로 하여 그들은 금방 잠 속으로 빠져들었다.

이튿날 해가 갑판 위를 뜨겁게 비추기 시작했을 때에야 그들은 잠에서 깨어났다.

하림은 햇빛 때문에 눈을 가늘게 뜬 채 넘실대는 태평양의 물결을 바라보았다. 배는 무인도로 보이는 조그만 섬 앞을 지나가고 있었다. 큼직한 고기들이 흰 배를 번쩍이면서 수면 위로 뛰어오르는 것이 보였다.

가도가도 끝이 없는 바다를 보고 있는 동안 그는 새삼 생명의 왜소함을 느끼지 않을 수 없었다. 바다 저쪽에 전장이 없는 평화로운 곳이 꼭 있을 것만 같았다.

그는 하루종일 갑판 위 그늘진 곳에 앉아 반수면 상태 속에 빠져 있었다. 열기 속에 몇 시간이고 앉아 있자니 몹시 지루했다.

그는 가끔씩 여옥이 준 손수건을 꺼내 보았다. 흰 바탕에 꽃무늬가 수놓아진 손수건이었다. 그것으로 차마 땀을 닦을 수가 없어 그는 도로 그것을 주머니 속에 집어넣곤 했다.

해가 지고 다시 어둠이 내렸을 때 배는 마침내 괌도에 닿았다. 부두에는 대낮처럼 불이 환하게 밝혀져 있었고 하역 작업이 한창 이루어지고 있었다.

비행기 소리가 하늘을 울리고 있었다. 괌도를 기지로 미군 폭격기들이 끊임없이 이착륙하고 있었다.

때때로 탐조등의 불빛이 이쪽저쪽에서 밤하늘을 갈라놓곤 했다. 호루라기 소리, 고함 소리, 각종 엔진 소리 등으로 부두는 소란스러웠다.

미군의 활력이 거기 한 곳에 몰려 있는 것만 같아 하림은 갑판 위에 서서 한동안 부두를 내려다보았다.

언제 우리 조선은 이렇게 강한 나라가 될 수 있을까. 저 물력, 활력, 어느 것 하나 부족한 것이 없지 않은가, 특히 저 자유분방한 활력은 어디서 기인한 것일까.

그가 생각에 잠겨 있을 때 힐 중위가 다가와 그의 어깨를 툭 쳤다.

"뭘 그렇게 쳐다보고 있소?"

"부러워서 보고 있습니다."

"자, 내려갑시다."

그들은 배를 내려서 부두를 걸어갔다. 조금 걸어가자 헌병 초소가 있었다.

힐 중위가 증명을 꺼내 보이며 귀엣말을 하자 헌병 하나가 그들을 지프로 안내했다.

그들은 쉴 틈도 없이 곧장 비행장으로 갔다.

그로부터 한 시간 후에 하림은 거대한 수송기 속에 앉아 있었다. 수송기는 밤하늘로 높이 솟아오르고 있었다. 바다 가운데 검은빛을 띠며 웅크리고 있는 괌도의 전경이 눈 아래 들어왔다. 섬은 저만치 멀리 점점 작아지고 있었다.

하림은 자신이 시간에 맞춰 정확히 움직이고 있다는 사실에 적이 놀랐다.

비행기 안은 몹시 무더웠다. 끝없이 윙윙거리는 엔진 소리가 더욱 실내를 답답하게 만들어 주고 있었다. 힐과 나란히 앉은 하림은 술을 잔뜩 마시고 이내 잠이 들었다.

그가 눈을 떴을 때는 창문으로 햇빛이 쏟아져 들어오고 있었다. 비행기는 착륙해 있었다. 미군 폭격기들이 줄지어 서 있는 것으로 보아 미군 비행장인 것 같았다.

급유를 받은 수송기는 다시 하늘로 날아올랐다. 무척 먼길이라고 생각하면서 하림은 다시 잠이 들었다.

곤명에 닿은 것은 그날 밤이 늦어서였다. 옆에 앉은 힐이 급히 흔들어 깨우는 바람에 하림은 눈을 떴다.

창문으로 내려다보니 불빛이 휘황한 시가지의 모습이 가까이 보였다. 수년간의 전쟁으로 황량하기 짝이 없을 곳으로 생각했던 그는 불야성을 이루고 있는 밤의 전경에 상당히 놀라지 않을 수 없었다.

목적지에 도착했다는 사실에 그는 가슴이 울렁거리기 시작했다. 이제부터 새로운 세계에 들어섰다는 생각이 그를 바짝 긴장시키고 있었다.

공항에 내리자 검은색 세단차가 이미 대기하고 있었다. 운전사는 사복을 입고 있는 중국인이었다. 그 중국인 청년은 유창한 영어로 그들에게 몇 마디 물어 본 다음 그들을 차에 태우고 시내로 들어갔다.

이런 고급차를 타 보기는 처음이었으므로 하림은 시종 어리둥절한 기분이었다. 그와 함께 자신이 매우 중요한 일을 맡게 될지도 모른다는 생각이 어렴풋이 들었다. 시가는 비행기에서 내려다본 것보다 더욱 번화했다. 상점이 즐비했고 많은 사람들이 오가고 있었다.

차는 어느 호텔 앞에서 멎었다. 하림은 힐을 따라 예약된 방으로 들어갔다.

깨끗한 방에는 큰 침대가 하나 놓여 있었다. 힐은 하림을 혼자 방에 남겨 둔 채 밖으로 나갔다.

하림이 목욕을 하고 나자 식사가 들어왔다. 고급 양식이었다. 그는 천천히 식사를 하고 나서 침대 위에 비스듬히 드러누웠다. 힐은 돌아오지 않을 모양이었다. 그는 불을 끄고 창 밖을 바라보았다. 시가의 불빛이 밀려들어오고 있었다.

미군 OSS 본부가 있는 곤명(昆明)은 베트남과 경계를 이루는 중국 운남성(雲南省)의 수도로서 그 전에는 이곳이 하나의 왕국이었다.

이 도시는 어딘가 음울한 분위기를 띠고 있는 여느 중국 도시들과는 달리 깨끗하고 활기찬 데가 있는 그런 곳이었다. 프랑스 식민지로 오래 통치를 받던 불령 인도지나와 가까워서 그런지 거기에는 서구풍의 상점들이 즐비하게 늘어서 있었고 유행을 쫓는 듯 양장을 한 여인들도 많았다.

이 도시를 한층 흥청거리게 한 원인이 또 하나 있었다. 중국전구(中國戰區)의 미군 전진 기지가 바로 이곳이었으며, 또 보급 수송기지도 이곳에 있었다. 그래서 자연 전시 경제의 붐이 일고 있었다.

곤명에 도착한 이튿날 아침 일찍 하림은 잠에서 깨어났다. 힐 중위는 그때까지 돌아오지 않고 있었다.

아침 식사를 하고 나서 담배를 피우고 있자 힐 중위가 나타났다. 그는 하림을 보자 피곤한 얼굴로 웃었다.

그들은 곧 밖으로 나갔다. 밖에는 어제의 그 세단차가 기다리고 있었다.

"어젯밤엔 친구를 만나 밤새도록 술을 마셨지."

차 속에서 힐 중위가 졸리운 음성으로 중얼거렸다.

"저는 피곤해서 잤습니다. 언제쯤 아얄티 소령님을 만날 수 있는가요?"

"글쎄, 그건 나도 모르겠소. 소령님은 몹시 바쁘신 모양이니까. 한군데 일정하게 계시지를 않아요."

"이곳에 계신 건 틀림없나요?"

"틀림없소."

그들이 탄 차는 어느 학교 운동장 같은 곳으로 들어갔다. 입구에는 두 명의 미군 헌병들이 서 있었는데 간판 같은 것이 붙어 있지 않아 무엇을 하는 곳인지 알 수가 없었다. 다만 짐작으로 이곳이 OSS 본부일 것이라고 추측할 뿐이었다.

운동장 맞은편에 삼층 짜리 붉은 벽돌 건물이 서 있었다. 세단차는 그 건물 앞에서 엔진을 껐다. 건물은 낡을 대로 낡아 여기저기 벗겨져 있었다.

건물 입구에는 헌병이 서 있었다. 입구에서 하림은 통행증 같은 것을 가슴에 달고 안으로 들어갔다.

밖에서 보기와는 달리 건물 내부는 번쩍번쩍하게 정돈이 되어 있었다. 복도 위를 미군들이 분주하게 오가고 있었다.

하림은 자기도 모르게 자신이 위축되는 것을 느꼈다. 아무리 조선인임을 자부해 보았자 결국은 이들의 조직 속에 끼인 한 개의 부품으로서 그 지시를 받아야 한다고 생각하니 어깨가 웅크려질 수밖에 없었다.

그는 힐을 따라 이층의 한 구석진 방으로 들어갔다. 거기에 깡마른 얼굴의 한 중년 미국인이 책상 위에 다리를 올려놓은 채 반쯤 졸며 앉아 있었다.

그들을 보자 그는 얼굴을 잔뜩 찌푸렸다. 이마에 깊이 박힌 주름살이 독특한 인상을 이루고 있었다. 그들을 보고서도 그는 자세를 바꾸지 않은 채 그대로 앉아 있었다. 그 오만한 태도에 하림은 기분이 상했다.

힐 중위가 경례를 하자 상대방은 그제야 다리를 내리고 자세를 조금 바로 했다. 눈이 크게 떠지면서 하림을 응시했다.

"네가 미스터 장이냐?"

내려깎는 듯한 이 갑작스런 질문에 하림은 어리둥절했다. 그는 불쾌감으로 머뭇거리다가,

"그렇습니다."

하고 대답했다.

상대방은 헝클어진 머리칼을 손으로 쓸어 올리면서 힐 중위에게 눈짓을 했다. 힐 중위는 경례를 하고 밖으로 나갔다.

"내 말이 불쾌한가?"

미국인이 이맛살을 찌푸리며 물었다. 하림은 처음부터 당황하고 있었다.

넥타이도 매지 않고 와이셔츠 바람으로 앉아 있는 이 사나이는 도대체 누구이기에 이렇게 안하무인격으로 사람을 취급할까. 풀어헤친 와이셔츠 사이로 가슴의 시커먼 털이 그대로 드러나 보이고 있었다.

"불쾌하지 않습니다."

하림은 감정을 내보이지 않으려고 상대방의 시선을 피했다.

"거짓말 말아. 얼굴에 나타나 있어. 그따위 자존심을 보이려거

든 이런 일을 할 생각도 하지 마."

"전 아무렇지도 않습니다."

"계속 거짓말을 하는군. 좋아, 내 말을 잘 들어 둬.'

미국인은 자리에서 일어났다. 미국인치고는 별로 크지 않은 중키였다. 그는 바지 주머니에 두 손을 찔러 넣은 채 창가를 왔다 갔다 했다. 한쪽 다리를 절고 있었다.

"일단 이곳에 들어와 OSS 대원이 되면 자존심 같은 것은 내버려야 돼. 개성이나 감정 같은 것도 가져서는 안 돼. 한마디로 말해 로봇이 돼야 한다 이 말이야. 자기 주장이나 불평 불만도 있어서는 안 돼. 시키는 대로 기계처럼 명령에 절대 복종하는 것만이 필요해. 세계 각지에서 우리 대원들은 기계처럼 정확하게 움직이고 있다. 자기 나름의 인생, 철학, 이 따위는 필요 없어. 자기가 기계의 부속품이라는 걸 철저히 인식하지 않으면 실패하고 말아. 누구를 죽이라고 지시를 내리면 반드시 죽여야 해. 자결하라고 하면 서슴없이 자기 목에 방아쇠를 당겨야 해."

하림은 숨소리도 내지 않고 부동자세로 서 있었다. 상대방은 그에게 앉으라는 말도 하지 않고 있었다.

"너는 조선인이기 때문에 네가 이곳에 들어오려고 한 데에는 너대로의 이유가 있을 것이고 계획도 있을 거다. 그러나 그런 것은 내버려. 여기서는 그런 개인적인 것은 용납하지 않아. 너의 애국심이 이곳의 지시를 어길지도 모르기 때문에 우리는 그것을 사전에 막을 필요가 있어. 여기서는 애국심도 필요 없다. 쇼비니스트(광신적 애국주의자)를 우리는 몹시 싫어한다. 그런 자는 감정적으로 일을 하기 때문에 대부분 실패하고 동지에게도 결국 해를 끼치고 만다. OSS는 애국심에 불타는 혁명가들의 집합소가 아니다. 오직 명령에 살고 죽는 기계적인 인간들이 모인 곳이다. 그러나 단 원칙은 있다. 수단 방법을 가리지 않는 종국적인 승리, 오직 이것을 위해서 우리 대원들은 움직이고 있는 것이다. 내 말 알아듣겠나?"

"잘 알겠습니다."

"나는 심판관이다. 너에 대한 평가를 내리는 것이 내 임무야. 옷을 벗어 봐."

하림은 멈칫했다. 그가 망설이고 있자 상대방은 날카로운 소리로 다시 말했다.

"옷을 벗으라니까 뭘 머뭇거리고 있는 거야? 팬티까지 모두 벗어!"

일단 마음을 정하자 하림은 재빨리 옷을 벗기 시작했다. 처음 보는 외국인 앞에 벌거벗은 몸을 보인다는 것이 몹시 쑥스러웠지만 이런 것 정도야 얼마든지 감수할 수 있었다. 그는 꼭 여자 앞에서 처음 옷을 벗는 기분이었다.

심판관이라는 사내는 하림의 몸을 한 바퀴 돌려보고 젖꼭지를 비틀어 보기도 하고 남근을 주물러 보기도 했다. 그럴 때마다 하림은 물러서지 않고 뻣뻣이 서 있었다. 수치심으로 그의 얼굴은 벌겋게 달아오르고 있었다.

"음, 동양인치고는 체격이 훌륭하군, 얼굴도 미남이고. 계집애들이 상당히 따르겠는데."

완전히 야유조의 말에 하림은 대꾸하지 않은 채 창 밖을 바라보았다. 이쪽의 감정을 일부러 건드려 보고 있는 것 같았다.

"여자와는 이상이 없나?"

"네?"

"잘할 수 있느냐 이 말이야, 제대로 할 수 있나?"

"네, 이상 없습니다."

"결혼했나?"

"안 했습니다."

"성교는 해 봤나?"

"해 봤습니다."

"몇 번이나?"

"잘 모르겠습니다."

하림은 침을 꿀컥 하고 삼켰다.

"이루 헤아릴 수 없다, 이 말인가?"

"……"

"대답해. 어떤 질문에도 대답하라. 건방지게 대답을 안 하다니."

"그렇습니다. 헤아릴 수가 없습니다."

그는 힐끗 상대를 바라보았다. 심판관이 이쪽을 쏘아보고 있었다. 하림은 얼른 시선을 창밖으로 던졌다.

"그 여자가 누구냐? 처녀냐 유부녀냐?"

"일정하지 않습니다. 기생도 있고, 과부도 있습니다."

하림은 가쯔꼬를 생각했다. 이 자리에서 그녀의 이름을 밝히고 싶지는 않았다. 그 여자는 물론 가쯔꼬였다. 나중에는 그녀를 잡아먹으려고까지 안 했던가.

"기생, 과부……흥 품목이 다양하구나. 그래도 그 중에서 네가 애정을 주고 상대한 여자가 있을 거 아니냐? 그 여자가 누구야?"

하림은 은근히 부아가 났다. 빌어먹을, 그런 것까지 알아서 뭘 하겠다는 건가. 옷까지 벗겨 놓고 그런 것을 묻다니, 이건 숫제 사람을 장난감 취급하는 게 아닌가.

"주로 상대한 여자는 없습니다."

"애인이 없단 말이지?"

"네, 그렇습니다."

"좋다. 네 호주머니를 검사하겠다."

하림이 뭐라고 말할 사이도 없이 상대방은 벗어 놓은 옷가지를 책상 위에 올려놓고 호주머니에 들어 있는 것들을 모두 꺼냈다. 하림은 앞으로 기울어지려는 몸을 가누고 미국인을 쳐다보았다. 옷을 입고 나가 버리고 싶었다.

미국인은 가쯔꼬의 편지를 집어들더니 일본어를 읽을 수 없는지 그것을 도로 놓았다. 그 다음에 그는 가쯔꼬의 사진을 집어들었다. 그것은 하림이 관동군 방역급수부에 있을 때 가쯔꼬가 보내온 그녀의 사진이었다. 한복에 머리를 틀어올린 조금 야윈 듯한 모습, 사진의 가쯔꼬는 그런 모습을 하고 있었다.

"음, 이건 상당한 미녀인데……미녀야. 아주 어울려. 내 짐작이 맞았어."

심판관은 사진을 뚫어지게 들여다보았다.

"손대지 마십시오!"

하림은 더 이상 참지 못 하고 말했다. 그러나 손을 뻗어 그것을 낚아채지는 않았다.

"왜, 좀 보면 안 되나?"

미국인이 힐난하듯 물었다.

"기분 나쁩니다."

"기분이 나쁘다구? 아직도 기분을 찾고 있나? 돼먹지 않은 자식이군. 이따위 사진을 가지고 화를 내다니, 못난 놈이군."

미국인은 가쯔꼬의 사진을 책상 위에 집어던졌다. 사진은 한 바퀴 굴러서 하림의 발치에 떨어졌다. 하림은 그것을 집어서 도로 책상 위에 올려놓았다.

"비웃을지 모르지만 저한테는 중요한 사진입니다."

"네 애인이냐?"

"그렇습니다."

"왜 거짓말을 했지?"

"이런 데서 밝히고 싶지 않아서입니다. 밝힐 필요도 없구요."

"필요가 있고 없고는 내가 결정할 일이야."

"그건 개인적인 문젭니다."

"이 멍텅구리 같으니. 개인적인 건 여기서 인정 안 된다고 그러지 않았어? 너의 개인적인 고민, 애정 관계, 친구 관계, 가족 관계 등 모든 것을 여기에 공개해야 돼. 나는 너를 속속들이 알아야 돼. 네 뱃속에 기생충이 몇 마리 있는 것까지도 알아야 해. 그런 걸 밝히고 싶지 않으면 여기에 있을 자격이 없어. OSS 대원이 되는 게 그렇게 쉬운 줄 아나?"

하림은 더 이상 대꾸를 할 수가 없었다. 싫다면 이 자리에서 나가는 것이야. 그렇지 않으면 그가 묻는 대로 모든 것을 털어놓아야 한다.

"필요하다면 말씀드리겠습니다."

"그 여자의 신분은 뭐야?"

"가쯔꼬라는 일본 여자로 과붑니다."

"남편이 없단 말이지?"

"그렇습니다."

"자식은 있나?"

"없습니다."

"나이가 더 많겠군? 몇 살이야."

"스물 여덟입니다. 저보다 세 살 더 많습니다."

"주로 그 여자와 관계했나?"

"그렇습니다."

"그 여자를 사랑하나?"

"사랑합니다."

"그거 재미있는 일이군. 재미있는 일이야. 일본을 원수로 생각하면서 일본 여인을 사랑하다니 기묘한 일인데……."

"일본인이라고 해서 전부 악질은 아닙니다. 지성인들 중에는 반전주의자(反戰主義者)도 적지 않습니다. 전후의 일본은 이런 혁신세력에 의해 좌우될 겁니다."

"음, 그럴 듯하군. 그럼 그 여자도 반전주의자인가?"

"현재의 일본을 증오했습니다."

"지금은 연락이 안 되겠지?"

"소식이 끊긴 지 오래 됩니다."

"안됐군. 어떻게 해서 그런 미녀를 손에 넣었지?"

"존경하는 스승의 사모님이었는데, 그 집에서 하숙을 했었습니다."

"아하, 그러니까 존경하는 스승의 부인을 가로챈 거군."

"가로챈 게 아닙니다. 그분이 전사하는 바람에 저하고 가까워진 거죠."

"가만 있자. 보고서에는 네가 동경 제대 출신이라고 돼 있던데, 정말인가?"

"그렇습니다."

"이른바 수재 그룹에 들겠군. 그렇지만 거기 출신이라고 자만하지 마."

"자만하지 않습니다."

"말은 그렇지만, 어딘지 모르게 그런 냄새가 풍겨. 동경 제대 출신들은 깊이 반성해야 해. 물론 육사 출신들도 마찬가지지만 말이야."

미국인은 하림을 흘겨보았다. 매우 분노하고 있는 것 같았다. 하림은 가슴이 써늘해지는 것을 느꼈다.

"오늘날 누가 일본을 이 꼴로 만든지 아나? 소위 그 잘난 엘리트 의식에 들뜬 동경 제대 출신들이 일본을 이 꼴로 만들었단 말이야. 썩어빠진 자식들이지. 군국 일본이라고 하지만 육사 출신들에게 그 책임을 모두 전가할 수는 없어. 군국주의가 머리를 쳐들게 된 그 바탕에는 동경 제대 출신들의 역할이 컸어. 그자들은 돼먹지 않은 논리를 그럴 듯하게 구사해서 군인들이 칼을 드는 데 명분을 주었지. 화려한 문구로 찬사를 늘어놓고 그들을 격려했어. 결국 동경 제대 출신들은 모두가 권력에 아부하는 기생충, 거지 새끼나 다름없는 어용이 되어 버렸어. 제대로 안목을 가지고 양심이 있다는 놈도 칼이 무서워 바른 소리 한마디 하지 못하고 입을 다물어 버렸어. 이제 일본의 지성과 양심은 없어. 지성인이란 무엇인가. 머리 속에 지식을 많이 가지고 있다고 해서 지성인이라고 할 수 있나. 지식을 많이 가지고 있어도 양심을 팔아먹는 놈은 지성인이 아니야. 그런 놈은 엘리트가 될 자격이 없어. 그런 놈은 평범한 시민보다 사회에 더 큰 해를 끼치기 때문에 범죄인이나 다름없어. 지성인이란 양심이 있어야 되고 그것을 실천할 수 있는 실천력이 있어야 돼. 너는 동경 제대 출신이란 걸 부끄럽게 생각해야 해."

미국인은 신경질적으로 담배를 피워 물었다. 하림은 그의 식견이 깊고 날카로운데 자못 놀라지 않을 수 없었다.

"저는 일본인이 아닙니다. 조선인입니다."

그는 겨우 이렇게 말했다. 심판관은 킬킬거리고 코웃음을 쳤다.

"조선인이라고? 조선인이 동경 제대에 다녔으니까 괜찮다 이 말인가? 바보 같은 생각은 집어치워. 동경 제대의 존립 목적이 무엇인지 생각해 보았어? 군국 일본의 인재를 양성하는 게 목적이 아닌가. 그렇다면 조선인으로서 동경 제대에 다녔다는 사실이야말로 더욱 치욕스러운 일이지. 그렇지 않나?"

그렇습니다 하고 하림은 외치고 싶었다. 그 자신은 이것을 일찍부터 느끼고 있었기 때문에 더욱 부끄러웠다.

그는 옷을 입고 좀 앉고 싶었다. 그러나 미국인은 그에게 옷을 입게 하지 않았고, 앉으라고 권하지도 않았다. 하림의 벌거벗은 몸에서는 땀이 흘러내리고 있었다.

"입을 벌려 봐."

미국인이 말했다. 하림은 입을 벌렸다.

"이빨이 모두 빠졌군. 왜 그랬지?"

"사이판도에서 처음 미군을 만났을 때 얻어맞은 겁니다."

"그밖에 다른 다친 데는 없나?"

"없습니다."

"여기서 의치를 박도록 해. 건강 진단을 받고 이상이 하나라도 있으면 완치될 때까지 모든 건 보류된다. 합격하면 3개월 동안 집중 교육을 받고 작전에 들어가게 된다."

심판관은 그밖에도 하림의 신상에 관한 것을 세밀하게 캐어물었다. 어떻게나 자세히 묻던지 어지러울 지경이었다.

3시간 만에야 일은 끝났다. 옷을 주워 입은 하림은 머리가 쑤시고 다리가 뻣뻣했다.

"너를 벗겨 놓은 것은 네 육체를 검사하려는 이유도 있지만 그보다 너의 솔직한 대답을 듣기 위해서였지. 사람은 옷을 벗겨 놓으면 입고 있을 때보다 솔직해질 수가 있거든."

미국인은 책상 속에서 무엇인가 묵직해 보이는 것을 꺼내더니 책상 위에 그것을 올려놓았다. 그것이 녹음기라는 것을 알자 하림은 놀랐다. 그의 말을 메모해 두지 않은 이유를 이제야 알 수 있었다.

미국인이 그것을 만지작거리자 이윽고 거기서 두 사람의 대화가 흘러나오기 시작했다.

암살1호

 따르릉, 전화 오는 소리가 들려왔다. 윤홍철은 눈을 떴다가 도로 스르르 감았다. 사흘째 그는 식음을 전폐한 채 누워만 있었다.

 각혈을 하고 병원에서 폐결핵이라는 진단을 받은 것은 일 주일 전쯤이었다. 중국인 의사는 중증이기 때문에 입원해야겠다고 말했다.

 그 말을 듣는 순간 홍철은 몽둥이로 머리를 세차게 얻어맞은 것 같은 충격을 느꼈다. 그것은 현재의 그의 입장으로서는 사형선고를 받은 것이나 다름없었다. 근근이 입에 풀칠이나 하고 지내고 있는 형편에 병원에 입원한다는 것은 도저히 불가능한 일이었다. 충격을 받은 그는 늦가을 비를 맞으며 밤새 거리를 쏘다니다가 독감에 걸려 자리에 눕고 말았다. 충격이 컸기 때문에 입맛은 떨어지고 자리에서 일어나야겠다는 생각도 없이 막연히 누워 있었다. 끝없는 절망감만이 그를 엄습하고 있었다. 동지들에게는 진찰 결과를 비밀로 해 두고 있었기 때문에 그들은 그가 곧 일어나려니 하고 생각하고 있었다. 하루에도 몇 번씩이나 딸의 얼굴과 죽은 아내의 모습이 스쳐 지나가곤 했다. 죽는다는 것은 그렇게 두려울 것이 못 되었다. 그러나 먼 이역에서 조국의 독립도 보지 못한 채 이렇게 병들어 시들시들 죽어 간다는 사실이 못 견디게 괴로웠다.

 그는 기침을 쿨럭쿨럭 하면서 벽 쪽으로 돌아누웠다. 벽에서 눅눅한 습기가 전해져 왔다. 신이 있다면……아, 나에게 힘을 주시오. 그는 뼈만 남은 앙상한 손을 뻗어 벽을 긁었다. 그때 대치의 목소리가 들려왔다.

 "선생님, 전화 왔습니다."
 언제 들어도 그의 말은 공손하면서도 힘찬 데가 있었다.
 "어디서 온 건가?"
 "교회라고만 말씀합니다."
 홍철은 이불을 걷어치웠다. 대치가 그를 부축해서 일으켜 주었다. 그는 거의 기다시피 계단을 내려가 복도 끝에 있는 방으로 들어갔다. 방안에는 중국인 노파가 뻑뻑 소리가 나게 담뱃대를 빨아 대고 있었다. 노파는 안으로 들어서는 홍철을 못 마땅한 듯 쳐다보면서 손을 내밀었다. 홍철은 노파에게 동전을 하나 건네주고 수화기를 받아 들었다.

 "몹시 편찮다는 말을 들었는데 어떻소?"
 저쪽에서 먼저 안부를 물어 왔다. 노일영의 목소리는 잠겨 있는 듯 작게 들려 왔다.
 "별것 아닙니다. 그 동안……."
 홍철은 말하다 말고 기침을 했다.
 "아, 저런……심한 모양이군요. 병원에 가 보셨나요?"

몹시 근심스러운 목소리였다.

"별것 아닙니다. 감기니까 곧 낫겠지요."

"내가 한번 가보고 싶은데……."

"아, 안 됩니다. 이쪽은 안 오시는 게 좋습니다. 필요하시다면……제가 그쪽으로 가겠습니다."

잠깐 대화가 끊어진 것이 노일영은 무엇인가 생각해 보는 것 같았다.

"몸이 불편한데 움직일 수가 있겠소? 그러지 말고 누구 믿을 만한 사람이 있으면 한 사람 보내 주시오. 부탁했던 거 준비됐으니까. 가능하면 저번에 말했던 그 청년을 보내 주시오. 그 청년 이름이 뭐라고 그랬지요?"

"최대치라고 합니다. 믿어도 좋은 청년입니다."

홍철은 거듭 대치를 추켜올리고 있었다.

"단단히 반한 모양이군. 어디 한번 만나 봅시다. 그렇지 않아도 좋은 청년을 구하고 있던 참인데……."

노일영은 장소와 시간, 그리고 만나는 방법 등을 일러주고 전화를 끊었다.

수화기를 놓고 돌아선 홍철은 문 앞에 대치가 서 있는 것을 보자 좀 민망스러웠다. 모든 것을 들었을 것이 분명했다. 듣는 데서 그를 칭찬해 준 것이 꺼림칙했다. 그러나 사실 보면 볼수록 그는 칭찬해도 좋을 훌륭한 청년이었다. 홍철이 대치에게 호감을 느낀 데에는 또한 특별한 이유가 있었다. 그의 딸 여옥과 대치가 서로 사랑했다는 사실이 그로 하여금 대치를 마치 자기 사위처럼 생각하게 했던 것이다. 딸에 대한 사랑이 지극하면 할수록 대치에 대한 호감도 더욱 깊어지고 있었다. 마침내 요즈음에 들어서는 아들이나 다름없이 그를 생각하고 있었고 대치 역시 이러한 그의 마음을 거스르지 않고 그림자처럼 그를 따르고 있었다. 홍철에 대한 병간호만 해도 아주 지극한 것이어서 주위 사람들까지 모두 감탄하고 있을 정도였다.

홍철은 대치의 부축을 받아 층계를 올라가면서 노일영의 전화내용이 심상치 않다고 생각했다. 아무래도 자신이 직접 그를 만나러 가는 것이 좋을 것 같았다.

"무슨 중요한 전화입니까?"

대치가 물었다.

"음, 나가 봐야 할 것 같아."

웬만한 것은 이제 대치에게 모두 이야기해 주고 있었고 중요한 인물도 만나게 하고 있었다. 어려운 일도 그는 척척 해내고 있었다. 그러나 아직까지 노일영에게만은 소개를 하지 않고 있었다. 이야기만 해줬을 뿐인데 노일영이 대치를 한번 만나고 싶다는 것이다. 젊은 사람이 필요하다는 것으로 보아 모종의 중요한 계획이 있을 모양이다. 무슨 일일까. 그렇지만 대치를 곁에서 떠나게 하고 싶지는 않았다.

"제가 대신 다녀오겠습니다. 그런 몸으로는 다녀오실 수 없습니다."

"아니야, 내가 직접 가야 할 것 같아."

"그럼 저도 데려가 주십시오. 그래야 마음을 놓겠습니다."

대치의 의사를 물리칠 수 없을 것 같았다. 홍철 역시 대치를 데리고 가면 안심이 될 것 같았다. 외출했다가 도중에 쓰러지기라도 하면 큰일이었다.

"함께 가도록 하지."

"지금 출발하실 겁니까?"

"아니, 여덟 시쯤에 출발하지."

홍철은 자리에 눕기 전에 거울을 들여다보았다. 그리고 자신의 변한 모습에 깜짝 놀랐다. 안경 너머로 두 눈은 움푹 들어간 채 우울한 빛을 띠고 있었고 얼굴은 온통 수염투성이였다. 면도를 하자 얼굴은 더욱 메말라 보였다.

자리에 누우면서 그는 갑자기 심하게 기침을 하기 시작했다. 움직이기만 하면 기침이 나오곤 했다. 가래가 끓는 바람에 가슴이 찢기는 것 같은 통증이 뒤따랐다. 그는 엎어지면서 억 하고 신음을 토했다. 검붉은 핏덩이가 이불 위로 쏟아졌다. 소리를 듣고 옆방에서 뛰어온 대치의 한쪽 눈이 놀라움으로 크게 확대되고 있었다. 홍철이 각혈하는 것을 보기는 처음이었기 때문에 그가 놀라는 것도 무리는 아니었다.

"의사를 불러오겠습니다."

피를 닦아 주고 난 대치가 밖으로 나가려고 했다. 홍철은 황급히 손을 내저었다.

"아, 아니야. 그럴 필요 없어. 쓸데없는 짓이야."

"무슨 말씀을 그렇게……치료를 받으셔야 합니다."

"아니라니까. 이건 그렇게 간단히 나을 병이 아니야. 자, 자넨 무슨 병인지 알겠지?"

대치를 바라보는 홍철은 이미 죽음에 잠겨 있는 듯했다.

"알겠습니다. 그렇지만……."

"아니야. 장기 입원을 해야 하는데 그건 불가능해. 자네만 알고 다른 동료들한테는 비밀로 해주게."

"안 됩니다. 입원을 하셔야 합니다. 어떻게든 돈을 마련해서라도……."

대치는 안타깝게 말했다. 홍철은 완강히 고개를 내저었다.

"쓸데없는 소리. 하루 이틀에 낫는 것도 아니고 장기 입원해서 요양을 해야 하는데……그건 현실적으로 불가능해. 끼니도 잇기 어려운 판에 그런 돈이 어디 있겠나. 지금 자금이 없어서 중요한 계획도 취소되는 판인데 입원이라니 말이나 되나."

홍철은 다시 숨가쁘게 기침했다. 기침 소리를 듣고 있는 대치는 홍철이 모르게 미간을 찌푸렸다. 홍철이 말을 계속했다.

"그리고 지금 이렇게 중요한 시기에 병원에서 요양하고 있겠나. 일할 수 있을 때까지 일하다가 쓰러지면……그것으로 막을 내려야지. 혈기왕성한 후배들이 많으니까, 그 사람들에게 뒷일을 맡기면 되겠지."

홍철은 지그시 눈을 감았다. 가족들의 얼굴이 나타났다. 그는 손을 들어 뜨거워 오는 눈시울을 눌렀다. 대치는 가까이 다가앉았다. 홍철이 영영 자리에서 일어나지 못한다면 노일영을 만나는 것도 수포로 돌아갈지 모른다는 생각이 들었기 때문에 그는 초조했다. 혹시 아까 걸려온 전화의 주인공이 노일영이 아닐까.

"이렇게 상심하시면 안 됩니다. 특히 이런 병은 심리적인 영향이 많이 작용하기 때문에 절대 상심하시면 안 됩니다."

홍철은 감은 눈을 뜨지 않았다. 대치의 말에 그는 침묵을 지키고 있었다.

"선생님이 못 일어나시면 저는 어떻게 하란 말씀입니까. 저는 선생님만 믿고 선생님의 말씀에 따르고 있는데……."

홍철은 새삼 세상의 모든 일들이 덧없이 생각되었다. 생명은 이렇게 언제 꺼질지 모르는데 사람들의 생각은 항상 무한하게 뻗어 나가기만 하고 있다. 이 청년의 패기와 희망은 얼마나 높이 뻗어 있는가. 마치 영원을 향하고 있는 것만 같다.

"선생님께서 일어나셔야 여옥이를 만나실 게 아닙니까. 선생님이 여옥이를 찾지 않으시면 누가 따님을 찾겠습니까. 선생님은 그렇게도 따님을 만나고 싶어하지 않았습니까."

이 한마디는 홍철의 가슴을 뒤흔들고도 남았다. 그는 목이 메이는 것을 가까스로 누르면서 대치를 바라보았다.

"여옥이는……자네가 찾게. 자네가 책임을 지고 찾아서…… 결혼식을 올리게. 내가 이 세상에 없더라도……있는 걸로 생각하고……."

"제발 그런 말씀하시지 마십시오."

"아니야. 난 진심으로 하는 말이니까 꼭 그렇게 하게."

홍철은 목이 잠겨 목소리가 잘 나오지 않았다. 그는 한동안 숨을 몰아쉬고 나서 대치의 손을 잡았다. 뜨거운 기운이 대치의 손을 타고 전해져 왔다. 그러나 대치의 손은 차가웠다.

"그리고 내가 아니더라도 훌륭한 분들이 많으니까……그분들의 지도를 받도록 하게. 이따가 훌륭한 분을 한 분 소개해 줄 테니까……그분을 자주 만나도록 하게. 노일영 선생이라고 특출한 분인데 미군과도 관계를 맺고 있어서 발이 넓어. 내가 일전에 자네 이야기를 했더니……한번 만나 보고 싶다고 하는군. 나는 자네를 언제나……내 곁에 두고 싶어. 그렇지만 내 몸이 이러니 그럴 수도 없고. 그분을 만나면 그분의 지도를 받겠다고 하게."

홍철은 다시 눈을 감았다. 대치는 피가 역류하는 것을 느꼈다. 노일영……이 자야말로 그가 그토록 기다리던 인물이었다.

밤이 되자 거리에는 스산한 바람이 불고 있었다. 그들이 교외에 자리잡은 어느 낡은 교회에 도착했을 때는 어느새 가을비가 소리 없이 내리고 있었다.

대치는 교회에 들어서기 전 멀리서부터 교회 건물을 눈여겨 보았다. 어둠 속에서도 그것은 매우 오래 된 낡은 건물이란 것을 알 수 있었고 창문에서 새어나오는 불빛만 없다면 우중충한 것이 전혀 사람이 살고 있는 것 같지가 않았다.

교회는 공원처럼 드넓은 숲 속에 자리잡고 있었고, 숲 주위로는 낮은 철책이 둘러쳐져 있었다.

그들은 숲 사이로 난 조그만 오솔길을 천천히 걸어갔다. 길 위에는 낙엽이 수북히 쌓여 있었기 때문에 발에 밟히는 감촉이 양탄자처럼 부드러웠다.

"낙엽 냄새가 나는데……."

홍철이 허기진 음성으로 중얼거렸다. 노일영을 만난다는 생각에 바짝 긴장해 버린 대치는 무슨 말인지 잘 알아듣지 못 하고 있었다.

그들은 모두 중국인 복장에 중절모를 눌러쓰고 있었다. 거기다가 두 사람 다 중국말을 능숙하게 잘 했기 때문에 중국 사람처럼 보였다.

숲 속에는 길을 따라 띄엄띄엄 등이 걸려 있었다. 기력이 쇠잔해진 홍철의 눈에는 불빛이 뿌우옇게 보였다. 부슬비가 내리고 있었기 때문에 공기는 차가웠다.

붉은 벽돌로 된 교회 정면이 보이자 그들은 걸음을 멈추었다. 왼편에 높이 세워져 있는 등불이 희미한 빛을 뿌리고 있어서 그 주변이 어느 정도 드러나 보였다.

교회 건물 벽에는 앙상한 담쟁이덩굴이 서로 얽혀 있었는데, 바람이 불 때마다 덩굴에 붙어 있는 몇 개 남지 않은 잎들이 하나둘씩 떨어지고 있었다. 가로등에서 좀 떨어진 그늘진 곳에 벤치가 하나 놓여 있었고, 바로 거기에 두 사람이 비를 맞으며 앉아 있는 것이 보였다.

홍철과 대치는 그쪽으로 가까이 다가갔다. 인기척에 두 사람이 동시에 일어서면서 이쪽을 바라보았다. 한 사람은 키가 좀 큰 데다 밤인데도 불구하고 선글라스를 끼고 있었고, 다른 한 사람은 중키에 코밑수염을 하고 있었다.

"저기 수염 기른 분이 노일영 선생으로 우리들 사이에서는 목사님으로 통하고 있지."

홍철이 작은 목소리로 대치에게 재빨리 말해 주었다. 홍철과 코밑수염의 사내가 먼저 반갑게 악수를 나누었다.

"사람을 보내지 않고 직접 오셨군요. 많이 야위셨는데……."

노일영이 홍철을 들여다보듯이 하고 말했다. 이마가 시원스럽게 벗겨진 중후한 모습으로 그 역시 중국인 복장을 하고 있었고 지팡이를 짚고 있었다.

"아무래도 직접 오는 게 좋을 것 같아서……그 동안 별일 없었습니까?"

"별일 없었습니다."

그들은 다시 손을 흔들었다. 홍철이 대치를 소개시켰다.

"제가 말씀드린 바로 그 청년입니다."

대치는 모자를 벗으며 노일영을 향해 정중히 허리를 굽혔다.

"아, 이 청년이 바로 최대치 군인가."

노목사는 반가운 듯이 대치에게 악수를 청했다. 그의 부드러운 두 눈과 대치의 하나밖에 없는 차가운 눈이 잠깐 부딪쳤다. 노일영이 순간 멈칫하는 것 같았다. 대치는 상대의 손이 따뜻하다고 생각했다. 사진에서 본 대로 기품이 있는 신사였다. 생각했던 것과는 달리 변장을 하지 않은 본래의 얼굴 모습을 보여 주고 있었다.

"앞으로 많은 지도를 바라겠습니다."

"지도는 무슨 지도……. 서로 협조해서 일하는 거지."

노일영은 갑자기 태도를 바꾸어 냉담한 반응을 보이면서 조금 뒤쪽에 서 있는 선글라스의 사내를 돌아보았다.

양복 차림의 선글라스가 가까이 다가왔다. 홍철은 그제야 그가 서양인이라는 것을 알았다. 경호원인 줄 알았던 대치도 선글라스가 외국인이라는 것을 알자 호기심이 일었다. 노일영은 외국인에게 유창한 영어로 몇 마디 하고 나서 홍철에게 소개했다.

"미국인 아얄티 소령입니다."

홍철은 주의 깊게 상대방을 바라보면서 그와 인사를 나누었다. 미국인은 홍철의 손을 꽉 움켜쥐면서 고개를 조금 숙여 보였는데 선글라스에 가려 얼굴 표정에는 변화가 없었다. 미국인이 무감동한 목소리로 몇 마디 간단하게 말했다. 그러나 홍철은 알아들을 수가 없었다. 대치도 마찬가지였다.

"조선인들 수고가 많다는 겁니다."

옆에서 노일영이 통역을 해주었다. 그들은 이윽고 대치를 밖에 있게 하고, 교회 안으로 들어갔다. 홍철은 안으로 따라 들어가면서 입구 오른쪽 기둥에 사람이 하나 서 있는 것을 알았다. 왼쪽을 보니 거기에도 한 사람이 서 있었다. 어둠에 가려 있었기 때문에 그들의 모습은 떨어진 곳에서는 잘 보이지가 않았다. 이곳이 엄중히 경비되고 있음을 그는 첫눈에 알아볼 수 있었다.

교회 내부는 넓었다. 바닥에는 긴 의자들이 정면을 향해 가지런히 놓여 있었고 천장 가운데 높이 걸려 있는 전등불이 그것들을 침침하게 비추고 있었다. 정면에도 희미한 등불이 하나 걸려 있었는데 그것은 십자가를 집중적으로 비추고 있었다. 실내에는 그들 외에 아무도 없었다.

그들이 가운데로 걸어나가 자리를 잡고 앉자 천장에 매달린 전등불이 꺼졌다. 노목사는 아무렇지도 않은 듯이 그대로 앉아 있었고 홍철은 주위를 두리번거렸다. 정면의 불만 켜져 있어서 그들이 앉아 있는 곳은 완전히 어둠 속에 잠겨 있었다.

"밖에서 들여다보아도 잘 보이지 않을 겁니다."

노목사가 혼잣말처럼 말했다. 창 밖은 어두웠다.

갑자기 홍철의 입에서 기침이 터져나왔다. 기침은 한동안 격렬하게 계속되었다. 적막에 쌓여 있던 실내에 기침 소리만이 크게 울렸다.

"감기치고는 몹시 심한가 보군요. 병원에 가 보셨나요?"

기침이 끝나기를 기다렸다가 노목사가 조심스레 물었다.

"괜찮을 겁니다. 시끄럽게 해서 미안합니다."

"아니, 그렇게 가볍게 넘길 게 아니라 병원에 한번 가보셔야겠소."

노목사는 호주머니 속에서 봉투를 꺼내어 홍철의 손에 쥐어 주었다.

"얼마 안 되지만 약값에 보태 쓰시오."

홍철이 완강히 거절했지만 노목사는 우격다짐으로 그것을 내밀었다. 하는 수 없이 그것을 받아 든 홍철은 너무 감사한 나머지 콧마루가 시큰해졌다. 돌봐 주는 이 하나 없는 먼 이역에서 몸져 누운 그에게 약값은 실로 눈물겹도록 고마운 것이었고 한 줄기 생명수와도 같은 것이었다.

"감사합니다."

그는 목이 메어 말했다.

"원, 감사하긴……. 찾아 뵙지 못해 오히려 미안합니다."

노목사는 품속에서 권총을 꺼내어 홍철에게 주었다.

"부탁했던 거 여기 있소. 아쉬운 대로 우선 이걸 쓰시오. 요샌 감시가 심해서 무기 구하기가 힘듭니다. 마침 여기 계신 아얄티 소령이 구해 주어서……."

"감사합니다."

홍철은 아얄티 소령 쪽으로 머리를 숙여 보였다. 소령도 고개를 끄덕했다.

"좀 커서 휴대하고 다니기가 불편하겠지만 성능은 아주 좋아요. 독일제로 구식 모젤이지요. 실탄도 받아두시오."

실탄은 네모진 조그만 곽 속에 들어 있었다.

홍철은 권총 손잡이를 가만히 쥐어 보았다. 차갑고 매끄러운 감촉이 손바닥 가득히 느껴졌다. 총신이 20센티 가량 되어 보였다. 그는 품속 깊이 그것을 찔러 넣으면서 새삼 쇠잔해진 자신의 육신에 대해 비감스러운 기분을 느꼈다. 이 총 한번 사용해 보지 못 하고 나는 쓰러질 것인가. 안 돼. 그럴 수는 없다. 어떻게든 일어나야 한다. 이대로 병들어 죽을 수는 없다. 반드시 일어나고야 말겠다.

"미국은 앞으로 조선의 독립운동을 적극 지원하기로 했소. 지금까지도 관계가 없었던 건 아니지만 앞으로는 더욱 관계가 긴밀하게 될 것이오."

"반가운 소식이군요."

"미군과의 협력을 위해 곧 김구 주석과도 만나볼 생각이오. 아얄티 소령이 온 건 보다 구체적인 사항을 협의하기 위해서요. 이분은 OSS 요원으로 앞으로 우리와 주로 관계를 갖게 될 겁니다. 우리 쪽을 전담하기 위해서 이번에 새로 부임했는데 내가 보기에 좋은 동지가 될 것 같소."

홍철이 건너다보았지만 아얄티 소령은 꼼짝 않고 있었다.

"여기까지 오다니, 위험하지 않겠습니까. 미국인이라 그냥 눈에 띌 텐데요."

홍철은 걱정되어 말했다.

"괜찮을 거요. 중국 어디나 돌아다닐 수 있는 인물이니까, 그 점은 염려할 거 없소. OSS 요원이라면 적지 정도야 자유자재로 돌아다닐 수 있소."

"밤에도 저렇게 색안경을 끼고 다닙니까?"

"아, 그건 눈이 몹시 나쁘기 때문에 그런 것 같소. 빛을 바로 보면 눈에 해로운 모양이오. 그리고 한편으로는 변장도 되고 하니까."

미국인치고는 매우 조용한 성품인 것 같았다.

"젊은이가 필요하다고 하셨는데……아까 그 최군은 어떻습니까? 제가 데리고 있었으면 하지만 아무래도 몸도 좋지 않고 해서 사정이 어려울 것 같습니다. 목사님께서 지도를 해주시면 훌륭한 일을 해낼 수 있을 겁니다. 정말 좋은 청년입니다. 저번에도 말씀드렸지만 버마 전선에서 탈출해 온 청년인 만큼 여느 청년들과는 다른 초인적인 의지를 가지고 있습니다. 눈이 하나 없는 게 흠이지만 당사자는 별로 문제삼지 않는 것 같습니다."

홍철의 말에 노일영은 한동안 침묵을 지켰다. 그는 무엇인가 깊이 생각해 보는 눈치였다. 이윽고 그가 무겁게 입을 열었다.

"사실은 OSS로부터 건강하고 믿을 만한 조선 청년 열 명을 차출해 달라는 연락을 받았지요. 급히 차출해 달라는 연락이었지요. 무엇 때문에 그러는지 이유는 밝히지 않고 말이오. 그래서 나는 아무리 우리가 지원을 받고 있는 형편이긴 하지만 이유도 모른 채 청년들을 보낼 수는 없다고 말했지요. 그랬더니 이렇게 아알티 소령이 온 거요. 소령 말에 의하면…… 우리 청년 열 명을 OSS에 편입시켜 집중 훈련을 시킨 다음 조선으로 침투시키겠다는 거요."

"네에! 그게 정말입니까!"

"정말이오."

놀란 홍철은 기침을 터뜨렸다.

그의 놀라움은 실로 큰 것이었다. 각지에서 독립운동을 하고 있는 조선인은 많지만 지금까지 본국에 침투하기 위해 조직적인 공작을 전개한 사람은 없었던 것이다. 홍철은 놀랍기도 하고 한편으로 이것이 미군에 의해 계획되고 있다는 사실에 부끄러움을 느끼기도 했다.

"이것은 매우 모험적인 계획이기 때문에 큰 성과를 기대하지 않아요. 먼저 실험을 해 봐야 그 성패 여부를 알 수 있습니다."

"그럼 그 실험을 위해 열 명을 선발한다는 겁니까?"

"그렇지요. 실험이라고 하면 좀 어폐가 있고, 선발대라고 하는 편이 낫겠군요."

홍철은 바로 눈 앞에 10명의 주검을 보는 듯했다. 그는 기침을 참으려고 숨을 깊이 들이켰다.

"사실 쓸 만한 젊은이들이 별로 없습니다. 너무 많이 희생당하는 바람에 정작 필요할 때 가서는 인선하기가 매우 힘듭니다. 미군의 계획이야 훌륭하지만 지금 시기로는 국내에 침투한다는 것이 너무 무리가 아닐까요? 10명의 젊은이들 목숨만 아깝게 잃는 게 아닐까요?"

"나도 그 점은 생각해 봤소. 그러나 이런 기회를 놓치면 우리야말로 강 건너에서 소리만 지르고 있는 격이 아니겠소. 일본이 궤멸되어가고 있는 이때 우리가 몇 사람 희생이 두려워 국내 침투를 기피한다면 그보다 더 부끄러운 일이 어디 있겠소. 미국인들은 우리를 뭐라고 생각하겠소. 만일 우리가 기피하는 바람에 미군들만 침투했다고 가정해 봅시다. 우리가 무슨 면목으로 얼굴을 들고 다니겠소."

"과연 그렇군요. 저는 우리 젊은이들의 희생이 클까 봐 그렇게 말씀드린 것입니다."

"난들 우리 젊은이들이 희생당하는 것을 좋아할 리 있겠소. 그러나 희생이 필요하다면 그것을 감수할 수밖에 없는 게 우리들 입장이 아니겠소."

"잘 알겠습니다. 구체적인 작전계획이라도 있으면 알고 싶습니다."

"자세한 건 나도 잘 모르지만 대충 이런 거지요. 일단 10명을 침투시켜 그들로 하여금 거점을 확보하도록 한 다음 그것이 성공하면 2차로 많은 병력을 침투시켜 게릴라 활동을 전개한다는 겁니다."

"상당히 큰 작전이군요?"

"계획대로 된다면 새로운 전기를 마련할 수 있는 작전이라고 할 수 있지요. 그러니까 처음 침투될 10명의 임무가 그야말로 중요하지요. 그들의 성패 여하에 따라 이 작전의 실행 여부가 결정될 테니까 말이오."

홍철은 마치 꿈 같은 이야기를 듣고 있는 것만 같았다. 조선 청년들이 국내에 상륙하여 게릴라 활동을 전개한다는 것은 지금까지의 사정에 비추어 볼 때 확실히 꿈 같은 일이 아닐 수 없었다. 그러나 그것이 곧 실행 단계에 들어가려고 하고 있는 것이다. 대치에게 이 소식을 들려주면 뛸 듯이 기뻐할 것이고 앞장서서 이 일에 뛰어들 것이다. 살고 죽는 건 그의 운명이다. 나로서는 그를 막을 힘도 없거니와 그럴 명분도 없다. 내 딸어와의 관계에 집착할 수만도 없는 것이 내 입장이다.

"최군이라면 이런 일을 충분히 해낼 수 있을 겁니다."

"그런데 내 아까 잠깐 보았지만……별로 마음이 내키지 않는군요."

홍철은 의아해서 노목사를 바라보았다. 노목사는 잠깐 사이를 두었다가 말했다.

"그 청년을 보는 순간 뭐라고 할까……섬뜩한 기분이 들더군요. 어쩐지 젊은 사람 같지가 않고 온갖 풍상을 다 겪은 그런 사람 같더군요."

　노목사가 이런 말을 하다니 놀라운 일이었다. 어떤 분명한 결함 때문에 최군을 쓸 수 없다고 한다면 납득이 가는 일이었다. 그러나 첫인상을 가지고 사람을 평가한다는 것은 너무 독단적인 처사가 아닐까.

　"외모가 그래서 그럴 겁니다. 제가 함께 지내면서 겪어 보니까 그만한 젊은이를 찾기도 힘이 듭니다. 의지가 강한 건 물론이고 일본에 대한 증오심도 대단합니다. 일본군 오장을 돌로 때려 죽였을 정도니까 담력이 어느 정도인가도 알 수 있습니다. 한마디로 무서운 데가 있는 젊은이죠."

　"무서운 점이 있다는 건 나도 동의해요. 윤선생은 청년한테 단단히 반하신 모양이군요."

　노일영은 조금 웃어 보였다. 홍철은 얼굴이 뜨거워졌다.

　"반한 게 아니라 제가 객관적인 관찰을 해본 결과가 그렇다는 말씀입니다."

　"윤선생 관찰이 어련하겠소만……난 아무래도 썩 마음에 내키지 않는군요. 우스운 이야기 같지만, 난 내 직감이랄까 하는 것을 믿어요. 사실 나도 모르는 사이에 그것이 내 판단에 적지 않게 작용을 하고 있어요. 하여간 좀더 두고 생각해 봅시다."

　이것은 거절이나 다름없어. 홍철은 적이 실망했지만 대치에 관한 이야기를 더 이상 꺼내지 않았다. 사람을 보는 관점이 전혀 상반될 수도 있는 것이라고 그는 생각했다.

　"한가지 부탁이 있습니다. 자꾸 부탁을 드려 미안합니다만······."

"원, 무슨 말씀을 그렇게 하시는 거요. 미안하다니, 그런 말씀 하지 마시오. 모두가 조국의 독립을 위하는 일이 아니오."

"다름이 아니라······국내 침투 작전에 저도 끼워 주십시오. 선발대에 말입니다."

"아니 윤선생을 말이오!?"

"네, 저를 보내 주십시오."

놀란 탓인지 노목사는 한동안 말을 잊은 채 정면의 십자가만 응시하고 있었다. 한참 후에야 그는 매우 어렵게 입을 열었다.

"열의는 알겠소만 윤선생이 가는데 대해서 나는 찬동할 수가 없소. 첫째 윤선생은 여기서 중책을 맡고 있는 데다, 둘째 윤선생이 참가하기에는 너무 무리인 것 같소. 젊은 사람도 하기 힘든 일인데 불편한 몸으로 그런 일을 어떻게 하겠다는 겁니까. 그러다 실패라도 하면 생명은 둘째치고 모든 계획이 수포로 돌아갈지도 모르는 일이고."

홍철은 자신이 소외되는 것을 느꼈다. 절망적인 그는 사실 마지막으로 가장 위험한 일을 한번 해보고 싶었다. 앉아서 병들어 죽기를 기다리기보다는 차라리 독립전선에서 피를 흘리며 죽고 싶었다. 그런데 그것마저 마음대로 안 된다. 물론 노목사는 여러 가지를 고려해서 그러는 것이겠지만 왠지 현재의 심정은 울적하기만 했다. 그는 민망스러워 거기에 대해 더 말을 못 꺼냈다.

"내가 추천한다고 해서 결정되는 것도 아니오. 미군측의 엄격한 심사를 통과해야만 그 작전에 참가할 수가 있는 거요. 무엇보다 먼저 윤선생은 몸조리부터 하시오."

노목사는 홍철의 아픈 곳을 건드린 것을 알았는지 그의 손을 가만히 쥐어 주었다. 밖에는 빗방울이 굵어지는지 빗소리가 안에까지 들려오고 있었다. 그들이 빗소리에 귀를 기울이고 있을 때 문득 코고는 소리가 들려왔다. 어느새 아얄티 소령이 코를 골며 잠들어 있었다. 어디서나 잠들 수 있는 여유에 홍철은 내심 부러운 생각이 들었다.

대치는 한동안 벤치에 꼼짝 않고 앉아 있었다. 흥분과 긴장을 가누기가 몹시 힘이 들었다. 창문을 통해서 교회 안을 보려고 했지만 어두워서 잘 보이지가 않았다. 어두운 교회 안에서 밀담을 나누는 것으로 보아 매우 중요한 일을 토의하고 있는 것이 분명했다.

부슬비는 조금씩 굵어지고 있었다. 몸이 오싹하니 추워왔지만 그는 여전히 움직이지 않고 있었다.

양쪽 기둥 옆에 사람이 하나씩 서 있는 것이 보였다. 짐작으로 그들이 노일영을 지키는 경호원들이라는 것을 알 수 있었다. 엄중히 경비되고 있는 이상 섣불리 노일영을 제거할 수는 없을 것 같았다.

제일 좋은 방법은 그의 신임을 얻어 그에게 가까이 접근하는 것이다. 그러다가 기회를 보아 깜쪽같이 해치우는 것이다.

그는 품속에 찔러 넣은 단도를 옷 위로 가만히 눌러보았다. 그것은 어느 때보다도 크고 묵직하게 느껴졌다. 그 위로 가슴이 쿵쿵 뛰는 것이 전해져 왔다.

노일영이 얼마나 중요한 인물인가 하는 것은 그가 미군 소령과 직접 접촉하고 있는 것만 보아도 알 수 있는 일이었다. 상해까지 침투해 들어온 것을 보면 미국 첩보기관의 중요 인물임이 틀림없다.

여기에 임정 첩보 5호인 윤홍철까지 참가한 것을 보면 모종의 중요한 계획이 수립되고 있는 것이 분명하다. 미국인 이름이 아얄티라고 했지. 아얄티 소령……OSS 소속이겠지. 놈이 상해까지 온 걸 보면 여간한 놈이 아닌 것 같다. 혹시 독일놈 행세를 하는 것이 아닐까. 일본군에게 체포되어 정체가 탄르나면 간첩으로 처형당할 것이 뻔하다.

대치는 천천히 몸을 일으켰다. 그리고 교회 앞으로 느릿느릿 걸어갔다. 그가 가까이 다가가도 기둥 옆에 붙어 서 있는 사람은 움직이지 않았다. 대치는 거의 몸이 닿을 듯이 다가서면서

"담배 한 대 얻을 수 없을까요?"

하고 물었다.

어둠 속의 사내는 조금 머뭇거리다가 말없이 담배를 꺼내 주었다. 말을 알아듣는 것으로 보아 조선 청년이 분명했다. 담배에 불을 붙이면서 보니 상대는 경계를 푸는 것 같지 않았다.

대치는 일부러 여유를 가장하면서 교회 주위를 어슬렁어슬렁 거닐었다. 한가롭게 주위를 둘러보는 그의 외눈은 어둠 속에서 끊임없이 번득거리고 있었다.

교회 주위에 숲이 울창해서 잠입해 들어오기는 쉬울 것 같았다. 안성맞춤으로 경비병도 없었다. 만일 노일영의 숙소가 이곳

이라면 문제는 그를 지키는 경호원들이다. 하긴 노일영과 가깝게 지낼 수만 있다면 기회는 얼마든지 있을 것이다. 노일영이 기거하는 방은 어디에 있을까.

교회 건물 뒤쪽을 둘러보던 그의 눈이 이층 다락방 쪽에 머물렀다. 다락방 창문에서 희미한 불빛이 새어나오고 있었다. 거기에 사람의 그림자가 어른거리는 것이 보였다. 그림자는 잠깐 나타났다가 사라졌지만 여자인 것 같았다.

비가 세차게 내리기 시작했으므로 그는 건물 앞으로 돌아와 아치형의 현관으로 들어섰다. 문을 지키는 두 사나이는 여전히 침묵을 지킨 채 그 자리에 서 있었다.

"조선 사람입니까?"

대치는 넌지시 물어 보았다. 한참 만에 그들 중의 하나가

"그렇소."

하고 무겁게 대답했다. 대치는 대답을 한 사내 쪽으로 한발 다가섰다.

"이 교회에 다니시나요?"

이 질문은 상대방을 당황하게 한 것 같았다. 사내는 한참을 망설이다가 화를 벌컥 내며 말했다.

"그렇소. 그런데 왜 그런 건 묻소?"

"같은 조선인이기에 말을 나누고 싶어서 그냥 물어본 것뿐이오. 나도 신자이기 때문에 교회를 보면 다니고 싶소. 그렇지만 형편이 못 돼서……."

사내는 더 이상 말하지 않았다. 대치는 노일영에 관한 것을 알

아내려고 사내에게 은근히 이것저것을 물어 보았다.

"주일마다 교회를 여는가요?"

"그렇소."

"참 부럽소. 교회도 다니고 노목사님 같은 분을 모시고 있으니……."

"노목사님을 아시오?"

사내가 마침내 반응을 보였다.

"오늘 비로소 인사를 했지만 존함은 일찍부터 들어 왔었지요. 숨은 일을 많이 하고 계시다는 것도 알고 있지요."

"함부로 그런 말하고 다니지 마시오."

"그럴 리가 있습니까. 사실은 나도 노목사님의 지도를 받고자 하는 몸인데 위험한 짓을 할 리가 있소. 노목사님이 이 교회를 맡고 계신가요?"

"그렇지 않소."

"노목사님을 자주 찾아뵐 수 없을까요?"

"그건 당신이 알아서 할 일이오."

"어디로 가면 목사님을 뵐 수 있을까요?"

"그건……말할 수 없소."

"이 교회에는 자주 나오시나요?"

"당신 뭔가 이상한데……도대체 왜 그렇게 꼬치꼬치 캐묻는 거요?"

"내가 말하지 않았소, 목사님의 지도를 받고 싶어서 그런다고……. 그렇게 의심할 건 없지 않소. 그래도 여기 찾아온 손님인데……."

"당신이 쓸데없는 걸 자꾸 물으니까 그러는 거 아니오."

"그게 어째서 쓸데없는 말이오? 같은 민족끼리 이렇게 의심하고 경계할 게 뭐 있소. 정말 유감이오. 불쾌한 대접 잊지 않겠소."

대치는 일부러 시비조로 나왔다. 필시 상대편의 감정을 건드리면 무엇인가 하나쯤 불쑥 튀어나오는 말이 있을 것 같았다.

"같은 민족이라 하지만 첩자질하는 놈이 많아서 그러는 거요."

"그럼 내가 첩자란 말이오? 이런 돼 먹지 못한 것, 눈깔이 삐었나?"

"뭣이 어째! 이 작자 보자보자 하니까 눈에 뵈는 것이 없나. 여기가 어디라고 까부는 거야."

언성이 높아지자 다른 쪽에 있던 사내까지 달려왔다. 그들은 대치를 잡아끌었다.

"이거 놓지 못해? 난 이곳에 온 손님이야! 저 안에 내가 모시고 온 윤 선생님이 계시단 말이야!"

"손님이면 시끄럽게 굴지 말고 얌전히 있어. 안에까지 소리가 들리면 곤란하니까."

그때 문이 열리면서 세 사람이 나타났다. 그들은 옥신각신하고 있는 청년들을 보자 깜짝 놀라는 것 같았다.

"아니, 무슨 짓들이야?"

노일영이 그들을 향해 날카롭게 소리쳤다.

"이 자가 목사님의 거처를 자꾸 묻기에 모른다고 했더니 시비를 걸어오지 않습니까."

경호원 하나가 대치를 손가락질하며 대답했다. 대치는 노목사에게 허리를 굽히며 예의를 표했다.

"실은 목사님의 지도를 받고 싶어서 자주 찾아뵈려고 그런 것뿐입니다. 그런데 이 사람들이 저를 첩자 취급을 하기에 화가 나서 그만 다투었습니다. 소란을 피워 죄송합니다."

이 말을 들은 노목사는 경호원들을 준렬히 꾸짖었다.

"찾아온 손님을 그렇게 대접하면 쓰나. 이 사람은 그런 사람이 아니야. 사과를 하게."

청년들은 즉시 대치에게 사과했다. 대치도 그들에게 사과를 했지만 신경은 온통 노목사에게 쏠리고 있었다. 그러나 노목사는 대치에게 어떤 언질도 주지 않았다. 다만 그와 악수를 나누면서,

"기회가 있으면 또 만나게 되겠지. 윤 선생을 잘 모시게."
하고 말할 뿐이었다.

대치는 홍철을 따라 나오다가 뒤를 한번 돌아보았다. 노목사가 선글라스의 미국인과 함께 이쪽을 바라보고 있었는데 어쩐지 속마음을 꿰뚫어보는 것만 같아 등골이 서늘했다.

홍철은 이렇게 외출한 것이 몹시 몸에 좋지 않았던지 걷는 동안 자꾸 기침을 했다. 대치가 인력거라도 타고 가자고 했지만 그는 걷고 싶다고 하면서 그냥 내처 걸었다.

그들은 함께 우산을 받쳐 쓰고 인파 속을 천천히 헤쳐갔다. 전시라고는 하지만 상해의 밤거리는 형형색색의 불빛으로 휘황찬

란했다.

가는 곳마다 사람들이 넘쳐흐르고 있었고 생존의 아우성이 일고 있었다. 그들은 인적이 드문 길로 들어섰다.

"그렇게도 노목사님의 지도를 받고 싶은가?"

홍철이 입을 연 것은 한참 지나서였다. 그로서는 좀 섭섭한 기분까지 느끼고 있었다. 대치는 당황했다.

"무엇이라도 해보고 싶어서 그런 것뿐입니다. 노목사님께서 발이 넓으신 것 같아서……."

"지금까지 몹시 답답했나 보군."

"좀 그렇긴 했습니다."

홍철의 마음이 아플 것이라는 것을 알면서도 그는 이렇게 대답했다.

홍철은 기침을 했다. 그는 잠깐 멈춰 서서 숨을 몰아쉰 다음 다시 걸음을 옮겼다.

"그런데 유감스러운 일이지만 노목사님과는 관계를 가지지 않는 게 좋겠어."

"왜……무슨 일이 있었습니까?"

"기분 나쁘게 들릴지 모르겠지만 이런 건 분명히 말해 두는 게 좋겠지. 자네 이야기를 했더니 노목사님은 수긍하는 빛을 보이지 않아. 자기가 찾고 있던 청년은 아니었던 것 같아. 이번 일에는 아무래도 필요하지 않은 것 같아."

대치는 수치심으로 얼굴이 일그러졌다. 그러나 이내 노목사를 만나기 어렵게 되었다는 사실이 그를 초조하게 했다.

"어떤 점이 노목사님의 마음에 안 들었는가요? 이 눈 때문인가요?"

그는 일부러 불쾌한 목소리로 어색한 질문을 했다.

"왜 그런지 나도 잘 모르겠어. 그리고 그런 건 알 필요가 없지 않을까. 그건 어디까지나 목사님의 재량에 속한 거니까 말이야. 어떤 계획을 세워 놓고 거기에 필요한 사람을 뽑는 것은 그 사람의 권한이라고 할 수 있어. 사실은 이번 일에 나도 거절당했어. 그렇다고 목사님에 대해 불쾌하게 생각하지는 않아. 내 자신에 대해 좀 서글프게 느꼈을 뿐이야."

"이번에 계획한 일이란 무엇인가요?"

"나도 잘 모르겠지만……대충 이런 것 같아. OSS 지원 하에 우리 청년들이 국내 침투를 하는데 우선 그 선발대를 뽑는 모양이야. 내용은 매우 획기적인 것인데 성공할지는 두고 봐야지. 이건 극비니까 자네만 알고 있게."

대치는 말은 안 했지만 몹시 놀랐다. 그는 앞을 쏘아보면서 냉정을 찾으려고 애를 썼다. 그가 생각하기에도 놀랍고 기막힌 정보가 아닐 수 없었다.

"아, 피곤하군."

숙소에 돌아오자 홍철은 그 어느 때보다도 많은 각혈을 하면서 쓰러졌다. 너무 무리를 한 탓으로 그의 병세는 갑자기 악화되어 있었다.

노목사가 준 돈으로 약을 사 먹어 보았지만 장기 치료를 요하는 병이니 만큼 얼른 효과가 나타나는 것도 아니었다. 그나마 밀린 방세를 지불하고 생활비에 보태 쓰고 나니 돈은 거의 없어지고 말았다.

병에 시달리며 시름에 잠겨 있는 홍철에게 대치는 세번째로 간청을 했다.

"저의 소원이니 부디 막지 말아 주십시오. 그 작전에 꼭 참가해서 반드시 좋은 성과를 거두고야 말겠습니다. 다시 한번 노목사를 만나게 해주십시오. 부탁입니다."

이것은 홍철에게 더없이 잔인한 부탁이었다. 아무리 그것이 보다 큰일을 위한 것이라 할지라도 홍철의 입장에서는 대치의 태도가 이루 말할 수 없이 섭섭했다. 거동도 잘 못 하는 그를 두고 거듭 난처한 부탁을 하고 나오는 대치를 그는 어떻게 대해야 할지 실로 난감했다.

지금의 그로서는 마음이 약해질 대로 약해져 그 누구에게라도 의지하고 싶었다. 따라서 사위처럼 생각되는 대치를 그가 곁에 두고 싶어하는 것은 너무도 당연했다.

그런데 대치는 자꾸만 떠나려 하고 있다. 더구나 그를 탐탁지 않게 여기고 있는 노목사를 만나겠다는 것이다. 조국 광복에 자신을 던지겠다는 그 정신은 훌륭하다. 내가 너무 욕심을 부리고 있는 것은 아닐까. 홍철은 눈을 깊이 감았다.

"노목사님을 만나는 건 어렵지 않아. 허지만 내 생각은 쓸데없는 일인 것 같아서 자네를 만류했던 거야. 노목사님 성격은 내가 잘 알고 있어. 아마 생각을 돌리게 할 수는 없을 거야. 내가 직접 찾아가서 다시 간청을 하면 좋겠는데 움직일 수가 없으니 어디…….”

"만날 수 있는 장소와 방법만 가르쳐 주십시오. 직접 가겠습니다."

대치는 두 손을 움켜쥐었다. 손에 진땀이 배고 있었다. 이미 그의 눈에는 홍철이 보이지 않았다. 그는 죽은 송장이나 다름없어 보였다.

"그 교회를 찾아가게. 아무 때나 만날 수는 없어. 노목사님은 일요일 저녁 예배에만 참석하니까 그때 가야 만날 수 있을 거야. 그렇지만……변장을 하기 때문에 알아보기가 힘들 거야."

"그럼, 어떻게 해야 합니까?"

"그날 연보 돈을 받는 사람이 있을 거야. 그 사람한테 연락을 취하면 노목사님을 찾을 수 있을 거야. 세례를 받고 싶다고 말하면 알아들을 거야. 내가 못 가는 대신 편지를 한 장 써 줄 테니까 노목사님에게 갖다 드리게."

"감사합니다. 노목사님이 거처하시는 곳은 어딥니까?"

"그건 나도 몰라. 목사님한테 딸이 하나 있는데……그 딸은 교회에서 거처하고 있는 모양이야. 그래서 목사님도 가끔 하룻밤쯤은 교회에서 보내시는 것 같은데 확실한 거야 알 수 없지."

대치는 문득 교회 다락방 창문에 비치던 불빛과 얼핏 스쳐가던 여인의 그림자를 생각했다. 다 큰딸을 그런 외지고 으슥한 곳에 혼자 있게 할 리가 없다. 노목사는 그 다락방에서 거처하고 있는지도 모른다.

홍철이 겨우 몸을 일으키더니 책상 앞으로 다가앉았다. 백지와 필묵을 꺼내 놓고 한동안 멍하니 앉아 있던 그는 마음을 정한 듯 오른손을 뻗어 천천히 먹을 갈기 시작했다. 입에서는 절로 긴 한숨이 새어나오고 있었다.

일요일까지는 아직 사흘이 남아 있었다. 대치는 인력거를 역 앞에 세워 둔 채 그 앞에 쭈그리고 있었다.

이제 그는 제법 인력거꾼답게 보이고 있었다. 상해 지리에도 훤했고, 손님을 태우고 갈 때는 흔들리지 않고 재빨리 달릴 수가 있었다.

날이 어둑어둑해지자 거리에는 불빛이 하나 둘씩 들어오기 시작했다. 그가 막 담배꽁초에 불을 붙이려고 할 때 중절모를 눌러쓴 양복 차림의 신사 하나가 가까이 다가왔다. 신사는 말없이 대치의 인력거에 올라탔다.

"어디로 모실까요?"

대치는 신사를 눈여겨보지 않은 채 물었다.

"아무 데로나 한 바퀴 돌아."

퉁명스러운 목소리에 비로소 대치는 뒤를 돌아보았다. 그리고 깜짝 놀랐다. 신사는 김기문이었다.

"빨리 그대로 달려!"

대치가 뭐라고 말하기도 전에 김기문은 날카롭게 명령했다. 대치는 다리에 힘을 주면서 역 광장을 가로질러 빠져나갔다.

"지금까지 뭘 하고 있었어? 임무를 잊었나?"

뒤에서 김기문의 목소리가 들렸다. 대치는 등골이 오싹했다.

"배반한 건 아니겠지?"

"아닙니다!"

"배반하면 어떻게 된다는 건 알고 있지?"

대치의 신경은 온통 뒤에 집중되어 있었다. 그는 붐비는 차도를 벗어나 사람의 왕래가 뜸한 길로 들어섰다.

"왜 노가를 처치하지 못했나? 자신이 없나?"

"그런 게 아니라……기회가 없었습니다."

"기회가 있었던 걸로 알고 있는데……며칠 전에 노가를 만나러 교회에 가지 않았나?"

"갔습니다! 그렇지만 경호원이 둘이나 있어서 실행을 못 했습니다."

어떻게 알았을까. 내가 미행을 당하고 있구나. 대치는 식은땀이 흐르는 것을 느꼈다. 그는 놀란 가슴을 진정하느라고 어금니를 깨물었다.

"이젠 더 지체할 수 없다! 수일 내로 노가를 처치해!"

"알겠습니다."

"그날 밤 교회에서 무슨 일이 있었지? 모인 사람은 누구야?"

"노일영, 윤홍철……그리고 한 사람은 아얄티라고 하는 미군 소령이었습니다."

"뭐라고? 미군 소령이 거기 나타났다고?"

"네, 색안경을 낀데다 사복 차림을 한 미국인이었습니다."

"그들이 한 이야기를 들었나!"

"못 들었습니다. 나중에 윤홍철한테서 들은 바로는, 미군 지원 하에 국내 침투 계획을 세웠는데 그 선발대로 조선 청년들을 뽑는다는 것이었습니다. 윤홍철이 저를 거기에 참가시키려고 했는데 노가가 반대를 하고 나선 모양입니다."

"뭐, 국내 침투 계획?"

김기문은 다시 한번 묻고 나서 혀를 찼다.

"아, 크게 잘못했군. 어떻게 해서든지 그 작전에 참가해야 하는 건데……. 노가를 설득할 수는 없겠나? 아니, 그럴 필요 없어. 그놈을 제거해!"

인력거는 다시 큰길로 나왔다. 거기서 김기문은 인력거를 내렸다.

"거사가 끝나면 홍구공원(虹口公園)으로 가서 입구에 있는 호떡 장사를 만나 봐. 언챙이니까 알아보기 쉬울 거야. 맡긴 물건을 찾으러 왔다고 하면 알아들을 거야. 자, 수고하도록!"

김기문은 고개를 끄덕여 보이고는 인파 속으로 급히 사라졌다. 대치는 마치 꿈꾸는 기분으로 자리에 한동안 멍하니 서 있었다.

초조한 가운데 사흘이 흘러가고 일요일이 다가왔다.

홍철은 거의 의식을 잃은 채 죽은 듯 눈을 감고 있었다. 그의 얼굴은 피골이 상접해서 마주보기 민망스러울 정도였다. 대치는 이제는 완전히 정이 떨어져 홍철을 볼 때마다 구역질을 느꼈고, 병이 전염될까 봐 극도로 경계하고 있었다.

창 밖으로는 날이 어둑어둑해지고 있었다. 조금 전부터 부슬비가 내리고 있는 것이 밤에는 비가 좀 올 것 같았다.

그는 숨을 죽인 채 홍철을 쏘아보다가 천장으로 손을 뻗었다. 천장 한쪽 구석이 찢어져 있었다. 그는 그 속으로 손을 넣어 홍철이 숨겨둔 모젤 권총을 꺼냈다. 그것을 품속에 집어넣은 다음 이번에는 탄창을 모두 꺼내어 호주머니 속에 나누어 넣었다. 그가 이곳에서 처음이자 마지막으로 가져 갈 것은 이것뿐이었다. 만일 홍철이 눈을 뜬다면 그를 그대로 두고 떠날 수는 없을 것이다.

모자를 집어든 그는 한동안 홍철을 바라보았다. 오늘 거사가 성공하면 홍철과는 마지막이 되는 것이다. 그 동안 신세도 많이 졌고, 그의 보살핌이 컸던 것도 사실이다. 그러나 근본적으로 입장이 다른 만큼 갈라설 수밖에 없고, 만일 홍철이 건강을 회복하여 다시 일선에 나선다면 부득이 그와도 대결하지 않을 수 없다.

여옥은 이제 잊어버리자. 더 이상 생각할 필요도 없고, 그러고 싶지도 않다. 그것은 내 피부를 스쳐간 하나의 아련한 추억⋯⋯ 그 쓰라린 이별의 순간도⋯⋯여옥이 울부짖던 모습도 이제는 산산이 부서져 버린 물거품에 불과하다. 언젠가는 문득 생각날 때가 있겠지. 그러나 그뿐, 그것이 나의 앞길을 바꿔놓을 수는 없다.

임신한 여옥은 이미 죽었겠지. 나보고 죽은 후의 문제까지 생각하란 말인가. 그러기는 싫다. 죽음은 이 우주의 종말을 뜻한다. 내가 존재함으로써 이 세계가 있는 것이다. 내가 죽으면 이 세계도 동시에 없어지는 것이다. 죽은 여옥에게는 이 최대치가 없는 것이다. 죽은 후에 두 개의 영혼이 만난다는 생각은 얼마나 가소로운 것인가.

자, 윤홍철 선생, 잘 있으시오. 여옥을 이용해서 당신의 마음을 사로잡은데 대해서는 미안하게 생각하고 있소. 그러나 나로서는 어쩔 수 없었소.

그때 홍철의 몸이 움직였다. 홍철은 괴로운 듯 얼굴을 찌푸리더니 신음 소리와 함께 옆으로 돌아누웠다. 그리고는 움직이지 않았다. 아마 꿈이라도 꾸고 있는 것 같았다. 대치는 경계를 하고 있다가 조용히 밖으로 나왔다.

그는 깊이 심호흡을 한 다음 터벅터벅 걸어가기 시작했다. 한가한 중국인이 저녁거리를 어슬렁거리는 것 같은 그런 완만하고 방심한 듯한 걸음걸이였지만, 그의 전신은 그 어느 때보다도 팽팽히 긴장되어 있었다.

어둠이 완전히 내리기를 기다려야 했기 때문에 그는 그대로 천천히 걸어갔다. 빗방울은 조금 굵어지고 있었지만 비를 맞고 가기에 적당한 비였다.

길가에서 호떡을 한 봉지 산 그는 그것을 먹으면서 걸어갔다. 저녁식사를 했지만 양이 적어서 공복을 느끼고 있던 참이었다. 식욕이 왕성한 그는 항상 무엇인가 먹지 않으면 배겨내지를 못했다. 버마 국경 지대에서 인육을 씹어먹던 사실을 그는 바로 어제 일처럼 생생히 기억하고 있었고, 그것을 추호도 비인도적이라거나 이상하게 생각지 않고 있었다.

생존을 위해서는, 목적을 위해서는 수단 방법을 가릴 필요가 없다는 것이 그의 지론이었다. 이것은 죽음 직전까지 그를 몰고 갔고 그 처절하고 뼈저린 경험에서 그가 몸소 체득한 것이었다. 사정이 바뀌지 않았다면 그는 살기 위해서 일 년 아니라 십 년이라도 인육을 먹고 버티어 냈을 것이다.

교회 앞에 도착했을 때는 거의 두 시간 가까이 지나서였다.

입구에 들어선 그는 길을 벗어나 숲 속으로 들어섰다. 사람 눈에 띄지 않는 어두운 곳으로 해서 교회 건물 앞에 접근한 그는 한동안 그 자리에 숨어 있었다. 교회 안에서 목사의 설교 소리가 들려 오는 것으로 보아 아직 예배가 계속되고 있는 것 같았다. 건물 앞에는 몇 사람의 청년들이 서성거리고 있는 것이 보였다.

그는 건물 뒤로 돌아갔다. 사람이 없는 것 같았다. 다락방을 올려다보았지만 불이 켜져 있지 않았다. 다락방까지는 밖에서 올라갈 수 있는 비상계단이 만들어져 있었다. 그의 짐작으로는 노목사와 그의 딸이 아무래도 저 다락방에 함께 기거하고 있을 것 같았다. 만일 두 사람이 함께 있다면 거사하기가 더욱 어려워진다.

처음엔 홍철이 써 준 편지를 가지고 직접 노목사를 만날 생각이었다. 그러나 그렇게 되면 일이 장기화될 우려가 있었다. 뿐만 아니라 노목사가 그를 회피하거나 경계라도 하면 큰일이었다. 그래서 그는 그 방법을 포기하고 곧바로 노목사를 제거하기로 작정한 것이다. 만일 도중에 경호원들에게 발각이라도 되면 그때 가서 홍철의 편지를 꺼내 보일 셈이었다. 그것으로 위기를 모면할 수 있기 때문이었다.

그는 계단이 빤히 바라다 보이는 곳에 털썩 주저앉았다. 언제까지나 기다려 볼 셈이었다. 오늘 기회를 놓치면 다시 일 주일이 늦어지게 된다. 기어코 그를 만나야 한다.

나무에 몸을 가리고 있었지만 낮이라면 눈에 띨 그런 거리였다. 마침 비가 오고 있어서 숲 속이 어두운 것이 다행이었다.

그는 어둠 속에서 권총을 꺼내어 조심스럽게 탄알을 재 넣었다. 그런 다음 오른손에 가만히 쥐고 방아쇠에 손가락을 걸어 보았다.

금속성의 차가운 감촉이 손바닥을 통해 어깨까지 전해져 왔다. 몇 사람이 이것을 만졌을까. 그리고 몇 명이 이 앞에서 쓰러졌을까. 그는 그것을 뺨에 대고 부드럽게 비벼 보았다. 마치 연인의 볼에 자기 뺨을 비비듯이, 불안을 곁들인 신선한 쾌감이 가슴을 쓸고 지나갔다. 어디를 먼저 겨눌까. 이마를 겨눌까, 아니면 가슴을 먼저 쏠까. 복부에 대고 방아쇠를 당길까. 한 방은 불확실하다. 적어도 세 발은 쏘아야 한다. 그는 권총을 주머니 속에 집어넣은 다음 이번에는 단도를 꺼냈다. 나뭇가지 사이로 희미하게 흘러들어 오는 가로등 불빛을 받아 칼날이 번쩍거렸다. 그는 칼날을 한번 옷에 문질러 닦았다.

총소리 때문에 칼을 사용할 수밖에 없다. 만일 여의치 않을 때, 그리고 사태가 악화될 때 가서 권총을 사용해야 된다.

어느새 온몸이 비에 젖어 버려 으스스 한기가 느껴졌다. 그러나 그는 자세를 고쳐 웅크리기만 했을 뿐 자리를 뜨지 않았다. 끈질기게 그는 버티고 있었다.

한 시간이 지났다. 그러나 계단으로 올라가는 사람은 보이지 않았다. 다시 또 한 시간이 지났다. 그때 발자국 소리와 함께 두런거리는 말소리가 들려왔다. 대치는 몸을 일으키면서 앞을 쏘아보았다. 어둠 속을 두 사람이 걸어오고 있는 것이 보였다. 등마저 꺼져 잘 분간이 안 갔지만 한 사람은 남자였고 다른 한 사람은 여자였다. 직감적으로 노일영과 그의 딸이라는 것을 알 수 있었다. 두 사람은 매우 조용하면서도 다정하게 이야기를 나누고 있었다.

"……그렇지만 여자는……때가 되면 결혼해야 되는 법이야. 언제 독립이 될지도 모르고…… 내 생각 같아서는 그 청년이 마음에 든다. 네 생각은 어떠냐?"

이것은 분명히 노목사의 말소리였다.

그들은 이윽고 계단 앞에까지 다가왔다. 그때까지 여자는 부끄러운지 침묵을 지키고 있었다. 조금 후에 그녀의 다소곳한 목소리가 들려왔다.

"아버님 말씀에 따르겠어요."

"그럼 찬성한다는 거냐?"

딸이 대답하지 않자 노목사는 부드럽게 맑은 목소리로 웃었다. 웃음 소리는 어둠을 타고 허공으로 높이 울려 퍼졌다.

"옷이 모두 젖겠어요. 올라가요."

"음, 그러자. 오늘밤은 너하고 자야겠다. 며칠 잠을 설쳤더니……아, 피곤한데……."

"너무 무리하지 마세요. 그러다가 병이라도 나시면……."

"사는 게 어디 뜻대로 돼야지. 나도 오래 살아서 손주라도 안 아보고 싶다만……사람의 일 누가 알 수 있냐. 모든 건 하늘의 뜻이지."

층계를 오르는 소리가 삐걱삐걱 들려왔다. 이윽고 문이 열리고 두 사람은 안으로 사라졌다.

조금 후에 다시 두 사람이 나타났다. 그들은 경호원인 듯 계단을 서성거리다가 사라졌다.

대치는 다시 그 자리에 한 시간쯤 서서 동정을 살폈다. 일이 쉽지 않을 것 같았다. 다락방에는 두 사람이 있는데다, 필시 안으로 문이 잠겼을 것이다. 뿐만 아니라 집 주위로는 경호원이 돌고 있었다.

그는 다시 한 시간쯤 기다렸다.

경호원은 십 분 간격으로 주위를 돌고 있었다. 대치는 초조했다. 십 분 사이에 일을 해치운다는 것은 무리였다. 문이 잠겨 있을 경우 그것을 열고 방안에 침투하는 것만으로도 상당한 시간이 걸릴 것이다.

그런데 다시 한 시간이 지나자 그때부터 경호원이 나타나지 않았다. 여러 명이 교대로 경호를 하는 것이 아니라 겨우 두 사람이 번갈아 가면서 지켜야 했으므로 그들도 자정이 지나고 새벽이 다가오자 끝내 지친 모양이었다.

대치는 반 시간 더 기다리고 있다가 층계 쪽으로 다가갔다. 너무 오랫동안 한 곳에만 있었기 때문에 몸이 뻐근했다.

비는 어느새 그쳐 있었고 하늘에는 구름이 걷히면서 별들이 나타나고 있었다. 밤하늘이 환해지는가 하자 이번에는 둥근 달이 구름을 헤치고 나타났다. 달빛은 교회 주위를 환하게 비추었다. 대치는 그늘 속에 몸을 가리고 있다가 층계를 하나하나 오르기 시작했다. 그의 오른손에는 단도가 꽉 움켜쥐어 있었다.

다락방 문 앞에 이르러서야 그는 자신이 식은땀을 흘리고 있다는 것을 알았다. 층계를 다 오르는데도 상당한 시간이 걸린 것 같았다.

그는 아래를 내려다보며 잠시 심호흡을 했다. 주위는 정적 속에 잠겨 있었고, 움직이는 것이라고는 아무것도 없었다. 오늘밤 노일영이 여기서 묵게 된 것은 참으로 천우신조가 아니냐. 이 기회를 놓쳐서는 안 된다. 이 문을 뚫고서라도 들어가야 한다. 대치는 문을 가만히 잡아당겨 보았다. 예상했던 대로 문은 열리지 않았다.

단단히 잠겼는지 흔들리지도 않았다. 그는 왼쪽으로 고개를 빼어 벽을 바라보았다. 저만치 중간쯤에 창문이 하나 있었지만 멀어서 접근이 불가능했다.

오른쪽에도 창문이 있었지만 역시 접근할 수가 없었다. 더구나 그쪽 창문은 달빛을 환히 받고 있었다.

그는 비로소 자신이 신중히 검토를 했다면 이렇게 진퇴양난에 빠지지는 않았을 것이라고 생각했다. 그렇다고 문을 요란스럽게 부수고 들어갈 수도 없는 노릇이었다.

이상한 소리만 들려도 노목사는 경계 태세를 취할 것이고 경호원들도 달려올 것이다. 어떻게 할까. 그는 층계에 걸터앉아 손에 턱을 괴고 생각에 잠겼다.

수류탄이라도 하나 있어 창문으로 던져 넣으면 간단히 끝날 수 있는 일이다. 그러나 수류탄을 어디서 구할 수 있단 말인가. 지금 그런 것을 생각할 여유는 없다. 되돌아설 수도 없다. 그래서는 안 된다.

그는 일어서서 왼쪽 창문을 바라보았다. 창문은 옆으로 비스듬하게 보였는데 충분히 기어들어 갈 수 있을 만큼 큰 것 같았다.

그러나 거기까지 갈 수 있는 방법이 없었다. 밧줄이나 준비해 왔다면 지붕을 타고 창문에 닿을 수도 있을 것이다. 그러나 그것도 준비해 오지 않은 그는 막막하기만 했다. 그렇다고 창문에 접근했다고 해서 문제가 해결되는 것은 아니다. 만일 창문마저 잠겨 있다면 절망적일 수밖에 없다.

창문 쪽을 뚫어지게 바라보고 있는 그의 눈에 무엇인가 흔들리고 있는 것이 보였다. 가만 보니 그것은 담쟁이덩굴 잎이었다. 모두 다 떨어지고 겨우 몇 개의 잎만이 남아 미풍에 흔들거리고 있었다. 순간 그의 머리 속으로 하나의 묘안이 섬광처럼 스치고 지나갔다.

그는 즉시 손을 뻗어 담쟁이덩굴을 한 가닥 움켜쥐었다. 무척 오래 된 덩굴이라 줄기는 굵고 튼튼했다. 그리고 거미줄처럼 사방으로 뻗어 있어서 힘껏 잡아당겨도 끄덕도 하지 않았다.

이보다 더 좋은 밧줄이 또 어디 있을까. 왜 진작 이 생각을 못했을까.

몸이 강철 같이 단련된 그에게는 담쟁이덩굴이야말로 사다다리 같은 것이어서 가뿐하게 타고 갈 수가 있었다.

그는 칼을 허리춤에 꽂고 덩굴을 두 손으로 단단히 움켜쥐었다. 그리고 두 발을 허공으로 날렸다. 어둠 속에서 그의 몸이 좌우로 흔들렸다. 덩굴이 따라 흔들리고 바스락거리는 소리가 났다. 이윽고 그는 몸의 중심을 잡고 창문 쪽으로 다가가기 시작했다. 워낙 깊이 박힌 덩굴이라 밧줄보다 튼튼했다.

옆으로 옮길 때마다 그는 다른 덩굴을 더듬어 잡았다. 발을 허공에 놓지 않고 덩굴에 걸칠 수가 있었으므로 사닥다리를 타는 것처럼 움직이기가 아주 쉬웠다.

마침내 그의 왼쪽 손이 창틀을 잡았다. 그는 고가를 길게 빼어 안을 들여다보았다. 맞은편 창문으로 달빛이 비쳐 들고 있었기 때문에 방안은 침침하게나마 어느 정도 드러나 보였다. 방안은 넓었다. 맞은편 창문 곁에 침대가 하나 놓여 있었그, 그 위에 누군가가 누워 자고 있는 것이 보였다. 달빛을 받고 누워 있는 모습이 뚜렷이 보였지만 한쪽 눈만으로 구별하기에는 거리가 좀 멀었다.

그 옆에 달빛이 비치지 않는 어두운 곳에 침대가 또 하나 나란히 놓여 있었는데 그 위에도 사람이 누워 있었다. 이쪽 창문에서 그곳까지의 거리는 4미터쯤 되어 보였고 그 사이에는 책상이 하나 놓여 있을 뿐 텅 비어 있었다. 책상은 바로 이쪽 창문에 바싹 붙어 있었기 때문에 그 위에 놓여 있는 몇 권의 책들까지도 훤히 들여다보였다. 창문은 역시 안으로 잠겨 있었다.

그러나 낡을 대로 낡아 바람만 세게 불어도 금방 떨어져 나갈

암살1호 · 319

것 같았다. 가만히 잡아당기자 삐걱거리는 소리가 났다. 창문에는 네 개의 유리가 끼어 있었는데 아래쪽 유리 하나는 깨어져 금이 가 있었다. 그는 칼끝으로 창틀에 박힌 못을 뽑기 시작했다. 창틀이 썩은 데다 못도 삭아 있었으므로 작업은 별로 어렵지 않게 진행되었다. 소리가 나지 않도록 극도로 조심하면서 그는 서두르지 않고 하나하나 뜯어 나갔다. 이윽고 깨어진 유리 조각을 뽑아내자 창문에는 큰 구멍이 하나 생겼다. 그는 그 속으로 손을 집어넣어 안으로 잠긴 창문 고리를 벗겨냈다. 고리가 찰칵 하는 소리를 내면서 벗겨지자 그는 전신을 한번 부르르 떨었다. 생사를 결정하는 순간에 부딪쳤을 때의 전율이 온몸을 뒤흔들고 지나갔다.

이제는 창문을 열고 안으로 들어가는 것만이 남아 있었다. 들어갈 때까지 들키지만 않으면 일은 성공할 수가 있다.

그는 갑자기 외로움을 느꼈다. 두려움보다도 외로움이 뼛속 깊이 스며들고 있었다. 그것은 마치 하루아침에 갑자기 고아가 되어 혼자서 모든 불행을 이겨 나가지 않으면 안 되는 소년의 외로움 같은 것이었다. 그러한 감정이 자신을 짓누르자 그의 어깨에서 힘이 빠져나갔다. 동시에 덩굴을 잡고 있던 손이 떨리면서 몸이 휘청했다. 그의 몸은 흔들리는 덩굴 위에 불안하게 붙어 있었다.

그는 눈을 감고 자신을 타일렀다. 여기서 포기하면 너는 떨어져 죽는다. 죽지 않더라도 너는 죽은 목숨이나 다름없다. 왜 외로움을 느끼는가. 그것이 그렇게도 무서운가. 사람은 외로울 때 태산처럼 솟아야 한다. 고독에 좌절하는 사내는 십칠 세 소녀와 다를 게 뭐가 있단 말인가. 크고 위대한 것일수록 고독한 법이다. 평범하고 사소한 것들을 털어 버리고 일상적인 생활에서 벗어나기 때문에 혁명가는 외로운 법이다. 고독이 싫고 두려우면 지금 당장 내려가 창부를 안아라. 그리고 뒷골목에서 호떡 장사나 해라. 수백 킬로에 이르는 버마 전선의 밀림과 늪지대, 불모의 땅……그곳을 헤맬 때 너는 얼마나 외로웠더냐. 그런데도 너는 그것을 이기고 살아왔다. 그 굶주림, 그 공포를 이기고 말이다. 심지어는 사람고기를 먹으면서까지……. 한쪽 눈을 잃었으면서도 너는 얼마나 혁명에 불타고 있었던가. 그런데 지금 이것은 무슨 꼬락서니인가. 부끄럽지도 않느냐?

그는 눈을 뜨고 방안을 쏘아보았다. 새로운 힘보다 잔인한 감정이 가슴속에서 부글부글 끓어오르고 있었다. 그는 문을 밀었다. 창문은 몇 번 삐걱거리다가 안으로 덜렁 하고 소리를 내면서 열렸다. 창문 소리에 안에서 사람이 깨어났다고 해도 이젠 물러설 수도 없었다. 그는 재빨리 창틀을 잡고 그 위로 몸을 끌어올렸다. 그와 함께 단도를 빼어 들고 방안으로 미끄러져 들어갔다.

두 사람은 세상 모르고 잠들어 있었다. 노목사는 창문 곁에 누워 있었고 그 딸은 안쪽 침대 위에서 자고 있었다. 흰 잠옷 차림의 여자가 침대 위에 흐트러져 자고 있는 모습이 그의 감정을 자극했다.

그는 노일영이 누워 있는 침대 곁으로 바싹 다가섰다. 달빛이 그의 잠들어 있는 모습을 환히 비추고 있었다. 잠든 얼굴은 괴로운 듯 조금 일그러진 채 엄숙한 분위기를 띠고 있었다. 때때로 숨이 막히는지 입에서 푸푸 하는 소리가 새어나왔고 그때마다 코밑수염이 바르르 떨리곤 했다. 두꺼운 눈꺼풀이 무겁게 덮여 있는 것으로 보아 아마 깊이 잠든 모양이었다. 오십 대 사내의 이지적인 얼굴 모습을 보고 있자니 그는 문득 자신이 왜소하다는 생각이 들었다.

오오에를 돌로 쳐죽이던 그때의 감정과는 사뭇 다른 기분이 그를 지배하고 있었다. 오오에를 죽일 때 그는 증오심에 불타고 있었다. 그래서 죽여 놓고도 시원치 않아 간까지 꺼내 먹지 않았던가.

그런데 지금은 달랐다. 증오심이란 털끝만큼도 없었다. 개인적으로 증오심을 품을 만한 그런 상대도 아니거니와 일본인이 아닌 같은 동포라 아무래도 기분이 달랐다. 더구나 상대는 기품을 지닌 오십 대의 중요한 인물이었다.

그러나 죽여야 했다. 이것은 계산 끝에 나온 결론이었고, 명령이었고, 그가 혁명대열에 뛰어든 전주곡이기도 했다. 감정이 있다면 이제 체질화되어 버린 그의 잔인성이 있을 뿐이다.

그의 외눈이 이상한 광기를 발하면서 번쩍이기 시작했다. 밤의 적막이 숨가쁘게 그의 가슴을 압박해 오기 시작했다.

1초……2초……3초……. 시간이 흐를수록 어둠과 적막은 견딜 수 없을 정도로 그를 내려누르고 있었다. 그는 피가 머리로 몰리고 숨이 가빠오기 시작했다. 등으로 진땀이 흘러내리는 것이 느껴졌다. 칼을 움켜쥐고 있는 오른손에도 땀이 끈적끈적 배고 있었다.

그는 왼손으로 이불을 가만히 벗겨냈다. 순간 노목사의 눈이 떠지고 두 사람의 시선이 맞부딪쳤다. 두 사람은 모두 너무 놀라 눈을 크게 뜬 채 상대방을 쏘아보고 있었다. 노목사는 눈은 떴지만 아직 잠이 덜 깬 상태였고, 대치는 자기를 바라보고 있는 그 눈이 전율하도록 무서웠다.

그들은 눈을 부릅뜨고 있는 석고처럼 호흡도 중지한 채 그렇게 움직이지 않고 있었다. 입을 열기에는 사태가 급박했고 움직이기에는 사지가 너무 굳어 있었다.

대치는 흐느끼듯 흑 하고 숨을 들이켰다. 그것이 신호이기라도 하듯 노목사가 상체를 일으키면서 한쪽 손을 창문 쪽으로 뻗었다. 그의 손이 권총에 채 닿기 전에 대치의 칼끝이 상대의 가슴 한복판으로 깊숙이 들어갔다.

숨을 채 내쉬지도 못한 채 억눌린 듯한 낮은 비명 소리가 노목사의 입에서 새어나왔다. 그의 두 손이 허공을 향해 허우적거렸다. 그는 고개를 뒤로 잔뜩 젖힌 채 상체를 일으키려고 기를 쓰고 있었다. 뜨거운 피가 대치의 손을 흥건히 적셔왔다. 그는 이를 악물고 단도를 두 손으로 움켜쥐었다. 그리고 처음보다 더 힘차게 노목사의 가슴을 내려찍었다. 신음에 가까운 비명이 길게 여운을 끌면서 차츰 작아져 갔다.

비로소 대치는 피비린내를 느꼈다. 피에 젖은 두 손을 보자 오오에의 간을 움켜쥐던 생각이 났다. 핏방울이 뚝뚝 떨어지고 있었다. 그는 악마처럼 이를 드러내면서 소리 없이 웃었다. 여자가 침대 위에서 일어나 있었다. 너무 놀란 그녀는 소리도 지르지 못한 채 부들부들 떨고만 있었다.

대치는 그녀를 어떻게 처리할까 망설이다가 일본군들이 하는 것처럼 후환을 없애기 위해 그녀도 죽이기로 결심했다.

그는 오른손에 칼을 쥐고 왼손으로 여자의 목을 끌어 쥐었다. 그 순간 그녀는 맹렬한 기세로 그를 밀어젖히면서 빠져나갔다. 그가 다시 잡을 사이도 없이 그녀는 열린 창문으로 몸을 날렸다. 유리창이 깨지는 소리에 이어 처절한 비명이 밤의 적막을 깨뜨렸다.

피냄새에 취해 있던 대치는 비로소 정신을 차리고 잠긴 방문을 열어젖혔다.

계단 밑으로 벌써 사람이 뛰어오는 소리가 들려왔다. 그는 권총을 빼어 들고 계단을 내려가다가 중간쯤에서 계단 난간을 넘어 밑으로 뛰어내렸다.

"서라!"

고함 소리가 들리고 여기저기서 발자국 소리가 쫓아왔다. 그가 서지 않고 그대로 내달리자 마침내

"탕!"

하고 총성이 울렸다. 대치는 숲 속을 뚫고 달려갔다.

그 앞에 누군가가 뛰어들고 있었다. 대치는 막 덮쳐 오는 상대를 향해 방아쇠를 당겼다. 상대는 총에 맞았는지 뒤로 팔을 벌리며 쓰러졌다.

그는 철책 담을 뛰어넘어 정신없이 뛰어갔다. 깊은 밤거리는

인적이 드물어 조용했다. 총소리는 더 이상 들려오지 않았다.

그는 골목을 한동안 이리저리 돌아다니다가 어느 집 처마 밑에 웅크리고 앉아 숨을 몰아쉬었다. 가슴은 여전히 쿵쿵 뛰고 있었다.

새삼 그는 자신의 엄청난 행동에 놀라고 있었다. 그리고 마치 꿈을 꾼 기분이었다.

홍철은 밤새 눈을 뜨고 있었다. 대치가 갑자기 보이지 않게 되자 그는 마음놓고 잠을 청할 수가 없었다.

초저녁에 잠깐 눈을 붙였다가 깨어 보니 그가 보이지 않았다. 곧 돌아오려니 하고 생각했지만 한 시간, 두 시간이 지나도 나타나지 않았다. 지금까지 말없이 자리를 비운 적이 없었기 때문에 시간이 흐를수록 홍철은 걱정이 되고 불안했다. 오늘이 일요일이긴 하지만 대치가 말도 없이 노목사를 찾아갔다고 생각되지는 않았다. 물론 그 전 날 그에게 노목사에게 보내는 편지를 써주긴 했지만 예의 바른 그가 가겠다는 인사도 없이 이렇게 몰래 빠져나갔으리라고는 믿어지지 않았다.

만일 노목사를 찾아갔다고 가정해도 이미 돌아올 시간이 지나 있었다. 그리고 그는 노목사가 대치를 받아 주지 않을 것이라는 것을 알고 있었다.

자정이 지나고 한 시, 두 시가 지났다. 그러나 대치는 돌아오지 않았다. 웬일일까. 일본놈에게 체포된 것이 아닐까. 거리에는 일본 헌병과 형사가 항상 눈을 번득이고 있기 때문에 자칫 잘못 하다가는 걸리기 마련이다.

대치에 대한 의혹은 조금도 없었다. 그만큼 대치를 믿고 있었다.

새벽이 다가오자 그는 그대로 누워 있을 수가 없었다. 무슨 일인가 벌어진 것이 분명했다.

그는 겨우 몸을 일으키다가 주저앉아 버렸다. 머리가 어지럽고 다리가 떨려 움직일 수가 없었다. 그는 가슴을 끌어안고 기침을 했다.

아무라도 한 사람 빨리 와 주었으면 좋으련만 오늘 따라 아침이 되어도 나타나는 동지가 없었다.

그가 전화를 걸기 위해 기다시피 하면서 방을 나서는데 그때야 동지 한 사람이 계단을 쿵쿵거리면서 올라왔다. 연락책인 젊은 동지였다.

"크, 큰일 났습니다."

"무슨 일인가?"

홍철은 불길한 예감에 가슴이 떨려왔다. 그가 기침을 하자 청년이 그를 부축하고 방으로 들어왔다.

"무, 무슨 일인가?"

"큰일 났습니다!"

"큰일이라니?"

"노목사님이 살해됐습니다."

"언제?"

홍철은 상체를 일으켰다. 두 손이 떨리고 있었다.

"어젯밤에 살해됐습니다!"

"왜놈들이 살해했나?"

"아닌 것 같습니다. 최대치 어디 갔습니까?"

청년이 경계의 빛을 띠면서 물었다.

"어젯밤 나가서 아직 안 들어왔어. 최군한테도 무슨 일이 일어났나?"

"아직 정확한 건 잘 모르지만……최대치가 노목사님을 살해한 것 같습니다. 곧 동지들이 자세한 걸 알아 가지고 이리로 올 겁니다."

홍철은 너무 충격이 컸기 때문에 멍하니 청년을 바라보기만 했다. 청년의 말이 도무지 정말 같지가 않았다. 그럴 수 없다. 그럴 수 없다. 그는 고개를 설레설레 저었다.

"대치가……그놈이 그럴 리가……."

그는 겨우 이렇게 중얼거릴 뿐이었다. 그러한 그를 윽박지르기라도 하듯 청년이 언성을 높였다.

"목격자가 있습니다! 범인은 분명히 애꾸눈이랍니다! 어젯밤에 나가서 지금까지 안 들어왔다면 그놈이 틀림없습니다!"

"나……나 좀 일으켜 주겠나."

청년의 부축을 받고 일어선 홍철은 천장에 뚫린 구멍 속으로 손을 집어넣어 보았다. 그러나 아무리 깊이 손을 넣어 휘저어 보아도 있어야 할 권총이 없었다.

그는 비틀거리다가 무너지듯 방바닥에 털썩 주저앉았다.

"이럴 수가……세상에 이럴 수가……."

그는 방바닥을 주먹으로 두드리며 통탄했다. 너무 기가 막혀 말이 나오지 않았고 전신이 마구 떨리기만 했다.

그는 무엇보다도 동지들 보기가 두려웠다. 대치를 감싸고 온 것이 자기였으니 면목이 있을 리가 없었다. 동지들이 뭐라고 할까. 그들에게 뭐라고 말해야 하는가. 노목사 같은 훌륭한 투사를 일본인도 아닌 같은 동족에 의해 잃었으니 이 원통함, 이 수치심, 이 배반자를 어떻게 한단 말인가. 도대체 그놈이 왜 노목사님을 죽였을까. 작전에 참가시켜 주지 않는다고 죽였을까. 그럴 리는 없을 것이다. 그만한 일로 죽였을 리는 없다.

아, 그놈……천벌을 받을 놈, 그런 놈을 믿었던 내가 어리석은 놈이지. 홍철은 자신이 영영 얼굴을 들 수 없는 죄인이 되고 말았다고 생각했다. 그리고 독립전선에서 다시는 싸울 수 없게 된 것도 알았다. 이젠 내 스스로 목숨을 끊던가 아니면 말없이 물러갈 수밖에 없다. 절망의 먹구름이 덮쳐 오고 있었다. 그는 눈앞이 캄캄해지는 것을 느꼈다.

그가 이렇게 어쩔 줄 모르고 있을 때 층계를 올라오는 여러 사람들의 발자국 소리가 요란스럽게 들려왔다. 곧 문이 거칠게 열리더니 젊은 동지들이 안으로 들이닥쳤다. 과격파로 통하는 젊은이들이었다.

"노목사님이 최대치에게 살해됐습니다!"

그들중 하나가 날카로운 어조로 말했다. 그들은 앉으려고도 하지 않고 그대로 버티고 있었다.

"방금 들었네. 정말 그게……사실인가?"

지푸라기라도 잡고 싶은 심정으로 그는 이렇게 물었다. 청년들의 눈에 살기가 돌았다.

"놈은 노목사님을 칼로 찔렀습니다. 함께 자던 딸이 목격했습니다. 눈에 안대를 한 애꾸눈이었답니다. 딸은 죽기 전에 이 말을 해주었습니다."

"따님도 죽었나?"

"자살했습니다!"

홍철은 고개를 숙이고 눈을 감았다. 처음으로 기도를 하고 싶었다. 자신의 과실이 얼마나 큰 비극을 몰고왔는가를 생각하자 소름이 끼쳤다.

"그놈은 어디 있습니까?"

"어젯밤에 나가서 아직 안 들어왔어."

"사전에 몰랐습니까?"

"몰랐어. 내가 잠들어 있는 사이에……권총까지 훔쳐갔어."

"그런 놈을 신임하다니 한심합니다!"

씹어뱉듯한 말에 홍철은 고개를 떨어뜨렸다. 어떤 모욕도 달게 받을 수밖에 없다고 생각하고 있었다.

"정말 면목없네."

"그런 말로는 문제가 해결될 것 같지 않습니다. 노목사의 측근들이 윤선생님의 거처를 알려달라는 것을 겨우 피했습니다. 그 사람들은 이제 선생님까지 의심하고 있습니다. 그들이 선생님을 만나면 무슨 일이 일어날지 모릅니다. 어디로 빨리 피하시는 게 좋습니다."

"그 사람들이 나를 의심할 만도 하지."

그들을 피하라는 것은 곧 일선에서 퇴장하라는 뜻이다. 홍철도 그것을 알고 있었다. 일선에서 물러나는 것을 각오하고 있었다. 그러나 죽음을 피할 생각은 추호도 없었다.

"그놈이 어째서 그런 짓을 했지?"

"김기문의 사주를 받고 한 게 아닙니까?"

"적색분자란 말이지?"

"그렇지요. 그밖에는 달리 해석할 도리가 없습니다. 아무튼 우리 쪽으로서는 큰 실수를 저질렀습니다."

모두가 그를 질책하는 소리였다. 홍철은 청년들을 하나하나 바라보았다. 그를 신뢰하고 동정하는 사람은 아무도 없는 것 같았다.

홍철은 다시 눈을 감더니 자리에 힘없이 쓰러졌다. 그리고 심한 기침과 함께 피를 토했다.

청년들은 흠칫 놀라는 것 같았다. 그들은 홍철의 신음하는 모습을 쳐다보기만 할 뿐 누구 하나 달려들어 그를 부축하는 사람은 없었다.

이제 그는 완전히 무시되고 있었다. 그는 몽롱한 의식상태 속에서 누군가가 그를 일으켜 주었으면 하고 바랐다. 그러나 그것을 요청하지는 않았다.

한 청년이 머리를 흔들며 나가자 나머지 청년들도 기다렸다는 듯이 그 뒤를 따라 몰려나갔다. 방에는 홍철 혼자만이 쓰러져 있었다.

세 시간쯤 지나서야 그는 겨우 정신을 차렸다. 이불은 온통 피에 젖어 있었고 입가에도 피가 말라붙어 있었다. 동지들이 그를 내버려 둔 채 떠난 것을 알자 그는 더할 수 없는 외로움에 몸을 떨었다. 죽어야지 하고 그는 중얼거렸다. 그 순간 여옥과 대치의 얼굴이 눈앞을 가로막았다. 죽어야겠다던 그의 생각은 거기서 뚝 멎었다.

아무리 생각해도 딸애의 생사도 모른 채 먼저 떠날 수는 없을 것 같았다. 또한 대치란 놈을 그대로 두고 눈을 감을 수 없었다. 그의 손으로 직접 놈을 처리해야만 동지들에 대한 면목도 서고 자신의 직성도 풀릴 것 같았다.

그는 이를 악물었다. 우선 일어나야 한다. 일어나서 움직여야 한다.

겨우 몸을 일으킨 그는 윗목에 놓아둔 수제비 그릇을 끌어당겼다. 먹을 수가 없어 내팽개친 것이지만 지금은 먹기 싫어도 억지로 입 속에 틀어넣어 기운을 차려야만 했다.

식은 죽을 그는 천천히 먹기 시작했다. 소가 새김질을 하듯 그는 오래오래 그것을 먹었다. 그 동안 그의 가슴속은 굳은 결심으로 가득 채워지고 있었다.

그렇게 거동을 못 하던 그는 이것을 고비로 일어날 수 있게 되었다. 정신력이 그의 몸을 일으켜 세운 것이다.

그러나 이것은 마치 불이 꺼지기 전에 한번 확 타오르는 것과 같은 것으로서 그의 마지막 몸부림인지도 몰랐다. 체력으로는 도저히 움직일 수 없는데도 그는 일어나서 걸었다.

누구에게 작별 인사도 없이 그는 조그만 가방을 하나 들고 지팡이에 몸을 의지한 채 터벅터벅 걸어갔다. 떠나기 전에 가야 할 곳이 있었다. 아무리 입장이 곤란하더라도 거기만은 가 보아야 한다고 생각하고 있었다.

주머니에 돈이 좀 있었지만 그것은 일 주일분 식사비에 불과했기 때문에 다른 데는 일절 사용할 수가 없었다.

그는 내내 걸었다. 교회에 도착했을 때는 거의 세 시간이나 지나서였다. 교회 앞에는 장례차가 한 대 서 있었다. 눈앞이 어지럽고 몹시 피로했지만 그는 교회 안으로 곧장 들어갔다.

찬송가가 울려 퍼지는 가운데 장례식이 막 끝나고 있었다. 정면에는 노일영과 그 딸의 사진이 놓여 있었고 그 주위로는 생전의 고인의 활약을 말해 주는 듯 각종 조화(弔花)들이 늘어서 있었다.

두 개의 관은 그보다 좀 아래에 흰 보에 덮인 채 나란히 놓여 있었다.

문상객들은 많았다. 그들은 몹시 비통한 표정들을 짓고 있었다. 홍철은 그 무거운 분위기에 눌려 앞으로 나갈 수가 없었다. 그래서 뒷자리에 가만히 앉아 눈을 감았다. 어느새 그의 두 눈에서는 눈물이 흘러내리고 있었다.

이윽고 찬송가가 끝나자 모든 사람들이 일어섰다. 그리고 풍금 소리가 조용히 울려 퍼지는 가운데 두 개의 관이 운구되어 갔다. 사람들이 그 뒤를 따라나갔다.

홍철은 관을 붙들고 울고 싶었다. 그러나 그런 처지가 못 되는 그는 말없이 눈물을 흘리면서 그것을 지켜볼 수밖에 없었다.

그러나 그대로 있을 수만도 없어 그는 뒤에 처져서 행렬을 따라갔다.

오솔길을 지나 정문 밖으로 나오자 관은 곧 장례차에 실려졌다. 먼저 간 문상객들이 차에 오르기 시작했다. 그것을 본 홍철은 사람들을 헤치고 앞으로 나아갔다. 장지(葬地)까지 따라가서 몸부림이라도 치고 싶은 것이 그의 심정이었다.

그가 막 차에 오르려고 할 때 두 명의 청년이 난폭하게 그의 팔을 낚아챘다.

"윤선생이시죠? 좀 봅시다."

홍철이 그들을 뿌리치고 차에 다시 오르려 하자 그들은 강제로 그를 끌고 교회 숲으로 들어갔다.

"자네들은 뭐야? 왜 이러는 거야?"

"얻어맞고 싶지 않거든 가만 있어!"

그들은 강압적으로 말했다. 사람들이 보이지 않는 곳에 이르자 그들은 홍철을 풀어놓았다. 거기에는 다른 청년들도 서너 명 대기하고 있었다. 그들 중 좀 나이가 들어 보이는 삼십 대 사내가 홍철을 손가락으로 가리켰다.

"윤선생, 나이 대접을 해서 거칠게 대하지는 않을 테니까 묻는 대로 솔직히 대답하시오. 우린 지금 매우 신경이 날카로워져 있으니까 당신 스스로 다치지 않도록 노력하시오."

그들의 말은 매우 위협적이고 무례한 말이었지만 홍철은 상대가 노목사의 측근들이라는 것을 알자 먼저 죄인이 된 듯한 느낌부터 들었다.

"잘 알겠소. 아는 대로 숨기지 않고 말하겠소."

"좋소. 갑시다."

그들은 홍철을 데리고 교회 다락방으로 올라갔다.

방안으로 들어서던 홍철은 헉 하고 깊이 숨을 들이켰다. 방안은 온통 수라장이 되어 있었고 침대 하나는 검붉은 피로 물들어 있었다.

"여기가 바로 노목사님이 살해된 현장이오. 기분이 어떻소?"

너무 충격을 받은 홍철은 미처 입을 열지 못한 채 멍하니 서 있기만 했다.

"이리 와 보시오."

삼십 대의 조선인은 창문 쪽으로 그를 데리고 갔다. 유리창은 부서져 있었고 깨진 유리 조각들이 여기저기 흩어져 있었다.

"저기 출입구는 노목사님께서 주무실 때 분명히 잠갔을 거요. 그렇다면 범인이 어디로 들어왔느냐 하는 게 문젠데⋯⋯이 책상 위를 보세요. 안쪽으로 발자국이 나 있지요?"

과연 남자 발자국이 두 개 찍혀 있었다. 홍철이 수긍하는 빛을 보이자 사내는 이야기를 계속했다.

"범인은 층계로 올라왔다가 문이 잠긴 것을 알고는 이 창문으로 침입한 게 틀림없습니다. 저쪽 창문은 우리가 들어왔을 때까지도 안으로 잠겨 있었으니까 들어올 데라고는 이곳밖에 없어요. 그런데 보다시피 이 창문도 밑에서 긴 사닥다리를 놓기 전에는 들어올 수가 없게 되어 있어요. 그렇지만 밑에서 지키는 사람이 있는데 그렇게 긴 사닥다리를 끌어다 놓고 침입하는 미련한 놈은 없을 거란 말이오. 그렇다면 범인은 날아들어 왔을까요? 최대치란 놈은 날개를 가지고 있소?"

사내는 빈정거리고 있었지만 그 빈정거림 뒤에는 분노가 이글거리고 있음을 알 수가 있었다. 홍철은 아무 말도 못한 채 죄인처럼 서 있기만 했다.

"결국 생각해 본 끝에 이런 결론이 나왔소. 윤선생도 보다시피 이 교회 벽에는 수십 년 자란 담쟁이덩굴이 그물처럼 붙어 있소. 그러니까 놈은 계단 끝에서 덩굴을 타고 이 창문까지 온 거란 말이오. 범인이지만 그 대담성에 감탄이 안 나올 수가 없었소. 생각할수록 대담한 놈이란 생각이 들어요. 최대치란 놈은 그렇게 대담한 놈입니까?"

"네, 대담한 것만은 사실입니다."

홍철 역시 그 대담성에 놀라지 않을 수 없었다. 그와 함께 우발적으로 노목사를 살해한 것이 아니고 어디까지나 계획적인 암살이라는 확신이 들었다. 그렇다면 놈은 처음부터 노목사 암살을 위해 접근했던 게 아닐까. 생각이 여기까지 미치자 그는 소름이 끼쳤다.

"그놈은 창문으로 침입해서 칼로 노목사님을 찔렀습니다. 바로 저 침대가 노목사님이 누워 계셨던 곳이지요. 이건 노목사님 권총인데 바닥에 떨어져 있었어요. 총알이 그대로 있는 걸 보니까 한번 사용해 보지도 못 하고 잠자는 상태에서 그대로 살해당하신 겁니다. 이렇게 사람을 찔러 죽일 수 있다는 건 여간 잔인한 놈이 아니고서는 하기 힘든 일입니다. 최대치란 놈, 그놈은 잔인한 놈입니까?"

"그렇다고 볼 수 있습니다."

"그놈은 노목사님을 살해한 다음 그 따님을 범하려고 한 모양입니다. 옷이 온통 찢어져 있었으니까요. 그리고 따님까지도 죽이려고 한 모양인지 따님은 이 창문으로 뛰어내렸습니다. 경호원들은 그때서야 소리를 듣고 뛰어왔지요. 그 따님은 병원에 급히 데려갔지만 곧 절명하고 말았어요. 죽기 전에 범인의 인상을 말해 주어서 그놈이 윤선생님과 함께 지내고 있는 애꾸눈이란 것을 알았지요. 우리 경호원들이 며칠 전에 그놈과 다툰 적이 있기 때문에 우리는 금방 그놈의 신분을 알아냈어요."

사내는 호주머니 속에서 무엇인가 꺼내더니 그것을 홍철의 눈 앞에 바싹 들이댔다.

"자, 이걸 똑똑히 봐 주시오. 이건 놈이 도망치면서 권총을 발사할 때 떨어뜨린 탄핀데, 본 적이 있는가요?"

"네, 이건 분명히 그놈이 훔쳐 간 거요. 놈은 모젤 권총과 탄환을 훔쳐 갔는데 이건 그 탄피가 분명해요. 노목사님이 나한테 준 거지요."

"그놈이 숨을 만한 데를 모르시오?"

사내의 음성이 갑자기 날카로워지고 있었다. 홍철은 입장이 난처했다.

"우리가 듣기로는 놈은 적색분자인 김기문이 보낸 놈인 것 같은데, 왜 그런 놈을 윤선생이 보호하고 있었지요?"

"보호한 게 아니오. 그런 줄 모르고 순수한 애국청년인 줄 알고 데리고 있었던 거요."

"윤선생, 우리는 당신을 의심하지 않을 수 없소. 당신은 그놈을 일부러 이곳까지 데려와 노목사님에게 접근시킨 게 아니오? 놈의 계획을 도와주기 위해서 말이오."

"나한테 물론 의심이 가겠지만, 하늘에 맹세하고 나는 전혀 그런 짓을 하지 않았소. 물론 나의 과실은 인정하겠소. 그 책임을 물어 나를 처단하겠다면 달게 받겠소만……내가 그놈과 공모했다는 건 잘못 생각하신 거요."

"뻔뻔스러운 것 같으니!"

다른 청년 하나가 홍철의 얼굴을 주먹으로 후려 갈겼다. 홍철은 바닥에 힘없이 쓰러졌다. 그는 흐릿해지는 의식을 되찾으려고 머리를 흔들었다. 쓰러져 있는 그를 향해 청년이 무섭게 소리쳤다.

"당신 같은 인간은 이제 필요 없어! 때려 죽이고 싶지만 참는다! 빨리 나가!"

홍철은 바닥을 두 손으로 짚으면서 간신히 몸을 일으켰다. 코에서는 피가 흘러내리고 있었다.

"자넨 좀 가만 있어."

사내가 청년을 밀어젖히면서 홍철을 붙들어 세웠다.

"이럴려고 한 게 아닌데 미안하게 됐소."

"괜찮소. 이렇게 맞아 싸지요."

홍철은 흐르는 피를 손수건으로 닦았다. 왠지 한 대 얻어맞고 나자 기분이 상쾌해지고 있었다. 사내가 권하는 담배를 그는 받아 피웠다. 병원의 진단이 내린 뒤로는 절대 금연하고 있었지만 이제는 될 대로 되라는 생각뿐이었다.

"부탁이 하나 있소."

사내가 딱딱한 음성으로 말했다. 홍철은 말없이 상대를 바라보았다.

"지금 여기서 윤선생이 결백한가 아닌가를 따진다는 것은 불가능하고 쓸데없는 일이오. 그러니 앞으로 윤선생이 어떻게 행동하느냐에 따라 윤선생의 입장이 밝혀지겠지요. 어떻소, 윤선생. 최대치란 놈을 잡아 주겠소? 우리도 힘쓰겠지만 윤선생도 한번 힘써 주시오. 윤선생이 이 일을 해내기만 하면 우리도 윤선생을 달리 보겠소."

"그런 말씀 안 해도 나는 그렇게 하려고 하던 참이오. 나를 어떻게 평가하든 난 상관하지 않소. 다만 나는 내가 그놈을 잡든 죽이든 해야 한다는 것을 알고 있소. 그것은 전적으로 내 책임이며, 의무요."

"어디 한번 기대해 봅시다. 이제 가보시오."

사내는 턱짓으로 나가보라는 표시를 했다.

홍철은 싸늘한 시선을 받으며 그곳을 나왔다. 계단을 하나씩 내려올 때마다 그는 밑으로 한없이 굴러 떨어지는 자신의 운명을 생각했다.

거리로 나왔지만 그는 갈 곳이 없었다. 그를 반가이 맞아 줄 사람은 이 상해 거리에는 이제 없었다. 아니 있다 해도 그는 찾아갈 수가 없었다. 무슨 낯짝으로 찾아간단 말인가. 노목사를 죽인 놈은 바로 나다. 내가 노목사를 죽인 것이나 다름없다.

그는 역으로 나왔다. 벤치에 앉아 주위를 둘러보았지만 모든 것이 갑자기 낯설게 느껴지기만 했다. 십여 년 동안 이 바닥에서 지내온 그였지만 막상 떠나려고 하니 모든 것이 생소하게 보이는 것이었다.

멀리 동지 한 명이 인력거 앞에 앉아 있는 것이 보였다. 대치는 보이지 않았다.

한 시간쯤 있다가 그는 대합실로 들어가 북경행 기차표를 샀다. 표를 사고 나니 이젠 수중에 몇 푼의 돈밖에 남지 않았다. 차 속에서 두 서너 번 식사를 하고 나면 돈이 한푼도 남지 않을 것 같았다.

그는 북경에 도착하여 여비를 마련한 다음 만주까지 갈 생각이었다. 아무래도 그곳이 고국과 가까울 뿐만 아니라 그곳에 가서 옛 동지들을 만나볼 생각이었다.

옛 동지를 만나면 그를 이해해 줄 것 같았다. 당장이라도 대치란 놈을 찾아 죽이고 싶지만 지금으로서는 그놈을 찾는다는 것이 불가능하므로 당분간 보류할 수밖에 없었다. 옛 동지의 도움으로 병을 고치고 다시 건강을 되찾기만 하면 반드시 대치를 찾아나서고야 말겠다고 그는 결심했다.

기차는 반 시간 후에 출발했다. 화물칸까지 달린 매우 긴 열차였다. 차가 기적을 길게 울리면서 출발하는 순간 흥철은 눈물이 왈칵 쏟아졌다. 어쩌면 이 길이 마지막이 될지도 모른다는 생각이 그의 가슴을 뒤흔들고 있었다.

제국 일본의 대륙 침략은 실상 점(點)과 선(線)으로 이루어지는데 그치고 있었다. 중일전쟁 이후 대병력을 투입하여 일거에 중국 전토를 점령할 것처럼 기세를 올렸지만 광대무변한 대륙을 차지하기에는 그들은 우선 절대적으로 수가 부족했다. 뿐만 아니라 중국 국민의 대일 항쟁은 갈수록 치열해지기만 하고 있었다.

따라서 더 이상의 전선 확대는 고려해 보지도 못한 채 현상 고정이라는 교착 상태 속에 빠져 있었다. 그 현상 고정이라는 것이 겨우 철도 연변과 중요 도시를 확보하는, 즉 점과 선으로 이루어진 점령에 불과했다. 대륙 관통작전이라는 것도 대륙을 남북으로 잇는 철도를 손아귀에 쥐는 것으로 그치고 있었다.

그 이상, 그러니까 철도가 닿지 않는 교통이 불편한 곳이나 산악 지대는 여전히 중국군의 지배하에 놓여 있었다. 이들 중국군은 주로 게릴라 화하여 밤이면 철도 연변을 기습해 오곤 했기 때문에 일본국은 엄중하게 철도를 경비하고 있었다.

홍철은 차창을 통해 일본국의 삼엄한 경비망을 줄곧 관찰하고 있었다. 어떤 곳은 철도를 따라 양켠으로 나란히 호를 파 놓은 곳도 있었다.

열차는 하루 밤낮을 지나 계속 달리고 있었다. 도시를 지나면 광막한 평원이 나타났고, 산 하나 보이지 않는 지평선이 늦가을의 푸른 하늘과 맞닿은 채 수 시간씩이나 계속되고 있었다. 곡식을 거둬들인 들판은 황량하게 버려져 있어서 그런지 쓸쓸한 느낌을 자아내게 하고 있었다.

이따금씩 들려오는 총소리, 그리고 철로 연변에 번쩍이는 일본국의 총검만 아니라면 자연 그대로의 평화로움만이 느껴졌을 것이다.

열차가 지나갈 때마다 중국인들은 그 누구도 손을 흔들지 않았다. 대륙민족의 특성답게 그들은 얼굴에 표정을 나타내지 않은 채 덤덤하게 열차를 바라보고 있었다.

홍철은 기진한 몸을 이기지 못해 거의 눕다시피 차창에 기대앉아 있었다.

대지에 어둠이 내리기 시작했을 때 기차는 제남(濟南)에 도착했다. 통로에까지 들어찼던 사람들이 많이 내리는 바람에 차 속은 갑자기 텅 비어 버린 것 같았다. 새로 차에 오르는 승객은 별로 많지 않았다.

기차가 다시 출발했을 때 홍철과 마주 보이는 출입구에 캡을 눌러쓴 사나이 하나가 나타났다. 바바리코트 차림의 그 사나이는 객차 안으로 들어서기 전에 실내를 한번 천천히 훑어보고 있었다.

이윽고 그는 앞으로부터 주위를 관찰하면서 안으로 천천히 걸어 들어왔다. 아마 빈자리를 찾고 있는 듯했다.

홍철은 거의 무의식 상태 속에서 그 사나이를 바라보고 있었다. 사나이가 가까이 다가왔을 때 홍철은 잠을 자려고 눈을 감았다. 조금 후에

"실례합니다."

하는 소리가 났다. 부드러운 조선말이었다.

홍철은 반사적으로 눈을 떴다. 캡의 사나이가 허리를 조금 구부린 채 그를 바라보고 있었다. 홍철이 내뻗은 다리를 오그리자 사나이는 그 맞은편 자리에 점잖게 앉았다. 홍철보다는 조금 젊어 보이는 얼굴이었다.

상대가 조선말을 하고 있다는 사실에 홍철은 조금 관심이 있었다. 그렇다고 함부로 말상대를 할 수도 없어 그는 눈치채이지 않게 사나이를 관찰했다. 어쩌다가 눈이 마주치면 사나이는 미소를 짓곤 했는데 그것이 별로 기분 나쁘지가 않았다. 한참 후에 사나이는 코트 주머니 속에서 담배를 꺼내더니 그것을 홍철에게 내밀면서 역시 조선말로,

"한대 태우시죠."

하고 말했다. 담배는 고급의 궐련이었다.

"감사합니다. 안 피웁니다."

홍철은 자기도 모르게 조선말로 거절했다.

사나이는 겉으로는 온화한 인상을 풍기고 있었다. 그는 무슨 말인가 할 듯하다가 홍철이 다시 눈을 감아 버리자 더 말을 걸어오지 않았다.

홍철에게 있어서는 상대가 일본인이든, 중국인이든, 조선인이든 모두가 경계의 대상이었다. 상대가 조선인이라고 해서 섣불리 반가움을 표시하고 친숙해지다가는 의외의 봉변을 당할지도 모른다.

그러나 지금 거의 자포자기 상태에 빠져 있는 그로서는 신경

을 곤두세우고 상대방을 관찰하는 자체가 귀찮은 일이었다. 그래서 그는 차츰 방심해지고 있었다.

홍철은 잠이 들었다가 한 시간쯤 지나 눈을 떴다. 창 밖은 완전히 어두워져 있었다. 맞은편 자리의 사나이는 혼자서 술을 마시고 있었다. 자리에는 그들 두 사람뿐이었다. 홍철이 깬 것을 알자 사나이는 웃어 보였다. 술기가 올라 얼굴이 벌개져 있었다.

"몹시 피곤하신가 보군요."

"네, 조금……."

홍철은 사나이를 외면했다.

"먼저 한잔했습니다. 술이야 우리 탁주 맛이 제일이지만 하는 수 있습니까. 남의 나라에서 사는 마당에 이것도 과하지요. 자, 한잔 드십시오."

"미안합니다. 몸이 좀 불편해서……."

"그러신가요."

사나이는 내밀었던 잔을 자기 입으로 가져갔다. 그러나 번번이 거절을 당하면서도 그는 조금도 불쾌한 빛을 보이지 않았다. 오히려 더욱 친근하게 웃으면서 접근해 왔다.

"이런 데서 동족을 만나 함께 여행하다니 반갑습니다. 어디까지 가시는 길인가요?"

"북경까지 갑니다."

"하아, 저도 거기까지 갑니다."

사나이는 무척 즐거워하는 표정이었다. 홍철은 상대의 신분을 짐작해 보려고 했지만 종잡을 수가 없었다. 장사꾼 같기도 한데 어떻게 보면 그렇지 않은 것 같기도 했다. 사나이는 거나하게 취해 가면서 말이 많아졌다.

"이것도 인연인데, 우리 통성명이나 합시다. 난 김달호라고 하는데 선생은……."

"나는……양문수라고 부릅니다."

홍철은 상대가 귀찮아지기 시작했다. 그러나 사나이는 상관하지 않고 자꾸만 말을 걸어왔다.

"고향을 떠나신 지 얼마나 됐는가요?"

"한 십 년 가까이 돼 갑니다."

사나이는 한숨을 길게 내쉬더니 갑자기 우울한 표정을 지었다. 그리고는 낮은 음성으로 자기의 신상을 하나씩 늘어놓기 시작했다.

본래 충청도 어느 시골에서 소학교 선생이었던 그는 조선말 사용이 금지된 판에 조심하지 않고 아이들 앞에서 조선말을 사용하는 바람에 경찰에 쫓기는 몸이 되어 중국으로 도망쳐 왔다는 것이다.

그리고 하는 일없이 빈둥거리다가 먹고살기 위해 하는 수 없이 아편 밀매에 손을 대어 돈을 벌어서 지금은 생활걱정 없이 그럭저럭 지내고 있다고 했다. 이런 말을 그는 아무 스스럼없이 하는 것이었다.

"여기서는 아편 장사야 누구나 하는 거 아닙니까. 하지만 돈을 벌어서 뭐하겠습니까. 고향에도 못 가는 이 유랑 신세가 한없이 슬프고 원망스러울 때가 많지요. 그래서 이렇게 술만 마십니다.

도대체 우리는 언제 고향에 돌아가게 될까요?"

"글쎄요."

"전쟁은 언제 끝날 것 같습니까?"

"글쎄, 알 수 없는 일이지요."

사나이는 재빨리 주위를 둘러보고 나서 속삭이듯,

" 우리나라는 해방이 될까요?"

하고 물었다. 홍철은 아편 장사를 물끄러미 바라보았다. 사나이는 진심으로 알고 싶어하는 눈치였다.

"머지 않아 해방되겠지요."

홍철은 힘주어 말했다. 사나이는 고개를 크게 끄덕거렸다.

"빨리 해방이 되면 얼마나 좋을까요. 선생은 지금 무얼하고 계신가요?"

"그저 하는 일없이 지내고 있습니다."

"그렇다면……이거 초면에 실례지만 우리 함께 일해 보시지 않겠소? 좀 위험하긴 하지만 그만큼 이익은 많으니까 빈손으로 한번 해볼 만하지요."

홍철은 창 밖을 바라보았다. 갑자기 불쾌한 기분이 들었다. 사나이에게 말대답을 해준 것이 후회스러웠다.

"이 시대에 뭐 별거 있습니까. 그저 몸 성히 있다가 고향에 돌아갈 수 있으면 그게 제일이지요. 이 일은 운반만 잘해도 밥벌이는 충분히 되지요."

홍철은 사나이가 초면에 이런 말을 하는 것으로 보아 몹시 취한 모양이라고 생각했다.

"나는 배짱이 없어서 그런 일은 못합니다."

"뭐라고요? 배짱이 없다고요?"

사나이는 눈을 크게 뜨더니 느닷없이 웃음을 터뜨렸다. 홍철은 놀림을 받은 것만 같아 기분이 상했지만 내색은 하지 않고 눈을 감아 버렸다. 사나이도 더 말을 걸어오지 않았다.

새벽녘에 기차는 천진(天津)에 닿았다. 사나이는 어디론가 사라졌다가 차가 떠날 때에야 급히 올라왔다.

"이제 술이 깨는데……. 실례 많았지요?"

"아니오."

홍철은 창 밖으로 시선을 돌렸다. 사나이가 뭐라고 말했지만 그는 못 들은 체하고 창 밖만 바라보고 있었다.

지평선 위로 새벽의 하늘이 뿌우옇게 밝아오고 있었다. 그것은 시간이 흐를수록 차츰 붉은 빛으로 변해 갔고 기차가 북경에 도착할 무렵에는 막 태양이 솟아오르고 있었다.

차가 역에 들어서자 사나이가 먼저 일어서면서 말했다.

"이제 이별이군요. 언제 또 만날지 모르겠군요."

홍철은 쓸쓸히 웃으면서 그가 내미는 손을 붙잡았다. 악수를 하고 나자 사나이는 급한 듯이 먼저 나가 버렸다. 홍철은 사람들이 모두 내리기를 기다렸다가 맨 나중에 천천히 몸을 일으켰다. 길고 지리한 여행 끝이라 그는 현기증으로 비틀거렸다.

출구 저쪽 드넓은 역광장에는 많은 사람들이 북적대고 있었다. 그는 출구 앞에서 잠깐 멈춰 섰다. 분명히 일본인으로 보이는 두 명의 사나이가 출구 저쪽 좀 떨어진 곳에서 이쪽을 바라보고 있었다. 문득 불길한 예감에 그는 얼른 뒤를 돌아보았다. 그리고 한순간 멍청하게 그 자리에 서 있었다. 앞서 나간 줄 알았던 사나이가 뒤에서 그를 바라보며 웃었다. 사나이는 앞으로 나가라는 듯 홍철에게 눈짓을 해 보였다.

이미 때가 늦은 걸 깨달은 홍철은 출구 밖으로 힘없이 걸어나갔다. 뒤에서 쫓아오던 사나이가 옆으로 다가서며 그의 팔을 낚아챘다.

"이 잔가?"

일본인 중의 하나가 캡의 사나이에게 물었다. 캡이 그렇다고 하자 일본인은 홍철의 손에 수갑을 철컥 채웠다.

"왜 이러는 거지요? 당신들은 누구요?"

홍철은 쓸데없는 짓인 줄 알면서도 항의를 해보았다.

"이 자식아, 보면 몰라?"

캡의 사나이가 뺨을 철썩 하고 갈겼다. 부드럽게 보이던 그의 얼굴이 표독스럽게 굳어져 있었다. 어느새 구경꾼들이 잔뜩 모여들고 있었다.

"이놈아, 같은 동포끼리 이럴 수가 있어?"

홍철은 분해서 이를 갈았다. 캡의 사나이가 다시 그의 얼굴을 철썩 하고 갈겼다.

"이 자식아, 잔말 말고 가!"

일본인도 홍철의 다리를 걸어찼다.

홍철은 앞으로 걸어가면서 하늘을 바라보았다. 아침해가 파아란 하늘 속에서 눈부시게 빛나고 있었다.

빛이 완전히 차단된 지하실은 캄캄해서 아무것도 보이지 않았다.

홍철은 바닥에 쓰러진 채 어둠 속에서 눈을 뜨고 있었다. 얼굴에서 흘러내리는 끈끈한 피를 닦으려고 그는 자주 손을 들어올리곤 했다. 낮인지 밤인지, 그리고 몇 시간이 흘러갔는지 알 수가 없었다. 알 수 있는 것은 아직도 자신이 죽지 않고 살아 있다는 사실뿐이었다.

역에서 곧장 이곳으로 끌려온 그는 오랫동안 무서운 고문을 받았었다. 주리를 틀리고 발길에 걷어채고, 물통 속에 거꾸로 처박히고, 두 손을 뒤로 묶인 채 천장에 매달리는 등 혹독한 고문을 받았지만 그는 결코 자신의 정체를 밝히지 않았다.

기차에서 캡의 사나이에게 허점을 보인 것이 결정적으로 그를 불리하게 만든 요인이었다. 형사 끄나풀인 캡의 사나이는 홍철의 입에서

"곧 해방되겠지요."

하는 말이 나오자 그를 불순분자로 단정, 북경에 연락을 취해 역에 닿자마자 체포해 버린 것이다.

반전주의자로 몰린 홍철은 지하조직에 대해 집중적인 추궁을 받았다. 그러나 정확한 사실에 근거를 둔 것이 아닌 투망식 추궁이었기 때문에 그는 끝까지 버티었다. 사실대로 불어 버리면 사형언도를 받을 것이 뻔했다. 불이 켜지고 곧이어 세 명의 사나이들이 안으로 들어왔다. 홍철은 눈으로 흘러들어 온 핏물 때문에

눈을 바로 뜰 수가 없었다.

"일어나!"

한 사나이가 그를 걷어차면서 일본말로 말했다. 홍철은 겨우 상체를 일으켜 벽에 기대앉았다.

"네가 한 말은 모두 거짓말이다. 조회해 본 결과 주소도 이름도 모두 틀려. 바른대로 말해. 바른대로 말하면 석방한다."

홍철은 아예 두 눈을 감아 버렸다. 이젠 고문도 무섭지 않았고, 죽음을 피하고 싶지도 않았다.

그의 왼손을 한 사나이가 쳐들어 올렸다. 다른 한 사나이가 주머니에서 집게를 꺼내더니 우악스럽게 홍철의 왼손에서 손톱을 하나 뽑아 버렸다. 가슴을 후벼내는 듯한 고통이 그의 전신을 흔들고 지나갔다. 그러나 홍철은 그대로 눈을 감은 채 신음만을 토해 냈다. 두번째로 손톱이 빠졌을 때 그는 처음보다 고통이 조금 둔화되는 것을 느꼈다. 세번째에는 따끔할 정도의 통증을 느꼈다. 다섯 개가 모두 빠졌을 때 그는 정신을 잃었다. 몽롱한 의식 상태 속에서 대화 소리가 어렴풋이 들려왔다.

"지독한 놈인데……."

"불지 않겠는데."

곧 이어 그의 몸 위로 차가운 물이 쏟아졌다.

"일어나."

홍철은 머리를 흔들며 일어나 앉았다. 지금까지 그에게 손을 대지 않고 있던 양복 차림의 젊은 신사가 가까이 다가섰다. 홍철은 고개를 숙였다. 잘 닦은 구두 끝이 불빛을 받아 반짝거리고 있었다.

"중노동 3년에 처한다!"

신사는 이 한마디만을 내뱉고는 구두 소리를 크게 울리며 밖으로 급히 빠져나갔다. 죄명도 없고 적용 법조문도 없는 약식 판결이었다.

다른 두 사나이도 나가고, 지하실은 다시 캄캄해졌다. 반죽음이 된 홍철은 3년간 중노동이란 말에 아무런 실감을 느끼지 못한 채 바닥에 쓰러졌다.

희망도 절망도 사라져 버린 무의식 상태가 그를 편안한 안식처로 인도하고 있었다. 그는 어둠이 몰고 오는 장중한 리듬에 귀를 기울이면서 소리 없이 빙그레 웃었다. 딸의 얼굴이, 아내의 얼굴이 그를 향해 웃고 있었다.

적색공포단

 해골, 그리고 낫과 망치가 그려진 흰 보자기가 책상 위에 펼쳐져 있었다. 흰 보는 온통 피로 얼룩져 있었다. 핏자국은 모두 혈서로 적힌 인명이었다.

 대치는 선명하게 그려진 붉은 해골, 그리고 낫과 망치를 한동안 뚫어지게 응시하고 있었다. 그것은 강렬한 인상으로 그의 뇌리에 와 박혔다.

 실내에는 스무 명쯤 되는 사나이들이 앉아 있었다. 서너 명의 중국인을 제외하고는 모두 조선인들이었다. 침칠한 불빛 때문에 그들의 얼굴은 하나같이 굳어 보였다.

 대치는 오른쪽 새끼손가락을 어금니 사이에 집어넣고 질끈 깨물었다. 검붉은 피가 금방 뚝뚝 떨어졌다. 그는 빈자리를 찾아 피로 자신의 이름을 써넣었다. 흰 보위에 이름 석 자가 선명한 빛을 뿌리며 그려졌다. 그가 허리를 펴자 둘러앉은 사나이들은 조용히 박수를 쳤다. 이윽고 그들은 한 사람씩 몸을 일으켜 대치와 악수를 나누었다.

 입단식이 끝나자 간단한 회식이 있었다. 회식이라고 하지만 야단스럽게 노래를 부르거나 떠드는 짓은 일절 없었다. 조용한 가운데 약간의 술과 음식을 드는 것이 고작이었다. 모두가 묵묵히 앉아 있었고, 때때로 대치를 바라보는 눈들이 날카롭게 빛나곤 했다.

대치가 들어간 이 지하 조직은 적색공포단(赤色恐怖團)이라고 하는 적색 계열 중에서도 극좌파에 속하는 극렬 테러 단체였다.

중국에는 망명해 온 조선인들에 의해 조직된 적색 단체가 많이 있었다. 그 중에는 단 두 명의 회원으로 이루어진 하찮은 단체도 더러 있었던 만큼 끝까지 이름이 밝혀지지 않은 단체도 많이 있었고, 이렇게 우후죽순처럼 솟아나온 단체들은 하나같이 그 우유부단하고 미온적인 노선과 행동으로 적색 통일전선에 큰 암영을 던지고 있었다. 이에 분노를 느낀 극렬분자들이 통일전선에 신풍을 불어넣기 위해 중국 공산당과 손을 잡고 조직한 것이 바로 이 적색공포단이었다. 그 행동의 맹목성과 잔인함은 어느 단체도 따를 수 없을 만큼 과격한 것이어서, 그 이름만 들어도 사람들은 간담이 서늘해지곤 했다.

"최군이 노가를 제거했다는 것은 영웅적인 일이야. 앞으로 싸움은 치열해질 테니까, 이걸 계기로 모두가 더욱 분발해 주길 바래."

반백의 사나이가 입을 부자연스럽게 놀리면서 말했다. 모두가 침묵을 지키고 그를 바라보았다. 매부리코에 광대뼈가 주먹만큼 튀어나와 있는 것이 매우 살벌하고 투쟁적인 면모를 보여

주고 있었다. 그는 허록(許錄)이라고 하는 책임자로 대체로 북풍(北風)이라는 별칭으로 통하고 있었다. 각종 테러 및 살인 명령은 그가 직접 내리고 있었다.

조직 운영 방식은 토의 같은 것이 일절 없는 명령하달식이었다. 명령이 내리면 목숨을 걸고 그것을 수행해야 한다. 이의나 반대는 있을 수 없다. 명령 불이행과 배반은 가장 무섭게 다스려진다.

"명령을 이행하지 않거나 배반하는 자는 가차없이 처단한다. 그 동안 우리 대원 중에 이러한 불명예로 처단된 자는 십여 명이 된다."

북풍이 눈짓을 하자 문이 열리고 한 사나이가 끌려들어왔다. 그 사나이는 입에 단단히 자갈이 물려 있었고 온몸은 피투성이였다.

"자백했나?"

"네, 돈은 모두 탕진했답니다."

"주색에 곯아 눈이 멀었구나. 불쌍한 자식 같으니……. 이놈은 공금을 횡령한 놈이야. 없애 버려."

북풍의 한마디에 사나이는 도로 끌려나갔다. 끌려나가면서 사나이는 공포에 질린 눈으로 북풍을 바라보았다. 그리고 몸부림을 치면서 무엇인가 호소하려고 우우우 하고 소리를 질렀지만 그것이 무슨 말인지는 알 수가 없었다.

회식이 끝나자 대치는 북풍과 김기문을 따라 작은 별실로 들어갔다. 그곳에서 그들은 다음 거사에 대해 밀담에 들어갔다.

"정보에 의하면⋯⋯앞으로 일 주일 후에 이곳으로 미제 기관단총 1백 자루와 탄환이 들어온다. 장개석 군 사단 참모가 직접 거래하기 위해 이곳에 온다. 우리는 그것을 손에 넣어 모택동 군에 넘겨준다."

북풍이 단도직입적으로 말했다. 대치는 얼른 납득이 안 가 어리둥절한 얼굴로 북풍을 바라보았다.

"문제는 돈이야. 그것도 금괴가 필요한데 두 사람이 자금 문제를 해결해 주기 바래."

"자금이 없으면 안 됩니까?"

김기문이 물었다.

"안 돼. 무기야 뺏을 수 있지만 그렇게 되면 앞으로 거래가 끊기게 돼. 놈들은 돈을 벌려고 그 짓을 하는 거니까."

"기한은 언제 까집니까?"

"넉넉잡고 일 주일⋯⋯. 그 이상은 안 돼. 세부적인 사항은 두 사람이 타협해서 하도록⋯⋯."

북풍은 일어서서 나가 버렸다.

김기문은 탁자 위에 팔꿈치를 괸 채 두 손으로 얼굴을 덮었다. 한동안 그러고 있는 모습이 매우 곤혹스러워 보였다.

"어려운 일이야. 하지만 해 봐야지."

한참 만에 김기문은 얼굴에서 손을 떼면서 말했다.

"장개석 군 사단 참모가 우리한테 무기를 팔러 온다는 겁니까?"

대치는 아무래도 정말 같지가 않았다.

"그래. 국부군에는 부패분자가 많아서 미군이 원조해 준 무기를 모택동 군에게 팔아 넘기고 있어. 심지어는 일본군에게도 팔고 있어. 돈만 주면 누구한테든 팔아 넘기지."

대치는 아연했다. 이렇게 국부군이 부패했을까 생각하니 남의 일 같지 않게 느껴지기까지 했다.

"그런데 왜 우리가 산 것을 모택동 군에게 넘겨 줍니까?"

"신임을 더욱 두텁게 하기 위해서야."

"꼭 그렇게까지 해야만 합니까?"

김기문은 조금 건방지다는 듯이 대치를 바라보았다.

"다 장래를 생각해서야. 중국 혁명이 성공하면 우리나라의 독립과 혁명도 그만큼 빨라져. 그러니까 모택동군은 우리의 든든한 지원 세력이 되는 거야."

"잘 알겠습니다."

"자금을 우리한테 마련해 보라고 했지만 보통 힘든 일이 아니야."

"정말 어렵겠습니다."

"이 바닥에서 경계가 삼엄한데……성공률은 반도 못 돼. 금괴를 구하려면 결국 보석상을 방문하는 수밖에 없어. 그렇다고 중국인 보석상은 안 되고……왜놈을 찾아야 하는데……그런 놈이 어디 있는지 알 수가 있나."

김기문은 입맛을 쩍 다셨다. 그는 대치를 물끄러미 바라보다가 급히 일어섰다.

"자네가 움직이려면 우선 그 눈부터 고쳐야 해. 지금 노일영과 윤홍철 일당은 자네를 잡으려고 혈안이 돼 있어. 눈에 그렇게 안대를 하고 다닌다는 건 날 잡아 달라는 거나 마찬가지야. 안대를 벗고 거기다가 의안(義眼)이라도 박으면 인상이 달라질 거야. 그리고 참 윤홍철이 북경역에서 일경에 체포되었다는 보고가 들어왔어."

대치는 놀랐지만 이내 그가 어차피 죽을 수밖에 없다는 것을 알자 마음은 차갑게 가라앉았다. 차라리 잘 되었다는 생각이 들었다.

안대를 벗기자 움푹 꺼진 눈 자리가 나타났다. 자신이 보기에도 그것은 흉측스런 모습을 하고 있었다. 중국인 의사는 플래시를 비추며 한참 들여다보고 나서 이렇게 말했다.

"말라붙어서 바로 안구를 집어넣을 수는 없습니다. 수술을 해야 합니다."

"얼마나 걸리겠습니까?"

김기문이 물었다.

"일 주일은 걸립니다."

"일 주일 후에는 정상적으로 활동할 수 있다 이 말입니까?"

"그렇습니다."

"너무 오래 걸리는데……. 돈을 더 드릴 테니까 사흘 안으로 해주시오."

돈을 더 준다는 바람에 의사는 생각이 달라지는 모양이었다.

"그렇다면 입원을 해야 합니다."

"좋소."

대치는 즉시 입원했다. 입원 사흘 동안 그는 매우 답답하게 지냈다. 그 동안 김기문은 장소 물색을 하고 다녔다.

사흘 후 대치는 다른 얼굴로 변해 있었다. 모조 눈알을 해 박은 왼쪽 눈은 오른쪽의 사납게 치솟은 눈과는 대조적으로 동그란 모습을 하고 있었다. 따라서 두 개의 걸맞지 않은 눈이 그의 얼굴을 더욱 기이하게 만들어 놓고 있었다. 의안은 파란 바탕에 검은 점이 박힌 단순한 것이었다. 그런데도 그것은 움직이지 않고 한 곳으로만 응시하고 있어 섬뜩한 인상을 풍기고 있었다.

김기문도 대치의 흉측스럽고 무서운 모습에 적지 않게 놀라는 것 같았다. 병원을 나오는 길로 대치는 김기문을 따라 시내 중심부로 들어갔다. 김기문은 대치를 어느 중국 음식점 2층으로 데리고 갔다. 최고급의 음식점이라 진귀한 요리가 많았다. 대치는 생전 보지도 듣지도 못한 요리를 배가 터지도록 먹어 치웠다. 김기문은 기세 좋게 음식을 시키고 있었다.

"자네가 노가를 제거한 데 대한 인사니까 마음놓고 먹어 둬. 다음 거사를 위한 격려이기도 하니까 실컷 들어. 북풍이 특별히 인사를 차린 거야."

식사가 거의 끝났을 때 김기문은 커튼을 한쪽으로 조금 젖혔다. 그리고 대치에게 눈짓을 했다. 대치는 고개를 빼고 밖을 내다보았다. 번화한 거리에 막 어둠이 내리고 있었다. 쇼윈도 여기저기에도 불이 들어오고 있었다. 사람이 거리를 가득 메우고 있었다. 전시라고 하지만 거리에는 생활의 활기가 넘쳐흐르고 있었다.

"저걸 봐."

김기문이 턱으로 맞은편 건물을 가리켰다. 동경양행(東京洋行)이라는 큼직한 간판이 붉은 빛 푸른 빛으로 바뀌면서 빛나고 있었다. 첫눈에도 매우 크고 화려한 상점이라는 것을 알 수 있었다. 김기문은 커튼을 내리고 대치 앞으로 허리를 구부렸다.

"내가 조사한 바로는 저기가 제일 적당해. 왜놈이 경영하는 금은방인데 제일 물건이 많다는 소문이야. 주인이 상해 주둔군사령관의 동생이니까 물건이 많을 수밖에 없겠지. 약탈한 물건을 조금 모양만 바꿔 고스란히 진열하는 모양이야. 그리고 아주 귀중한 보물은 여기서 일단 점검을 받은 다음 일본으로 건너간다는 거야."

"그렇다면 경비가 심하겠군요."

"심하다마다. 항상 경비원이 붙어 있고 비상벨이 여러 군데 달려 있을 것이 뻔해. 구조도 복잡할 거고 말이야."

"그럼 어렵겠군요."

"쉽지는 않지. 한 가지 방법은 있긴 한데 가능할지 몰라."

"어떤 방법입니까?"

"거기 종업원 중에 조선인이 하나 있는데 그놈을 매수하는 거야. 매수가 안 되면 협박을 해서라도……."

날이 완전히 어두워지고 8시가 되자 그들은 식당을 나왔다. 그리고 동경양행 맞은편 골목으로 들어가 시간이 되기를 기다렸다.

"다른 상점보다는 일찍 문을 닫아. 8시에 철문이 내려지고 삼십 분이 지나면 놈이 퇴근해."

대치가 보니 셔터가 막 내려지고 있었다. 셔터에는 작은 쪽문이 하나 달려 있었고 그 문을 통해 종업원들이 하나 둘씩 빠져나오고 있었다.

"그놈은 상당히 신임을 얻고 있는 모양이야. 그러니까 삼십 분이나 늦게 나오지."

김기문이 시계를 들여다보며 중얼거렸다. 삼십 분 조금 지나 안경을 낀 청년 하나가 쪽문을 열고 밖으로 나왔다. 청년은 안에다 대고 뭐라고 소리친 다음 문이 잠기는 것을 확인하고서야 몸을 일으켜 걷기 시작했다. 양복을 단정하게 차려입은 그는 여자처럼 가냘픈 몸매로, 걷는 것이 불안정해 보였다. 저쯤이면 주먹 한 대에 쓰러뜨릴 수 있다고 대치는 생각했다.

청년은 걷는 것을 즐기는 것처럼 매우 느릿느릿 걸어갔다. 대치와 김기문은 길 양쪽에서 그를 감시하며 따라갔다.

도중에 청년은 어느 완구점에 들러 장난감을 하나 사들고 나왔다. 그것으로 보아 결혼하여 아이가 있는 모양이었다. 중국으로 건너와 고생 끝에 가정을 이루고 행복하게 살아가고 있는 조선인들이 많은데 청년도 그런 사람들 중의 하나인 것 같았다. 그들에게는 일신상의 안위가 제일 큰 문제였다.

반 시간 후에 청년은 골목길로 들어서서 이리저리 돌아가다가 어느 집 앞에서 걸음을 멈추었다. 대문이 열리는 사이 먼저 김기문이 그 앞을 지나쳐 갔다. 젊은 부인이 나타나 청년을 맞이하고 있을 때 대치가 그 앞을 지나갔다. 청년이 서너 살쯤 되어 보이는 아기를 번쩍 안아 들고 안으로 들어가자 부인이 대문을 닫아걸었다. 문이 닫히기 직전 대치와 부인의 시선이 마주쳤다. 부인은 움찔하고 놀라는 것 같았으나 이내 문안으로 사라졌다.

　대치와 김기문은 골목을 벗어난 곳에서 만났다.

　"이 지리를 잘 익혀 둬."

　김기문이 말했다. 대치는 골목을 다시 돌아보았다. 그리고 확인해 두기 위해 골목으로 도로 들어갔다. 그 뒤를 김기문이 좀 떨어져서 따라갔다.

　청년이 들어갔던 집 옆집에서 막 노인이 한 사람 나오고 있었다. 중국인이었다. 대치는 노인 앞으로 다가가서 꾸벅 절을 했다.

　노인은 놀랐는지 한 걸음 주춤하고 물러섰다. 대치는 공손한 태도를 취했다.

　"다름이 아니라……이 골목에 조선인이 산다는 말을 들었는데 혹시 어느 집인지 모르십니까?"

　노인은 뚜릿뚜릿한 눈으로 대치를 바라보더니 청년이 들어갔던 집을 가리켰다.

　"이 집이야."

　"확실한가요?"

　"몰라. 하여튼 일본말하고 다니지만 조선사람이야."

　"식구가 몇인가요?"

"요런……내가 남의 집 사정을 어떻게 알아."

보아하니 노인은 신경질적이고 탐욕스러워 보였다. 대치는 노인을 따라 걸으면서 급히 동전을 한닢 꺼내어 그에게 주었다.

"이게 뭐야?"

노인은 동전을 불빛에 비춰 보고 나서 당연하다는 듯 그것을 호주머니 속에 집어넣었다. 그리고 목청까지 가다듬은 다음,

"세 식구야. 젊은 남자하고 색시, 그리고 아들 하나……이렇게 셋이야."

하고 말했다.

이튿날 낮 12시에 대치는 그 골목에 다시 나타났다. 화창한 날씨라 골목에는 아이들이 많이 나와 놀고 있었다. 그는 주의 깊게 골목 안을 살펴보았다. 다행히 어른들은 보이지 않았다. 그는 아이들 앞으로 웃으며 다가섰다. 아이들이 놀이를 멈추고 그를 바라보았다. 아이들은 그의 이상하게 생긴 눈을 보고 모두 놀라는 것 같았다.

대치는 아이들을 안심시키기 위해 과자를 하나씩 나누어 주었다. 그것을 보고 다른 곳에서 놀고 있던 아이들도 몰려왔다. 대치는 그들에게도 과자를 나누어 주었다. 과자를 받아 든 아이들은 그제야 마음이 놓이는지 그를 보고 웃었다. 대치는 아이들을 하나씩 살펴보았지만 누가 조선 아이인지 분간할 수가 없었다.

"자아, 너희들 내 말 잘 듣고 대답해. 이 집에 사는 아이가 누구지?"

그는 어젯밤에 확인해 둔 청년의 집을 손으로 가리켰다. 그러자 아이들은 일제히 조그만 아이 하나를 쳐다보았다. 그들 중의 한 아이가 그 꼬마를 가리키면서,

"얘예요, 얘……."

하고 말했다.

대치는 뚫어지게 그 아이를 바라보았다. 빨간 셔츠에 멜빵이 달린 파란 바지를 입고 있는 그 아이는 과자를 손에 든 채 한쪽에 가만히 서 있었다.

아이들 중에 제일 나이가 어려 보였고 몸집도 가장 작았다. 다른 아이들처럼 웃지도 않고 파리한 얼굴로 서 있는 것이 병든 아이처럼 보였다.

"너 이 집에 사니?"

대치는 조선말로 물었다. 그러나 아이는 겁먹은 눈으로 그를 쳐다보기만 했다.

"너의 집 어디지?"

이번에는 일본말로 물어 보았다. 아이는 알아들었는지 자기 집을 손으로 가리켰다.

"너 몇 살이지?"

아이는 매우 힘들게 손가락 다섯 개를 펴 보였다.

"엄마 있니?"

아이는 머리를 끄덕거렸다. 그러더니 갑자기 입을 삐죽거리며 울기 시작했다. 대치는 당황했다. 그는 주머니에서 고무공을 하나 꺼내어 아이들에게 보였다.

"자, 너희들 이거 보이지? 이거 먼저 집는 사람이 임자다. 알겠어? 먼저 집는 사람이 가져도 좋아."

대치가 골목 저쪽으로 공을 던지자 아이들은 그것을 잡으려고 우르르 달려갔다. 울던 아이는 울음을 그치고 눈을 반짝거렸다. 대치는 공을 하나 또 꺼내어 아이에게 주었다.

"자, 이거 너 가져."

공을 받아 든 아이는 조금 웃었다. 대치는 아이를 번쩍 들어올렸다.

"아빠한테 갈래? 아빠 저어기 있어."

아이는 눈을 반짝이면서 머리를 끄덕거렸다. 대치는 아이의 손을 잡고 골목 밖으로 천천히 걸음을 옮기다가 나중에는 뛰다시피 걸어갔다.

골목밖에는 인력거가 한 대 대기하고 있었다. 대치가 아이를 안고 오르자 인력거는 쏜살같이 달려가기 시작했다. 인력거꾼은 같은 대원이었으므로 최대의 속도로 달려갔다.

아이가 갑자기 울기 시작했다. 아이는 대치의 손을 빠져나가려고 발버둥치면서 울어댔다. 대치는 마취약을 적신 손수건으로 아이의 코와 입을 틀어막았다. 아이는 조금 후에 저항을 잃고 힘없이 늘어졌다.

대치는 뒤를 돌아보았다. 아무도 따라오는 사람이 없는 것 같았다.

그는 여유 있게 천천히 가방을 열고 그 속에 아이를 집어넣었다. 다리를 조금 구부린 자세로 아이는 가방 속에 처박혔다.

일이 끝나자 그는 이마에 약간 배인 땀을 손등으로 닦았다. 이런 일이야 대수롭지 않다고 그는 생각했다.

 이복기(李福基), 27세. 소학교밖에 나오지 않은 그는 일찍부터 경성의 금은방을 전전하면서 착실히 점원 노릇을 해 오다가 일인의 눈에 기특하게 보여 상해에까지 오게 된 전형적인 살림꾼이었다. 그는 일신의 안전을 위해 필요한 것은 모두 갖추고 있었다. 오랜 경험을 통해, 착실하게 일하여 상사의 신뢰를 받는 것이 성공의 지름길임을 알게 된 그는 그야말로 뼈가 가루가 되도록 일했고 또한 이 시대에는 일인이 아니면 행세를 못한다는 것을 알고 리노이에 후꾸기(李家福基)로 창씨개명을 하고, 결코 조선말을 쓰지 않고 철두철미 일본말을 사용하고, 그것도 부족해서 일본 여성과 결혼하는 등 모범적인 일인이 되기 위해 온갖 노력을 기울였다. 그런 만큼 그의 생활권은 직장과 가정에 국한되어 있었고 그밖에는 일체 시선을 돌리는 법이 없었다.

 직장 일이 끝나면 곧장 집으로 돌아가 한 가정의 가장으로서 아내를 사랑해 주고 자식을 돌보았다. 그는 외아들을 끔찍이도 귀여워했다. 하루하루가 그에게는 꿈같이 달콤한 행복의 연속이었고, 미래는 그를 위해 활짝 열려 있는 듯했다. 그는 만족했고, 이러한 세상이 계속되기를 빌었고, 조국의 앞날 따위는 머릿속에 들어오지 않았다.

 아내가 정성 들여 싸 준 도시락을 막 먹고 난 복기는 저쪽 구석진 진열장 앞에 기대서 있는 중년의 사나이와 시선이 마주쳤다.

중국 장포차림의 사나이는 머리를 조금 끄덕이면서 오라는 시늉을 해 보였다. 손님이겠거니 하고 생각하면서 복기는 그쪽으로 다가갔다.

"어떤 걸 보시겠습니까?"

그는 중국말로 친절하게 물었다. 사나이의 눈이 중절모 밑에서 날카롭게 빛났다.

"당신이 리노이에 후꾸기인가?"

사나이는 대뜸 반말로 물어왔다. 유창한 일본말이었다.

"네, 그렇습니다만……."

복기는 안경을 밀어 올렸다.

"물어 볼 말이 있으니까 잠깐 밖으로 나가지. 시끄럽게 굴지 말고 조용히……."

"누, 누구신가요?"

"보면 몰라."

사나이는 눈을 부라렸다. 복기는 턱이 굳어왔다.

"경찰인가요?"

"그래. 고등계에서 왔다. 겁낼 건 없고 물어 볼 게 있으니까 잠깐만 따라와. 소문내지 말고……. 소문내면 당신한테 오히려 손해야."

복기는 고등계 형사라는 말에 다리가 덜덜 떨려왔다. 그러나 아무리 생각해도 자기가 잘못한 일은 없었으므로 애써 침착한 태도로 사나이를 따라나섰다.

사나이는 청년을 부근의 일본식 찻집으로 데리고 들어갔다.

그들은 날아온 차를 마시려고도 하지 않은 채 한동안 서로를 바라보았다.

"당신은 조선 사람이지?"

첫 마디에 복기는 가슴이 뜨끔했다.

"네, 허지만……."

"알고 있어. 창씨개명도 하고 착실히 일본인 행세도 하고 있다는 것도……."

가무잡잡한 얼굴빛과 깊은 눈길이 무서운 인상을 이루고 있었다. 복기는 목이 바짝 말라왔다. 그는 차를 한 모금 꿀꺽 마셨다.

"그런데 제가 무슨 잘못이라도……."

"잘못한 일이 없느냐 이거군. 가슴에 손을 대고 잘 생각해 봐. 크게 잘못한 일이 있지."

"크게 잘못한 일이 있다고요? 그, 그럴 리가 있습니까. 무언가 오해하신 게 아닙니까?"

"흥, 머리가 잘 돌아가지 않는 친구군. 자넨 부끄러운 줄도 모르나?"

사나이는 멸시에 가득찬 눈으로 청년을 바라보았다. 복기는 어리둥절했다. 그러한 그를 향해 사나이의 나직한 말소리가 비수처럼 파고들었다.

"자넨 조선 사람이야. 그렇다면 조국 해방을 위해 투쟁해야 될 게 아닌가. 그런데 이게 뭐야. 일본놈 밑에서 월급이나 받아먹고 일본인 행세나 하고……부끄럽지도 않아?"

청년은 한층 어리벙벙해졌다. 그리고 이 형사가 일부러 떠보는 것이겠거니 하고 생각하자 비굴한 웃음이 나왔다.

"헤헤, 원 무슨 말씀을 그렇게……. 내선일체로 이렇게 잘 살고 있는 것만도 다행인데 그런 배은망덕한 짓을 하다니요. 저는 항상 천황 폐하께 감사하고 있습니다."

그때 사나이의 손이 청년의 팔을 꽉 움켜쥐고 흔들었다.

"정신 차려, 이 머저리 같은 놈아! 나는 형사가 아니야."

"뭐라고요? 그럼……?"

"너와 같은 조선 사람이야. 이제 알겠어?"

"이, 이, 이런……."

청년이 몸을 일으키려는 것을 사나이가 끌어 앉혔다.

"조용히 앉아 있어!"

"놔요! 당신 같은 사람 만날 필요 없어! 경찰을 브르겠어!"

"내 말을 다 듣고 나서 경찰을 불러도 좋아."

사나이의 눈이 무섭게 빛났다. 복기는 오싹 소름이 끼쳤다. 그러면서도 정말 고등계 형사일지도 모른다는 생각이 들어 자리에 주저앉았다. 사나이는 그를 손가락으로 가리켰다.

"자넨 조선 사람이니까 마땅히 조국의 독립을 위해 투쟁해야 돼. 그렇게 생각지 않나?"

"그런 거 생각해 보지도 않고 그러고 싶지도 않소. 일본과 조선은 이미 한 나라가 됐는데 왜 쓸데없는 짓을 홉니까? 당신의 정체는 뭐요?"

"나는 독립운동을 하는 사람이야. 자네 도움이 필요해서 그러는 거니까 협조해 주어야겠어. 그렇다고 생명을 내거는 위험한 짓은 아니니까……."

 복기는 모골이 송연했다. 이자는 고발해야 되겠다고 생각하자 놀라운 계산이 머리를 스치고 지나갔다.

 "도대체 내가 협조해 줄 일이란 뭡니까?"

 "자넨 동경양행에 오래 있었으니까 우리를 거기 안내해. 우린 독립 자금이 부족해서 거기에 있는 금괴를 가져가야겠어. 그러니깐 자넨 우리가 무사히 일을 마칠 수가 있게 미리 손을 좀 써 달라 이거야. 그렇다고 자네를 위험에 빠뜨릴 생각은 없어. 자네가 우리한테 협조했다는 건 비밀로 해 둘 테니까."

 복기는 머리가 아찔해 오고 눈앞이 캄캄했다. 그러나 당장 박차고 일어나서는 안 된다고 생각했다. 일당을 모두 체포할 수 있을 때까지는 듣는 척해야 했다. 이 어마어마한 위험을 막을 수 있다면 지금보다는 훨씬 더 큰 행운을 잡을 수 있을 것이다. 그는 서서히 가슴이 부풀어올랐다.

 "어때, 해 줄 수 있겠나?"

 사나이는 눈을 부릅뜨고 독촉했다.

 "글쎄요. 너무 엄청나서……."

 "자넨 조선 사람이야. 조선 사람이라면 마땅히 우리를 도와주어야 해. 이제부터라도 자넨 생각을 고쳐서 우리와 손을 잡아. 조선은 곧 해방돼."

 "알겠습니다. 한번 생각해 보지요."

 "그렇게 미지근한 대답으로는 안 돼. 확실히……확실히 대답해."

"그, 그래도 생각해 봐야 되지 않겠습니까?"

즉석에서 응낙을 하면 의심을 살 것 같아 그는 짐짓 늑장을 부렸다.

"좋아. 그럼 오늘 퇴근하는 길로 이곳으로 와. 꼭 협조해 주기 바래. 경찰에 알리거나 쓸데없는 짓을 하면 자네는 물론 아들 생명도 위험해."

사나이는 이쪽의 속셈을 꿰뚫어 보고 있는 것 같았다. 복기는 전율을 느끼면서 사나이를 쳐다보았다.

"자네 아들은 지금 우리가 보호하고 있어. 그러니까 허튼 수작하면 아들을 다시는 볼 수 없다는 걸 알아 둬. 우리는 두 번 말하는 법이 없다. 또 하나, 이번 일이 실패하는 경우 그것은 전적으로 네 책임이니까, 절대 실패하지 않도록 힘을 써. 성공하면 네 아들은 무사히 돌려보내지만 그렇지 못 하면 아들을 살려 둘 수 없어."

사나이는 말을 마치고 일어섰다. 복기는 꼭 악몽을 꾸는 것만 같았다. 그는 넋이 빠진 채 멍하니 앉아 있다가 벌떡 일어나서 사나이를 쫓아갔다.

"여, 여보세요. 나, 나 좀 봅시다!"

"이거 왜 이래? 목소리 좀 낮출 수 없어?"

"우, 우리 아들을 납치해 간 거 정말이오?"

"경고해 둔다. 더 이상 따라오지 마. 사실을 알고 싶으면 자네 집으로 지금 가 봐."

사나이는 침착하게 휘적휘적 걸어갔다. 복기는 사나이의 뒷모습을 바라보다가 집을 향해 뛰기 시작했다.

그는 아무것도 보이지 않았다. 다만 아들의 모습만이 눈앞을 가리고 있을 뿐이었다. 도중에 그는 두 번이나 행인과 부딪쳐 넘어질 뻔했다. 사과도 하지 않고 내달리는 그를 향해 행인들은

"저런 미친 놈 봤나!"

하고 욕설을 해댔다.

이윽고 집에 도착한 그는 대문을 밀치고 안으로 뛰어들었다. 그리고 마루에 앉아 울고 있는 아내를 잡아 흔들었다.

"아, 아이는 어딨어? 우, 우리 아이는 어딨어?"

"없어졌어요!"

아내는 마구 흐느껴 울었다.

"아무리 찾아봐도 없어요! 아이들 말이 어떤 사람이 데려갔대요!"

그는 처음으로 아내의 뺨을 철썩 하고 갈겼다.

"이 망할 년, 아이를 보지 않고 뭘 했어? 빨리 찾아내!"

"저를 죽여 주세요!"

아내는 그를 붙들고 머리를 숙였다. 그는 아내를 밀어 버렸다. 낯선 놈들에게 끌려가 울부짖고 있을 아기를 생각하니 가슴이 찢어지는 것만 같았다. 그는 지금까지 정성들여 쌓은 탑이 순식간에 무너지는 것을 느꼈다. 아기가 없는 생활은 바로 죽음이나 다름없다. 어떻게든 아기를 구해 내야 한다. 그는 쓰러진 아내의 손을 잡아 일으켰다.

"내 말 잘 들어 둬. 어떤 놈들이 우리 아이를 납치해 갔어. 그렇지만 이걸 경찰에 알리면 안 돼. 경찰에 알리면 아이 생명이 위험해. 내 말 알아듣겠어?"

"누, 누가 우리 아이를 납치해 갔어요!? 이유가 뭐예요!?"

"글쎄, 잠자코 내 말대로만 해. 잘못 하다가는 나도 위험해. 누구한테도 절대 말해서는 안 돼. 알겠어!?"

아내는 눈물을 훔치며 머리를 끄덕거렸다.

그는 아무 일 없었던 것처럼 다시 직장으로 돌아와 일에 열중했다. 그러나 일이 손에 잡힐 리가 만무했다. 생각하면 이가 갈렸지만 한편으로는 무섭기도 했다.

퇴근 때까지 그는 생각에 생각을 거듭했다. 그리고 결국 최선의 방법으로 아들도 구할 수 있고 자신도 살 수 있는 방법을 택하기로 결심했다.

밤 여덟 시 반에 그는 뒤치다꺼리를 모두 끝내 놓고 약속된 장소로 나갔다. 찻집에는 아직 그 사나이가 와 있지 않았다. 조금 후에 거칠어 보이는 젊은 사내 하나가 안으로 들어오더니 곧장 그가 앉아 있는 쪽으로 다가왔다.

"리노이에 후꾸기씨죠?"

"그렇소."

복기는 맞은편에 다가와 앉는 젊은 사내를 쏘아보았다. 눈이 마주치는 순간 그는 공포로 몸이 오그라붙는 것을 느꼈다. 그렇게 무서운 사팔뜨기는 처음이었다. 한쪽 눈은 부릅떠진 채 움직이지 않고 한곳을 응시하고 있었다. 그 새파란 눈알이 전율하도록 무서웠다. 표정도 없는 목석 같은 얼굴이었다.

"약속한 일로 대신 왔소. 준비는 됐소?"

"뭐라고? 이놈, 내 아들을 내놔!"

그는 젊은 사내의 멱살을 끌어당겼다. 그러나 곧 사팔뜨기에게 팔을 비틀리는 바람에 멱살을 놓고 말았다. 팔이 저릿하도록 놈의 힘은 굉장했다.

"점잖지 못 하게 왜 이러지? 우린 신사적으로 일을 처리하려고 하는데."

"내 아들은 어디 있어?"

"보고 싶으면 따라와."

사팔뜨기가 성큼성큼 앞서 나갔다. 복기는 울면서 그 뒤를 따랐다.

찻집 앞에는 승용차가 한 대 대기하고 있었다. 차에 오르자 그는 즉시 검은 마스크로 눈이 가려지고 차는 곧 출발했다. 그는 저항할 수 없음을 깨닫고 어느새 풀이 죽어 있었다.

"우리 아들한테는 손을 대지 마시오. 그 애는 아무 죄도 없으니까."

"난 조선 사람이니까 조선말로 해. 우리가 시키는 대로만 하면 아무 일도 없을 거야."

차는 빙빙 도는 것 같았다. 복기는 방향을 잡아 보려고 했지만 알 수가 없었다.

차에는 내린 그는 어느 지하실로 끌려들어 갔다. 문이 닫히는 소리와 함께 그의 얼굴에서 마스크가 벗겨졌다. 불빛에 그는 눈이 부서서 한동안 그 자리에 서 있었다.

실내에는 그를 데리고 온 사팔뜨기까지 모두 세 사람이 있었다. 그 중에는 낮에 만났던 그 중년의 사나이도 있었다.

"자, 자네 아이는 여기서 편히 잠자고 있어."

사팔뜨기가 탁자 위에 놓여 있는 큰 트렁크를 열어젖혔다. 그 안에 그가 그렇게 귀여워하는 아이가 몸을 웅크린 채 잠들어 있었다. 그가 울음을 터뜨리며 아이를 안으려고 하자 사팔뜨기가 그를 밀어젖혔다.

"가만 앉아 있어. 당신 아이는 우리가 잘 보호하고 있으니까 염려하지 마. 제때 먹을 것을 주고 잠을 재우고 있으니까 걱정하지 않아도 돼."

트렁크는 도로 닫혀졌고 허리가 꾸부정한 사내가 그것을 들고 나갔다. 복기가 뛰어가 그 사내를 붙잡으려고 하자 사팔뜨기의 주먹이 그의 턱을 후려쳤다. 사팔뜨기는 쓰러진 복기의 목에 칼을 들이댔다.

"이 자식아, 가만 있지 못해?"

"아이고, 살려 주십시오! 저놈은 제 외아들입니다. 살려만 주시면 은혜는 잊지 않겠습니다."

그는 사팔뜨기의 다리를 붙잡고 늘어졌다.

"우리 말을 듣겠어, 안 듣겠어?"

"드, 듣겠습니다! 시키는 대로 하겠습니다!"

"그럼 일어나 앉아."

복기는 몸을 후들후들 떨면서 탁자 앞에 다가앉았다. 중년 사

내가 탁자 위에 백지를 펼쳤다. 그리고 복기에게 연필을 내주면서,

"여기에다 내부 구조를 상세히 그려 봐."

하고 명령했다.

복기는 떨리는 손이 멈추기를 기다렸다가 백지 위에 그림을 그리기 시작했다. 이제 그는 주인을 위해 희생해야 한다는 생각은 추호도 없었다.

어떻게든지 아들을 구해야 한다는 생각밖에 없었다. 그림을 모두 그리고 나자 그는 그들에게 상세히 설명해 주었다.

"금고는 2층에 있나?"

"네, 대형 금고로 그 속에 귀중품이 모두 들어 있습니다."

"그걸 열 수 있지?"

"주인 이외에는 아무도 열 수가 없습니다."

"주인은 몇 살쯤 되었지?"

"마흔 댓쯤 되었습니다."

"숙소가 어디야?"

"바로 금고가 있는 방에서 잡니다. 부인과 둘이서 그 방에서 자고 그 옆방에서는 아이들이 잡니다."

"아이들은 몇 살이나 먹었어?"

"후처 소생이라 아이들은 모두 어립니다. 모두 셋입니다."

"경비원은 모두 몇 명이야?"

"네 명인데 밤에 두 명, 낮에 두 명씩 지킵니다."

"밤에 지키는 놈들 교대 시간은?"

"새벽 2시에 교대합니다."

"경비원은 왜놈인가?"

"네, 일본군으로 권총을 가지고 있습니다. 주인의 형이 상해 주둔군 사령관이기 때문에…… 거기서 보낸 병사들입니다. 사복을 입고 있습니다."

"그놈들은 어디서 지키나?"

"아래층 상점에서 의자에 앉아서 지킵니다. 비번은 아래층 숙직실에서 잡니다."

"그밖에 거기서 자는 사람은 없나?"

"주인의 조카가 하나 있습니다. 스무 살쯤 된 청년으로 다리병신입니다."

"그럼 모두 몇 명이야. 2층에는 주인 부부, 아이들 셋, 그리고 아래층에 경비원 둘, 조카 하나……모두 여덟 명이군."

"경비원 외에 총을 가진 사람은?"

"주인도 권총을 가지고 있습니다."

"주인 방에는 쉽게 들어갈 수 있나?"

"안으로 문이 잠겨 있기 때문에 쉽지 않습니다."

"상점으로 들어가려면 쪽문밖에 없나?"

"네, 쪽문 말고는 아무 데로도 들어갈 수 없습니다."

"2층은?"

"창문에 모두 철책이 둘러쳐져 있어서 불가능합니다."

"비상벨은 어디에 장치돼 있나?"

"비상벨은 아래층에는 상점과 숙직실에 각각 하나씩 장치돼 있고, 2층에는 주인 방에 하나, 그리고 금고 속에도 장치돼 있습니다."

"비상벨을 누르면 어디로 연락이 되지?"

"헌병대로 연락이 됩니다."

중년의 사내는 질문을 끝내고 한참 무엇인가를 생각했다. 한참 후에 그는 고개를 번쩍 들었다.

"내일 밤에 작전을 시행한다. 자네는 퇴근할 때까지 비상벨을 모두 끊어 놔. 알겠어?"

"비상벨을요?"

"그래. 충분히 할 수 있지? 선만 끊어 놓으면 되는 거야. 그것으로 자네 일은 끝나는 거야. 할 수 있겠지?"

"해, 해보겠습니다."

"그 따위 대답이 어딨어! 반드시 끊어 놓아야 한다! 만일 이행하지 않으면 용서하지 않는다."

"아, 알겠습니다."

"성공을 하면 퇴근하는 길로 오늘 들어갔던 그 찻집에 들러 차를 한 잔 마셔라. 그리고 곧장 집으로 돌아가."

"그, 그럼……우리 아이는 어떻게 됩니까?"

"일이 무사히 끝나면 집으로 돌려보내 준다. 모레까지는 보내 주겠다."

복기는 다시 눈에 마스크를 쓰고 밖으로 끌려나왔다. 아까처럼 그는 차에 태워졌고, 반 시간 후에 차에서 내려보니 집으로 들어가는 골목 어귀에 서 있었다.

그는 차마 집으로 발길이 떨어지지 않아 그 자리에 웅크리고 서 있었다. 그는 비로소 자신이 이 세상에서 가장 불행한 사람이라는 것을 깨달았다.

밤은 더욱 깊어가고 모든 것은 엄연한 사실로 굳어가고 있었다. 트렁크 속에 들어 있던 아기를 생각하자 그는 더 이상 참을 수 없어 어깨를 들먹이며 흑흑 흐느꼈다.

"불이야!"
"불이야! 불! 불!"
밤의 적막을 깨뜨리고 아우성 소리가 들려오고 있었다. 소리는 더욱 커지고 있었다.

깜짝 놀라 일어난 부인은 벌거벗은 몸으로 창가로 달려가 보았다. 넘실거리는 화염이 바로 옆집에서 이쪽으로 달려들고 있었다. 불빛에 살찐 몸매가 환하게 드러나 보였다.

"아이구머니! 여보! 여보!"
여인은 젖통을 덜렁거리면서 남편에게 달려들었다.
"어, 어? 뭐, 뭐야? 왜, 왜 그래?"
동경양행 주인 다나까 히데오(田中英夫)는 상체를 벌떡 일으켰다. 불빛에 대머리가 번들거렸다.
"부, 불이 났어요!"
"뭐어? 불이 났어? 어, 어디에?"
"여, 옆집 같아요!"
그는 이불을 젖히고 창문 쪽으로 달려갔다. 그 역시 벌거벗고 있었고 살이 너무 쪄서 배가 앞으로 튀어나와 있었다.

"아, 아이구! 큰일 났다! 모, 모두 깨워!"

그는 헌병대로 통하는 비상벨을 부리나케 누른 다음 허둥지둥 옷을 걸쳐 입고 아래층으로 내려갔다.

불을 켜고 보니 그때서야 경비원들이 눈을 비비며 일어나고 있었다.

"이런 망할 놈들 같으니! 불이 났는데 경비도 안 서고 자빠져 잤어?"

다나까는 경비원들의 따귀를 철썩철썩 후려갈겼다. 그리고 쪽문을 열고 급히 밖으로 뛰어나가 보았다.

불은 바로 옆집 책방에서 일고 있었다. 책방은 이미 걷잡을 수 없이 화염에 휩싸여 있었고, 때마침 불어오는 바람으로 동경양행으로 옮겨붙고 있었다. 밤이 워낙 깊었기 때문에 진화 작업을 하는 사람도 얼마 되지 않았다. 멀리서 소방차의 사이렌 소리가 들려오고 있었다.

"큰일 났다. 큰일 났어! 이 자식들아, 물건을 모두 챙겨!"

눈이 뒤집힌 다나까는 2층으로 뛰어올라가 급히 금고 다이얼을 돌렸다.

"여보, 어떡하죠?"

옆에서 마누라가 울부짖는 아이들을 껴안고 발을 동동 구르고 있었다. 그는 버럭 고함을 질렀다.

"이런 멍청한 년 봤나? 아이들을 데리고 빨리 아래층으로 내려가 있어! 그리고 그 물건들을 감시해!"

너무 허둥대는 바람에 금고 문도 잘 열리지 않았다.

십 분쯤 실랑이를 하다가 가까스로 문을 연 그는 철제 트렁크 속에 닥치는 대로 각종 금붙이와 금괴, 그리고 보석들을 쓸어 담았다.

그러는 동안 그는 금고 속에 장치되어 있는 비상벨을 거듭해서 눌렀다. 헌병들이 빨리 달려와주면 좀 안심이 될 것 같았다.

바로 그때 경비원이 뛰어올라왔다.

"헌병대에서 왔습니다."

"알았어! 아래층 문을 열어! 그리고 들어오라고 해! 이것도 아래층으로 좀 나르고!"

경비원은 트렁크를 들어올리려 했으나 워낙 무거워서 혼자 들기에는 무리였다. 다른 경비원이 합세해서야 겨우 그것을 아래층으로 끌어내릴 수 있었다.

철제 셔터가 올려지고, 곧 이어 권총을 찬 헌병장교가 안으로 들어왔다. 뒤이어 군도를 비껴 찬 헌병 하사와 볏장이 따라 들어왔다. 헌병 중위는 다나까를 향해 경례를 했다.

"연락 받고 왔습니다. 빨리 피하셔야겠습니다. 이쪽에도 불이 붙고 있습니다."

다나까와 헌병 중위의 눈이 부딪쳤다. 다나까는 중위치고는 꽤 늙어 보인다고 생각했다. 처음 보는 얼굴이었다.

"기무라 대위는 오지 않았나요?"

"외출중이라 제가 대신 왔습니다. 인사가 늦었습니다. 새로 온 요꼬다 중위입니다."

요꼬다라, 매우 예의가 바른 놈인데, 하고 그는 생각했다. 그러나 사람을 관찰하고 있을 시간 여유는 없었다. 사태는 급박해지고 있었다.

소방차가 와서 물을 뿜어대고 있었지만 불길은 쉬 잡힐 것 같지가 않았다. 벌써 이쪽으로 옮겨붙은 불길로 지붕 한쪽이 무너져내리고 있었다.

"급한 게 있소. 무엇보다 이걸 먼저 안전한 곳으로 옮겨놔야겠는데······."

다나까는 철제 트렁크를 가리켰다.

"차를 가져왔으니까 헌병대로 옮겨놓지요."

중위가 공손히 말했다.

"거기에 안전한 데가 있소?"

"헌병대에 창고가 하나 있으니까 거기에 넣어 두고 지키게 하지요. 급한 대로 우선 거기에 놔뒀다가 다른 곳으로 옮기던가 하지요."

"그럴까. 한눈 팔지 말고 꼭 경비를 세워야 합니다. 아주 귀중한 거니까요. 이건 비밀이지만······사령관 각하께서 맡긴 것도 있소."

"알겠습니다. 엄중히 경계를 세우겠습니다. 함께 다녀오시죠."

"물론 가 봐야지."

마침 중국경찰(친일괴뢰정권소속)이 수 명 나타났기 때문에 다나까는 그들에게 가족들의 대피를 부탁한 다음 차에 올랐다.

철제 트렁크는 그와 중위 사이에 놓여졌다. 중국경찰은 일본군 헌병 앞에서 꼼짝도 못 하고 그들이 떠날 때까지 잠자코 구경만하고 있었다.

다나까는 차에 오를 때 차가 좀 이상하다고 생각했다. 군용차가 아닌 일반 민간인 승용차였기 때문이다. 차체는 검정색에 낡은 것이었다. 그러나 민간인 차를 군용으로 사용할 수도 있을 것이라는 생각에서 그는 거기에 대해 더 이상 따져보려 하지 않았다. 그런 것보다는 그의 신경은 온통 상점으로 쏠려 있었다. 만일 상점이 타 버린다면 정말 손해가 이만저만이 아니다. 다행히 귀중품은 가지고 나왔지만 2층에 있는 값진 살림살이는 그대로 방치되어 있었다.

그뿐인가. 건물을 새로 지을 때까지는 장사도 할 수가 없다. 빌어먹을, 어떤 죽일 놈이 불조심을 하지 않고……. 그는 이를 부드득 갈았다.

차가 출발해서 사거리 모퉁이를 돌아설 때까지 그는 뒤쪽 차창을 통해 밤하늘로 치솟고 있는 붉은 화염을 바라보고 있었다. 이윽고 고개를 돌린 그는 그제야 자신이 완전히 혼자라는 것을 깨달았다.

요꼬다 중위란 자도 그렇고, 다른 헌병들도 처음 보는 놈들이었다. 더구나 한 놈은 보기도 싫은 험상궂은 사팔뜨기였다. 얼굴도 모르는 놈들을 다만 헌병들이라는 이유로 따라나선 자신의 경솔을 그는 깊이 뉘우쳤다. 그러나 때는 이미 늦은 것 같았다. 공포가 엄습했다.

"아, 잠깐, 차좀 세우시오!"

다나까는 침착하려고 애쓰면서 말했다. 옆에 앉은 중위가 그를 바라보았다.

"왜 그러지요?"

"무얼 빠, 빠뜨리고 왔소!"

순간 차내의 불이 꺼지면서 중위의 오른손이 다나까의 이마 앞으로 다가왔다. 총구가 그의 대머리 한복판을 쿡 찔렀다.

"움직이면 죽인다! 아가리를 닥치고 있어!"

중위가 작은 목소리로 날카롭게 말했다. 차가 멈추더니 운전대 옆에 앉아 있던 사팔뜨기 헌병이 뒷자리로 올라와 다나까 옆에 바싹 붙어 앉았다.

"다, 당신들은……누, 누구야?"

순간 사팔뜨기가 걸레 조각을 다나까의 입 속에 깊이 틀어박았다.

차는 헤드라이트만 켠 채 어둠 속을 질풍같이 달려갔다.

불은 동경양행을 반쯤 태우고서야 간신히 멎었다. 기무라 대위가 헌병들을 데리고 나타난 것은 이때였다. 가슴이 덜컥 내려앉은 그는 다짜고짜 경비원의 따귀를 후려갈기면서 고함을 질렀다.

"이 자식아, 왜 헌병대에 연락을 안 했어! 왜 비상벨을 누르지 않았어?"

따귀를 얻어맞은 경비원과 다른 사람들은 어리둥절했다. 다나까의 젊은 부인이 앞으로 나섰다.

"우리 주인 못 보셨어요? 아까 헌병들이 와서 데리고 갔는데요. 연락을 받고 왔다고 하던데요."

"뭐, 뭐라고요? 자세히 이야기해 보십시오!"

기무라 대위는 하얗게 질려서 언성을 높였다.

"요꼬다 중위란 분이 헌병 둘을 데리고 왔어요. 그래서 우리 주인이 헌병대에 물건을 맡기고 오겠다고 함께 차를 타고 가셨어요!"

"물건이라니요?"

"저기……금고 속에 들어 있던 귀중품 말이에요!"

"어이쿠, 이거 큰일 났구나! 우리 헌병대에 요꼬다 중위란 놈은 없습니다. 오잇! 이 봐! 넌 지금 빨리 가서 본부에 연락을 취해! 외곽 지대에 비상망을 펴서 범인이 못 빠져나가도록 해! 이 자식아, 너는 경찰서로 달려가서 협조를 구해! 나는 사령부로 가겠다!"

헌병들은 범인들의 인상 착의 및 도주 차량을 수첩에 명기한 다음 오토바이를 타고 급히 달려갔다.

날이 새기도 전에 상해 전역에 비상 경계망이 퍼지고 일본군 전 헌병과 중국 경찰은 일제히 검문 검색에 들어갔다. 이 대담한 강도 사건은 전 수사진을 아연실색케 했고, 날이 밝아 신문에 그 사건의 전모가 밝혀지자 상해 거리는 지진이라도 난 듯 들끓기 시작했다.

사령관의 특별 명령으로 수사진은 눈에 불을 켜고 수사망을 압축해 갔다. 제일 중요한 것은 다나까를 찾는 일이었다. 필시 살해되어 시체가 유기 되었을 것으로 생각하고 온 거리를 뒤졌지만 저녁때가 가까워 오도록 시체는 발견되지 않았다.

석양이 부둣가를 붉게 물들일 무렵 한 척의 정크선이 선창가를 빠져나갔는데 물결치는 그 자리에 시체가 하나 떠올랐다. 사람들이 모여들고 시체는 곧 인양되어 땅 위에 눕혀졌다. 시체는 가슴 한복판에 칼이 그대로 꽂힌 채 눈을 부릅뜨고 있었고 입에는 걸레 뭉치가 잔뜩 처박혀 있었는데 팅팅 불을 대로 불어 살찐 돼지처럼 보였다.

십 분쯤 후에 경찰이 달려와 시체를 실어갔다. 연락을 받고 경찰서로 달려온 다나까 부인은 시체를 보는 순간 비명을 지르며 기절해 버렸다. 다나까의 시체가 발견되자 화제는 정점에 다다랐다. 거리는 흡사 여름밤처럼 열기 속에 와글와글 떠 있는 것 같았다.

한편 화재 현장에 대한 수사를 맡은 사람은 기무라 대위였다. 그러나 성격이 괄괄한 데다 수사감각이 예리하지 못한 그는 몇 번 왔다갔다 하다가 그만 집어치워 버렸다. 그로서는 이번 사건에서 자신이 책임져야 할 것이 없다는 점에서 다소 만족하고 있었다.

"빌어먹을……도대체 군인이 이런 데까지 신경을 써야 한다니 더럽단 말이야."

그가 이렇게 중얼거리면서 막 떠나려고 하는데 캡을 쓴 중년의 사나이가 가까이 다가왔다. 고등계의 형사로 두 시간 전에 수사를 돕기 위해 나타난 사내였다.

그는 기무라를 흘끔 보고 나서,

"책방의 화재는 방화인 것 같습니다."

라고 말했다. 기무라는 눈을 크게 떴다.

"그럼 범인들이 방화를 했단 말이오?"

"그렇게 볼 수밖에 없습니다. 불은 방에서 난 것도 아니고 책들이 쌓여 있는 가게 안에서 일어났는데, 가게에는 인화질 물질이 하나도 없었답니다. 전기가 합선된 것도 아니고 한밤중에 느닷없이 불길이 솟았다는 겁니다. 그리고 휘발유 냄새가 많이 났다는 걸로 보아 범인은 아마 공기 구멍을 통해 휘발유를 뿌린 것 같습니다. 제 생각이 맞았다면……범인들은 책방에 방화한 다음 그 소동을 이용해서 다나까를 유인해 간 것 같습니다. 물론 목적은 금품을 탈취하는데 있었고."

그는 눈짓으로 기무라 대위에게 따라오라고 했다. 동경양행 안으로 들어간 그는 시커멓게 그을린 벽 밑에서 끊어진 전깃줄을 집어들었다.

"이건 비상벨을 연결하는 줄인데, 끊어져 있습니다. 이 끝을 보세요. 저절로 잘라진 것이 아니라 싹둑 잘라 낸 겁니다. 저쪽으로 가 볼까요."

형사는 잿더미를 헤치고 숙직실로 들어가 역시 끊어진 전깃줄을 찾아냈다.

"여기도 마찬가집니다. 2층은 보나마나 입니다."

"그렇다면 어떤 놈이 끊어 놓은 거군."

기무라 대위가 눈을 번득이면서 얼굴에 비웃는 듯한 미소를 담았다.

"안에서 범인들과 내통한 놈이 있을 겁니다. 그놈이 사전에 줄을 끊어 놓은 거죠. 그럼 저는 물러가겠습니다."

"아니, 기다려요."

대위는 황급히 형사의 팔을 붙들었다.

"이왕 봐 주신 김에 끝까지 봐 주셔야지 지금 가시면 어떡합니까."

그의 말씨는 공손해져 있었다. 그는 담배를 꺼내서 형사에게 한 대 권했다.

"범인은 다 잡아 놓은 거 아닙니까?"

"하아, 그래도 손 대신 김에 아예 마무리를 지으셔야죠. 우리야 사실 군인이라 이런 거 해본 적이 있습니까."

형사는 못 이기는 체하고 돌아섰다.

즉시 내부 수사가 시작되었다. 경비원 둘, 다나까의 조카, 종업원 다섯, 이렇게 여덟 명은 수사본부가 설치된 인근 파출소로 연행되어 밤늦게까지 조사를 받았다.

형사는 경비원 두 명과 조카를 먼저 내보냈다. 그는 이미 종업원 다섯 명에게 심증을 굳히고 있었다. 종업원들은 모두 겁먹은 시선으로 형사를 바라보고 있었다.

형사는 화재가 발생한 시간을 기점으로 해서 각자의 행적을 거슬러 조사하기 시작했다. 반드시 꼬투리가 하나 잡힐 것으로 그는 믿고 있었다.

드디어 리노이에 후꾸기란 종업원의 차례가 되었다. 형사는 그가 조선인이라는 사실에 유의했다.

"당신이 언제나 마지막으로 퇴근하는가?"

"네, 그렇습니다."

복기는 신경질적으로 안경을 밀어올렸다.

"어제 저녁에는 몇 시에 퇴근했나?"

"여덟 시 반에 퇴근했습니다."

"퇴근하고 어디 갔지?"

"집으로 갔습니다."

형사는 고개를 끄덕이면서 온화하게 웃었다.

"어제 상점에서 뭐 이상한 거 발견하지 않았느?"

"발견하지 못했습니다."

"당신이 맡은 일은 뭐야?"

"보석 감정입니다. 손이 비면 손님을 상대하기도 합니다."

"그럼 바쁘겠군."

"네, 바빠서 하루종일 꼼짝도 못합니다."

"음, 꼼짝도 못한다……그런데 말이야, 다른 사람 말로는, 그저께 점심 때 당신이 어떤 손님을 따라 밖으로 나가서는 두 시간이나 지나서야 돌아왔다고 하던데……."

복기는 얼굴이 핼쑥해졌다. 형사의 눈이 치켜 올라갔다.

"바빠서 꼼짝도 못한다는 사람이 근무 시간에 두 시간이나 어디를 다녀왔지? 당신을 찾아온 그 사람은 누구지?"

"손님입니다. 저를 찾아온 게 아니라 물건을 사러왔다가 적당한 게 없어서 돌아갔습니다."

"그렇다면 당신은 두 시간 동안이나 어디 가 있었지?"

"집에 다녀왔습니다. 아이가 아파서……."

"집에 다녀왔다고?"

이를 확인하기 위해 두 명의 헌병이 오토바이를 타고 복기의 집으로 향했다. 헌병들은 한 시간이 채 못 되어 택시 한 대를 앞세우고 돌아왔다. 택시에서 내린 사람은 복기의 일본인 부인이었다.

"그저께 낮에 집에 온 건 확실합니다. 그러나 아이는 없었습니다. 부인 말로는 납치됐답니다."

"그러면 그렇지!"

형사는 책상을 쾅 치며 일어섰다. 복기는 원망스런 눈으로 아내를 바라보았다.

"할 수 없었어요! 헌병들이 아이를 찾기에……."

아내는 흐느껴 울었다.

"아기는 왜 납치됐지? 어떤 놈들이 납치했지?"

형사는 복기를 들여다보듯이 하며 물었다. 복기는 머리를 흔들었다.

"모릅니다. 갑자기 없어졌어요!"

"허어, 모를 리가 있나. 협박을 받았지? 그래서 비상벨을 끊어 놓은 거지?"

"저, 저, 저는 모르는 일입니다! 정말 모르는 일입니다."

복기는 완강히 부인했다. 눈은 충혈되고 얼굴에는 진땀이 번지고 있었다.

형사는 기무라 대위를 보고 웃었다.

"저는 손을 대기 싫으니까 알아서 처리하십시오. 이 불쌍한 것들을 족치면 알게 될 겁니다. 아, 피곤한데……."

형사는 의자에 등을 기대면서 하아 하고 하품을 했다.

기무라 대위는 자신이 범인들을 모두 체포하게 될지도 모른다는 생각에 정신이 번쩍 들었다. 공명심이 그를 부채질했다.

그는 젊은 부부를 헌병대로 데리고 갔다. 여자는 계속 울고 있었고, 남자는 와들와들 떨고 있었다.

헌병대에 도착하자 기무라는 먼저 여자를 발가벗겼다. 아기를 낳았다고 하지만 아직 스물 다섯도 못 된 여자의 몸은 불빛을 받아 고혹적으로 빛나고 있었다. 그녀는 벽 쪽으로 돌려세워졌다. 기무라가 눈짓을 하자 헌병 하사가 남편이 보는 앞에서 채찍으로 부인의 몸을 철썩 하고 갈겼다. 물어 보지도 않고 먼저 고문을 해놓고 보자는 속셈이었다.

가죽 채찍은 사정없이 여인의 등짝을 후벼팠다. 처음에는 참던 그녀도 급기야 비명을 지르기 시작했다. 백옥같이 하얀 살이 푸릇푸릇해지는가 하자 이내 그것은 벚꽃 열매처럼 보랏빛으로 변하면서 여기저기가 짓물러터지기 시작했다. 그녀는 자백할 것이 없었다. 그럴 것이 사실 그녀는 아이가 납치됐다는 것 외에는 아무것도 모르고 있었다.

복기는 아내가 비참하게 고문을 당하고 있는 것을 보면서도 입을 다물고 있었다. 자백을 하면 자기는 십중팔구 죽게 된다는 것을 그는 잘 알고 있었다. 절대 자백할 수는 없었다. 아내가 맞아 죽더라도 그럴 수는 없었다.

아내는 무릎을 꺾더니 기절해 버렸다. 헌병들이 이번에는 복기의 옷을 벗겼다.

"이놈은 사나이답지가 못한데……."

기무라가 직접 일어섰다. 그는 떨고 있는 청년을 노려보더니 사타구니를 냅다 걷어찼다.

"아이쿠!"

복기는 사타구니를 움켜쥐고 뒹굴었다. 기무라는 담뱃불로 그의 몸 여기저기를 지졌다.

"아이구, 나리……사, 살려 주십시오! 모두 말씀드리겠습니다!"

겨우 이 정도에 복기는 기무라의 다리를 움켜잡고 몸을 부르르 떨었다.

초생달이 중천에 높이 걸려 있었다. 바람 한 점 없는 밤이었다. 둘살은 센 것 같았지만 물 흐르는 소리는 들리지 않았다. 노젓는 소리만이 정적을 깨뜨리고 있었다. 조그만 돛단배였지만 바람이 없어 돛은 올리지 못한 채 사람들이 노를 저어가고 있었다. 흐르는 물살을 거슬러 올라가야 했으므로 돛단배의 속도는 매우 느렸다.

대치는 뱃머리에 앉아 넋을 잃은 채 장강(長江=揚子江의 통칭)의 흐름을 바라보고 있었다. 강은 여느 강과는 달리 변화가 무쌍하여 어떤 곳은 천애의 절벽이 양쪽으로 늘어서 있는 협곡인가 하면 또 어떤 곳은 수평선만 보일 정도로 강폭이 드넓어 마치 광대한 평원이 도도히 움직여 오는 것만 같았다. 밤인데도 강 위로는 많은 배들이 오가고 있었다.

이 강과 대지를 지배하는 사람이야말로 정말 영웅일 것이라고 그는 생각했다. 무기를 팔아먹는 장개석 군은 머지 않아 패퇴하고 말 것이다. 썩을 대로 썩은 군대가 승리한 적은 역사에 없었다. 모택동이 천하를 지배하는 것은 필연적인 귀결이다. 모택동을 한번 만나보고 싶다. 만나볼 수 없을까.

"뭘 그렇게 생각하고 있나?"

김기문이 가까이 다가와 그의 어깨를 툭 쳤다.

"경치가 하도 좋아 구경하고 있었습니다."

"음, 저기 앞을 보게. 언덕 위에 불빛이 보이지?"

강폭은 갑자기 좁아지고 있었다. 왼편에 높은 언덕이 보였는데 그 언덕 위에 불빛이 몇 개 반짝이고 있었다.

"네, 보입니다."

"바로 그 언덕을 돌아가면 돼. 거기서 만나기로 했으니까. 만일을 생각해서 장전을 해두게."

"알겠습니다."

"만일 이상한 눈치를 보인다거나 하면 해치워야 돼."

배에는 그들 외에 네 사람이 더 있었다. 뱃길에 밝은 사람, 사공, 그리고 무장을 갖춘 대원이 두 명 있었다. 모두가 남루한 중국인 복장을 하고 장사꾼처럼 꾸미고 있었다.

대치는 오른쪽 주머니 속에 들어 있는 모젤 권총을 가만히 쥐었다. 호주머니 속에 넣은 채로 발사할 수 있도록 그는 안전장치를 풀고 방아쇠에 손가락을 걸었다.

배는 강 안으로 접근해 가고 있었다. 모두가 선 채로 앞을 경계하고 있었다. 배가 언덕 밑에 닿자 김기문이 속도를 줄이라고 말했다.

문득 어둠 속에서 피리 소리가 들려오고 있었다. 소리는 구슬프게 밤하늘에 피어오르고 있었다. 김기문이 손을 들었다. 배가 멈췄다.

"벌써 기다리고 있어. 조심해서 돌아가."

배는 언덕 기슭을 돌아갔다. 그쪽은 그늘이 져서 잘 보이지가 않았다. 피리 소리는 숲 속에서 나는 것 같기도 하고 물위에서 들려오는 것 같기도 했다. 좀더 가까이 가자 기슭에 바싹 붙어서 배 한 척이 대기하고 있는 것이 보였다. 정크선이었다. 그것은 움직이지 않은 채 피리 소리만 보내고 있었다.

김기문은 일정한 간격을 유지하게 한 뒤 배를 멈추라고 명령했다. 그리고 피리 소리가 멈추기를 기다렸다. 이윽고 피리 소리가 멈추자 그는 뱃전으로 나서서,

"그거 무슨 노래요?"

하고 물었다. 그러나 정크선 쪽에서는 대답이 없었다. 무거운 침묵이 계속되더니 한참 만에야,

"적벽가(赤壁歌)요."

하는 소리가 들려왔다.

이것을 신호로 두 배가 움직였다. 정크선 쪽에서 사람들이 일어서는 것이 보였다. 이쪽과는 비교도 안 될 만큼 많은 사람들이 타고 있었다.

두 배가 닿자 정크선 위에서 쇠갈고리가 날아와 돛단배를 붙들어맸다. 그와 함께 사닥다리도 내려왔다.

대치는 권총을 움켜쥔 채 어둠 속에서 서 있는 사람들을 노려보았다. 정크선에서 한 사람이 내려왔다. 매우 날쌘 동작이었다. 어둠 속에서 두 개의 눈만이 반짝거리고 있었다.

"준비는 해왔소?"

하고 그가 물었다.

"해왔소. 그쪽은 어떻소?"

김기문이 물었다.

"물론 가져왔지요."

무기를 확인하기 위해 이쪽에서도 정크선 위로 사람이 올라갔다. 대치가 그 일을 맡고 있었다.

배 위로 올라가자 사람들이 그를 에워쌌다. 그들은 플래시의 불빛이 새지 않도록 가리고 서서 네 개의 상자 속을 비춰 보였다. 상자 속에는 기관단총이 스물 다섯 자루씩 들어 있었다. 탄환 상자는 뚜껑만 열어보고 다시 봉해졌다. 돛단배에서 금괴를 확인한 자가 손뼉을 쳤다. 대치도 이어서 손뼉을 쳤다.

"먼저 무기를 운반해 주시오."

김기문의 요구에 정크선에 있는 자들 중 네 명이 먼저 상자 하나를 들고 돛단배로 내려왔다. 배에 짐을 내려놓는 순간 그들은 일제히 권총을 빼들면서 배에 있는 다섯 사람을 겨누었다.

"꼼짝 말고 손들어!"

너무도 순식간의 일이라 김기문 일행은 미처 손 쓸 사이도 없었다. 정크선 위에 있는 대치도 움직일 수가 없었다. 등뒤에서 총구가 그를 쿡 찌르고 있었다.

"총을 모두 압수하고 이리 끌어올려!"

돛단배에 있는 사람들은 한 사람씩 정크선 위로 끌려갔다.

"세상에 이럴 수가 있소? 책임자가 누구요?"

김기문이 큰 소리로 항의하자 잠시 후 몸집이 큰 자가 앞으로 나섰다.

"왜, 무슨 할 말이 있나?"

"이건 어디까지나 거래가 아니오? 그래서 우리는 위험을 무릅쓰고 여기까지 금괴를 싣고 왔는데 이렇게 배반하는 수가 어디 있소? 보복을 안 당할 줄 아시오?"

"미친놈, 우리가 네놈을 잡으려고 얼마나 고생한 줄 아느냐?"

"다, 당신들은 누구요?"

"조용히 해!"

김기문은 얼굴을 한 대 얻어맞고 비틀거렸다.

대치는 좌우를 둘러보았다. 수갑을 채운 김기문이 배 밑바닥으로 처박히고 있었다. 다른 대원들도 짐짝처럼 던져지고 있었다. 저 밑에 처박히면 끝장이다. 도망치려면 지금밖에 기회가 없다.

한 사내가 그의 팔에 막 수갑을 채우려 하고 있었다. 대치는 재빨리 사내의 목을 휘어감고 바닥에 나뒹굴었다. 어두운데다 두 사람이 뒤엉키는 바람에 총을 겨누고 있던 자들은 당황해 하기만 했다.

대치는 몸을 두어 바퀴 날쌔게 돌린 다음 강둑 위로 뛰어들었다. 첨벙 하고 물을 가르는 소리와 총소리가 동시에 주위를 울렸다. 대치가 뛰어든 검은 강물 위로 총알이 소나기처럼 쏟아졌다.

대치는 깊이 잠수했다. 물이 차갑다는 느낌은 없었다. 다만 총에 맞아서는 안 된다는 생각만이 그를 본능적으로 밀어붙이고 있었다.

그는 초인적이라고 할 만큼 놀라운 힘으로 물을 헤쳐나갔다. 총소리는 어느새 그친 것 같았다. 달빛이 그의 눈 앞에서 칼날처럼 솟았다가 부서져 내리곤 했다. 잠시 후 그는 물길을 잡아 하류로 향하고 있었기 때문에 자신의 몸이 물에 떠밀리고 있음을 깨달았다. 그제야 그는 동작의 폭을 줄이면서 숨을 깊이 들이마셨다.

뒤를 돌아보았지만 어둠 때문에 아무것도 보이지 않았다. 도도한 장강의 어둠을 헤쳐가는 그의 가슴에 납덩이처럼 차갑고 무거운 절망이 떨어져 내렸다. 그는 추위를 느끼며 어금니를 우두둑 깨물었다. 어디선가 뱃고동 소리가 뚜우 하고 들려오고 있었다.

물살은 점점 세어지고 있었다. 그대로 떠내려가다가는 어디까지 갈지 알 수가 없었다. 소용돌이에 휩쓸리게 되면 헤어나올 수도 없게 된다. 대치는 필사적으로 강변 쪽으로 헤엄쳐 나갔다. 헤엄에 그렇게 자신 있는 것도 아니었다. 다만 발악적으로 손발을 내뻗고 있을 뿐이었다.

　한참 만에야 겨우 강변에 닿은 그는 의식을 잃고 쓰러졌다. 하체는 그대로 물에 잠긴 채 그는 누워 있었다.

　이렇게라도 살아 나온 것은 퍽 운이 좋다고 할 수 있었다. 확실히 그는 운이 좋은 놈이었다. 추위에 그는 눈을 떴다. 고개를 쳐들자 달빛이 이마에 부딪쳤다.

　주위는 허허벌판이었다. 멀리 불빛이 몇 개 보이는 것 같았다. 그는 그쪽을 향해 몸을 떨면서 걸어갔다. 먼저 젖은 옷을 갈아입고 무얼 좀 먹어야 했다.

　한참을 걸어가자 마을이 나타났다. 십여 호도 못 되는 작은 마을로 뒤에는 조그만 야산이 자리잡고 있었다. 매우 가난한 마을인지 집들은 모두 흙으로 지은 토담집들이었다.

　그는 불이 켜져 있는 집으로 들어가 문을 두드렸다. 방문이 열리고 젊은 부인이 나왔는데 방안에는 아이들만 자고 있었다. 젊은 부인은 필시 남편을 기다리고 있었던 모양인지, 낯선 사람을 보자 몹시 놀라는 것 같았다. 물에 빠진 생쥐꼴을 하고 있는 그의 모습은 사람을 놀라게 하기에 충분했다.

　그가 뭐라고 말하기도 전에 부인은 문을 냉큼 닫았다. 그러나 대치의 손이 더 빨랐다. 그는 문을 밀어젖히고 안으로 들어서자 여인의 목에 칼을 들이댔다.

　"소리치면 죽인다! 순순히 시키는 대로 해! 깨끗한 옷 한 벌과

먹을 것을 내놔!"

부인은 눈이 튀어나오도록 뚫어질듯 강도를 바라보다가 몸을 바들바들 떨면서 시키는 대로 옷과 음식을 내놓았다. 대치는 그것을 싸들고 밖으로 나왔다. 그때 그 집 주인인 듯한 남자가 나타났다.

"누, 누구야?"

주인이 대치의 옷자락을 붙잡자 뒤에서 부인이 소리쳤다.

"도둑이야! 강도야!"

대치는 주먹으로 주인 남자의 면상을 내지른 다음 어둠 속으로 재빨리 뛰어갔다. 뒤에서 그를 쫓는 고함 소리가 크게 들려왔다. 이 집 저 집에서 불이 켜지고 마을 사람들이 여기저기서 뛰어나왔다.

드넓은 벌판 위를 그는 흡사 야생마처럼 바람을 일으키며 뛰어갔다. 아무리 뛰어가도 끝닿는 데가 없는 벌판이었다. 뒤쫓는 소리는 점점 작아지다가 이윽고 들리지 않았다.

그는 수수밭 속으로 들어서자 뛰는 것을 멈추고 천천히 걸어갔다. 한참을 그렇게 들어간 그는 더 이상 발이 떨어지지 않아 밭 가운데 벌렁 드러누워 버렸다.

별빛이 유난히 밝게 빛나는 밤이었다. 그는 하늘에 뿌려진 은하수를 멀거니 바라보면서 뛰는 가슴을 진정했다.

그는 드러누운 채로 가져온 음식을 손으로 집어먹었다. 그것은 속에 푸성귀와 고기를 넣고 밀가루로 둘둘 말아 붙인 젬빙이었다. 밤하늘에 반짝이는 별들을 바라보면서 젬빙을 우적우적

씹어먹는 그는 금방 죽을 고비를 넘어온 사람 같지 않게 천하에 태평스러워 보였다. 이러한 점이야말로 그의 장점이라고 할 수 있었다.

 잼빙을 모두 먹고 난 그는 옷을 갈아입고 다시 드러누웠다. 조금 후 그는 요란스럽게 코를 골기 시작했다. 잠에 떨어진 그의 몸 위로 찬 이슬이 소리 없이 내리고 있었다.

남의사

정크선 밑바닥에서는 간간이 신음 소리만이 새어나오고 있었다.

김기문은 주위를 둘러보았지만 너무 어두워서 도대체 몇 사람이 쳐 박혀 있는지 알 수가 없었다. 두 손에 수갑을 찬데다 사람에게 깔려 옴짝달싹할 수도 없었다. 거기다 후텁지근한 열기로 호흡마저 불편했다.

이젠 꼼짝없이 죽게 되었다고 생각하니 미칠 것만 같았다. 속았다는 사실에 분노가 치솟았다. 그는 도망칠 기회를 이미 놓친 것을 깨달았다. 대치란 놈이 기회를 놓치지 않고 재빨리 도망친 사실이 한없이 부럽기만 했다. 그놈은 분명히 살아날 것이라고 그는 생각했다.

창문이 뿌옇게 밝아오고 있는 것으로 보아 늘이 새고 있는 것 같았다.

한 시간쯤 지나자 창문으로 햇빛이 들어왔다. 그와 함께 사람들의 얼굴이 하나 둘씩 드러나 보이기 시작했다.

거기에는 그들 외에 다섯 사람이 더 있었다. 모두가 중국인들인 것 같았고 하나 같이 묶여 있었다.
 "당신들은 누구요?"
 김기문은 그들 중 살이 돼지처럼 찐 사내를 바라보았다. 사내는 몹시 땀을 흘리고 있었고 공포에 질려 입을 열기조차 어려운 모양이었다.
 "우리도 당했소."
 한참 만에 사내가 겨우 말했다. 김기문은 눈을 크게 떴다.
 "그럼 당신이 무기를 가져온 그 사단참모라는 사람이오?"
 사내는 끄덕이면서 손으로 이마의 땀을 닦았는데 그 손이 마구 떨리고 있었다.
 "어쩌다가 그렇게 됐소? 그럼 이놈들은 누구요?"
 김기문은 턱으로 갑판 위를 가리켰다. 갑판은 사람들이 움직일 때마다 쿵쿵 울리고 있었다.
 "남의사(藍衣社) 사람들이오. 약속 장소에 나가다가 이렇게 잡혔소. 이제 우린 죽었소."
 "뭐라고? 남의사라고요?"
 "그, 그렇소. 우린 죽었소,"
 사내는 죽는다는 말을 거듭했다. 김기문은 사내가 공포에 떠는 이유를 알 수 있었다. 사내는 머리를 벽에 쿵쿵 찧었다.
 김기문은 바짝 타 들어가는 입술을 혀로 핥았다. 남의사……그렇구나……남의사에게 걸려들었구나……이를 어쩌지……. 그는 침을 삼키려고 했지만 침은 나오지 않았다. 등위로는 계속 진땀이 흘러내리고 있었다.

남의사 —. 이름만 들어도 무서운 조직이다. 극렬 테러분자인 그도 남의사에 대해서만은 공포를 느끼고 있었다. 한번 걸려들면 빠져나올 수도 없을 뿐 아니라 쥐도 새도 모르게 사라지는 곳이 남의사였다.

애초에 반장(反蔣) 운동의 박멸을 목적으로 진과부(陣果夫)·진입부(陣立夫) 형제에 의해 조직된 CC단에서 기원, 1932년 정치결사로 출발한 남의사는 불과 수년 사이에 급속도로 성장하여 현재는 국민정부의 최고 첩보기관으로 군림하고 있었다. 정식 명칭은 중앙군사위원회통계국(中央軍事委員會統計局=약칭 軍統局), 남의사는 그 요원들이 남색 옷을 입거나 또는 그와 같은 색의 증표를 지니고 다니기 때문에 붙여진 일반적인 통칭이다. 이 기관은 기구가 비대해짐에 따라 처음 목적과는 달리 그 대상 영역도 확대되어 정치적인 문제로부터 일반 서민생활에 이르기까지 손 안 대는 것이 없었다. 3백 년의 역사를 가진 민간 비밀결사인 청방(青幇)과 손을 잡고 있기 때문에 그 조직망도 광대해서 중국 전토는 물론 조선과 일본에까지 그 손이 뻗고 있었다.

이렇게 무시무시한 기관에 걸려들었으니 역전의 노장인 김기문으로서도 모골이 송연하지 않을 수 없었다. 눈을 감자 죽어 있는 자신의 모습이 떠올랐다. 그는 다시 눈을 뜨고 사단참모를 바라보았다.

사단참모는 입을 헤 벌린 채 어느새 잠들어 있었다. 헤벌어진 입에서는 침이 흘러내리고 있었다. 그러나 배가 조금 흔들리자 그는 이내 헛소리를 지르면서 눈을 떴다. 그리고 주위를 뚜렷뚜렷 살폈다. 다른 사람들도 모두 겁에 질린 채 두리번거리고 있었다.

오줌 냄새가 실내를 가득 채우고 있었다. 바닥은 오줌으로 질 퍽했다. 지나친 공포로 모두가 자신도 모르게 오줌을 싸고 있는 모양이었다.

배는 하루 낮 동안 꼬박 상류를 거슬러 올라갔다. 그리고 밤이 되자 어느 마을 앞에서 닻을 내렸다.

김기문은 끌려가면서 도망칠 기회만 노렸지만 경계가 삼엄해서 그럴 수가 없었다. 그들이 끌려간 곳은 어느 창고 같은 곳이었다. 김기문은 그곳으로부터 다시 혼자 끌려나와 다른 창고로 들어갔다.

한 시간쯤 어둠 속에 앉아 있자 등불을 든 사람들이 나타났다. 모두가 건장한 중국 청년들이었다. 그중 얼굴이 준수하게 생긴 청년이 탁자 앞에 앉아 심문을 시작했다.

"당신은 배반자요. 배반하면 어떻게 되는 줄 알고 있지요?"

청년의 질문은 낮고 차분했다.

"알고 있소. 그렇지만 나는 배반한 일은 없소."

"배반한 일 없다고요? 당신은 우리 국군 정보장교로 있으면서 많은 기밀을 빼냈고, 그것이 탄로날까 두려워 도망쳤소. 당신이 적색단체의 중요한 인물이라는 것도 우리는 잘 알고 있소. 당신은 우리 국군의 무기까지 손에 넣으려고 했소. 이래도 배반이 아니오?"

"그건 배반이 아니오. 나는 조선인으로서 내 갈 길을 간 것뿐이고, 내가 해야 할 일을 한 것뿐이오. 무기를 구입하려고 한 건 독립운동을 하기 위해서 그런 거요."

"아주 그럴 듯하군요. 당신은 조선인이라는 것을 이용해서 책임을 면하려고 하고 있군요. 우리는 조선인들의 독립운동을 적극 도와주고 있소. 그런데 왜 우리한테 해를 끼치고 있지요? 해를 끼치고 있는 사실이 배반이 아니고 뭔가요?"

"그건 배반이 아니오. 나는 독자적으로 일하고 싶어서 그런 거요."

"그렇다고 해를 끼쳐서야 되나요? 기밀을 빼내는 것이 독자적인 행동을 위해서인가요?"

김기문은 말문이 막혔다. 그러나 안간힘을 써본다.

"기밀을 빼낸 것은 없소."

"거짓말 마시오. 이제 와서 거짓말을 한들 소용없소. 당신이 속해 있는 적색단체 본부는 어디 있소? 그리고 조직원들 이름을 대보시오."

"난 거기와는 상관없소."

"미군 OSS와 긴밀한 연락을 맺고 있는 조선인 노일영씨를 살해한 것도 당신들이지요? 최대치라는 자를 알지요? 그자가 노일영씨를 죽였고 당신과 함께 동경양행을 털었지요?"

김기문은 이렇게 속속들이 알고 있는데 깜짝 놀랐다. 그러나 그는 한사코 모르는 일이라고 잡아떼었다.

건장한 청년들이 주먹으로 그를 때리기 시작했다. 그들은 사정을 두지 않고 김기문을 후려쳤다. 심문하는 청년의 말은 정중했지만 고문은 혹독했다. 그러나 이미 죽음을 각오한 김기문은 입을 굳게 다물고 있었다. 그는 혁명가는 고문을 이겨내야 한다고 생각하고 있었다.

주먹질에 지친 청년들은 그의 옷을 모두 벗긴 다음 그를 서 있게 했다. 얼굴은 온통 부르트고 몸은 피멍이 든 채 그는 밤새도록 서 있었다. 수치심 같은 것은 느끼지 않았다.

새벽에 그는 마침내 바닥에 쓰러졌다. 기절한 그를 청년들은 담뱃불로 지져 깨웠다.

"아직도 말 못 하겠소?"

"할 말이 없다."

김기문은 이를 갈면서 말했다.

"좋소. 그럼 우리도 이만 하겠소. 당신은 날이 새면 사형될 것이오."

심문자가 손짓을 하자 한 청년이 면도칼을 들고 다가왔다. 그리고 김기문의 머리칼을 밀기 시작했다. 김기문은 꿇어앉은 채로 머리칼이 굴러 떨어지는 것을 바라보았다. 청년은 머리칼을 하나도 남기지 않고 싹싹 밀어 버렸다.

"자, 당신 얼굴을 한번 보시오."

청년이 비춰주는 거울을 들여다본 김기문은 자신의 변한 모습에 몹시 놀랐다. 낯설고 흉측스럽게 생긴 사내 하나가 이쪽을 바라보고 있었다. 거울 속의 사내는 눈물을 흘리고 있었다. 그것을 보는 순간 그의 굳은 의지는 힘없이 무너져내렸다. 그는 땅을 짚고 흐느껴 울었다.

"나를 죽일 셈이오?"

"그렇소."

"어, 어떻게 죽일 거요?"

그의 목소리는 떨리고 있었다.

"미치게 해서 죽일 거요."

"사, 살려 주시오. 모든 거 다 이야기하겠소."

김기문은 눈물을 삼키고 나서 마침내 자신이 속해 있는 조직에 대해 입을 열기 시작했다. 심문자는 특히 최대치에 대해 집중적으로 캐물었다. 김기문은 최대치가 의안을 해 박은 것까지 자백했다.

아침이 되자 김기문은 팬티 바람으로 밖으로 끌려갔다. 벌거벗은 그의 몸 앞뒤에는 한간(漢奸=중국에서 말하는 적을 이롭게 하는 자)이라고 쓴 먹글씨가 아직 채 마르지도 않은 채 선명한 빛을 뿌리고 있었다. 그는 공터로 끌려갔다.

넓은 공터에는 어느새 사람이 많이 몰려와 있었다. 다른 마을에서도 사람들이 잔뜩 몰려들고 있었다. 김기문이 공터로 들어서자 구경꾼들은 침을 뱉고 욕지거리를 퍼부어 댔다. 김기문은 그제야 자신이 사형 당하게 된 것을 알고 발버둥을 쳤지만 청년들은 우악스럽게 그를 끌고 갔다.

공터 중앙에는 단이 하나 마련되어 있었고 그 위에는 이미 사단참모가 끌려와 있었다. 그 역시 머리와 눈썹이 면도칼로 밀어져 있었다. 참모의 허연 살집이 막 잡아놓은 고기점처럼 푸들푸

들 떨리고 있었다. 김기문이 단 위로 올라서자 구경꾼들의 흥분은 절정에 달했고 여기저기서

"죽여라!"

하는 고함이 터져나왔다. 두 사람은 비스듬히 장치된 판자 위에 각자 등을 댄 채 묶여졌다. 눈부신 아침해가 정면에서 그들의 얼굴을 때렸다. 이윽고 몸 주위에는 날이 시퍼런 칼들이 여러 개 꽂혀졌다. 얼굴과 목 양쪽에도 살에 달 듯 말 듯 칼이 꽂혀졌기 때문에 조금 움직이기만 해도 상처가 날 판이었다. 곧이어 머리 위 석자 높이에 물통이 하나씩 내 걸렸다. 그 물통에서 물이 한 방울씩 이마 위로 떨어져내렸다. 햇빛을 안고 떨어지는 물방울은 마치 금속성처럼 이마를 찔렀다. 어지러움을 느낀 김기문은 눈을 감았다.

그러자 이마에 부딪치는 물방울의 감촉이 너무도 선명하게 느껴졌다. 물방울은 처음에는 이마를 간지럽히는 것 같았다. 그러나 시간이 지남에 따라 이마의 울림은 점점 커져갔다. 김기문은 자기도 모르게 입을 벌렸다. 참모는 벌써 신음 소리를 내고 있었다.

김기문은 머리를 돌리려다가 칼날의 감촉을 느끼고 머리를 바로 했다. 칼에 닿은 한쪽 뺨에서 피가 흘러내렸다.

뚝뚝 떨어지던 물방울은 탁탁 하는 소리로 변했고 나중에는 망치로 내려치듯 쿵쿵쿵 하고 이마를 때렸다. 먼저 참모가 발광하기 시작했고 뒤이어 김기문이 소리를 질렀다. 미친 두 사람의 비명 소리가 사람들의 함성을 뚫고 높다랗게 하늘로 울려 퍼지

고 있었다.

　좌중은 물을 끼얹은 듯 조용했다. 대치의 말에 모두 충격을 받고 있음이 분명했다.
　대치가 아지트에 나타난 것은 이틀이 지나서였다. 즉시 긴급회의가 열렸고 대치의 보고가 막 끝난 참이었다.
　"최동지는 운이 좋소. 그렇지만 책임을 면할 수는 없소. 배반에 대처했어야 하는 건데 너무 방심했기 때문에 그런 실수를 범한 거요."
　한 대원이 대치의 처벌을 요구하고 나섰다. 그러자 미간을 찌푸리고 있던 북풍이 고개를 내저었다.
　"그건 배반을 당한 게 아니야. 무기를 팔러 온 사단참모라는 자는 그런 짓을 할 위인이 못 돼. 다른 자들의 소행이야."
　"그럼 사단참모가 고자질을 했다는 말씀입니까?"
　"아니야. 그자도 사전에 발각되어 체포되었을 거야."
　"그럼 그자들은 누굽니까?"
　모든 사람들의 시선이 일제히 북풍을 향했다. 북풍은 고개를 쳐들면서 갑자기 높은 소리로,
　"남의사야."
하고 말했다. 한 대 얻어맞은 듯 멍하니 앉아 있는 대원들을 향해 북풍은 신경질적으로 말을 이었다.
　"남의사 놈들이 손을 뻗은 것이 분명해. 그놈들이 아니고는 그런 짓을 할 놈들이 없어."

"그럼 동지들은 모두 어떻게 됐을까요?"

"어떻게 되긴……. 모두 죽었을 거야. 필시 여기에도 남의사 놈들이 나타날 거야. 그놈들이 일단 손을 뻗기 시작하면 벗어나기가 힘들어. 우선 이곳을 떠나 다른 곳으로 자리를 옮겨야겠어. 그리고 정 피할 수 없게 되면 놈들과 싸우는 수밖에 없어. 일단 각자의 집으로 돌아가 있어."

북풍이 막 말을 끝냈을 때 비상벨 소리가 방안을 울렸다. 벨 소리는 아주 길게 세 번 울렸다. 계단으로 사람들이 몰려오는 소리가 들려왔다.

"빨리 피해! 놈들이다."

북풍이 소리치자 불이 꺼지고 대원들은 어둠 속에서 뿔뿔이 흩어졌다.

대치는 대원들을 따라 베란다를 타고 옆집으로 건너갔다. 옆집 지붕에서 골목으로 뛰어내리자 총소리가 들려왔다. 누군가가 비명을 지르며 쓰러지는 것이 보였다.

한 떼의 그림자가 골목 맞은편으로부터 달려오는 것이 보였다. 이쪽보다 훨씬 많은 수였다. 이쪽은 막다른 골목에 갇혀 있었다. 뒤로 물러서는 것보다 앞으로 나가는 것이 낫다고 생각한 대치는 쏜살같이 돌격해 갔다. 도끼가 그의 머리 위에서 번쩍 하는 것이 보였다. 대치는 머리를 숙이면서 상대방의 사타구니를 내질렀다. 상대가 쓰러지자 앞에 틈이 벌어졌다. 대치는 그 사이를 뚫고 내달렸다. 비명 소리가 여기저기서 들려왔다.

골목 밖으로 빠져나온 그는 한길을 가로질러 건너갔다. 길을 막 건너면서 돌아보니 한 사람이 쫓아오고 있었다. 행인들이 멈춰 서서 그들을 바라보았다. 대치는 다시 골목길로 들어섰다. 뒤쫓는 자는 매우 빨랐고, 손에 권총을 들고 있는 것 같았다.

아무래도 안 될 것 같아 그는 모퉁이에 몸을 가리고 서서 뒤쫓는 자가 다가오기를 기다렸다. 상대는 경계를 하지 않고 마구 모퉁이를 돌아왔다. 그 순간 대치는 칼을 뽑아 들고 그자를 역습했다. 가슴속으로 칼이 쑥 들어가는 것과 동시에 총소리가 허공을 높이 울렸다. 상대편 사내가 비명을 지르며 쓰러지자 대치는 그자의 손에서 권총을 빼앗아 들고 다시 도망치기 시작했다.

여명의 눈동자 · 제3권에 계속

● 김성종 추리소설

『최후의 증인』 - 상·하 | 김성종 장편추리소설
한국일보 창간 20주년기념 공모 당선작! 살인혐의로 20년간 억울하게 옥살이를 한 황바우의 출옥과 동시에 일어나는 살인사건! 사건을 뒤쫓는 오병호 형사의 집념으로 20년 동안 뒤엉킨 사건의 전모가 백일하에 드러난다.

『제5열』 - 상·중·하 | 김성종 장편추리소설
일간스포츠에 연재한 최고의 인기소설! 대통령선거를 기화로 국제 킬러를 고용, 국가를 송두리째 삼키려는 범죄 집단의 음모를 수사진이 적나라하게 파헤친다. 종래의 추리물과는 그 궤를 달리한 최초의 하드보일드 추리소설!

『부랑의 강』 - 김성종 장편추리소설
여대생과 외로운 중년신사가 벌인 불륜의 사랑이 몰고온 엽기적인 살인사건! 살인범으로 몰린 아버지의 무죄를 확신하고 이 사건에 뛰어든 딸의 집요한 추적의 정통 추리극! 사건의 종점에서 부딪치게 되는 악마의 얼굴은 과연?

『일곱개의 장미송이』 - 김성종 장편추리소설
임신 3개월 된 아내가 일곱 명에 의해 유린당하자 평범하고 왜소하고 얌전하던 남편이 복수의 집념을 불태운다. 아내의 유언에 따라 범인을 하나씩 찾아내어 잔인하게 죽이고 영전에 장미꽃을 한 송이씩 바치는 처절한 복수극!

『백색인간』 - 상·하 | 김성종 장편추리소설
허영의 노예가 되어 신데렐라의 꿈을 쫓는 미녀의 끈질긴 집념과 방탕, 그리고 그녀를 죽도록 사랑하며 혼자 독차지하려는 이상 성격을 가진 청년의 단말마적인 광란! 그리고 명수사관이 벌이는 사각의 심리 추리극!

『제5의 사나이』 - 상·중·하 | 김성종 장편추리소설
국제 마약조직이 분실한 2천만 달러의 헤로인 6kg! 배신자들을 처치하고 헤로인을 찾기 위해 홍콩으로부터 날아온 국제킬러 제5의 사나이! 킬러가 자행하는 냉혹한 살인극과 경찰이 벌이는 숨가쁜 추적의 하드보일드 추리극!

『반역의 벽』 - 상·하 | 김성종 장편추리소설

한국이 개발한 신무기 레이저 X, ─핵무기를 순식간에 녹여버릴 수 있는 X의 가공할 위력! 이를 빼내려는 국제 스파이의 음모와 배신, 이들의 음모를 저지하려는 수사관들의 눈부신 활약. 국내 최초의 산업스파이 소설!

『아름다운 밀회』 - 상·하 | 김성종 장편추리소설

신혼여행 도중 실종된 미모의 신부로 인해 갑자기 용의자가 되어버린 신랑! 그가 벌이는 도피와 추적! 미녀의 뒤에 있던 치정과 재산을 둘러싼 악마들의 모습을 밝혀낸 수사극의 결정판! 김성종 추리소설의 새로운 지평!

『경부선특급 살인사건』 - 상·(중·하권 집필중) | 김성종 장편추리소설

그들은 연휴를 맞아 경부선 특급열차에 오른다. 밤열차에서 시작되는 불륜의 여로는 남자의 실종으로 일순간에 무너져 버린다. 실종이 몰고온 그 모호하고 안타까운 미스테리는 "열차속에서의 연속살인"으로 이어지는데……

『라 인 X』 - 상·중·하 | 김성종 장편추리소설

교황을 살해하려는 KGB의 지령에 따라 잠입한 스파이 라인-X, 킬러의 총부리가 교황을 위협하는 절대절명의 순간 이를 제압하는 한국 경찰과 신출귀몰하는 라인─X와의 생사를 건 한판 승부를 묘사한 국제적 추리소설!

『어느 창녀의 죽음』 - 김성종 단편집

작가 김성종의 탄탄한 필력을 유감없이 보여주는 주옥같은 단편집! 신춘문예 당선작 「경찰관」및 「김교수 님의 죽음」, 「소년의 꿈」, 「사형집행」등을 수록. 문학적 흥미와 감동으로 독자를 매료하는 김성종 추리소설의 백미

『죽음의 도시』 - 김성종 SF단편집

김성종 SF단편소설집! 김성종이 예견한 기상천외한 미래사회의 청사진! 「마지막 전화」, 「회전목마」, 「돌아온 사자」, 「이상한 죽음」, 「소년의 고향」등 SF 걸작들! 새로운 문학장르를 개척하려는 김성종의 끊임없는 실험정신!

『여자는 죽어야 한다』 - 상·하 | 김성종 장편추리소설

김성종이 시도한 실험적 추리소설! 독자는 특별한 예고살인 속으로 여행을 시작한다. 「오늘밤 여자 한 명을 죽이겠다. 여자는 한쪽 귀가 없을 것이다. 잘해 봐!!」 살인 예고장을 보는 순간 독자들은 숨가쁜 긴장속으로 빠져든다.

『한국 국민에게 고함』 - 상·중·하 | 김성종 장편추리소설

추악한 한국 국민들에게 보내는 對국민 경고장!「한국 국민에게 고함!」—이 경고를 받아들이지 않으면 테러를 감행할 수밖에 없다! 가공할 폭탄테러에 전율하는 시민들과 이를 추적하는 수사진의 필사적인 노력!

『국제열차 살인사건』 - 1·2·3 | 김성종 장편추리소설

이탈리아 밀라노에서 눈덮인 알프스산맥을 넘어 스위스 취리히에 이르는낭만의 기나긴 여로—그 여로 위를 달리는 국제열차에서 벌어지는 살인사건! 한 사나이의 父情과 분노가 역어내는 눈물겨운 드라마!

『슬픈 살인』 - 1·2·3·4 | 김성종 장편추리소설

부산 해운대를 무대로 펼쳐지는 김성종의 새롭고 야심찬 대하 추리소설! 뜨거운 여름 바닷가를 중심으로 벌어지는 젊은이들의 애욕과 애증의 파노라마가 몰고온 엽기인 연쇄 살인사건! 범인과 수사진이 벌이는 추리극의 백미!

『불타는 여인』 - 상·하 | 김성종 장편추리소설

불처럼 화려한 여인의 육체에 공포의 AIDS가! 무서운 AIDS를 접목시켜 공포의 연쇄 살인을 연출해낸 김성종 최신 장편추리소설—현대여성의 비극적 자화상을 경탄할 만한 솜씨로 묘파해낸 우리시대의 새로운 인간드라마!

『제3의 사나이』 - 상·하 | 김성종 장편추리소설

대통령 출마를 선언한 대재벌 회장의 과거! 일본에 의해 지배당할 운명에 처한 한국경제를 구하기 위해 독재자에게 도전장을 낸 그의 약점을 쥐고 협박을 해오는 검은 그림자! 그들을 무자비하게 칼로 살해한 제3의 사나이는?

『죽음을 부르는 소녀』 - 김성종 장편추리소설

친구들과 지리산에 올랐다가 실종된 무당의 딸 현미, 민가를 침범하는 호랑이와 산속에 사는 사냥꾼 부자의 숙명적인 대결. 수십년 간 벼랑의 굴속에서 숨어 살아온 빨치산 출신의 야수. 그들이 벌이는 죽음의 드라마!

『홍콩에서 온 여인』 - 상·하 | 김성종 장편추리소설

군부의 지원을 받아 쿠테타를 성공시킨 염광림의 개혁조치에 불안을 느낀극우 보수 세력은 홍콩의 범죄조직을 끌어들여 염광림을 제거하려 한다. 킬러의 뒤를 끈질기게 추적한 오병호 경감은 마침내 이들의 계획을 저지한다.

『버림받은 여자』 - 상·하 | 김성종 장편추리소설
밝은 보름달 아래 피냄새를 쫓아 여자사냥에 나선 식인개— 전설로만 전해오던 그 개는 실제로 존재하는가? 한 남자의 아내와 애인이 맹수에게 물어뜯겨 살해된 시체로 발견되었다. 그녀들은 왜 그렇게 잔인하게 살해되었을까?

『코리언 X파일』 - 상·하 | 김성종 장편추리소설
21세기를 향해 첫발을 내딛는 김성종 추리문학의 진수! 한반도의 운명을 좌우할 X파일을 찾아라! 한·중·일 3국의 비밀기관원들이 X—파일을 둘러싸고 벌이는 상상을 초월하는 음모와 배신이 연속되는 문학적 흥미와 감동!

『형사 오병호』 - 김성종 장편추리소설
고층호텔에서 추락사한 외국인에 이어 연쇄적으로 발생하는 살인사건! 배후에 도사린 일단의 국제 테러리스트! 그들의 음모를 분쇄하기 위해 목숨을 걸고 사지에 뛰어든 형사 오병오의 숨막히는 스릴과 불타는 투혼!

『서울의 황혼』 - 김성종 장편추리소설
도심의 20층 호텔에서 벌거숭이로 떨어져 죽은 ∞배우 오애라— 그 뒤에 도사리고 있는 비밀요정의 정체! 그리고 마약·인신매매·밀항·국제매음조직 등 깊고 우울한 함정을 날카로운 시각으로 추리한 김성종 장편추리소설!

『세 얼굴을 가진 사나이』 - 상·하 | 김성종 장편추리소설
지리산에 올랐다가 실종된 무당의 딸 현미와 시체로 발견된 5명의 친구들, 대규모 수색작업이 수포로 돌아가자 조종기 형사는 혼자 현미를 찾아나선다. 지리산의 험산준령속에 파묻혀 있던 몇십 년 묵은 비밀과 현미의 행방은?

『얼어붙은 시간』 - 김성종 장편추리소설
임신한 어린 소녀가 사창가로 흘러들어 갔다. 그녀의 어린 남동생은 골목에서 손님을 불러들인다. 그리고 어느 날 그 사창가 쓰레기 더미 속에서 중년남자의 시체가 발견되는데…… 강한 휴머니즘을 바탕에 둔 비극미의 극치!

『나는 살고싶다』 - 김성종 장편추리소설
성불능 남편에게 이혼을 요구하던 아내의 죽음 때문에 살인 누명을 쓰고 옥살이를 하던 최태오의 탈옥! 죽음의 의식 속에서 더욱 강렬해지는 삶의 욕구, 피와 살이 튀기는 성의 고통과 환희속에서 그는 집요하게 범인을 추적한다.

『끝없는 복수』 - 상·(하권 집필중) | 김성종 장편추리소설

대학입시 준비에 여념이 없는 여학생을 감히 납치 폭행 살해한 악마들의 단말마적 폭력극! 하나밖에 없는 어린 딸을 살해한 자들을 찾아나선 눈물겨운 아버지의 피어린 복수극이 전편을 끝없는 긴장속으로 몰아넣는다.

『미로의 저쪽』 - 상·하 | 김성종 장편추리소설

인생의 모든 것을 상실한 여인 昊月, 네 명의 악한을 상대로 「복수」에 생의 최후를 건다. 연약한 여인이 벌이는 복수극은 처절하리만큼 비정하고 완벽하다. 독신 형사와 연하의 대학생이 등장하여 극적인 전환을 이루는 추리소설!

『안개속에 지다』 - 상·하 | 김성종 장편추리소설

세균학의 세계적 권위자인 유한백 박사가 의문의 살해를 당하고 잇달아 두 처녀가 피살된다. 미술을 전공한 미모의 외동딸 보화는 아버지가 남긴 막대한 재산으로 남자들을 고용, 범인의 추적에 나서는데……

『Z의 비밀』 - 김성종 장편추리소설

일본의 「적군파」, 서독의 「바더마인호프단」, 이탈리아의 「붉은여단」, 팔레스타인의 「검은 9월단」……세계의 도시 게릴라들이 모두 한국에 잠입했다. 암호명 Z의 비밀을 밝혀라! 그들의 한국 수사진의 한판 승부!

『최후의 밀서』 - 김성종 장편추리소설

다섯 살 된 아이의 유괴사건, 그 아이가 어느 재벌 2세의 사생아임이 밝혀지면서 기업에 얽힌 악마 같은 드라마는 시종 숨가쁜 호흡을 토해낸다. 유괴범을 집요하게 추적하는 형사 앞에 마침내 얼굴을 드러낸 X! 그는 과연?

『비련의 화인(火印)』 - 김성종 장편추리소설

귀여운 외동딸 청미가 이루지 못한 사랑의 붉은 도장(火印)이 몸에 찍힌 채 탄생한다. 8년 후 청미는 열차 속에서 시체로 발견되는데……청미의 유괴를 둘러싸고 벌이는 갈등 속에 범인으로 떠오르는 전혀 뜻밖의 인물!

『피아노 살인』 - 김성종 장편추리소설

밤마다 흐느끼듯 들려오는 쇼팽의 야상곡 소리는 6개월 시한부 인생을 살고 있는 여인이 벌거벗은 몸으로 목졸린 채 피살되면서 사라진다. 욕망이라는 정신분열적 성격을 다룬 김성종의 또 다른 실험적 포스트모더니즘!

김성종

1941년 전남 구례출생
연세대학교 정외과 졸업
1969년 「조선일보」 신춘문예 소설당선
1971년 「현대문학」지 소설추천 완료
1974년 「한국일보」에 「최후의 증인」으로 장편소설 당선

여명의 눈동자 제2권

김성종 장편대하소설

초판발행	1978년 7월 15일
3판1쇄	2003년 9월 25일
3판2쇄	2016년 7월 05일
저자	金聖鍾
발행인	金仁鍾
북디자인	정병규디자인
발행처	도서출판 남도
등록일자	서기 1978년 6월 26일(제2009-000039호))
주소	경기도 성남시 중원구 둔촌대로464 드림테크노 507호
전화	031-746-7761 서울 02-488-2923
팩스	031-746-7762 서울 02-473-0481
Email	ndbook@naver.com

ⓒ 2016 Kim Sung Jong. Printed in Korea

정가: 10,000원

ISBN 89-7265-502-3 03810
ISBN 89-7265-500-7(세트) 03810
파본이나 잘못된 책은 교환하여 드립니다.